KNAUR

JULE KASPAR

WANKA WÜRDE WODKA KAUFEN

Roman

Besuchen Sie uns im Internet:
www.knaur.de

Originalausgabe Juli 2019
Knaur Taschenbuch
© 2019 Knaur Verlag
Ein Imprint der Verlagsgruppe Droemer Knaur GmbH & Co. KG, München
Alle Rechte vorbehalten. Das Werk darf – auch teilweise –
nur mit Genehmigung des Verlags wiedergegeben werden.
Redaktion: Regine Weisbrod
Covergestaltung: Andy Jörder / nd80.de
Coverabbildung: Katsiaryna Pleshakova / iStockphoto
Satz: Sandra Hacke
Druck und Bindung: CPI books GmbH, Leck
ISBN 978-3-426-52133-5

4 5 3

SCHMETTERLING

Wanka starb vor einem halben Jahr, an einem Morgen im Mai. In Sankt Petersburg, dem einstigen Leningrad. Damals war ihr das nicht klar. Sie dachte, sie hätte überlebt. Als Einzige.

Iwanka Nikolajewna Iwanowa, das war Wanka, Tochter von Nikolai aus dem Geschlecht der Iwanows. Das war ich.

Jetzt bin ich ... irgendwer. Ich bin ein Name, den ich nicht mag, mit einem Vatersnamen, der mir nicht von meinem Vater gegeben wurde, aus einem Geschlecht, das mir so fremd ist wie einem Eisbären die Sahara. Wie ein ganz schlechter Scherz fühlt sich das an, und als das Flugzeug auf der Rollbahn beschleunigt, wünsche ich mir, dass es einer ist.

Ich drücke mich in den Sitz, schlinge die Finger um die Armlehnen und halte den Atem an. Als wir abheben, erhasche ich einen letzten Blick auf Moskau – und sehe schnell auf den mattgrauen Monitor, der an der Kopfstütze des Vordersitzes angebracht ist. Eine Stimme in mir flüstert, ich solle noch mal richtig schauen, über Moskau, über Westrussland, weil ich beides niemals wiedersehen werde. Genau deshalb kann ich nicht.

Der menschliche Körper besteht zu etwa achtzig Prozent aus Wasser. Manche Wissenschaftler behaupten, das Wasser in einem Menschen habe dieselben Eigenschaften wie das Wasser an seinem Geburtsort. Eine Gemeinsamkeit haben Leningrad und ich auf jeden Fall: Wir beide mussten unseren Namen hergeben.

»Flugangst?«, fragt mein Sitznachbar, der etwa in meinem Alter ist, vielleicht ein paar Jahre jünger, Anfang dreißig. In seinem Russisch schwingt ein Dialekt mit, der verrät, dass er Deutscher ist.

Ich schüttele den Kopf und löse meine unter Anspannung zusammengepressten Lippen. Ich? Flugangst? Scheiße, nein!

»Dann fliegst du zum ersten Mal?«, schlussfolgert er.

»In einem Flugzeug, ja«, presse ich zwischen den Zähnen hervor und ärgere mich schon im nächsten Moment darüber, denn diese Antwort lädt zu weiteren Fragen ein.

Und hier kommen sie auch schon: »Was bist du denn sonst geflogen?«

Bravo, du Genie!, tönt die Stimme, die eben noch geflüstert hat. *Schon bei Lektion eins versagst du.*

»Auf die Nase«, antworte ich und nehme den Blick vom Monitor, um den Mann anzuschauen.

Er findet meine Antwort komisch. Anhaltend amüsiert streckt er mir die Hand hin und stellt sich vor: »Martin Brenner.«

Nur zwei Namen. Vor- und Vatersname sicher.

Ich zögere, sortiere die fremden Worte, schüttele Martin Brenner die Hand und sage diesen merkwürdigen Namen. Zum ersten Mal spreche ich ihn laut aus. Bisher habe ich ihn vor mich hin gemurmelt, um ihn zu üben, doch ich muss gar nicht allzu vertraut mit ihm werden. Lediglich der Vorname wird mich an das Ziel meiner Reise begleiten. Vatersname und Nachname werden ein weiteres Mal gewechselt.

Martin Brenner ist sehr mitteilsam und erzählt von seinem Job, der ihn zwischen Moskau und Frankfurt pendeln lässt, bis ihn die Stewardess unterbricht.

»Etwas zu trinken, der Herr? Kaffee? Tee?«, erkundigt sie sich mit einem strahlenden Lächeln auf Deutsch. Sie ist meine Landsmännin und am Morgen offenbar in ihr Make-up gefallen.

Martin Brenner will Kaffee. Sie sagt »Sehr gern« und macht sich ans Einschenken. Als sie ihm die Tasse hinstellt, beugt sie sich so weit herunter, dass sie mit dem Kopf auf Höhe seines Kopfes ist und ihn via Blick unmissverständlich anflirten kann.

»Noch etwas anderes? Wasser vielleicht?«

Oder die Telefonnummer?

Er lehnt höflich ab. Sie richtet sich auf, schaut mich an und schaltet das Lächeln ab. Stattdessen zieht sie eine Braue hoch und wechselt ins Russische.

»Kaffee? Tee?«

Ich will gar nichts. Sie vergisst mich schnell, setzt ihr Lächeln wieder auf und zwinkert meinem Sitznachbarn zu. Dann bittet sie ihn, sich bei ihr zu melden, wenn er etwas braucht, und bugsiert ihren Wagen zur nächsten Sitzreihe.

Weil ich befürchte, mich unterhalten zu müssen, stelle ich mich schlafend. Ich soll ja wenig sagen. Am besten erst mal gar nichts. Wie gefährlich meine Worte sein können, hat sich mit meinem Kommentar zum Fliegen gezeigt. Ich darf nicht erzählen, wie gern ich geflogen bin und dass der Tanz auf Luft mein Leben war. Ich war ein Schmetterling. Und das muss verschwiegen werden, gemäß den Regeln des Zeugenschutzes und wenn ich dieses neue Leben behalten will. Mir ist noch nicht ganz klar, worum ich mich bei diesem neuen Leben bemühe.

Wanka zerrt an meinen Gedanken, die wie mit Gummibändern an meinem neuen Ich befestigt sind. Sie dehnt sie, so weit es geht, und trägt meinen Geist zu Tagen, die seit dem Morgen im Mai ein bisschen mehr als nur vergangen sind. Sie zeigt mir die Gesichter meiner Freunde, spielt ihre Stimmen ab und lässt mich fühlen, wie glücklich ich gewesen bin. Mit so wenig, dass es andere als nichts bezeichnen würden. Wanka will, dass ich mich erinnere und wehre, doch sie kann die Bänder nicht halten. Sie schnippen zurück zu meinem neuen Ich, das im Flugzeug sitzt, Tränen schluckt und darüber eindöst.

Erst als der Kapitän den Landebeginn verkündet, öffne ich die Augen wieder und erblicke prompt die Stewardess, die Martin Brenner einen zusammengefalteten Zettel in die Hand drückt, verbunden mit den Worten, wie schön es war, ihn auf dem Flug zu betreuen. Er nimmt den Zettel entgegen und bedankt sich für ihren freundlichen Service.

Ich will gar nicht darüber nachdenken, ob sich dieser Service auf mehr als den Getränkeausschank bezogen hat, tue es aber doch und frage mich, was russische Frauen so faszinierend an deutschen

Männern finden. Gehört habe ich von diesem Phänomen, nachvollziehen kann ich es nicht.

Ich bin bisher nicht vielen Deutschen begegnet. Von denen, die mir aufgefallen sind, habe ich immer angenommen, dass sie streiten oder sich beschimpfen. Ich erinnere mich an einen Mann, der seiner Begleiterin den Arm um die Schultern legte, lächelte und ihr dann etwas sagte, das sich nach einer Beleidigung anhörte. Alle Deutschen klingen so. Offenbar auch, wenn sie etwas Nettes sagen. *Achschischechtoschascheisssse!*

Während meines Deutschunterrichts habe ich ein gewisses Verständnis für diese Sprache entwickelt, zumindest, was den Klang betrifft. Mir ist klar geworden, dass der Wortlaut nichts über den Charakter der Sache aussagt und dass beispielsweise ein Schmetterling tatsächlich das filigrane Flügeltierchen ist und kein todbringendes Wurfgeschoss. Vom Verständnis der Wortfolge, der Grammatik und der getrennten Verben bin ich jedoch weit entfernt. Die Lektionen zu Letzteren haben mich lediglich gelehrt, dass man geduldig sein muss mit den Deutschen und immer den ganzen Satz abwarten sollte. Könnte sein, dass ganz hinten noch ein zweites Verb kommt, das alles verändert.

Das Flugzeug neigt sich, um eine Kurve zu fliegen. Viel Grün und Wasser sehe ich unten.

»Da fließt der Main in den Rhein.« Martin Brenner beugt sich herüber und zeigt auf ein Flussdreieck. Dann nimmt er die Hand herunter und schnaubt verdrießlich. »Und wie es ausschaut, staut es sich mal wieder auf der Autobahn.«

Ich mustere das Netz aus breiten Straßen, das eine Stadt mit hohen, vom Novembernebel eingehüllten Türmen umzingelt. In meinem Geist führt eine dieser Autobahnen auf geradem Weg zurück nach Russland.

NOVEMBER

MIGRATIONSHINTERGRUND

Ich muss Hans-Peter Lehmann finden. Er ist für mein neues Ich in Deutschland gewissermaßen verantwortlich, hat mir einen Job und eine Bleibe beschafft. Innerlich aufgewühlt ziehe ich meinen Koffer durch den Zoll, wo sich keiner für mich interessiert, zu Glastüren, die sich zu einer Halle öffnen. Dahinter warten viele Menschen, um andere Ankömmlinge zu begrüßen, sie in die Arme zu schließen und zu küssen.

Hans-Peter Lehmann hält ein Pappschild in der Hand, auf dem mein falscher Name steht. Ordentlich. Nicht von Hand geschrieben, sondern ausgedruckt. Durch seine eckige, randlose Brille späht er mir entgegen und nickt knapp. Wie viele Deutsche hat er eine hohe Stirn, die ein übergroßes, stetig arbeitendes Gehirn dahinter vermuten lässt. Die Halbglatze verstärkt den Effekt. Er trägt einen mittelgrauen Anzug, ein weißes Hemd darunter, eine graue Krawatte.

Als ich vor ihm stehen bleibe, nimmt er das Schild herunter, streckt mir die Hand entgegen und sagt: »Lehmann.«

Ich schweige und warte, ob noch etwas kommt. Vielleicht machen es die Deutschen andersherum und sagen zuerst ihren Familiennamen, dann den Vatersnamen, dann den Vornamen. Lehmann Peter Hans müsste er dann sagen. Tut er aber nicht, sondern: »Los geht's.«

Er nimmt mir meinen Koffer ab und setzt sich in Bewegung. An seiner Seite durchquere ich die Flughafenhalle und höre tausend Sprachen, gar nicht so viel Deutsch wie erwartet. Über einen Fahrstuhl gelangen wir zum Parkdeck, auf dem er seinen Wagen abgestellt hat. Der ist so grau wie sein Anzug und ziemlich modern. Es piept und blinkt, als er den Schlüssel in die Zündung steckt, und ein Monitor klappt auf. Radiomusik ertönt. Hans-Peter Lehmann schaltet sie aus und fährt los.

»Ich bringe Sie gleich zu Ihrem Hotel«, sagt er mit einem kurzen Seitenblick und lenkt den Wagen dann ins Freie. »Oder möchten Sie etwas essen?«

Ich schüttele den Kopf und schlinge die Hand um einen Griff an der Tür, denn er gibt Gas und reiht sich in einer mittleren Spur ein. Ganz links zischen Autos in Lichtgeschwindigkeit vorbei. Von Russlands Magistralen bin ich ja einiges gewohnt, aber nicht in diesem Tempo. Da gibt es zwar Regeln, an die sich keiner hält, aber hier geht alles so schnell, dass man die Verkehrsschilder gar nicht erkennen dürfte.

Abermals sieht Hans-Peter Lehmann zu mir. Länger diesmal, dabei sollte er sich besser auf diese Mordsstraße konzentrieren. »Verstehen Sie mich überhaupt?«

Noch einmal nicke ich und zwinge ein »Ja« über meine Lippen. Es ist das erste deutsche Wort, das ich an einen Deutschen richte. Mein bisher konsterniertes Schweigen beruht nicht nur auf der visuellen Überforderung, die all die neuen Eindrücke mit sich bringen, sondern auch auf einer gewissen Hemmung, das erlernte Deutsch zu verwenden. Es klang immer fremd für mich, egal, ob ich es im Unterricht gesprochen oder im Stillen geübt habe. Dieses Gefühl ist hier in Deutschland noch stärker.

Hans-Peter Lehmann denkt sich offenbar seinen Teil und mischt sich auf der ganz linken Spur unter die Lebensmüden. Weil mir schwindelig wird, schließe ich die Augen und öffne sie erst wieder, als das Auto an Geschwindigkeit verliert.

Hans-Peter Lehmann parkt den Wagen und sagt: »Na, dann wollen wir mal.«

Er steigt aus und kommt herum, um mir die Tür aufzuhalten. Nachdem er mein Gepäck aus dem Kofferraum, der sich von allein öffnet und schließt, genommen hat, führt er mich ins Hotel, dessen Lobby stylish kühl ist. An der Rezeption checkt er mich ein, bestellt Getränke und Snacks aufs Zimmer und begleitet mich nach oben. Mir wird mulmig, und das entgeht ihm nicht.

»Keine Sorge«, murmelt er, als er die Zimmertür öffnet, indem er eine Karte in einen Schlitz steckt. »Wir werden nun den weiteren Verlauf absprechen. Dazu braucht es einen ruhigen Ort, an dem es keine Ohren gibt.«

Ohren an einem Ort? Er lässt mir den Vortritt und spricht weiter, bevor ich mir diese Formulierung erklären kann.

»Ich kann mir vorstellen, dass die letzten Monate schlimm für Sie waren. Auch der Wechsel nach Deutschland. Sicher fällt es Ihnen schwer, die Heimat zu verlassen und in einem für Sie fremden Land neu zu beginnen, die Sprachbarriere zu überwinden, mit den Gepflogenheiten vertraut zu werden. Aber ich bin zuversichtlich. Wir schaffen das!«

Während seine Worte durch meinen Geist rauschen, schaue ich mich um und entdecke zu meiner Beruhigung kein Bett. Das muss sich hinter einer der beiden Türen befinden. In diesem Raum steht eine Couch vor einem Tisch und einem flachen Fernseher. An einem zweiten Tisch gibt es vier Stühle. Hans-Peter Lehmann stellt mein Gepäck ab und bedeutet mir, mich zu setzen. Ich ziehe meinen Mantel aus und folge seiner Bitte. Als es klopft, erschrecke ich, doch es ist nur der Zimmerservice, der Kaffee und Wasser sowie etwas Gebäck bringt. Hans-Peter Lehmann schenkt mir und sich Kaffee ein. Dann nimmt er mir gegenüber Platz, legt die Arme auf dem Tisch ab und setzt die Fingerspitzen aneinander.

»Zuerst einmal freue ich mich, Ihnen einen guten Job beschafft zu haben.«

Ich nicke und nippe am Kaffee.

»Das Arbeitsumfeld bietet beste Möglichkeiten der Eingewöhnung. Sie werden Ihre Kollegen kennenlernen, viel Gebrauch von der deutschen Sprache machen, sich ein soziales Leben aufbauen. Nach und nach. Sie werden sehen, das geschieht alles wie von selbst.«

»Wo?«, frage ich leise, noch immer gehemmt.

»Wo Sie arbeiten werden?«

Ich nicke und nehme mir einen Keks, beiße ein Stück davon ab.

»In einem Freizeitbad, das über eine große Saunalandschaft verfügt. Viele Besucher. Eine schöne Tätigkeit, denke ich.« Er lacht trocken. »Mit Ausnahme der Aufgüsse und des Handtuchwedelns in der sengenden Hitze vielleicht, das stelle ich mir etwas anstrengend vor, aber Sie wurden ja darin ausgebildet und sind daran gewöhnt.«

Na ja, das nicht wirklich, aber ich kann das. Inzwischen. Parallel zu meinem Deutschunterricht brachte mir ein Saunameister in einem zweimonatigen Crashkurs bei, wie ich Dampf in die Schwitzhütte bekomme.

»Sie beginnen auch nicht sofort, erst im Dezember. Wir wollen nichts überstürzen. Bis dahin können Sie Ihre neue Familie kennenlernen, in erster Linie natürlich Ihren Mann.«

Der Keks fällt mir aus der Hand und plumpst in den Kaffee.

»Wie, Mann?«

Er scheint so verwirrt wie ich. »Hat man Ihnen nicht gesagt ...«

»Nein.« Für die nächsten deutschen Worte nehme ich all meinen Mut zusammen. »Muss Irrtum sein.«

»Nein. Das ist Teil des Plans. Sie bekommen eine Beschäftigung und heiraten. Ich verstehe nicht, wieso man Sie nicht darüber informiert hat.«

Er nicht. Aber ich sehr wohl. Eine reine Vorsichtsmaßnahme. Schließlich wurde ich ohnehin schon als unkooperativ eingeschätzt. Hätte ich gewusst, dass ich einen Mann an die Backe bekomme, wäre ich nach Sibirien geflohen.

»Ausgeschlossen«, stelle ich klar.

Hans-Peter Lehmann schüttelt den Kopf. »Nein. Ausgeschlossen ist, dass Sie nicht heiraten. Ohne das funktioniert es nicht. Außerdem bekommen Sie nur so Ihren neuen Namen. Den brauchen Sie für Ihre Deckung. Sie müssen in unsere Gesellschaft eintauchen, um sicher zu sein.«

»Werde ich nicht tauchen. Nicht mit alte und nicht mit neue Name. Wie soll ich cheißen ieberchaupt? Miller, Mayer, Schulze?« Diese Namen sind mir in meinem Deutschbuch ständig begegnet.

»Poljakow«, antwortet er. »Jekaterina Poljakow.«

Mit einem Ruck stehe ich auf. Der Stuhl kippt um. »Ist polski!«

»Nun, wenn Sie so wollen, ja, auch Ihr Mann hat einen Migrationshintergrund. Er hat polnische Wurzeln, ist allerdings in Deutschland geboren.«

Bebend vor Zorn hebe ich eine Hand, um sämtliche Kontras an meinen Fingern abzuzählen: »Erstens: Misste ich cheißen Poljakowa und nicht Poljakow. Zweitens: Wo ist Vatersname? Ist nur Vor- und Nachname. Ist nicht vollständig. Drittens: Werde ich nicht cheiraten polski Mann. Viertens: Werde ich cheiraten ieberchaupt niemanden.«

Beschwichtigend hebt er die Hände. »Beruhigen Sie sich doch! Vladimir Poljakow ist ein netter Kerl.«

»Beruhige ich, wann ich will. Ist mir egal, ob er ist nett oder nicht. Kann er fahren zu Chölle! Ist Unverschämtheit, sag ich dir, Chans-Peter Lehmann. Fiehle ich wie auf Sklavenmarkt, wo ich werde verscherbelt an notgeile Arsch, der bietet meistes.«

Er steht ebenfalls auf und kommt mit noch immer gehobenen Händen auf mich zu, wie um eine Raubkatze zu beruhigen. »So ist das wirklich nicht. Genau genommen wird es eine Scheinehe sein. Sie werden keinerlei Verpflichtungen haben.« Das revidiert er prompt. »Außer den üblichen im Haushalt natürlich und ein paar gesellschaftlichen zur Wahrung des Scheins. Aber davon abgesehen wird Ihr Mann Ihnen nicht zu nahe kommen.«

»Kommst du selbst nicht zu nahe«, zische ich. Mit einem Schritt bringe ich wieder mehr Abstand zwischen uns. »Bleibst du weg, oder ich schweere, raste ich aus!«

Er bleibt zwar stehen, gibt aber nicht auf. »Das ist doch nicht dauerhaft verpflichtend, sondern erst einmal eine Maßnahme, die Ihrer Integration und Ihrem Schutz dient. Sie können sich scheiden lassen, schon nach einem Jahr meinetwegen, und dann Ihren eigenen Weg gehen. Das liegt ganz bei Ihnen.«

»Ist ausgeschlossen.« Ich verschränke die Arme vor der Brust und hebe das Kinn. »Absolut ausgeschlossen.«

LEBENSABSCHNITTSGEFÄHRTE

Poljakow! Was ist das überhaupt für ein Name? Der klingt nach Bauerntrampel. Nach einem tölpelhaften Klotz, der den ganzen Tag auf dem Traktor über Rübenfelder rumpelt.

Vladimir Wie-auch-immer-sein-Vater-heißt Poljakow wird mich kennenlernen, wenn er glaubt, sich ein Hausmütterchen für seinen Alltagsdreck organisiert zu haben. Er wird sich wünschen, mir niemals begegnet zu sein, und das Ende des Jahres herbeisehnen, um mich endlich loszuwerden. Wenn es keinen anderen Weg gibt, okay, dann werde ich diesen Kerl eben heiraten. Hab ich das dann auch mal gemacht. Aber ich werde verschwunden sein, sobald Hans-Peter Lehmann mir grünes Licht gibt.

Mit einem elenden Gefühl in der Magengrube rolle ich mich auf die Seite. Hundemüde bin ich, denn ich habe kaum geschlafen, obwohl ich gestern fix und fertig war. Nachdem Hans-Peter Lehmann gegangen war, beschloss ich, abzuhauen, doch sobald ich auf der Straße stand, bekam ich Schiss und schlich zurück ins Zimmer. Heulend habe ich mich ins Bett verkrochen und mein Gesicht ins Kissen gedrückt.

Mein Blick fällt zum Nachtschrank, auf dem Snoopy steht. Mein Begleiter seit Kindertagen, ein Geburtstagsgeschenk meiner Mutter. Snoopy ist eine etwa zehn Zentimeter große Matroschka, die sechs weitere, jeweils kleiner werdende Matroschkas in ihrem Bauch trägt. Die letzte ist gerade halb so groß wie mein kleiner Finger und lässt sich nicht mehr öffnen.

Traurigkeit umschlingt mein Herz, als ich mich aufsetze und die Füße vors Bett stelle. Ich nehme Snoopy und öffne sie, öffne jede der inneren Holzfiguren und stelle sie in Reih und Glied auf den Nachtschrank. Die Prozedur hat etwas Beruhigendes. Früher habe ich die Matroschka auseinander- und wieder zusammengebaut, wenn ich mich geärgert habe oder Lampenfieber hatte. Ihren Namen bekam sie von einem kleinen, vielleicht vierjährigen Amerikaner, der sich verlaufen hatte und mir beim Spielen Gesellschaft leistete. Ich war damals sieben. Wir sprachen zwar miteinander, verstanden einander aber nicht. Meine Matroschka nannte er Snoopy, nicht nur die große, sondern jede einzelne. Grinsend tippte er auf ihre Köpfe, als würde er sie taufen, und kicherte, weil ich den Namen so lustig fand. Als seine Eltern ihn fanden und mitnahmen, heulte er und streckte die Hand nach den Snoopys aus. Ich baute sie wieder zusammen und brachte sie zum Wohnwagen, in dem ich mit meinen Eltern lebte.

Eine schöne Erinnerung. Sie lässt mich lächeln, als ich die zweite Snoopy wieder in die erste stecke, auch diese schließe und sichergehe, dass die Muster der beiden Hälften strichgenau ineinander verlaufen. Ich stelle die Matroschka zurück auf den Nachtschrank, stehe auf und tappe ins Bad. Beim Blick in den Spiegel erschrecke ich, wieder mal. Auch nach einer Woche habe ich mich nicht an das Platinblond gewöhnt. Ich nehme eine Strähne, zwirbele sie zwischen den Fingern und lasse sie mit einem Ächzen fallen. Ich sehe aus, als würde ich eine Perücke tragen ... und als hätte ich zu viele weibliche Hormone geschluckt. Innerhalb eines halben Jahres sind meine Brüste von einer absolut akzeptablen C-Größe auf D angeschwollen. Mein Hintern hat auch zugelegt, weshalb meine Taille schmaler wirkt. Mit den Händen fahre ich die neuen Kurven entlang, streife das Nachthemd leise schimpfend ab und gehe unter die Dusche. Das folgende Frisieren und Stylen geht schnell. Aus dem Koffer krame ich ein Outfit, das aus einem hochgeschlossenen schwarzen Rolli und einer schmal geschnittenen Jeans besteht. Während ich ein Paar Ohrstecker anlege, schlüpfe ich in die schwarzen Schuhe. Ohne einen weiteren Blick in den Spiegel zu werfen, nehme ich meine Tasche und ziehe die Karte aus dem Gerät, das den Strom im Zimmer freischaltet. Auf dem Flur bin ich kurz orientierungslos, schaue von rechts nach links und weiß nicht, wohin. Schließlich erinnere ich mich an den Fahrstuhl und wo er sich befindet.

Auf dem Weg in den Frühstücksraum, wo ich meinen zukünftigen Scheinehemann treffen werde, bin ich nicht aufgeregt, wie es eine andere Frau vielleicht wäre. Zumindest nicht im positiven Sinne. Vielmehr knirsche ich mit den Zähnen, weil mir die Unverschämtheit dieser ganzen Angelegenheit bei jedem Schritt wieder bewusster wird. Geladen wie eine Kalaschnikow reiße ich die Tür zum Frühstücksraum auf und spähe umher. Paare, überall Paare. Und Leute in Anzügen wie Hans-Peter Lehmann. Der soll auch hier sein. Ist er aber nicht.

Eine Angestellte fragt mich nach meiner Zimmernummer. Schnell durchforste ich mein geistiges Deutschwörterbuch und nenne sie ihr. Sie bittet mich, ihr zu folgen, und führt mich zu einem Tisch in einer Ecke, auf dem ein Reserviert-Schild steht, das sie nun wegnimmt. Sie bittet mich, Platz zu nehmen, und verschwindet. Eine andere Frau mit einem Tablett in der Hand steht vor mir und erkundigt sich, was ich trinken will.

»Kefir«, sage ich, ohne nachdenken zu müssen.

Sie runzelte die Stirn. »Kaffee?«

»Njet ... ähm, nein. Kefir!« Diesmal spreche ich es ganz langsam und deutlich aus.

»Käfer?«, stammelt sie. »Einen Sekt?«

»Njet ... ähm, nein. Kein Sekt.« Einen Wodka höchstens. Einen doppelten. Wie kann sie keinen Kefir kennen? »KE-FIR! Ist so ein ... so ein Dings. Ein Pilz.«

Ihre Miene erhellt sich. »Gebratene Champignons bekommen Sie am Büfett beim Speck und dem Rührei.«

»Nein, meine ich nicht.«

Verdammte Axt! Was ist das für ein Hotel? Jeder hat Kefir. Man muss ihn ja nicht kaufen, sondern nur züchten und immer wieder mit Milch übergießen, dann gärt er und wächst, und man hat stets genug. Mit mehr Worten und Gesten versuche ich der immer verzweifelter wirkenden Bedienung zu beschreiben, was ich meine, da sagt jemand:

»Bringen Sie uns bitte Kaffee.«

Mein Blick fällt auf den Mann, der an den Tisch getreten ist. Er ist groß, überragt die Bedienung um beinahe zwei Köpfe und hat breite Schultern. Er trägt einen dunkelblauen Pullover, darunter ein blau-weiß gestreiftes Hemd, und schiebt einen Autoschlüssel in die Tasche seiner Jeans, die auf im Schultervergleich schmalen Hüften sitzt. Seine Haare sind dunkelblond und so kurz geschnitten, dass er keinen Kamm braucht. Das Gesicht verrät seine slawischen Wurzeln: Das Kinn ist eher klein, der Mund spröde, die Nase groß, die Wangenknochen sind kantig. Senkrechte Furchen sitzen zwischen den Augenbrauen, die tief über den hellen Augen liegen. Noch einen Moment mustert er mich stumm, dann hält er mir eine seiner großen Hände hin. »Vladimir Poljakow.«

Auch kein Vatersname. Oder kein Anstand. Weil es mein Anstand gebietet, stehe ich auf und erwidere seinen Handschlag.

»Wan...« Schnell beiße ich mir auf die Lippen und sage, was ich sagen soll: »Jekaterina.«

Er nickt und gibt meine Hand frei. »Kefir gibt's hier nicht. Wir können zu Hause welchen kultivieren, wenn du möchtest.« Das sagt er auf Russisch, beinahe akzentfrei.

Er bemerkt meine Verwunderung und erklärt: »Ich hatte Russisch in der Schule, spreche es heute mit einigen Kollegen. Mit Polnisch als Basis war es leicht zu lernen. Englisch und ein bisschen Französisch kann ich auch.«

»Ich aber nicht«, entgegne ich. »Nur Deutsch ... mit einigen Lücken.« Ziemliche Untertreibung.

Es zuckt um seine Mundwinkel. »Hab ich gehört. Wir können uns die Kommunikation anfangs mit Russisch erleichtern. Mit Deutsch wirst du dich auch so genug herumschlagen.« Er nickt in Richtung Büfett. »Lass uns Essen holen. Ich hab Hunger.«

An Vladimirs Seite gehe ich zum Büfett, auf dem Brot, Wurst, Käse, Obst, Gemüse aufgetischt sind. Auch besagte Champignons neben weiteren gebratenen Dingen. Allerdings keine Bratkartoffeln, und vom Kascha-Brei, von Piroggen oder Blinis keine Spur. Mit Pilzen und Ei kehre ich an den Tisch zurück, wo Vladimir schon vor einem voll beladenen Teller sitzt und es sich schmecken lässt.

»Herr Lehmann hat erzählt, du wusstest nichts von der Hochzeit«, sagt er zwischen zwei Bissen. »Hast du noch irgendwelche Fragen?«

Ich werfe ihm einen Blick zu und schnaube. »Wo ist er überhaupt? Der wollte doch auch hier sein.«

»Kommt nach. Steckt im Stadtstau. Rushhour.«

»Ah.«

»Also keine Fragen?«

Ich spieße einen Pilz auf die Gabel und schiebe ihn mir in den Mund. Außer der Frage nach meinem Rückflugticket fällt mir keine ein. In Anbetracht der Umstände erscheint es mir völlig absurd, ihn nach seinem Job und seinen Hobbys zu fragen. Ich will kein Interesse heucheln. Die Hochzeit wird nach dem Augen-zu-und-durch-Prinzip stattfinden.

»Keine Fragen.«

»Gut. Dann sehen wir uns morgen um eins vor dem Standesamt. Wird schnell gehen. Rein, Ja sagen, raus, heim.«

Morgen?

Diesmal deutet er meinen Blick falsch. »Oder willst du es feierlicher?« Er zuckt mit den Schultern. »Wir können was essen gehen, gibt ein ganz gutes Restaurant bei uns um die Ecke. Die Kinder brauchen auf jeden Fall was zu spachteln, wenn sie aus der Schule kommen. Also entweder essen wir zu Hause oder auswärts.«

Kinder?

Wie viele? Mehr als eins. Zwei? Fünf?

Beruhig dich!, befehle ich mir. Es ist egal, ob er Kinder hat, dieser Vladimir Poljakow. So egal, wie ob ich ihn morgen heirate oder in einer Woche. Dass ich nicht einmal den Termin wusste, ärgert mich dennoch. Den Fluch, der aus dem Mund will, schiebe ich mühsam zurück. Möglicherweise hätte mir Hans-Peter Lehmann die Details gestern erzählt, hätte ich ihn ausreden lassen und nicht aus dem Hotelzimmer geworfen.

Wütend spieße ich drei Champignons nacheinander auf die Gabel.

»Also, was nun?«, fragt Vladimir. »Kleine Feier oder nicht? Ich würde reservieren.«

Ich schüttele den Kopf. »Ich denke nicht, dass diese Hochzeit ein Grund zu feiern ist.«

VERSCHLIMMBESSERUNG

Ich hatte nichts Passendes zum Anziehen und war im Einkaufszentrum in der Nähe des Hotels. In den meisten Geschäften gab es nur spießige Sachen, zu langweilig für eine Hochzeit, wie sie mir bevorsteht. Teuer außerdem. In einem kleineren Laden mit orientalisch klingendem Namen wurde ich fündig und gab einen der druckfrischen Euroscheine her. Fünfhundert Euro hat mir Hans-Peter Lehmann zur Überbrückung gegeben, fünfzig davon sind nun weg. Zufrieden mit meiner Ausbeute trete ich vor den wandhohen Spiegel und betrachte mich: gelbe Bluse, roter Bleistiftrock, hellblauer Gürtel. Der passt hervorragend zu den hellblauen Pumps.

Im Badezimmer kümmere ich mich um meine grässlich platinblonden Haare und türme sie zu einem monströsen Dutt auf. Beim Make-up nehme ich mir ein Beispiel an der russischen Stewardess und spare nicht, trage hellblauen Lidschatten und kräftig Rouge auf. Zum Schluss pinsele ich meine Lippen knallrot. Die bunten Glassteine in den Riesenkreolen funkeln, als ich den Schmuck in meine Ohrläppchen stecke. Eine passende Kette schmückt mein Dekolleté, das ich erweitere, indem ich noch einen Blusenknopf öffne.

Fertig.

Mit einem grimmigen Grinsen ziehe ich meinen weißen Mantel über und schnappe mir die kleine, ebenfalls weiße Handtasche, dann verlasse ich das Zimmer. An der Rezeption bestelle ich ein Taxi, das zehn Minuten vor ein Uhr vorfährt.

Zwanzig Minuten später, wie geplant zehn Minuten zu spät, betrete ich das Frankfurter Standesamt am sogenannten Römer und verirre mich auf dem Weg zum Trausaal zweimal. Die Bezeichnung *Saal* ist total übertrieben, wie ich feststelle, als ich endlich eintrete. Es ist nicht mehr als ein altbackener Raum mit Parkett, Holztäfelung und Gemälden. In einem tatsächlichen Saal hätten die wenigen Anwesenden allerdings ziemlich verloren gewirkt. Hinter einem biederen Schreibtisch steht der Beamte und schaut von mir zu seiner Armbanduhr. Auf zwei der wenigen Stühle für Gäste sitzen Hans-Peter Lehmann, der mein Trauzeuge sein wird, und irgendein Kollege von ihm, der als Vladimirs Trauzeuge fungiert. Mein Zukünftiger wartet neben den vier Stühlen vor dem Schreibtisch und schaut mir genervt entgegen. Als ich unter gespielt hastigen Entschuldigungen für mein Zuspätkommen den Mantel öffne und mein Outfit zeige, tritt ein eisiger Ausdruck in seine Augen. Beinahe bekomme ich ein schlechtes Gewissen, denn er scheint die Sache sehr ernst zu nehmen und hat sich in Schale geschmissen. Er trägt einen schwarzen Anzug und ein weißes Hemd mit schwarzer Fliege. Seine Lackschuhe sind auf Hochglanz poliert. Außerdem riecht er, als hätte er in Eau de Unwiderstehlich gebadet.

Ich kann dennoch widerstehen und verkneife mir ein *Na, dann bringen wir den Scheiß mal hinter uns!*, weil ich nicht weiß, ob der Beamte Russisch versteht. Stattdessen sage ich gar nichts, wie es die Bräute auf den wenigen Hochzeiten, die ich erlebt habe, immer getan haben. Sie haben selig gelächelt und ihren Liebsten mit verklärtem Blick angeschaut. Das selige Lächeln schaffe ich, aber mein Blick bleibt klar. Vladimir müsste jetzt so was wie *Du siehst wunderschön aus!* sagen, was ich natürlich nicht erwarte. Ohne die Eisberge aus seinen Augen zum Schmelzen zu bringen, zieht er die Mundwinkel nach oben, legt eine Hand an meinen Rücken und beugt sich herab, um mich mit einem Kuss auf die Wange zu begrüßen. Als er mir dabei ein »Du machst mich lächerlicher als dich selbst« ins Ohr raunt, rieselt mir ein Schauder über den Rücken.

Wir setzen uns und schauen zum Standesbeamten. Der will die Verspätung aufholen und beginnt ohne Umschweife.

»Liebe Jekaterina, lieber Vladimir«, sagt er mit feierlicher Stimme. »Ein bedeutsamer Anlass führt euch in das Standesamt. Ihr möchtet euren gemeinsamen Weg durch das Eheversprechen besiegeln. Ihr traut euch.«

Echt mal! Wir trauen uns was.

»Ihr wagt es, einen neuen Lebensabschnitt gemeinsam formal zu beginnen. Wie es in unserer Rechtsgrundlage, dem Bürgerlichen Gesetzbuch, geschrieben steht, schließt ihr den Bund der Ehe auf Lebenszeit, verpflichtet euch einander und tragt füreinander Verantwortung. Ihr vertraut einander und habt euch deshalb bewusst für den sicher nicht immer einfachen Weg entschieden. Ihr seid zuversichtlich, dass eure Liebe tief genug ist, um für ein langes, gemeinsames Leben zu reichen.«

Vom ersten Teil verstehe ich kaum etwas. Zur zweiten Hälfte habe ich fünfmal Nein gesagt. Im Stillen natürlich, aber doch entschieden.

Ich verpflichte mich Vladimir? Nein!

Ich trage für ihn Verantwortung? Nein!

Ich vertraue ihm? Nein!

Ich habe mich bewusst für den Weg mit ihm entschieden? Ganz gewiss nicht!

Meine Liebe zu ihm ist tief? Nein, Liebe ist nicht mal im Ansatz vorhanden.

Mein Magen verkrampft sich. Mir wird übel.

Mit noch feierlicherer Stimme fordert uns der Standesbeamte zum Stehen auf. Dann wendet er sich an Vladimir und fragt ihn, ob es sein eigener und freier Entschluss sei, mit mir, die ich hier anwesend bin, die Ehe einzugehen. Ich beobachte ihn. Mein Herz setzt einen Takt aus, als er knapp nickt und »Ja, das will ich« sagt. Völlig überzeugend.

Nun bin ich an der Reihe und schaue wieder zum Beamten hinter dem Schreibtisch. Vladimir sieht mich nicht an, als meine Antwort gefordert ist, sondern hält den Blick stur geradeaus. Ich atme durch und bringe das »Ja, will ich ebenfalls« mit zitternder Stimme hervor.

Der Standesbeamte lächelt. »Da ihr beide meine Frage mit Ja beantwortet habt, erkläre ich euch kraft des Gesetzes zu rechtmäßig verbundenen Eheleuten. Ihr dürft euch nun die Ringe anstecken und euch küssen.«

Hans-Peter Lehmann zückt ein Schmuckkästchen und klappt es auf. Zwei schlichte goldene Ringe ruhen im Samtbett. Vladimir nimmt den kleineren und wartet, dass ich meine Hand ausstrecke. Meine Finger zittern so sehr wie meine Stimme eben beim Jawort, als er mir den Ring ansteckt. Woher auch immer er die Info zu meiner Ringgröße hat, weiß ich nicht, aber das Ding passt perfekt. Als er mir seine Hand hinhält, nehme ich den zweiten Ring, schiebe ihn über seinen Finger und sehe ihn an. Er schaut noch immer grimmig drein, als er sich zu mir beugt. Er schlingt die Arme nicht um mich, wofür ich dankbar bin, denn ich habe ohnehin schon das Gefühl, gefangen zu sein. Sein Kuss ist kühl und dauert länger, als ich es für nötig erachtet hätte. Noch nie im Leben bin ich so unromantisch geküsst worden, allerdings habe ich auch nie in einer so emotionslosen Situation geküsst. Unsere Trauzeugen applaudieren, als wir unsere Münder voneinander lösen, und der Standesbeamte erklärt Vladimirs Nachnamen als den Namen, den wir gemeinsam tragen werden.

Da rebelliert mein Ordnungssinn.

»Poljakowa«, sage ich. »So muss ich heißen. Nicht Poljakow.«

Der Standesbeamte mustert mich irritiert und beginnt mit einem »Ähm« in seinen Unterlagen zu wühlen. Ein zweites »Ähm« lässt darauf schließen, dass er die gesuchte Information nirgends findet.

»In Russland, es ist normal, dass die Frau bekommt ein A.« Ich wende mich an Vladimir. »Sollen die Leute etwa glauben, dass du mit einem Mann verheiratet bist?«

Ohne mich anzuschauen, sagt er: »Poljakow. Belassen wir es bitte dabei.« Und zwar dem Standesbeamten. Nicht mir.

Der Mann wirkt erleichtert und bittet uns zur Unterschrift an seinen Tisch. Ich bebe innerlich vor Verärgerung, setze den Stift auf das Papier und will zum W ausholen. Rechtzeitig besinne ich mich und schreibe *Jekaterina*, danach *Poljakow*. Ohne A. Auch schon egal. Mein ganzes Scheißleben ist eine Lüge, was spielt die Korrektheit eines Namens da für eine Rolle?

Der Standesbeamte wünscht mir und Vladimir alles Gute. Die Trauzeugen folgen seinem Beispiel. Hans-Peter Lehmann zieht sein Handy hervor. Als er »Jetzt noch ein schönes Foto fürs Album« sagt, möchte ich ihn gern erwürgen.

Mein Frischangetrauter stellt sich an meine Seite und legt den Arm um mich. Ich sehe, wie er lächelt, und zwinge meine eigenen Mundwinkel nach oben. Sobald Hans-Peter Lehmann das Bild gemacht hat, nimmt Vladimir meine Hand und zieht mich mit sich aus dem Raum. Unterwegs greift er sich meine Jacke und hält sie mir hin, um mir beim Anziehen zu helfen.

»Die ziehst du nicht mehr aus, bis wir zu Hause sind«, knurrt er.

Seite an Seite verlassen wir das Standesamt. Es hat zu regnen begonnen, was Vladimir so wenig stört wie mich. Menschen mit Schirmen kreuzen die Wege von anderen, die mit hochgezogenen Schultern und düsteren Mienen vorübereilen. Vladimir und ich sind mittendrin, bis wir das Parkhaus erreichen. Ich habe keine Ahnung, wie er sein Auto in diesem Chaos aus parkenden Fahrzeugen findet, aber er tut es, und bald düsen wir durch die Innenstadt. Immer noch schweigend.

Im Hotel checke ich aus, während er mein Gepäck holt. Dann geht es in sein altes und mein neues Zuhause.

»Meine Kinder werden mittlerweile zu Hause sein«, sagt er.

Das war zu erwarten. »Was wissen sie von ...« Uns? Es gibt kein Uns. Es gibt ein Ich und ein Er.

»Ich habe ihnen erzählt, dass wir uns vor zwei Jahren im Internet kennengelernt und ineinander verliebt haben.«

Das Wort *verliebt* klingt total merkwürdig, so wie er es sagt. So, als wüsste er nicht, wie das ist, verliebt zu sein.

»Du warst in dieser Zeit zweimal in Deutschland«, informiert er mich weiter, »und irgendwann war klar, dass du herziehst. Um diesen Prozess zu vereinfachen, haben wir beschlossen zu heiraten.«

»Ich nehme an, deine Kinder sind hellauf begeistert.«

»Total.«

Die Frage nach der Mutter schleicht mir durch den Kopf. Ich stelle sie nicht, weil ich nicht das Gefühl habe, es ginge mich etwas an. Vermutlich ist die Frau tot. Welche Mutter verlässt mit ihrem Mann auch ihre Kinder?

»Warum machst du das eigentlich?«, will ich stattdessen wissen.

Er wirft mir einen kurzen Blick zu, konzentriert sich dann wieder auf die Straße und setzt den Blinker, um von einer dreispurigen Straße in eine schmale Querstraße abzubiegen.

»Ich werde dafür bezahlt.«

Was zur Hölle?

Vor Empörung bringe ich kein Wort heraus, starre ihn bloß an und liebäugele mit dem Gedanken, mich aus dem fahrenden Auto zu stürzen und zu laufen ... einfach zu laufen. Nur weg. Bis zur Grenze. Irgendwann erreiche ich sie schon.

»Was dachtest du denn?«, wunderte er sich. »Ich bin kein Samariter und kann das Geld als Alleinverdiener gut gebrauchen.«

Angewidert wende ich mich ab.

Gestern habe ich mich noch darüber aufgeregt, an den Höchstbietenden verkauft worden zu sein. Aber das Gegenteil ist der Fall. Er wurde dafür bezahlt, dass er mich nimmt.

Das ist der Gipfel der Unverschämtheit.

MINUSHELDIN

Vladimirs Wecker piept. Genau ein Mal, ganz kurz. Ich liege von ihm abgewandt gerade so weit am Rand der rechten Bettseite, dass ich nicht hinausfalle, und lausche. Er regt sich, scheint sich aufzusetzen und aufzustehen. Er tappt durch das Zimmer, öffnet und schließt die Tür leise hinter sich.

Auch in dieser Nacht war ich die meiste Zeit wach. Mein Geist ist zwar wieder und wieder davongetrudelt, doch mit dem Bewusstsein über meine Situation nicht zur Ruhe gekommen. Ich hatte vorgeschlagen, auf der Couch zu schlafen, doch die Diskussion hat Vladimir gar nicht erst aufkommen lassen. Seine Kinder müssten die Ehe schon ernst nehmen, hat er gemeint. Also habe ich mich neben ihn gelegt, mich am Bettrand in die Bettdecke gewickelt und ihm beim Atmen zugehört. Zum Glück schnarcht er nicht.

Ich höre, wie er duscht. Dann sind auch seine Kinder wach und lärmen durch die Wohnung. Pubertierende Monster, alle beide. Kaja ist vierzehn, Milan zwölf. Die eine bleichgesichtig, der andere deutlich zu klein für sein Alter. Mit der Herzlichkeit einer kühlen Brise haben sie mich empfangen. Durch mich hindurchgeschaut haben sie, auf mein Hallo nicht geantwortet, dann sind sie in ihre Zimmer verschwunden und haben die Türen hinter sich zugeknallt. Beim Essen konnten sie mich nicht konsequent ignorieren, also hat Milan mich angestarrt und Kaja über meinen Akzent gelacht, wann immer Vladimir und ich Deutsch gesprochen haben – der Kinder wegen. Offenbar spreche ich das deutsche H nicht korrekt aus. Ich weiß nicht, was ich falsch mache, aber als Kaja mich nachgeäfft hat, klang sie wie eine Katze, die kurz vorm Ersticken ist.

Vladimir kommt zurück und sucht im Halbdunkel Kleidung aus seinem Schrank. Beruflich macht er irgendwas mit Metall, hat er mir gestern erzählt. Kurz nach sieben muss er aus dem Haus. Um die

Kinder bräuchte ich mich erst einmal nicht zu kümmern, die seien selbstständig, würden sich ihre Pausenbrote schmieren und dann zum Bus gehen. Zum Glück!

Nachdem er das Zimmer abermals verlassen hat, rolle ich mich auf den Rücken und atme durch. Die Geräusche von draußen werden leiser. Mein Geist unternimmt einen neuen Versuch, sich zu entspannen. Stimmen dringen in den leichten Traum.

»Los mach schon, das wird lustig«, flüstert jemand.

»Meinst du echt?«, flüstert ein anderer zurück.

»Klar, die hat ihren Hintern schneller oben, als du bis drei zählen kannst.«

»Ich weiß nicht ...«

»Mach jetzt, Feigling!«

»Ich bin kein Feigling.«

»Dann drück drauf.«

Ein ohrenbetäubendes Tröten ertönt. Mit einem Schrei sitze ich im Bett, reiße die Augen auf und habe eine kleine Trompete vor der Nase. Milan hält sie. Gemein grinsend drückt er noch einmal auf den Gummiball, der sich hinten an der Trompete befindet, und es trötet erneut, dann tippt seine gleichermaßen belustigte Schwester auf ein Handy. Eine von dumpfen Bässen und merkwürdiger Musik unterlegte Stimme brüllt irgendwas von einem Atomschutzbunker, und dass die Welt untergeht. Gefolgt von einem Hurra.

Giggelnd rennen die Kids aus dem Schlafzimmer. Der Typ schreit weiter einen für mich zusammenhanglosen Text, in dem es um Gefängnisse, McDonald's, Äpfel und Tomaten, einen Reichstag, die Bibel und den Papst geht.

»Macht das aus, bitte«, rufe ich über den Lärm hinweg, doch die beiden lachen bloß. Dann höre ich, wie sie die Eingangstür ins Schloss ziehen.

Panisch schwinge ich mich aus dem Bett, suche die Quelle dieser Musik. Immer hastiger durchwühle ich Stapel ausgelesener Tageszeitungen, die sich neben Vladimirs Bettseite türmen, und krame in einem Korb mit Bügelwäsche, der hinter der Tür steht, doch ich finde nichts.

Das Lied läuft weiter.

Kühe, Sex, Kirche, Porno, Baby, Feuer, Scheiße.

Scheiße!, da stimme ich zu.

Ich halte mir die Ohren zu und stürme aus dem Schlafzimmer, schließe die Tür und lehne mich dagegen. Gedanken schwirren durch meinen Kopf, mein Herz holpert in der Brust und will sich nicht beruhigen. Es setzt einen Takt aus, als jemand gegen die Eingangstür hämmert, und schlägt doppelt so schnell weiter. Ich schleiche zur Tür, die unter dem Gehämmer zu vibrieren scheint, stolpere über die umgeklappte Ecke eines Läufers und öffne die Tür schließlich gerade weit genug, um durch den Spalt linsen zu können.

Ein dickbäuchiger Typ im blau-weiß gestreiften Bademantel senkt die Faust und schaut mich an. »Schalten Sie wohl diesen Lärm aus? In diesem Haus gibt es Leute, die müssen tagsüber schlafen.«

»Tut mir leid«, antworte ich. »Weiß ich nicht, wo ist Schalter. Chabe ich gesucht, aber finde nicht. Und Kinder sind gelaufen weg.«

Er runzelt die Stirn, wirkt aber nicht mehr so wütend. »Sie wohnen noch nicht so lange hier, oder? Hab Sie noch nie gesehen.«

Ich öffne den Spalt ein bisschen weiter. »Bin ich seit gestern da. Bin ich neue Frau von Vladimir Poljakow.«

»Ah. Na dann, also hier gibt es Regeln ...«

»Ist klar, aber finde ich Schalter Musik nicht.«

»Lassen Sie mich rein. Ich finde den Schalter schon. Ganz sicher. Und wenn es der FI-Schalter ist.«

Ich habe keine Ahnung, was ein FI-Schalter ist, aber der Mann klingt, als würde er sich auskennen, also öffne ich ihm ganz. Gelegenheit, mich zu schämen, weil ich im Schlafanzug und unfrisiert bin, gibt er mir nicht. Ohnehin scheint es ihn nicht zu stören; er sieht ja selbst nicht viel besser aus. Zielgerichtet trampelt er zum Schlafzimmer, sieht sich dort um und entdeckt einen rechteckigen Kasten auf der Fensterbank. Da drückt er drauf, und es ist still.

»Eine Soundbox«, grummelt er. »Die ist hier mit irgendeinem Handy verbunden. Aber jetzt ist Ruhe.«

»Bin ich froh. Vielen Dank.« Was auch immer eine Soundbox ist ...

»Nichts für ungut.« Er betrachtet mich. Dann reibt er sich übers Gesicht, trottet aus dem Schlafzimmer und zum Ausgang. »Sehen Sie nur zu, dass das morgen nicht wieder passiert. Sonst werde ich echt ungemütlich.«

»Wird nichts passieren wieder«, verspreche ich.

Als er weg ist, nehme ich die Soundbox und drehe sie in den Händen. Unfassbar, was dieses unscheinbare Ding für einen Lärm erzeugt. Damit es das nicht erneut tun kann, verstecke ich es in der Schublade meines Nachtschranks. Die kann abgeschlossen werden und beherbergt bereits eine kleine Metallkiste mit meinen Erinnerungen, die ich aus Russland geschmuggelt habe. Insbesondere diese Kiste darf nicht gefunden werden, also verschließe ich die Schublade gleich wieder, ziehe den Schlüssel ab und stecke ihn in mein Portemonnaie.

Vladimir hat gesagt, mehr als meinen Krempel auspacken brauche ich heute nicht zu tun – und den Kindern soll ich etwas zu essen machen, wenn sie aus der Schule zurückkommen. Einen Scheiß werde ich! Sollen sie doch an ihren Fingernägeln knabbern.

Nach einem kefirlosen Frühstück, das aus Brot, Käse und einer Tasse Kaffee besteht, die ich dem Automaten nach einigen vergeblichen Versuchen entlocken konnte, will ich meine Kleidung auspacken, da klingelt das Telefon. Irgendwo. Ich finde es unter einem Sofakissen und einer zerknüllten Wolldecke, wage aber nicht, ranzugehen. Ich lausche, bis es verstummt, und habe dann ein schlechtes Gefühl, weil der Anrufer vielleicht Vladimir war. Möglicherweise wollte er mich fragen, wie ich zurechtkomme. Ich könnte ihm erzählen, dass seine kleinen Monster eine Soundbox ins Schlafzimmer geschmuggelt haben und dass ich den Herd nicht verstehe. Gestern habe ich beobachtet, wie Vladimir einen silbernen Knauf auf dem Kochfeld bedient und mit dem Finger auf bestimmte Stellen getippt hat, bis die jeweiligen darüberliegenden Felder heiß wurden, aber der silberne Knauf ist verschwunden, und wohin ich auch tippe, es passiert nichts. Bald ist die Platte, die ohne Zweifel länger nicht gereinigt wurde, übersät von meinen Fingerabdrücken. Ich gebe auf und widme mich meinem Gepäck.

Zwischen zwei Blusen finde ich Snoopy. Mit der Matroschka setze ich mich aufs Bett und stelle die Holzpuppen-Armee auf dem Nachtschrank auf, da klingelt das Telefon erneut. Diesmal sprinte ich zum Gerät und nehme das Gespräch mit einem »Guten Tag« an.

»Guten Tag«, antwortet ein Mann. »Spreche ich mit Vladimir Poljakow?«

»Nein, mit Wan... Jekaterina Poljakow.« Verdammt noch mal, niemals werde ich mich an diesen Namen gewöhnen.

»Ah, Frau Poljakow.« Der Anrufer klingt ehrlich erfreut. »Ich rufe wegen Ihres Telefonanschlusses an.«

»Oh, gibt es Problem damit?«

»Nein, absolut nicht. Im Gegenteil. Sie können ab sofort von einem zusätzlichen Service profitieren und darüber auch fernsehen.«

Fernsehen auf dem Telefon? Verwundert nehme ich das Gerät vom Ohr, betrachte das winzige Display und frage nach: »Gibt dann auch größeres Telefon? Sonst kann man erkennen ja gar nichts.«

Der Mann lacht. »In den Genuss unseres Film- und Serienangebots kommen Sie natürlich auf Ihrem regulären TV-Gerät.«

»Ach so!« Dann wird das wohl vom Telefon übertragen. »Das klingt gut.«

»Ist es auch. Sie werden überrascht sein, was Sie dann alles schauen können. Ich schalte den Service also für Sie frei, in Ordnung?«

»Ist gut, schalten Sie. Danke schön.«

Ich lege auf. Wenn das Telefon bald auch das Essen kochen kann, bleibe ich hier. Vielleicht.

Das Geräusch des Schlüssels in der Tür lässt mich herumfahren.

Wenig später steht Milan vor mir. Ich frage mich, warum er schon zu Hause ist, und überlege, ob er verhasste Schulfächer schwänzt.

»Deutsch ist ausgefallen«, sagt er und pfeffert seinen Rucksack in eine Ecke. »Was gibt's zu essen?«

Ich verschränke die Arme vor der Brust und lehne mich in den Türrahmen zum Wohnzimmer. »Asche und Staub.«

Er verzieht das Gesicht, sodass er ziemlich dumm aussieht. »Asche und Staub? Frisst man das bei euch in Russland?«

»Nein, frisst man hier, wenn Laden für Einkauf ist zusammengestürzt, weil Welt geht unter.« Mit einem »Hurraaaa!« werfe ich die Hände in die Luft.

Milan schnaubt verächtlich und geht zum Kühlschrank. »Du hast ja nicht alle Latten am Zaun.«

»Was für Latten?«

Er dreht sich zu mir um und beißt von einer Wurst ab. »Raffst es nicht, was?«, brabbelt er mit vollem Mund. »Wenn man nicht alle Latten am Zaun hat, bedeutet das, man ist ein bisschen irre.«

»Ah, Cholzzaun! Sagt man so? Fehlt Cholzlatte, ist Zaun nicht ganz richtig.«

»Genau.« Milan nimmt sich die letzte Wurst und lässt die Packung auf der Anrichte liegen. Neben vielen weiteren Dingen, die da nicht hingehören: leere Flaschen, benutztes Geschirr und jede Menge Krümel.

Und das ist nur die Küche. In Wohnzimmer und Bad sieht es nicht viel anders aus. Man kann kaum einen Unterschied zwischen Dekoration und Krempel machen. In einer Ecke des Schlafzimmers beispielsweise habe ich hinter einem Berg Bügelwäsche ein echt aussehendes Schwert entdeckt. Zuerst hielt ich es für Dekoration, doch bei einem kurzen Blick in Vladimirs Schrank habe ich auch eine Rüstung gefunden. Wirklich merkwürdig. Das Chaos in der Wohnung ist wiederum nur die sichtbare Unordnung. Die nicht sichtbare zeigt sich im Verhalten der Monster. Wäre ich einem Erwachsenen früher so begegnet, hätte man mir den Hintern versohlt.

»Wo ist meine Soundbox?«, fragt Milan auf dem Weg aus der Küche.

»Finde sie doch in diese Stall von Schweine!«

Ich höre, wie er durchs Schlafzimmer läuft, hier und da ein bisschen wühlt. Ohne fündig geworden zu sein, kehrt er zurück und hält die Hand auf. »Ich will sofort meine Soundbox wiederhaben.«

Das Bedauern in die Miene zu zaubern fällt mir nicht schwer. »Chabe ich wohl vergessen, wo sie ist. Bestimmt wegen fehlende Cholz an Zaun.«

Milan verschwindet schimpfend, um im Wohnzimmer weiterzusuchen.

FLÜSSIGTROST

Ich kann gar nichts. Nicht das Geschirr korrekt in den Schrank räumen. Nicht bügeln, nicht das Handy benutzen, das Vladimir mir gegeben hat. Nicht mal Spiegeleier in der Pfanne braten. Nicht einmal das. Zwar bin nicht ich daran schuld, sondern dieser bescheuerte Herd, der viel zu schnell ist, aber die zehn verkohlten Eier fielen am Ende doch auf mich zurück. Vladimir hat nichts gesagt, sondern Pizza bestellt, aber ich konnte seine Gedanken in seiner Miene lesen. Nichts gesagt hat er vielleicht auch, weil er vorher, als er erfuhr, dass er nun über das Telefon fernsehen kann, eine Menge Vokabular verpulvert hat. Dass Fernsehen über das Telefon keineswegs eine gratis Zusatzleistung, sondern ziemlich teuer ist, werde ich mir merken und zukünftig auflegen, wenn jemand von der Telefongesellschaft anruft. Oder am besten doch nicht ans Telefon gehen. Und an den Herd auch nicht mehr.

Die Einsicht, dass ich gar nichts kann, ist nicht gerade ein Motivator für das Vorstellungsgespräch, für das ich mit Hans-Peter Lehmann im Erlebnisbad verabredet bin. Genau genommen fühle ich mich schrecklich minusgepolt. Eigentlich grenzt es an ein Wunder, dass ich zur U-Bahn gefunden habe und sogar in die richtige Bahn gestiegen bin.

Von Kalbach aus – das ist der Stadtteil, in dem die Poljakows wohnen – muss ich sechs Stationen fahren und setze mich auf einen Platz am Fenster. Nach zwei Stationen ist Endstation. Mit einer Durchsage werden alle aufgefordert, die Bahn zu verlassen. *Nieder-Eschbach* steht auf dem Schild am Bahnsteig, nicht *Nordwest-Zentrum*, wie es sein sollte.

Es ist zum Heulen! Ich sollte in die U9 steigen, und das habe ich getan. Offenbar ist die U9 irgendwo falsch abgebogen. Und nun komme ich zu spät zum Vorstellungsgespräch – ganz davon abgesehen, habe ich keine Ahnung, welcher Weg von hier aus zum Bahnhof *Nordwest-Zentrum* führt. Wirklich zum Heulen das alles.

Andere Passagiere steigen in die U9 ein. Ich entdecke einen Schaukasten, in dem die Bahnpläne aushängen. Unter vielen Bahnen entdecke ich die U9 und versuche aus dem Kauderwelsch aus Namen und Zeiten schlau zu werden. Ich finde den Bahnhof, auf dem ich gelandet bin, und stelle fest, dass der Bahnhof *Nordwest-Zentrum* in der entgegengesetzten Richtung liegt. Die Bahn ist also nicht falsch abgebogen, sondern fährt in zwei Richtungen, und ich bin in Kalbach falsch eingestiegen. Wirklich, ich kann gar nichts.

Gerade rechtzeitig bevor die Türen sich schließen, springe ich in die U9 und setze mich wieder. Etwa zehn Sekunden lang bin ich sowohl froh als auch hoffnungsvoll, da fällt mein Blick auf ein Schild, das Leuten, die kein Ticket gekauft haben – sogenannten Schwarzfahrern – mit einem Bußgeld droht. Mir wird klar, dass ich eine Schwarzfahrerin bin, denn für die Rückfahrt hätte ich eine neue Fahrkarte lösen müssen. Mir wird heiß vor Schreck. Ich ziehe den Mantel aus, zerre mir den Schal vom Hals und halte bei jeder Station den Atem an. Wenn jemand kommt, um mein Ticket zu kontrollieren, werde ich mein vorheriges vorzeigen und russisch reden. Mich einfach so blöd stellen, wie ich offenbar bin.

Die Fahrt zieht sich. Die Bahn füllt sich. Ich schwitze auch ohne Mantel und Schal und bin völlig erledigt, als ich endlich am Bahnhof *Nordwest-Zentrum* aussteige. Außerdem bin ich spät dran und lege die restlichen Meter zum Erlebnisbad im Sprint zurück, was meinem gepflegten Erscheinungsbild schadet.

»Sie sind zehn Minuten zu spät«, sagt Hans-Peter Lehmann zur Begrüßung.

»Entschuldigung«, keuche ich außer Atem. »Chatte ich Problem mit U9. War ich eingestiegen in ...«

»Ja, ja, schon gut.« Er dreht sich um und geht voraus zum Eingang des Erlebnisbads. »Es ist ein Graus mit dem Nahverkehr. Ständig fährt irgendwas nicht. Nun kommen Sie, Frau Poljakow. Die Leute haben nicht ewig Zeit. Dass sie überhaupt noch warten, ist außerordentlich freundlich.«

Ich hetze ihm nach, hole an der Rezeption kurz Luft, eile weiter und schüttele bald zwei Männern und einer Frau die Hände. Die Frau heißt Birgit Schawitzki. Sie ist die Wellnesschefin und ab dem kommenden Monat meine Vorgesetzte. Ihre Begrüßung ist verhalten, ihr Lächeln schmal, ihr Blick musternd. Dass ich zu spät bin und ramponiert aussehe, bringt mein Sympathiekonto augenscheinlich tief ins Minus. Minusgepolt! Ich hab es ja gleich gesagt.

»Da Sie ja über keinerlei praktische Erfahrung verfügen«, sagt Birgit Schawitzki nach ein paar höflichen Floskeln der Männer, »erzählen Sie doch bitte, warum Sie glauben, für die Tätigkeit in unserem Sauna- und Wellnessbereich qualifiziert zu sein?«

Ich tausche einen Blick mit Hans-Peter Lehmann, der mir aufmunternd zunickt, und setze mich ein bisschen aufrechter hin. »Weil ich gelernt chabe.«

Ist doch logisch, oder nicht?

Die Frau zieht die Brauen hoch, spitzt den Mund und entspannt ihn wieder. »Noch etwas? Welche Eigenschaften zeichnen Sie denn aus?«

»Ähm ...« Darüber habe ich noch nie im Leben nachgedacht. »Bin ich chöflich, bin ich chilfsbereit, bin ich pinktlich – meistens, wenn U9 ...«

»Okay, okay, und wo liegen Ihre Schwächen?«

Was zum Teufel haben die denn hiermit zu tun? Abermals schaue ich zu Hans-Peter Lehmann, der diesmal reglos bleibt. Na denn, wenn sie es wissen wollen.

»Kann ich nicht kochen und nicht backen, nicht biegeln und ...«

»Das alles werden Sie hier nicht tun müssen, Frau Poljakow«, unterbricht mich Birgit Schawitzki in einem eisigen Tonfall. »Aber lassen wir das Thema. Besuchen Sie denn selbst regelmäßig die Sauna?«

»Chabe ich in vergangenen Monaten beinahe täglich besucht.«

Nicht freiwillig. Nicht zum Entspannen, sondern zum Lernen, aber dennoch. Ich war da.

»Vorher nicht?«

»Nein, chatte ich keine Zeit.«

Birgit Schawitzki beißt sich auf die Lippen, dann holt sie zu einem weiteren Schlag aus.

»Erzählen Sie uns doch ein bisschen was zu den verschiedenen Aufgüssen.«

Hah! Aber jetzt. Ich punkte mit meinem inzwischen umfassenden Wissen zu den Wirkungen der einzelnen Aufgüsse. Ich weiß alles über ätherische Öle, über Salz- und Honigaufgüsse, bei denen der Körper nach dem Saunagang mit der entsprechenden Substanz eingeschmiert wird. Mein Lieblingsthema, den äußerst schweißtreibenden Birkenaufguss und seine erweiterte Variante, kann ich nur anreißen. Birgit Schawitzki schneidet mir das Wort ab, indem sie mir meine Pflichten und Verantwortungen klarmacht.

Als ich das Erlebnisbad eine Stunde später verlasse – ohne Hans-Peter Lehmann, denn er blieb zu einer Nachbesprechung –, schwirren in meinem Kopf schrecklich harsch-deutsch klingende Worte wie Nassbereich, Tauchbecken und Kneippschlauch. Ein Schlauch, der kneift, hat meines Erachtens nichts mit gesundem Saunieren zu tun, und ich werde seine Benutzung Kollegen überlassen, die so masochistisch veranlagt sind wie die Anwender. Außerdem verstehe ich nicht, wieso ich während der Saunagänge für Ruhe sorgen soll – in Russland hat das Saunieren gewissermaßen Stammtischcharakter. Mein Ausbilder hat mir erzählt, dass sich sogar Geschäftsmänner für Besprechungen in der Schwitzkammer verabreden. Aufsicht hin oder her, mir steht es doch nicht zu, eine Konferenz zu stören. Oder Sex. Intimität verhindern, hat Birgit Schawitzki das genannt. Mir ist nicht klar, wie es in einer Sauna überhaupt dazu kommen könnte, und ich hoffe, niemals in der Verlegenheit zu sein, einen solchen Akt unterbinden zu müssen.

Auf dem Weg zur U-Bahn fällt mir der Zettel ein, den mir Vladimir zusammen mit einem Zwanzigeuroschein in die Hand gedrückt hat. Ich soll ein Roggenbrot, Emmentaler Käse, gelbe Äpfel und lose Tomaten mitbringen. Vielleicht bekomme ich das auf die Reihe. So schwer kann das bei der genauen Beschreibung eigentlich nicht sein. Mit dem Plan, auch Kefir zu kaufen, gehe ich in einen Supermarkt – und bin zu fast einhundert Prozent erfolgreich. Bis auf den Kefir habe ich alles bekommen.

Es ist früher Abend und schon dunkel, als ich die Wohnungstür aufschließe. Vladimir steht mit dem Telefon am Ohr im Korridor, sagt: »Hat sich erledigt, Herr Lehmann, sie ist da«, und schaut mich böse an.

»Wieso hast du dein Handy nicht dabei?«, schnauzt er mich an.

Ich setze die Tüte mit den Lebensmitteln ab. »Weil ich es nicht verstehe.«

Ich hatte nie ein Handy, brauchte nie eins. Wer auch immer was von mir wollte, hat an meinem Wohnwagen geklopft.

»Gut, dann werde ich es dir verdammt noch mal erklären.«

Während ich den Mantel ausziehe, den Schal vom Hals wickele und in den Ärmel stecke, verschwindet er im Schlafzimmer und kommt mit dem Gerät zurück. Er stellt sich neben mich und drückt auf einen Knopf.

»Siehst du, so aktivierst du das Display und …« Er hält inne, beugt sich zu mir und schnuppert. »Hast du getrunken?«

»Flüssigtrost«, antworte ich trocken.

»Flüssigtrost?«

»Genau.«

So hat der Typ hinter dem Tresen meinen Wodka genannt, als ich ihm von meinem Tag erzählte. Mit jedem der vier Gläser ein bisschen mehr. Weil die U9 wegen eines Notarzteinsatzes auf den Gleisen zwei Stunden lang ausfiel, habe ich in einer Kneipe gewartet.

In Vladimirs Augen ziehen düstere Wolken auf.

»Nicht dein Ernst? Ich mache mir Sorgen, und du säufst dir fröhlich einen an?«

»Ich war nicht fröhlich.«

Ganz sicher nicht. Eher geknickt und verunsichert und von Heimweh gepackt. Ganz heftig sogar, wie ich da auf dem Bahnsteig stand und nicht wusste, was ich tun soll. Schließlich habe ich in der Kneipe nachgefragt und mir beim Warten Flüssigtrost gegönnt.

»Von welchem Geld?«, knurrt Vladimir.

Ui, ui! »Vom Einkauf war noch was übrig.«

»Das war nicht übrig. Verstanden? Ich habe nie Geld übrig. Schon gar nicht für Besäufnisse am Nachmittag.«

Der Trotz und das schlechte Gewissen kämpfen gegeneinander. Als keiner von beiden die Oberhand gewinnt, schleicht sich ein Dritter an und übernimmt. Meine Nase kribbelt, als Tränen aufsteigen. Ich wende den Blick ab.

»Die U9 ist ausgefallen«, murmele ich.

Vladimir nimmt meine Hand und drückt mir das Handy hinein. »Für solche Fälle wirst du lernen, das Ding zu benutzen. Ist das klar?«

Ich nicke und schlucke den Kloß im Hals. Er nimmt die Tüte und trägt sie in die Küche. Milan kommt aus seinem Zimmer, um das seiner Schwester zu stürmen und sie anzuschreien. Über die Schulter schaue ich zur Tür, durch die ich gerade gekommen bin, und würde am liebsten wieder verschwinden, um irgendwo mit noch mehr Flüssigtrost zu versacken.

FENSTERSCHEUCHE

»Mach keinen Blödsinn, solange wir weg sind«, sagt Milan und wirft sich seinen Schulrucksack über die Schulter.

»Der Herd ist tabu«, fügt seine Schwester mit einem Kichern an. »Nicht, dass du uns die Wohnung anzündest.«

Sie hauen ab. Ich beiße die Zähne aufeinander, um ihnen nichts nachzurufen. Ohnehin wäre das vollkommen dämlich. Bei solchen Monstern greifen nur härtere Maßnahmen, von denen ich keine Ahnung habe. Noch nicht. Ohne rechten Appetit löffele ich mein Müsli, in das ich Obst geschnitten habe. Bei einem Blick durch die Küche vergeht mir das Essen völlig. Heute werde ich diesen Saustall aufräumen.

Gesagt ... versucht zu tun. Die Müslischale und den Kaffeepott stelle ich in den überfüllten Geschirrspüler und stecke ein Tab in das kleine Fach, wie ich es bei Vladimir beobachtet habe. Nachdem ich ein Programm gewählt und auf den Startknopf gedrückt habe, kümmere ich mich um den Müll, der in drei Behälter sortiert ist. Papier, Kunststoff und Restmüll, soweit ist die Trennung klar, aber alle quellen über. Den Haustürschlüssel zwischen den Zähnen, schleppe ich zwei prallvolle Beutel und einen Eimer mit Papier durchs Treppenhaus in den Hof, wo zahlreiche größere Müllbehälter stehen. Etwa zehn schwarze, drei gelbe und drei blaue. Kurz stehe ich ratlos davor, dann stelle ich meine Müllbeutel ab und hebe die Deckel der Tonnen. Aha! Gelb ist für Plastik, blau für Papier. Dann muss schwarz für den Rest sein. Gerade will ich den Müllbeutel in eine schwarze Tonne werfen, da schimpft jemand:

»Unterstehen Sie sich, Ihren Müll in meine Tonne zu schmeißen!«

Eine Frau guckt aus einem Fenster in der ersten Etage. Sie wohnt offenbar direkt neben den Poljakows.

»Wenn Sie mit Ihrer Tonne nicht hinkommen, müssen Sie eben eine größere anfordern«, schimpft sie weiter. »Eine Frechheit, mir das unterschmuggeln zu wollen.«

»'tschuldigung.« Ich lasse den Deckel ihrer Mülltonne zufallen. »Wollte ich nicht schmuggeln. Wusste ich bloß nicht, dass bestimmte Tonnen gehören bestimmte Leute. Kannst du sagen, bitte, welche Tonne gehört Vladimir Poljakow?«

»Sie können wohl nicht lesen, was? Steht doch drauf, Zwei L für die zweite Etage links, wohingegen auf meiner Tonne Zwei R steht. Wenn Sie hier in Deutschland leben wollen, müssen Sie aber lesen können. Woher kommen Sie eigentlich, aus dem Osten, was?«

»Russland.«

»Ja, das dachte ich mir. Dann ist es ja kein Wunder.«

Ich frage nicht, was kein Wunder ist, sondern werfe den Restmüll in die Zwei-L-Tonne und suche die gelben und blauen Tonnen nach der Beschriftung ab, aber an denen steht nichts. Die Frau am Fenster errät mein Problem und quäkt: »Den anderen Krempel können Sie einwerfen, wo Platz ist. Die restlichen Tonnen teilt sich die Hausgemeinschaft. Aber Plaste in Gelb und Papier klein gefaltet in Blau. Keine sperrigen Kartons da rein, schließlich haben andere Leute auch Müll.«

»Natierlich, ist klein gefaltet in Eimer schon.«

Innerlich grummelnd entledige ich mich des restlichen Mülls und ärgere mich über meine Entscheidung, ihn überhaupt zu entsorgen. Wenn die Frau noch eine dumme Sache rausplautzt, hole ich eine der faulen Tomaten aus dem Biomüllsack und werfe sie ihr an den Kopf. Mit dem leeren Papiereimer in der Hand trete ich den Rückweg an, da meldet sich die Nachbarin abermals zu Wort.

»Mit dem Treppenhaus sind Sie heute auch dran.«

Ich verstehe nicht. »Was muss ich machen mit Treppenhaus?«

»Na, was glauben Sie denn? Denken Sie, ich putze für Sie? Ihrem Mann habe ich oft genug gesagt, dass er sich an die Hausordnung halten soll, hatte aber noch Verständnis, wenn er es vergessen hat.

Schließlich schafft er. Aber jetzt sind ja Sie da.« Sie tippt auf das Fensterbrett. »Jeden Freitag, hören Sie? Jeden Freitag.«

»Jeden Freitag, was?« Wenn Sie nicht gleich auf den Punkt kommt, werfe ich ihr statt einer faulen Tomate den Eimer an den Kopf.

In der Etage darüber wird ein Fenster gekippt. Wahrscheinlich ist unsere Unterhaltung so amüsant, dass sie Lauscher findet.

»Na, was schon, die Stufen abfegen und dann rauswischen.«

»Rauswischen? Die Stufen aus Chaus wischen?« Sie verkohlt mich. Will mal sehen, wie blöd so eine Russin wirklich ist.

»Da wird doch der Hund in der Pfanne verrückt! Den Dreck sollen Sie von den Stufen wischen. Sagen Sie nur, das macht man bei Ihnen in Russland nicht.«

»Chatte ich Chaus ohne Treppe«, gebe ich zähneknirschend zurück.

»Haus heißt das!« Einen hochroten Kopf bekommt sie und lehnt sich so weit aus dem Fenster, dass sie herauszufallen droht. »Haus, verstehen Sie? Nicht Chaus! Sie müssen schon anständig sprechen, wenn Sie hier einer verstehen soll. Und Sie wohnen nun in einem Haus mit Treppe, die jeden Freitag abgefegt und sauber gewischt werden muss. Auf unserer Etage bis runter zur ersten abwechselnd von mir und Ihnen. Heute ist es Ihre Kehrwoche.«

Wieso es nun Kehrwoche und nicht Feg- und Wischtag heißt, erschließt sich mir nicht, doch das ist nebensächlich. Ich stemme eine Hand in die Seite, schließe die andere fester um den Griff des Eimers, um ihn bloß nicht zu schleudern, und rede Klartext.

»Chabe ich keine Zeit cheute. Mache ich morgen. Wenn Sie steert so sehr Kriemel auf Treppe, fegen Sie cheute selbst weg.«

»Sie sind mir ja eine ganz feine Dame. Aber was wundere ich mich. Wie lange wohnen Sie schon in diesem Haus? Tage sind das, Tage! Und Ihre Fenster sind immer noch dreckig. Da muss man sich ja schämen, als Nachbar. Was sollen die Leute denn denken, die vorbeigehen oder zu Besuch kommen?«

Ich zucke mit den Schultern. »Denken Leute sicher, da wohnt russische Frau. Ist doch klar, dass in Russland chaben wir Decken vor Fenster, die nehmen wir einfach ab und tragen sie für Wäsche zu Wolga.«

»Auch noch frech werden, was?«

In der vierten Etage öffnet sich ein weiteres Fenster, hinter dem jemand gratis Comedy zum Frühstück genießen möchte. Im Parterre beginnt eine Frau ihre Fensterbänke abzuwaschen. Ich will im Hausflur verschwinden, doch die Nachbarin ist noch nicht fertig.

»Ich sage Ihnen mal was. Das hier ist ein anständiges Haus, in dem die Fenster regelmäßig geputzt werden. Alle Vierteljahre. Jetzt haben wir November, also kümmern Sie sich gefälligst drum, oder wollen Sie in ein paar Wochen Weihnachtszeug vor dreckige Scheiben hängen?«

»Werde ich vor Scheiben chängen gar nichts«, erwidere ich. »Feier ich kein Weihnachtsfest, weil bin ich ja Russin. Und reicht es jetzt.« Mit der freien Hand zeige ich ihr, wie weit es reicht. Bis zum Hals nämlich. »Kimmere ich mich jetzt um Sachen, die ich muss erledigen cheute. Wenn du chast Problem, können wir besprechen in Chaus, aber chörst du auf, über Chof zu schreien.«

Von ihrem weiteren Gezeter, in das die Frau aus dem Parterre einstimmt, verstehe ich nichts mehr. Brodelnd vor Zorn stapfe ich die Treppe hinauf, haue die Wohnungstür hinter mir zu und lehne mich von innen dagegen.

Keine Sekunde später kreischt es durchs Treppenhaus: »Türen werden hier leise geschlossen. Merken Sie sich das!«

Kurz vor vierzehn Uhr kommen die Monster von der Schule und haben nur noch wenig Ähnlichkeit mit den Kindern, die sich mit Hohn von mir verabschiedet haben. Milan hat ein blaues Auge, Kaja zwei. Der Junge verschwindet in seinem Zimmer und schlägt die Tür zu, wenig später ertönt seine Weltuntergangsmusik. Das Mädchen setzt sich an den Küchentisch und sagt: »Ich hab Mordshunger.«

»Was ist passiert?«, frage ich und kann nicht aufhören, sie anzustarren.

Sie winkt ab. »Ach, Milan hat mal wieder eins auf die Nase bekommen. Von Adrian, so einem üblen kleinen Kosovo-Albaner, der ihn immer Zwerg nennt. Was gibt's zu essen?«

»Gar nichts. Cherd ist tabu, chast du gesagt, also chabe ich nicht experimentiert damit.«

Sie stöhnt und verschränkt die Arme mit einem »Na, super!«. Der böse Blick, den sie aufsetzt, wird durch die blauen Augen noch verstärkt.

»Wieso chaut Milan Adrian nicht auf Nase zurück?«

»Na, weil er ein Zwerg ist. Ist doch logisch. Er rennt lieber weg.« Kaja schnaubt. »Und hofft, dass er schnell genug ist. Meistens ist er das nicht.«

»Muss er trainieren ... zu laufen und zu boxen.« Sicher gibt es Sportkurse für Kinder in einer großen Stadt wie Frankfurt.

»Wird er aber nicht machen. Er zockt lieber.«

Ich habe keine Ahnung, was das bedeutet, und es interessiert mich auch nicht. Anders als Kajas blaue Augen. »Und was ist passiert dir?«

Sie zieht die Brauen hoch. »Gar nichts, wieso?«

Mit einem Finger umkreise ich meine Augenpartie. »Wer chat geschlagen dich? Siehst du schrecklich aus.«

»Das ist Make-up. Madlen hatte welches dabei, und in der großen Pause war uns langweilig, also haben wir es ausprobiert.«

»Ah! Wenn das nächste Mal ist langweilig in Pause, malt ihr lieber mit Kreide auf Beton statt mit Make-up in Gesichter.«

»Du bist voll bescheuert.«

Weder bin ich bescheuert, noch wusste ich nicht, was mit ihren Augen passiert ist. Nun wird es Zeit für klare Worte.

»Siehst du aus wie Chure, willst du das?«

Kaja fällt die Kinnlade herunter. Worte purzeln dabei nicht aus ihrem Mund. Ich rupfe Krepp von der Küchenrolle und reiche es ihr.

»Wischst du ab schnell, bevor dein Vater sieht und versohlt dir Arsch. Bist du vierzehn. Brauchst du kein Make-up. Bist du scheen auch so.«

Spätestens jetzt erwarte ich ihre Widerrede, doch zu meinem Erstaunen reißt sie mir das Krepp aus der Hand und schmiert sich zuerst das Pink vom Mund, dann das Blau von den Augen. Etwas Schwarz vom Kajal und Beige von der Grundierung bleiben auch am Tuch hängen.

»Gehst du in Bad und machst grindlich mit Wasser.«

»Sag's Papa nicht, okay?«, brummelt sie.

Ich nicke gnädig. »Nur, wenn du versprichst, nicht wieder zu machen.«

Sie steht auf und will aus der Küche gehen, wendet sich auf halbem Weg aber um. »Hast du dich mit der Fensterscheuche angelegt?«

»Mit der …« Mir dämmert es. »Mit Frau auf andere Seite von Treppe?«

Kaja grinst schief. »Ja. Frau Hartmann. Papa und wir nennen sie die Fensterscheuche, weil sie den ganzen Tag aus dem Fenster guckt, Nachbarn beobachtet und sich mit ihnen anlegt.«

Ich hebe das Kinn ein Stück. »Chabe ich nicht gelegt mit ihr. Chabe ich gestanden in Chof und ihr gesagt, soll sie selbst fegen, wenn sie Dreck findet. Chabe ich geschaut. Ist Treppe okay cheute.«

Kaja lacht. »Du wirst mir sympathisch, zumindest ein bisschen«, kichert sie und verschwindet im Bad.

KEHRWOCHE

Vladimir hat Kefir mitgebracht. Aus einem *Russenladen,* wie er es genannt hat, weil reguläre Supermärkte keinen Kefir führen. Glücklich setze ich ihn an, indem ich Milch darübergebe, und erzähle nebenbei, wie das Gespräch mit der Fensterscheuche verlaufen ist.

»Leg dich nicht mit ihr an«, rät er mir, »sonst geht sie dir jeden Tag wegen einem anderen Kram auf den Wecker. Bringt auch nichts. Kehrwoche ist Kehrwoche. So steht es in der Hausordnung, und an die müssen wir uns halten.«

»Wenn es aber die Kehrwoche ist«, überlege ich, »warum kann ich die Treppe nicht an irgendeinem Tag der Woche fegen und wischen, sondern muss es am Freitag tun?«

Er zuckt mit den Schultern. »Damit es zum Wochenende hin schön aussieht, nehme ich an. Wenn du das schon am Montag erledigst, sind die Stufen spätestens am Freitag wieder schmutzig, und du müsstest es noch einmal machen.«

»Und wo steht, dass das Treppenhaus ausgerechnet zum Wochenende sauber aussehen muss?«

»Nirgends. Einfache Erklärung mit vier Buchstaben: Isso!«

Weil es so ist und weil wir nun schon Samstag haben, bewaffne ich mich mit Handfeger und Kehrschaufel. In der im Treppenhaus gegenüberliegenden Tür ist genau wie in der Tür der Poljakows ein Guckloch, das man Spion nennt. Unseren Spion habe ich ausprobiert und weiß, dass man dadurch einen weitwinkligen Ausblick hat. Ich bin mir sicher, dass die Fensterscheuche in dem Moment, als ich die Wohnungstür hinter mir zuziehe und den Schlüssel einstecke, durch ihren Spion späht, und verkneife mir eine Grimasse.

Vor unserer Tür beginne ich. Dann kehre ich vor ihrer Tür und um ihre Fußmatte herum. *Trautes Heim, Glück allein* lese ich darauf und denke darüber nach, wie viel mehr es braucht, um in dieser Wohnung glücklich zu sein. Zuerst einmal müsste die Fensterscheuche ausziehen.

Die Tür öffnet sich, und ein Paar in roten Filzlatschen steckende Füße treten in mein Blickfeld.

»Sie müssen die Matte schon aufstellen, wenn Sie das ordentlich machen wollen«, sagt die Fensterscheuche.

Ohne aufzusehen, stelle ich die Matte auf und kehre über den Boden darunter. Nicht ein Krümel kommt mir dabei vor den Feger.

»Die Fläche vor den Wohnungen müssen Sie mit dem Besen machen«, höre ich weiter. »Den Feger brauchen Sie für die Stufen. Haben Sie etwa keinen Besen? Also, wenn Sie das richtig machen wollen, brauchen Sie schon einen Besen. Der gehört in jeden anständigen Haushalt.«

»Geht auch so«, grummele ich und werfe ihr einen Blick zu. »Komme ich sehr gut klar ohne Instruktion.«

»Jetzt wieder frech werden, was?« Sie schnalzt mit der Zunge.

Ich fege zu den Stufen hin. Sie folgt mir, beobachtet anscheinend jede meiner Bewegungen.

»Da liegt doch noch Dreck. Gehen Sie in die Ecken«, nörgelt sie, sobald ich von der ersten zur zweiten Stufe wechsele.

Ich beiße die Zähne zusammen, kann meinen Ärger aber nicht schlucken und klatsche Feger und Schaufel hin. Dann richte ich mich auf und schaue der Fensterscheuche in die faltenumsäumten Augen. Der Rest ihres Gesichts ist glatt, weil sich die Haut unter Fettpolstern spannt. Nicht mal einen richtigen Hals hat sie. Ihr Kopf scheint nahtlos in die Kittelschürze zu verlaufen.

»Verschwindest du endlich! Kimmerst du dich um deine Krempel, sonst chaue ich dir Besen um Ohr.«

Sie wirkt überrascht, beinahe erschrocken. »Sie drohen mir mit Schlägen, wo ich Ihnen helfen will? Was sind Sie doch für ein anstandsloses Volk?«

Ich bin ganz Russland? Na gut, meinetwegen. Ich könnte ihr ant-

48

worten, was für ein Volk sie ist, kann es aber nicht auf Deutsch und erinnere mich stattdessen an eine hier gebräuchliche Redewendung.

»Ziehst du Schnur, aber schnell!«, sage ich, als sich die Wohnungstür der Poljakows öffnet und Kaja in den Hausflur tritt. Beim Frühstück hat sie erzählt, dass sie sich mit Freundinnen in einem Einkaufszentrum treffen will. Wortlos schiebt sie sich an der Fensterscheuche vorbei. Auf meiner Stufe hält sie inne, um mir ins Ohr zu flüstern.

»Es heißt zieh Leine, nicht zieh Schnur. Aber davon abgesehen machst du das ganz toll. Weiter so.«

Fröhlich hüpft sie die Stufen hinunter. Ich sehe ihr nach und bin so geladen, dass ich ihr den Handfeger nachschleudern möchte. Wenn mir eins gerade egal ist, dann ob es Schnur oder Leine heißt.

»Ungezogene Göre«, keift die Fensterscheuche. »Kann nicht mal *Guten Tag* sagen, was? Wird Zeit, dass Sie der und dem Bruder Benehmen beibringen, falls Sie wissen, was das ist.«

Jetzt möchte ich Kaja schon wieder verteidigen und der Alten erklären, warum man bestimmten Menschen keinen guten Tag wünschen möchte, sondern sie sich bis ans Lebensende geknebelt und gefesselt in einer dunklen Ecke vorstellt. Indes fährt die Fensterscheuche mit dem Zeigefinger über das Geländer und hält ihn mir hin. Eine minimal graue Schicht liegt darauf. Sie schmiert den Finger an ihrer Schürze ab.

»Und wischen Sie auch das Geländer ab. Das gehört zur Treppe.«

Mit diesen Worten macht sie auf dem Absatz kehrt und verschwindet vor sich hin murmelnd in ihrer Wohnung.

Ich fege zornig weiter.

Nachdem die Treppe abgekehrt und gewischt, das Geländer gereinigt und auch Milan mit einem wenig netten Kommentar an mich in seinen Samstag verschwunden ist, bin ich in die Wohnung zurückgegangen, um Snoopy zu suchen und mich zu beruhigen. Vladimir hat mir einen Eimer mit heißem Wasser in die Hand gedrückt und auf die Fenster gezeigt, die zur Adventszeit gereinigt werden müssen. Ich fand es schlimm genug, zur Kehrwoche gezwungen zu werden, und wollte der Fensterscheuche den Gefallen der sauberen Scheiben nicht tun, aber Vladimir hat mir auch einen Putzlappen gereicht. Immerhin hat er geholfen und die Fenster, nachdem ich sie sauber geschrubbt habe, mit einem Abzieher getrocknet. Vier Stunden haben wir gebraucht und waren am Ende total erledigt.

Ich fand es merkwürdig, ihn die ganze Zeit um mich herum zu haben. Er wirkte entspannter als in der Woche, hat aber kaum etwas anderes gesagt als *Wisch noch mal hier* oder *Da musst du noch mal rübergehen*. Ich war in meinen Gedanken, er in seinen. Seine Kinder haben uns zurückgeholt, weil sie aus der Stadt zurückkehrten und nach Essen schrien. Vladimir hat mich angeschaut und schien sich zu fragen, ob ich wohl inzwischen, wie durch ein Wunder, kochen gelernt hätte. Dann hat er Pizza bestellt. Ich kann das Zeug nicht mehr sehen und habe nur ein kleines Stück gegessen.

»Filmabend heute?«, fragt er in die Runde, als die Pizzakartons leer sind.

Milan ist begeistert und schlägt Filme vor, die nach jeder Menge Action klingen. Kaja ist nicht einverstanden, weil im Fernsehen irgendwas mit Elefanten läuft, was sie unbedingt anschauen möchte.

»Den hast du schon gesehen«, protestiert Milan.

»Na und?« Kaja zuckt mit den Schultern. »Der ist aber echt gut.«

»Du willst das bloß gucken, weil der dämliche Vampir mitspielt.«

»Er ist kein dämlicher Vampir.«

Milan fletscht die Zähne und krümmt die Finger, als wären sie Klauen. Kaja ist beleidigt. Mir erschließt sich ein möglicher Zusammenhang von Elefanten und Vampiren nicht, und Vladimir entscheidet, dass Kaja diese Woche Wahlrecht hat, weil Milan am vergangenen Samstag einen Film ausgesucht hat. Kaja streckt ihrem Bruder die Zunge raus, er verschwindet türenschlagend in seinem Zimmer. Vladimir faltet die Pizzakartons zusammen, und ich will mich ins Schlafzimmer verdrücken.

Kajas Frage stoppt mich. »Du schaust doch mit, Jekaterina?«

Ich wiege den Kopf hin und her. »Ah, weiß nicht. Bin ich erledigt irgendwie.«

»Komm schon! Der Film wird dir gefallen, ganz bestimmt.«

Also lasse ich mich breitschlagen und bereue meine Entscheidung, als nach etwa einer halben Stunde klar wird, dass es in diesem Film keinen einzigen Vampir und gerade mal einen Elefanten gibt. Einen Zirkuselefanten. Ich sehe die Manege, die Zuschauer und Artisten, und ich glaube, es zu riechen: die unverkennbare Mischung aus Holz, Stroh, Tieren und dem regennassen, sonnengegerbten Stoff der Zeltplane. Dabei riecht es eigentlich nach Pizza.

Mein Herz verkrampft sich vor Sehnsucht, Tränen steigen mir in die Augen, und ich bin kurz davor, aufzuspringen und aus dem Wohnzimmer zu laufen. Weiter weg noch. Aus der Wohnung. Aus der Stadt. Nach Hause. Doch ich bleibe bis zum Abspann, stehe dann leise auf und schleiche ins Schlafzimmer. Dort hocke ich mich aufs Bett und drehe Snoopy in meinen Händen, streiche über ihr Muster und öffne sie. Die nächstkleinere Snoopy sehe ich noch, doch bei der dritten ist mein Blick schon von Tränen verklärt.

Eine Stimme lässt mich aufschrecken.

»Hey, alles in Ordnung?« Vladimir steht vor mir.

Ich schaffe es nicht, ihn anzusehen, kann nicht einmal sprechen, sondern nicke bloß und hoffe, dass er mich allein lässt. Er setzt sich neben mich aufs Bett.

»Es war doch ein gutes Ende«, sagt er.

Abermals nicke ich und wische mir Tränen von den Wangen.

»Warum weinst du dann?«

»Weil ich …«, presse ich hervor. »Ich bin gerührt. Von … vom Elefanten. Wie er sich an diesem üblen Mann gerächt hat.«

»Das war beeindruckend.« Vladimir steht auf. »Aber ein Grund zur Freude, nicht zum Weinen.«

»Vielleicht.« Ich wende den Kopf, schaue Vladimir an. »So einen Film möchte ich nie wieder sehen. Bitte.«

GEIZKRAGEN

»Auf dich ist kein Verlass«, schimpft Vladimir und tippt auf seine Armbanduhr. »Es ist gleich acht. Wir hatten sieben Uhr vereinbart.«

Genervt ziehe ich mein Handy aus der Tasche und aktiviere das Display. »Da!« Mit einiger Genugtuung halte ich es Vladimir vor die Nase. »Es ist zehn vor sieben. Ich bin überpünktlich.«

»Ach ja?« Vladimir nimmt mich am Arm und führt mich zuerst in die Küche, um auf die Wanduhr zu verweisen, dann ins Wohnzimmer, in dem es verschiedene andere digitale Zeitangaben gibt. Zum Schluss präsentiert er mir sein Handy, das ebenfalls eine spätere Stunde anzeigt.

»Die gehen alle falsch«, antworte ich, obwohl ich das selbst nicht glauben kann. Mir kommt der Gedanke, dass Vladimir sie alle verstellt hat, um mich zu ärgern, aber für so gewieft halte ich ihn dann doch nicht.

»Ich werde nicht diskutieren, Jekaterina«, stellt er klar. »Ich habe keine Ahnung, was du mit deinem Handy angestellt hast, dass ...«

»Gar nichts.« Das ist die absolute Wahrheit. Das Gerät war die ganze Zeit während meines Innenstadtbummels in der Handtasche. Und ich hasse es, wie er *Jekaterina* sagt. Ich hasse, *dass* er es sagt. Dass ich darauf hören muss.

»Das kann nicht stimmen, sonst würde es keine falsche Uhrzeit anzeigen. Du hast in den Einstellungen rumgefummelt.«

»Hab ich nicht!«

Er knurrt etwas Unverständliches und nimmt die bereitstehende Weinbrandflasche. »Ist jetzt egal. Los geht's!«

Das ist eine beliebte deutsche Phrase. *Los geht's* bedeutet *Lass uns gehen*, soviel habe ich inzwischen kapiert.

Missmutig ziehe ich Mantel und Schal aus. Dann folge ich Vladimir ins Treppenhaus und eine Etage nach oben zur Wohnung eines Nachbarn, der Geburtstag hat. Als er uns öffnet, erkenne ich den dicken, müden Mann, der die Soundbox ausgeschaltet hat und, wie sich herausstellt, Erwin Kohl heißt.

»Ihr seid spät dran«, sagt er und lässt sich von uns gratulieren. Dann führt er uns zu den anderen Gästen ins Wohnzimmer. Manche unterhalten sich, andere schauen stumm vor sich hin. Vladimir und ich begrüßen jeden einzelnen. Weil ich mich sehr konzentriere, vermeide ich den Wanka-Versprecher und stelle mich als Jekaterina Poljakow vor. Wieder vermisse ich den Vatersnamen und wundere mich gleichzeitig über die merkwürdigen Namen, die mir die Gäste im Gegenzug nennen. Als eine Frau und ein Mann nacheinander Müller sagen, wird mir klar, dass es die Nachnamen sind.

Neben Müller und Müller sind Fischer, Kron, Maslonka und Teufel da. Sie unterhalten sich weiter oder mustern mich und Vladimir, nachdem wir uns nebeneinander auf ein freies Stück Sofa gequetscht haben. Erwin Kohl drückt uns Gläser randvoll mit Sekt in die Hand.

Er hebt sein Glas. »Ei, dann mal Prost?«

»Prost«, »Prösterchen«, »Auf dich« und »Auf dein Wohl«, antworten die Gäste durcheinander, und ich hoffe schon, dass damit etwas Stimmung aufkommt, doch prompt wird es wieder still. Gerade will ich Vladimir fragen, wann die Party beginnt, wegen der ich so verdammt pünktlich sein sollte – auf Russisch, wie immer –, da stellt er sein Sektglas ab und beschließt, sich etwas zu essen zu holen. Nicht nur, weil ich Hunger habe, sondern auch, weil ich mit all den Nachnamen nicht allein sein möchte, folge ich ihm in die Küche.

»Geht nur«, ruft uns Erwin Kohl nach. »Ist sicher noch Salat und so da.«

Salat und so stellt sich als totalitäre Übertreibung heraus. Die meisten nicht besonders großen Platten und Schalen sind leer gefuttert. In einer Salatschüssel schwimmen noch ein paar Blätter, auf einem Teller liegt ein einsames Garnierradieschen, in einem Korb trocknet ein Brötchen vor sich hin. Vladimir reißt es in zwei Stücke, beißt hungrig von einer Hälfte ab und reicht mir die andere. Ich überlasse sie ihm und öffne den Kühlschrank, in dem ich zwei Scheiben Käse finde. Die futtere ich zusammen mit dem Salat und dem Radieschen.

»Ihr Deutschen versteht es zu feiern«, stelle ich mäßig gesättigt fest.

»Hätte ich mir denken sollen«, antwortet Vladimir zwischen zwei Bissen und wechselt mit einem Augenzwinkern ins Deutsche. »Erwin ist ein Geizkragen.«

Ich nehme an, das ist eine Bezeichnung für einen knauserigen Menschen. Vladimir stopft sich den Rest des Brötchens in den Mund, dann kehren wir ins Wohnzimmer zurück. Erwin Kohl hat sich inzwischen gesetzt, so ist kaum noch Platz für uns. Müller und Müller rücken auf der Couch näher zusammen, damit Vladimir und ich uns hinzugesellen können. Das tun wir, und ich komme mir vor wie eine Orgelpfeife. Zwischen den Männern entspinnt sich eine Unterhaltung über Beschleunigungsvorgänge verschiedener Automobile, von denen ich weder eine Ahnung habe noch haben möchte, also driftet mein Geist davon. Ich bin beim dritten Glas Sekt, als mich Müller, die neben mir sitzt, anspricht.

»Was machen Sie?«

Ich befürchte zuerst, dass ich ihr Sekt übergeschüttet habe. Sie beschwichtigt mich und formuliert ihre Frage um. Auch redet sie lauter, als sei ich schwerhörig.

»Beruflich, meine ich. Was sind Sie von Beruf?«

»Ah, das meinst du«, entgegne ich, erst einmal erleichtert, dass mir nichts Peinliches passiert ist. »Bin ich Assistent in Sauna mit Chandtuch und Aufguss und so weiter, aber chabe ich noch nicht begonnen.«

Sie scheint auf mehr zu warten, aber mehr gibt es nicht zu erzählen, also frage ich.

»Und was ist dein Beruf?«

Sie lehnt sich zurück, setzt ihr Glas auf das Knie. »Ich bin Buchhalterin.«

Sie verarscht mich. Ganz klar. Das ist ein Test. Ein Witz vielleicht auch. Endlich mal wird es hier lustig. Als ich Müllers Arm knuffe und loslache, wird ihre Miene eisig. Kein Witz also. Mist.

»Ähm, 'tschuldigung, wusste ich nicht, das ist Beruf.«

Mal ganz ehrlich! Das wäre, als würde ich behaupten, ich sei Kerzenständerin oder Hosenträgerin. Buchhalterin! Tzz. Was tut sie da? Steht sie in einem Buchladen und hält Bücher hoch? Als mobiler Werbeträger sozusagen? Zu fragen getraue ich mich das nicht, und ohnehin scheint ihr die Lust auf ein Gespräch mit mir vergangen zu sein, denn sie wendet sich an ihren Müller-Mann und flüstert ihm etwas zu. Er nickt und spricht weiter über Automobile, was sie zu ärgern scheint.

Die Party beginnt wirklich zu nerven. Die Enge auf der Couch macht mich unruhig. Zu meiner Linken die eingeschnappte Müller, zu meiner Rechten Vladimir, dessen Schenkel an meinen Schenkel reibt. Ich muss mich bewegen. Vom Sekt beschwingt, stehe ich mit einem »Hups!« auf. Vladimir reicht mir die Hand, um mich zu stützen, doch ich brauche sie nicht.

»Mensch, Jekaterina. Du bist doch aus Russland«, höre ich von Erwin Kohl. »Wie feiert man bei euch denn so?«

Auf dem ziellosen Weg durchs Wohnzimmer, das leere Sektglas in der Hand, winke ich mit der freien Hand ab. »Ach, ganz anders. Ist viel ...«

Lustiger, will ich sagen, aber ich sollte nicht noch jemanden beleidigen, also schlucke ich die Worte.

»Viel was?«, fragt Erwin Kohl.

Während ich die Flasche Weinbrand anpeile, die Vladimir mitgebracht hat, antworte ich dann doch: »Viel lockerer.«

»Lockerer? Wie lockerer?«, erkundigen sich die Gäste der Party im Chor.

Ich öffne die Flasche, gehe reihum und schenke ein, damit die Leute nicht mehr auf dem Trockenen sitzen. Nur die Müller-Frau hält ihre

Hand über das Glas und verneint stumm mit strenger Miene. Vladimir lässt sich einschenken, aber er schaut mich dabei argwöhnisch an.

»Na, lockerer eben«, sage ich, als alle bedient sind. »Ausgelassen, sorgenfrei.« Ich hebe mein mit Weinbrand gefülltes Sektglas. »Nastrowje!«

»Nastrowje!«, rufen alle bis auf die Müller-Frau und Vladimir.

»Du sag mal, Jekaterina«, kommt es erneut von Erwin Kohl, »wie wäre es mit einem Gläschen Wodka?«

»Oh, damit wäre ich in Chimmel gerade.«

Aber ich bin ja nicht gläubig und glaube daher nicht, dass er Wodka parat hat, auf dieser bescheidenen Party. Doch er überrascht mich und zaubert von irgendwoher eine Flasche billigen Jelzin-Irgendwas. Sei es drum! Ich leere den Weinbrand in einem Zug und lasse mir Wodka einschenken.

Irgendjemand stimmt ein Lied über Moskau an, in dem man die Gläser an die Wand werfen soll, weil Russland so ein schönes Land ist. Das scheint eine bekannte Komposition von irgendeinem Dschingis Khan zu sein. Ich kenne es nicht und kann nicht mitsingen. Nur die »*Hoho hoho ho*«-Stelle merke ich mir schnell.

»Kennst du keine russischen Lieder?«, fragt der Mann, der Fischer heißt.

»Natierlich kenne ich«, entgegne ich. »Viele. Was ist mit Katjuscha?«

»Hey, das hab ich auf der Playstation, bei Sing Along«, vermeldet Erwin Kohl und startet irgendein Gerät.

Wenig später ertönt die mir vertraute Musik. Mit der Unterstützung des Wodkas stimme ich den Text an und versemmele die eine oder andere Note, aber das interessiert kaum wen, außer der Müller-Frau, die mich entgeistert mustert, und Vladimir, der sich die Hände vor die Augen hält, während ich auf den Tisch steige. Immerhin, der Text sitzt, und so trällere ich die Geschichte von Katjuscha und ihrem Liebsten und den ringsum leuchtenden Apfelblüten am vom Nebel umwaberten Flussufer.

Die Müller-Frau steht auf und zerrt ihren Mann hoch. Sie gehen, aber ich singe weiter und lasse mir Wodka nachschenken. Bald trällern alle. Außer Vladimir. Der betrachtet mich aus Augen, die trotz ihrer Helligkeit düster schimmern. Ich hebe ihm mein Glas entgegen.

»Nastrowje, du Chund!«, rufe ich ihm auf Deutsch zu, woraufhin sich seine Miene weiter verfinstert.

Auch schon egal! Erwin Kohl und Teufel steigen zu mir auf den Tisch und singen *Katjuscha* in einem Russisch, das keine Sau versteht, bis Vladimir nach meiner Hand greift und mir runterhilft. Er will ins Bett, obwohl ich noch gar nicht müde bin. Für mich hat die Party gerade erst begonnen. Missmutig folge ich ihm die Treppe hinab und in unsere Wohnung.

»Magst du keine Musik?«, frage ich ihn, sobald die Tür ins Schloss fällt.

»Doch.« Er geht in die Küche und öffnet den Kühlschrank. Ich folge ihm und beobachte, wie er sich hungrig über ein Stück Käse hermacht.

»Warum hast du nicht mitgesungen?«

»Weil's mir nicht gefallen hat. Das ist Blödelmusik ... Also dieses Dschingis-Khan-Zeug zumindest.«

Sein Glück, dass er *Katjuscha* davon ausnimmt, aber ich ärgere mich trotzdem. Ich fand es irgendwie nett, dass Erwin Kohl und seine Gäste auf mich eingegangen sind. Vladimir hingegen hat nur Ablehnung gezeigt.

»Gibt es irgendein russisches Lied, wenigstens ein einziges, das du magst?«

Er musterte mich nachdenklich. Nimmt einen weiteren Bissen vom Käse, kaut und gibt mir das Zeichen, ihm ins Wohnzimmer zu folgen. Dort greift er sich zielsicher eine CD, klappt sie auf und steckt die Scheibe in die Stereoanlage. Ich setze mich auf die Couch. Er nimmt neben mir Platz und startet die Musik.

Ein Klavier spielt eine langsame, traurige Melodie. Ein anderes

Instrument kommt hinzu, dann eine Stimme. Ein Mann singt englisch, ein Amerikaner wahrscheinlich. Auch das noch! Zuerst verstehe ich kein Wort und frage mich, was daran russisch sein soll, doch in dem ganzen Kauderwelsch höre ich plötzlich *Leningrad*.

Allem Anschein nach ist es ein Lied über mein Leningrad. In dem ich geboren wurde und das erste Mal flog. Mein Leningrad, in dem ich letztendlich starb. Ich lausche bis zum Ende, hoffe auf mehr Worte, die ich verstehe, und höre zwei weitere: *Wodka, Zirkusclown*.

»Billy Joel«, sagt Vladimir, als der Song zu Ende ist. »Das ist Musik, die ich mir gern anhöre. Meinetwegen auch stundenlang.«

»Worum geht es?«

»Um Krieg und um Freundschaft, um einem Jungen, der ohne Vater und inmitten Traurigkeit aufwuchs und sein größtes Glück später darin fand, Kinder als Zirkusclown zum Lachen zu bringen.«

Tränen kitzeln in meiner Nase. »Spielst du es noch einmal?«, bitte ich Vladimir.

MATRATZENHORCHDIENST

Autsch!

Ist das mein Kopf? Oder eine Wassermelone, die mit Dynamit gefüllt ist?

Wie durch einen Nebel dringt Vladimirs Stimme zu mir: »Ich bin jetzt weg, zur Arbeit.«

Ich döse wieder weg, bis Milans Stimme ertönt: »Hey, du russische Schnapsdrossel, wo ist meine Soundbox?«

»Fährst du zu Chölle!«, gebe ich zurück, drehe mich im Bett um und ziehe mir die Bettdecke über den Kopf. So bleibe ich, bis mein Geist irgendwann willig ist, in die reale Welt aufzutauchen. Gesteuert von einer Art Hunger wühle ich mich aus dem Bett und tappe in die Küche. Im Kühlschrank finde ich eine Schachtel mit Eiern, nehme sie heraus und hole eine Pfanne aus dem Schrank. Äußerst mutig und immer hungriger setze ich den silbernen Knopf an die Stelle, auf die er gehört. Dann aktiviere ich das Kochfeld, auf dem die Pfanne wartet. Vorsichtig wähle ich die Sechs als Bratstufe. Mit höheren Zahlen habe ich schlechte Eier-Erfahrungen gemacht. Öl erscheint mir ungeeignet, aber Butter kommt mir gerade recht. Also rein mit einem Batzen. Ein Rest klein geschnittener Schinken und zerbröseltes Toastbrot fliegt hinterher, dann köpfe ich ein Ei nach dem anderen in die brutzelnde Masse und würze großzügig mit Salz, Pfeffer und Paprika. Es riecht verdammt gut.

Gerade schalte ich den Herd aus, da kommen Kaja und Milan aus der Schule. Zu früh, denke ich, doch mit einem Blick auf die Uhr stelle ich fest, dass sie pünktlich sind und ich lediglich den halben Tag verpennt habe.

»Hmm, das riecht aber gut.« Milan stellt seinen Rucksack ab und nähert sich schnüffelnd. In Anbetracht seiner geringen Größe ist sein gesegneter Appetit erstaunlich.

»Was ist das denn?«, fragt Kaja und guckt ebenfalls in meine spontan zusammengewürfelte Mahlzeit. »Es sieht eklig aus.«

»Sollst du ja nicht essen. Chabe ich gemacht für mich.«

Die Kids sehen mich plötzlich an wie junge Hunde, mit denen man geschimpft hat. Bei Vladimir zieht das vielleicht. Bei mir nicht! Ich nehme Besteck und die Pfanne und gehe damit zum Tisch. Dort setze ich mich, zücke Messer und Gabel, kann aber nicht essen, weil ich mich beobachtet fühle. Als ich aufschaue, liegt in Kajas und Milans Blicken ein flehender Ausdruck.

»Aber das ist doch viel zu viel für dich allein«, sagt der Junge.

»Schaffe ich schon«, antworte ich, doch ich spüre eine gewisse Resignation in mir. Als die beiden mit hängenden Schultern aus der Küche trotten, gebe ich nach.

»Also gut. Setzt ihr euch. Teilen wir eben.«

Sekunden später sitzen beide mit eigenem Besteck und Tellern am Tisch. Ich teile die Portion in der Pfanne unter uns dreien auf und kann endlich guten Gewissens essen. Die beiden schmatzen und erzählen aus der Schule. Kaja hat sich mit ihrer Biologielehrerin gestritten, weil sie sich für eine Hausarbeit ungerecht benotet fühlt. Milan hatte wieder Ärger mit Adrian, der diesmal immerhin keine Fäuste eingesetzt, sondern ihn lediglich beschimpft hat. Ich bin irgendwie froh, dass ich keine Kinder habe, deren Sorgen dann auch meine wären.

Nach dem Essen räume ich die Küche auf. Die Kids verschwinden in ihren Zimmern. Milan schaltet seine Musik ein, Kaja den Staubsauger. Das Ding läuft kaum eine Minute, da klingelt es Sturm. Das Geräusch schrillt in meinem Kopf und lässt mich erstarren. Weil ich nicht schnell genug an der Eingangstür bin, wird auch noch dagegengehämmert. Ich habe eine Ahnung, wer diesen Lärm verursacht.

»Mittagsruhe«, keift mich die Fensterscheuche an. »Von eins bis drei ist Mittagsruhe. Jetzt haben wir erst zwei Uhr dreiundvierzig.«

»Dann chalt die Klappe«, entgegne ich so gelassen ich kann. »Chört man dein Geschrei bis unter Dach.«

Sie bläst sich auf. »Was sind Sie doch für eine unverschämte Person! Sie müssen sich schon an Regeln halten und Anstand haben, wenn Sie hier in Deutschland leben möchten.«

»Mechte ich gar nicht.«

Ich schlage ihr die Tür vor der Nase zu. Weil die Fensterscheuche wieder klingelt, gehe ich zu den Kids und bitte sie, mit dem Saugen zehn Minuten zu warten und die Musik leiser zu stellen. Sie nörgeln, sagen Scheiße und ein paar andere Wörter, die ich oft in Milans Weltuntergangsliedern höre. Kaja donnert den weiterhin dröhnenden Staubsauger auf den Boden und wirft sich in ihren Sessel.

»Wenn es sein muss«, ruft sie über das Getöse hinweg. »Dann warte ich mit Saugen eben noch beschissene zehn Minuten. Aber wenn ich dann keinen Bock mehr hab, kann mein Vater dich anmotzen und nicht mich.«

Ich ziehe den Stecker. Der Staubsauger verstummt.

»Beklopptes Spießerirrenhaus«, motzt Kaja. Als ich ihre Tür schließe, damit ich sie nicht mehr anhören muss, schickt sie ein wütendes »Lass die auf. Du hast meine verdammte Tür nicht zuzumachen« hinterher.

Anscheinend hat die Fensterscheuche nur der Staubsauger gestört, nicht Milans Musik. Sie lässt das Klingeln, also erspare ich mir Maßnahmen bei Milan. Ohnehin hätte ich keine Ahnung, welchen der ganzen Stecker im Kabelgewirr seines Zimmers ich ziehen müsste, um die Anlage lahmzulegen. Entkräftet falle ich auf die Couch und döse, bis mich heftige Worte wecken. Vladimir ist von der Arbeit gekommen und streitet mit Kaja, weil sie ihr Zimmer nicht aufgeräumt hat.

»Jekaterina hat es mir verboten«, behauptet sie. »Sie wollte schlafen.«

»*Ich* habe dir eine Aufgabe gegeben«, entgegnet Vladimir. »Was andere sagen oder wollen, spielt keine Rolle. Verstanden?«

Ich weiß nicht, welche Aussage mich mehr ärgert. Beide zusammen besitzen das Potenzial, mich auf der Couch explodieren zu lassen, aber ich bleibe erst mal ruhig und stehe langsam auf. Ohnehin ist das besser für mich, auch wenn sich mein Kopf inzwischen etwas erholt hat. Ich höre, wie Vladimir zu Milan ins Zimmer wechselt und dort über das Chaos schimpft. Deftige Weltuntergangsworte, die mich den Atem anhalten lassen, werden ihm dafür entgegengeschleudert. Keines der Kinder, die ich kannte, hätte es gewagt, so mit seinen Eltern zu sprechen.

Mit einem »Pfui!« betrete ich Milans Zimmer und stemme die Hände in die Seiten. Sowohl Milan als auch Vladimir verstummen verwundert.

»Musst du Mund auswaschen. Spricht man so nicht mit Vater, chörst du. Ist respektlos absolut. In Russland ...«

»Na jetzt bin ich gespannt«, tönt es hinter mir. Kaja ist mir gefolgt.

Ich fahre zu ihr herum. »Und du bist Lügnerin große. Bist du Faulpelz außerdem. Solltest du schämen dich. In Russland ...«

Abermals werde ich unterbrochen, diesmal von Vladimir, der mich am Arm packt und aus dem Zimmer zieht. Er dirigiert mich über den Flur und ins Schlafzimmer, dessen Tür er ins Schloss wirft. Vor lauter Zorn bleibt er bei Deutsch.

»Du hältst dich raus, verstanden?« Er deutet mit dem Finger auf mich. »Kümmer dich um dich selbst und mach endlich mal ein bisschen was im Haushalt. Lern kochen, statt den ganzen Tag Matratzenhorchdienst zu halten.«

Matratzenhorchdienst? Ein Synonym für Schlafen? So ein Blödmann! Ich antworte auf Russisch.

»Ich habe heute Mittag gekocht, und wir haben zusammen gegessen. Zum Dank dafür erzählen sie Lügen. Außerdem sind sie frech und benutzen Worte, bei denen mir die Haare zu Berge stehen.«

Er wechselt in meine Sprache. »Es geht dich nichts an, Jekaterina. Die Kindererziehung ist meine Sache.«

»Ha! Und was dabei herauskommt, sieht und hört man täglich.«

Vladimir kommt näher. Mir wird mulmig, als er die Augen verengt. »Wage es nicht noch einmal, dich einzumischen«, knurrt er leise, damit ihn die Kinder nicht hören.

Ich verschränke die Arme und reibe sie mit den Händen, um den Schauder zu vertreiben. Das Kinn, das ich hebe, um ihm gegenüber nicht so klein zu wirken, wird schwer. Meine Nase kribbelt, wie so oft in letzter Zeit, wenn sich Tränen bilden. Heimweh packt mich. Wanka ruft. Ohne ein Wort schiebe ich mich an Vladimir vorbei und aus dem Raum. Im Korridor ziehe ich meinen Mantel über und eile zum Ausgang.

»Wohin willst du?«, ruft er mir nach.

Ich antworte nicht und verlasse die Wohnung. Auf der Straße atme ich durch und gehe los, ohne ein Ziel zu haben.

Irgendwann stehe ich vor einem kleinen Park. Es gibt einen Spielplatz mit Wippen, einem Gerüst und Schaukeln. Ich setze mich auf eine und beginne zu schaukeln, höher und höher. Als ich im Schwung bin, in weitem Bogen vor und zurück fliege, schlinge ich die Arme um die Ketten, lege den Kopf zurück und schließe die Augen.

DEZEMBER

BEZIRKSBESAMER

Mit dem Kübel in der Hand, das weiße Handtuch über der Schulter, stehe ich vor der hölzernen Schwingtür, hinter der die Aufgusssauna liegt. Ich gebe mir einen Ruck und gehe hinein. Die Schwitzbude ist riesig. Zu drei Seiten erstrecken sich Holzbänke auf drei Etagen. Keinen freien Platz gibt es mehr. Dicht an dicht sitzen die Leute. Männer und Frauen. Gemischt! Und alle sind nackt, nicht einmal ein zusätzliches Handtuch tragen sie um ihren Körper. Dass es eventuell Sex zu verhindern gilt, wundert mich jetzt nicht mehr.

Der Schreck über die zum Arbeitsantritt erlangte Erkenntnis, dass hier nicht nach Geschlechtern getrennt sauniert wird, sitzt mir noch in den Gliedern. Das hat mir niemand erzählt. Über die Russen kann man sagen, was man will, aber beim Saunieren haben sie Anstand. Weibliche Saunafachkräfte machen den Aufguss für ein weibliches Publikum, männliche für die Männer. Wie es sich gehört. Punkt. Nicht so eine Sauerei wie hier.

Das Gemurmel verstummt. Ich sage »Guten Morgen«. Vielstimmiges Gemurmel antwortet mir, dann wird es wieder still. Alle schauen mich an. Ich hefte den Blick auf den Ofen und beziehe meine Position davor. Keine Ahnung, wie viele Penisse ich heute schon vor Augen hatte, kleine dicke und lange dünne, die bei jedem Schritt hin und her schwängelten, alte und junge, behaarte und rasierte. Auf den Anblick verschieden geformter Brüste war ich eingestellt. Nicht auf diese Schamlosigkeit. Als wäre das gemischte Nacktsein nicht genug, sitzen sie auch noch breitbeinig da, verteilen den Schweiß auf ihren Schenkeln und hängenden Bäuchen, kratzen sich zwischen den Beinen. Männer und Frauen. Ja, auch Frauen spreizen die Beine – wie eine Einladung. Pfui!

Und sie halten die Klappe – als würden sie darauf warten, dass ich ihnen aus einem Porno vorlese. Meine schlichte Erläuterung zum Aufguss enttäuscht sie vielleicht.

»Chabe ich mitgebracht Eukalyptus. Wirkt erfrischend auf Chaut und Atemwege, anregend auf Geist.«

»Anregend ist immer gut, aber da hättest du auch ohne Eukalyptus kommen können«, antwortet irgendein Kerl von irgendwoher, und ein paar Leute lachen. Andere machen »Psst«. Es wird wieder still.

Mit der Holzkelle rühre ich die Mischung im Kübel ein letztes Mal um, dann schöpfe ich die erste Ladung auf die heißen Steine. Damit sich die Düfte nicht unkontrolliert im Raum verflüchtigen, reichere ich sie durch ein Fächern mit Sauerstoff an, aber nicht so ausgiebig, wie ich es gelernt habe. Die zweite und dritte Ladung folgen sogleich. Ich fühle mich einfach nicht wohl und will das so schnell wie möglich hinter mich bringen. Vor dem Wedelprozess graut mir besonders, schließlich komme ich dabei ums Gucken nicht herum.

In der Ecke vorn links beginne ich, spanne das Tuch zwischen den Händen und fächere den ersten Gästen heiße Luft zu. Ganz oben hockt einer mit geschlossenen Augen im Schneidersitz und scheint zu meditieren. Zum Glück wird sein Penis von den Füßen versteckt. Anders als bei dem Kerl unter ihm, ein Schenkelspreizer, der mir sein aufs Handtuch hängende Ding ungeniert zeigt. Die Frau auf der unteren Bank hält wenigstens die Beine geschlossen. Ein paar Sekunden kann ich also entspannen.

»Und, kommst du wenigstens auch ordentlich ins Schwitzen?«, fragt ein schlaksiger Mittfünfziger. Er zwinkert mir zu und verteilt seinen Schweiß auf seiner haarigen Brust. Wahrscheinlich war er es, der eben den anzüglichen Kommentar gemacht hat.

Wieder lachen einige, und wieder sagen welche »Psst!«.

Ich wünschte, sie würden quatschen. In Russland geht man in die Sauna, um Freunde zu treffen und zu plaudern, um Neuigkeiten auszutauschen oder Geschäftliches zu besprechen. Ich verstehe absolut nicht, warum die alle hiersitzen. Bloß der Hitze wegen? Besonders heiß ist es gar nicht, in den meisten Saunen gerade einmal sechzig Grad. Nur eine einzige Neunzig-Grad-Sauna gibt es, und die ist nicht gut besucht.

Am Ende der ersten Wedelrunde schwitze ich dennoch. Das sollte ich nicht, kann es aber nicht ändern. Auf die Temperaturen war ich vorbereitet. Auf die Leute und die Nervosität, die sie mir bescheren, hingegen nicht.

Etwas zu hastig schöpfe ich zwei weitere Kellen Sud auf die Steine und leere dann den Kübel darüber aus.

»Mach mal langsam«, witzelt der ekelhafte Kerl.

Diesmal lacht keiner, und keiner muss »Psst!« sagen. Ich kann zum zweiten Wedelprozess übergehen und versuche, durch die Nackten hindurchzuschauen.

Fix und fertig senke ich schließlich das Handtuch und schnappe mir den Kübel. Mein »Angenehmes Saunieren noch«, das wie die Begrüßung Pflicht ist, wird mit einem Klatschen quittiert. Angeekelt schaue ich mich um und kann noch immer nicht glauben, dass einige Leute die Hände zusammenschlagen. Das scheint hier Brauch zu sein. Nur wenige klopfen auf die Bank, um ihren Schweiß nicht durch den Raum zu spritzen. Es fehlt der Anstand. Das zeigt sich auch daran, dass man einander nicht gratuliert. *S ljochkim parom!,* sagt man sich in Russland nach dem Saunagang. *Gratuliere zum leichten Dampf!* Kein Wort hier. Als ich ein paar Leuten an meinem ersten Tag gratulierte, haben die mich angesehen, als wollte ich sie verscheißern.

Schweigend warte ich also vor der Schwitzhütte und schaue, dass alle den Aufguss gut vertragen haben. Das haben sie und spazieren unter die Dusche. Unter eine Dusche! Die Männer lassen sich danach lufttrocknen und tragen ihre Schwingel zur Schau, die Frauen reiben sich mit Handtüchern zwischen den Beinen trocken. Ein nahezu unerträglicher Anblick. Zwei Dickbäuchige und der alte Widerling mit der großen Klappe beobachten eine, die vielleicht Mitte zwanzig und gut geformt ist, beim Duschen. Das gehört sich nicht. Am liebsten möchte ich hinübergehen und jedem Einzelnen eins mit der Holzkelle überziehen.

»Alles in Ordnung? Du siehst ziemlich geschafft aus«, sagt jemand neben mir. Es ist meine Kollegin Angelika Roth, die ich vorhin kennengelernt habe.

Ich streiche mir die wirren Strähnen aus der Stirn und zupfe mir das nasse T-Shirt von der Haut. »Entschuldigung, aber komme ich mir vor wie in Swingerklub«, antworte ich.

Sie lacht. »Wieso das denn?«

Auf dem Weg zur Sauna-Bar, an der es Erfrischungsgetränke gibt, erkläre ich ihr die Unterschiede zur Sauna in Russland.

»Geht es in Deutschland nicht darum, mit Freunden oder Geschäftspartnern zu chaben gute Zeit? Muss man still sein, aber still sind nicht alle und sagen unverschämte Dinge und dann glotzen sie. In Russland man geht in die Sauna, wie man geht in Kneipe.«

Angelika Roth scheint mir das nicht glauben zu wollen. »Man kann doch gar nicht entspannen, wenn es so laut zugeht.«

»Oh, doch. Entspannen alle. Zuerst in Banja, ist sehr cheiß. Kann einhundert Grad sein.«

Zwei Kolleginnen an der Bar haben uns zugehört, und eine mischt sich ein.

»Hundert Grad«, spottet sie. »Das hält doch niemand aus.«

»Natierlich chält man aus.« Ich habe es selbst erlebt. »Luft chat viel Wasser in sich, weil es wird nachgeschüttet immerzu. So kann man gut ertragen. Viele Banjas chaben zwei Etagen sogar. Oben ist nur fier ...« Das richtige Wort fällt mir nicht ein.

»Die ganz Harten?«, schlägt Angelika Roth vor.

»Genau. Und manchmal macht man Aufguss mit Bier, damit es riecht wie Brot frisches.« Weil die beiden anderen loskichern, halte ich inne und ärgere mich. Was ich noch erzählen wollte, füge ich grummelnd an: »Anderes Mal nimmt man auch Wodka, weil er reinigt Chaut sehr tief.«

Die beiden prusten los. Auch Angelika Roths Mundwinkel zucken. »Ja, ja, die Russen«, japst eine. »Kein Wodka ist auch keine Lösung.«

»Wahrscheinlich baden sie sogar drin«, witzelt die andere.

Wie von allein ballt sich meine freie Hand, während sich die andere fester um den Holzkübel schließt.

Bloß nicht werfen!, warnt mich die Stimme meiner Vernunft. Das gäbe nur Ärger. Ich will keinen Ärger. Ausgelacht werden will ich aber auch nicht.

»Baden wir nicht in Wodka. Aber trinken wir Wodka in Banja. In Raum, den ihr nennt Ruheraum. Gibt es dort Wodka, Bier und Zigaretten. Außerdem ein Büfett mit Lachsbrot, Borschtsch, Chummer und Scampi.«

Nun kringeln sich alle drei Zuhörer vor Lachen. Zwei Saunagäste setzen sich an die Bar, um auch was mitzubekommen.

»Was ist denn so lustig?«, tönt eine Stimme, die wenig erfreut klingt.

Ich klappe den Mund zu und stehe etwas strammer, als Birgit Schawitzki in mein Blickfeld tritt. Sie mustert mich von oben bis unten, wendet sich dann an eine der gackernden Kolleginnen.

»Jekaterina hat uns in die russische Saunakultur eingewiesen«, sagt eine und wischt sich eine Träne von der Wange. »Das war äußerst aufschlussreich.«

Birgit Schawitzki dreht sich zu mir. Sie spitzt den Mund und entspannt ihn wieder, wie sie es im Vorstellungsgespräch auch schon getan hat.

»Ihre Kulturen sind hier nicht von Interesse.« Sie verschränkt die Arme und hebt den Kopf, um mich besser von oben herab betrachten zu können. »Sie haben hier Wichtigeres zu tun, als die Märchentante zu geben. Kommen Sie Ihren Pflichten nach und bringen Sie endlich den Kübel weg. Der hat hier an der Bar rein gar nichts zu suchen.«

Ihr Tonfall sorgt dafür, dass sich die beiden eben noch besonders amüsierten Kolleginnen geschäftig um die Gäste an der Bar kümmern. Angelika Roth eilt davon. Ich halte Birgit Schawitzkis Blick ein paar Sekunden lang stand und mache mich dann auf den Weg zu einem Vorbereitungsraum, in dem Utensilien aufbewahrt und die Aufgusswasser hergestellt werden. Dort spüle ich den Kübel aus, da steht plötzlich ein Nackter in der Tür. Der alte Widerling.

»Neu hier, Schätzchen?« Er reibt sich über den Bauch, als wolle er meinen Blick zuerst dahin und dann ein bisschen tiefer lenken.

Ich bleibe bei seinen Augen. »Ja.«

»Bist Russin, was?«

»Ja.«

»Ich komme seit vielen Jahren her.«

Das kann ich mir denken und verstehe auch die in dieser Information verpackte Botschaft: *Ich bin ein Stammkunde. Sei nett zu mir.*

Nachdem ich den Kübel weggestellt habe, will ich an ihm vorbei aus dem Raum gehen, doch er versperrt mir den Weg mit seinem Arm.

Angelika Roth ist der rettende Engel. »Jekaterina, ich brauche dich mal«, höre ich sie hinter dem Widerling sagen.

Er nimmt den Arm runter.

Meine Kollegin zieht mich an ihre Seite. »Bei dem musst du aufpassen«, raunt sie. »Das ist der Bezirksbesamer.«

Der was? Fragend schaue ich sie an.

»Er springt alles an, was nicht bei drei auf den Bäumen ist.«

Bäume? Welche Bäume? »Meinst du Palmen an der Bar?«

Sie lacht leise. »Quatsch. Das ist eine Redewendung, die bedeutet, dass er jede Frau anmacht, die sich nicht vor ihm in Sicherheit bringt.«

Ich quittiere das mit einem Schnauben und werfe über die Schulter einen Blick auf den Bezirksbesamer, der uns nachglotzt. Soll er doch mal versuchen, mich anzuspringen. Das macht er nur ein Mal.

GUTSTUNDEN

»Was sind Gutstunden?«, frage ich Vladimir am Ende der ersten Arbeitswoche, als wir nebeneinander im Bett liegen.

Er räuspert sich, war kurz vorm Einschlafen, aber noch nicht weggedöst. Inzwischen weiß ich genau, wie seine Atmung dann klingt.

»Überstunden«, antwortet er knapp.

»Ich weiß auch nicht, was Überstunden sind.«

Bei Gutstunden habe ich überlegt, ob das die Stunden sind, in denen ich gute Arbeit geleistet habe und man mit mir zufrieden ist. Überstunden hingegen kann ich mir überhaupt nicht erklären. Eine Stunde hat sechzig Minuten. Mehr geht nicht. Da kann nichts drüber sein.

»Das ist ganz einfach die Zeit, die du mehr gearbeitet hast, als du laut Vertrag musst. Ein bestimmter Prozentsatz versteht sich aber oft inklusive. Den darfst du nicht abbummeln. Wie viele Gutstunden hast du denn?«

»Fünf.«

»Hm. Eine pro Tag, kommt das hin?«

»Das stimmt schon. Ich habe immer noch sauber gemacht, hier und da geholfen. Es sollen nicht mehr werden, hat mir die Chefin heute gesagt.«

»Sie will nicht, dass du irgendwann eine ganze Woche fehlst, ohne Urlaub dafür zu nehmen.« Vladimir dreht sich mir zu. Er schiebt einen Arm unter das Kissen und schaut mich durch die Dunkelheit an. »Und sonst? Alles in Ordnung?«

»Na ja ...«

»Wie, na ja?«

Ich sehe zur Zimmerdecke. Das Thema wird unangenehm.

»Was hast du angestellt?«, brummelt Vladimir.

»Gar nichts. Da ist so ein widerlicher Kerl. Sie nennen ihn den Bezirksbesamer. Heute hat er mich zum zweiten Mal im Vorbereitungsraum beim Reinigen der Utensilien überrascht. Er kam rein, hat die Tür zugemacht und seine Hilfe angeboten ... und dann war da plötzlich auch seine Frau.«

Allein bei der Erinnerung köchelt Wut in mir hoch. Inwieweit er mir helfen wollte, habe ich natürlich sofort kapiert und dankend abgelehnt. Ich wollte ihn hinauskomplimentieren, da stand seine Frau schon zeternd bei uns. Nicht mit ihm hat sie geschimpft, sondern mit mir. Als russische Schlampe hat sie mich bezeichnet und verlangt, dass ich die Finger von ihrem Mann lasse. Wie wir Russinnen ticken, das meinte sie genau zu wissen.

»Wieso hast du ihn nicht zum Teufel geschickt?« Vladimir klingt sauer. Wiederum nicht auf den Bezirksbesamer, sondern auf mich.

»Habe ich doch versucht. Alles ging aber so schnell. Die ist ihm gefolgt, sicher kennt sie ihn gut genug und wollte ihn auf frischer Tat ertappen. Nachher ist sie zur Chefin gerannt und hat sich über mich beschwert.«

»Na klasse!« Vladimir dreht sich wieder auf den Rücken und schaut ebenfalls zur Decke. »Was hat sie dazu gesagt?«

Ich erinnere mich genau an Birgit Schawitzkis Worte, und sie machen mich so zornig, dass es mir schwerfällt, liegen zu bleiben. In meinem ganzen Leben ist noch niemand so mit mir umgesprungen – das hätte niemand gewagt.

»Sie hat mir die Gutstunden gestrichen«, presse ich zwischen den Zähnen durch, »weil ich sie angeblich damit verbracht habe, männliche Gäste an stille Stellen wie den Vorbereitungsraum zu locken.«

Vladimir sagt eine Weile lang nichts, dann atmet er durch, reibt sich über das Gesicht und knurrt: »Kannst du dich bitte zusammenreißen? Wenigstens ein Jahr, danach ist mir egal, was du tust. Ich will das hier anständig zu Ende bringen.«

Mit einem Ruck sitze ich ihm Bett, starre ihn an. »Das ist deine einzige Sorge?« Ungerecht! Absolut ungerecht ist hier alles und jeder.

»Du solltest mir glauben. Ich habe kein Interesse an diesem oder einem anderen Kerl. Ich will bloß diesen Job machen, so dämlich er auch ist.«

»Was soll daran dämlich sein?«

Ich lasse mich ins Kissen plumpsen. »Es ist keine richtige Sauna. Es hat eher Ähnlichkeit mit einem Swingerklub.«

»Wieso das denn?«

»Nun, zuerst einmal saunieren Männer und Frauen gemeinsam. Sie sind komplett nackt, die ganze Zeit, bedecken sich nicht mal mit einem Handtuch. Sie hocken nebeneinander im Whirlpool, setzen ihre Geschlechtsteile in Szene und glotzen einander an. Das ist unanständig. Kaum zu ertragen.«

»In Russland saunieren Männer und Frauen also getrennt?«

»Natürlich. Und sie tun es richtig. Nicht bei schlappen sechzig Grad. Einfach lächerlich, diese Temperatur, aber ein weiteres Zeichen dafür, dass es keine richtige Sauna ist.«

Vladimir macht »Hm«. Sonst nichts. Das weckt meinen Argwohn.

»Warst du schon mal in so einem …« Swingerklub hätte ich beinahe gesagt und korrigiere schnell: »In so einer Sauna?«

Er gähnt und dreht sich auf die andere Seite, von mir weg. »Nein. Ist nicht mein Ding. Ich suche mir gern aus, wer mich nackt sieht.«

Das ist ihm zugutezuhalten. Jetzt muss er mich bloß noch verstehen. »Ich dachte, ich könnte da mal so einen richtigen Wenik-Aufguss machen, aber das ist unter diesen Umständen überhaupt nicht möglich.«

»Was ist ein Wenik-Aufguss?«, nuschelt er, nun offenbar halb weggetreten.

»Dafür werden Birkenzweige, Weniki, in Wasser eingeweicht. Der daraus entstehende Sud wird für den Aufguss genutzt. Die Saunatemperatur beträgt einhundert Grad, doch durch die hohe Feuchtigkeit, die das Birkenwasser entstehen lässt, hat man das Gefühl, es ist heißer.«

»Ich würde kaputtgehen.«

»Das ist ja noch nicht alles.« Nein, das Beste kommt immer zum Schluss. »Am Ende schlagen sich die Saunagäste mit eingeweichten Reisigbündeln auf den Rücken, um die Blutzirkulation anzuregen. Wie soll das gehen, an so einem Ort? Unter solchen Männern und Frauen?«

Vladimir ist so still, dass ich annehme, er ist eingeschlafen. Also rutsche ich zum Bettrand und wickele mich in meine Decke. Da lacht er plötzlich. Es ist das erste Mal, dass ich ihn lachen höre.

»Was ist so lustig?«

»Du«, antwortet er und amüsiert sich weiter. »Und deine Gedanken.«

»Die sind nicht lustig. Ich befürchte, die Leute würden sich, aufgegeilt wie sie sowieso sind, so lange verdreschen, bis sie sämtliche Hemmungen verlieren und vor meinen Augen übereinander herfallen. Dabei soll ich Sex ja verhindern.«

Jetzt lacht er schallend. Er setzt sich im Bett auf und versucht sich zu beruhigen. »Auch wenn das Männer und Frauen unter sich tun«, bringt er mühsam hervor, »es muss merkwürdig sein, bei so einer Züchtigung unter Nackten zuzuschauen.«

»Eben das ist es nicht. Manche schlagen sich auch selbst.«

»Selbstkasteiung.« Abermals verliert er sich im Lachen. »Mit Birkenzweigen.«

»Tannenzweige gehen auch. Die helfen gegen Hexenschuss. Und Lindenruten gegen Kopfschmerzen.«

»Ach, klatscht man sich die gegenseitig ins Gesicht?«

Lachend plumpst er neben mir ins Bett, dass die Matratze nachfedert. Es klopft an der Tür.

»Hey, Papa?«, erkundigt sich Kaja, deren Raum neben dem Schlafzimmer liegt. »Alles in Ordnung?«

»Klar«, gibt er zurück. »Und du solltest längst schlafen.«

»Wie denn, bei dem Lärm, den ihr macht«, nörgelt sie, stapft über den Flur und knallt ihre Zimmertür zu.

»Okay, Schluss mit lustig«, beschließt Vladimir. »Schau, dass du diesem Mann, der dir nachstellt, aus dem Weg gehst. Wenn er dir wieder auflauert, versohl ihn mit deinem Holzlöffel. Damit verpasst du ihm ein Zeichen, das beweist, dass er dich angräbt und nicht andersherum.«

»Okay«, gebe ich versöhnlich zurück und fühle mich besser. Dazu beigetragen hat einerseits Vladimirs Lachen, denn es hat mich überrascht. Zudem sind wir einer Meinung, was den möglichen Einsatz der Aufgusskelle beim Bezirksbesamer angeht.

FEIERABEND

Birgit Schawitzki brodelt vor Zorn.

»Frau Poljakow«, sagt sie mit bebender Stimme und bittet mich nicht einmal, Platz zu nehmen. Sie selbst steht ebenfalls. »Erst letzten Freitag habe ich mit Ihnen über Ihr Verhalten gesprochen, und heute muss ich das leider schon wieder tun.«

Ich kann mir denken, warum, stelle mich aber ahnungslos. Birgit Schawitzki präsentiert mir ein Blatt Papier, ganzseitig mit Text bedruckt und schwungvoll unterzeichnet. Ich nehme es und lese.

Sehr geehrte Frau Schawitzki,
seit nunmehr sieben Jahren kommen mein Mann und ich in Ihre Sauna und konnten dort stets die wohlverdiente Entspannung finden. Dieser Zustand hat sich seit der Einstellung dieser Mitarbeiterin aus Russland geändert. Nach unserem Gespräch hat sich leider keine Besserung gezeigt. Im Gegenteil, das Verhalten dieser Frau ist nicht weiter hinnehmbar. Dass sie meinen Mann und andere männliche Saunagäste durch Körpereinsatz gezielt auf sich aufmerksam macht, habe ich Sie bereits wissen lassen. Genau genommen streckt sie Brust und Po heraus, was nicht nur schrecklich anzusehen, sondern auch unziemlich ist. Diese Vorgehensweise von Russinnen ist mir bekannt, teilweise auch nachvollziehbar. Sie haben ja nichts und suchen einen deutschen Sugar Daddy. Nichtsdestotrotz, mein Mann hat nicht sein Leben lang hart gearbeitet, um unser Vermögen nun an so eine zu verschleudern. Da sie mit ihrer Absicht nicht die Erste ist, rate ich grundsätzlich zu weiteren T-Shirts und längeren Hosen als Arbeitskleidung.
Zum aktuellen Vorkommnis: Leider sind Männer sehr leicht zu blenden, und so gelang es Ihrer Mitarbeiterin abermals, meinen Mann in den Vorbereitungsraum zu locken. Diesmal widersetzte er sich ihrem

vermeintlichen Charme, worauf sie ihn körperlich angriff. Fotos zum Beweis diverser Prellungen in Gesicht sowie auf Kopf und Rücken liegen bei.
Insofern Sie das Verhalten dieser Frau nicht konsequent bestrafen, werden wir eine Klage auf Schmerzensgeld gegen Ihre Einrichtung erheben. Darüber hinaus werden wir die Presse informieren, denn wir finden, andere Gäste sollten vor Ihrem Personal gewarnt sein. Von weiteren Besuchen werden wir dann natürlich auch absehen.
Freundliche Grüße
Margot Helmich

Ich fleddere das Papier über Birgit Schawitzkis Schreibtisch.

»Ist Lüge! Bin ich vercheiratet, du weißt.«

Meine Chefin schnaubt verächtlich. »Nicht sonderlich lange. Möglicherweise ist Ihr Ehemann keine so gute Partie, wie Sie annahmen, als Sie nach Deutschland kamen.«

»Ist Unverschämtheit!«

Ach, könnte ich doch bloß Russisch sprechen. Ich würde ihr den Wind so was von aus den Segeln nehmen. Aber ich muss auf Deutsch weitermachen und klaube mir Worte zusammen: »Chabe ich nicht gelockt. Stecke ich weder Brust raus noch Chintern, sondern trage ich Kleidung ganz normal. Ist er wieder gekommen in Raum Vorbereitung. Chat er gegrapscht. Chabe ich ihm was gegeben mit Kelle.« Für den letzten Teil des Satzes straffe ich die Schultern. »Wie mein Mann chat geraten.«

Jawohl, so was von gegeben hab ich es dem Bezirksbesamer, nachdem er mir nicht nur in den Raum gefolgt war, sondern sich auch an mich angeschlichen und mir an den Po gefasst hat. Mit der Kelle in der Hand bin ich herumgewirbelt und habe ihm eins übergezogen. Dann habe ich ihm eine Ohrfeige versetzt, die Tür, die er geschlossen hatte, aufgezerrt und ihn mit einem Tritt nach draußen befördert. Wütend, wie ich war, bin ich ihm dann hinterher und habe ihm mit der Kelle noch ein paarmal auf Kopf und Rücken gehauen. Das nicht gerade sanft, aber sanft hatte er auch nicht verdient. Andere Saunagäste, die gerade vorbeikamen und erschrocken zurückwichen, können das, und bedauerlicherweise nur das, bestätigen.

Birgit Schawitzki teilt Vladimirs Meinung nicht. »Sie haben sich falsch verhalten, selbst wenn Ihre Behauptung der Wahrheit entspricht.«

Damit bringt sie mich richtig in Rage. Meine Stimme wird lauter. »Ach ja, und was ich chätte sollen tun?«

»Ihn freundlich bitten, aufzuhören.«

»Chabe ich gemacht letztes Mal. War falsch. Jetzt ich chabe gewehrt mich. Ist auch falsch. Was also sonst? Soll er mich vögeln, wie er will? Wäre noch falscher. Seine Frau würde rasten aus erst recht. Alles, was ich kann tun, ist falsch, falsch, falsch. Chabe ich satt!«

Birgit Schawitzki lächelt. »Dann gehen Sie doch, wenn Sie alles so satthaben und – zu Recht, im Übrigen – meinen, dass Sie alles falsch machen.«

»Chat er schon immer gemacht«, schimpfe ich weiter. »Steht in Brief und chat Angelika Roth auch gesagt. Bringt er alle Frauen auf Palme, wenn sie nicht weglaufen, chat sie erzählt.«

»Das wird sie im Fall einer Anhörung aber nicht wiederholen. Wie jede andere Mitarbeiterin hier will sie ihren Job nämlich behalten.«

Das darf doch nicht wahr sein! »Ist Erpressung.«

»In Ihrem Verständnis vielleicht. Für andere ist das ein natürlicher Selbsterhaltungstrieb.«

Was für eine Macho-Muschi, denke ich mir und presse die Lippen zusammen, damit ich es nicht ausspucke. Den Rest kann ich aber nicht zurückhalten. »Was los mit dir? Bist du doch Frau und kannst verstehen oder chast du etwa Pimmel versteckt in deine schmale Chose?«

Birgit Schawitzki erstarrt, sammelt sich aber gleich. »Normalerweise würde ich Sie feuern, sofort. Unter den gegebenen Umständen erteile ich Ihnen eine Abmahnung.« Sie schiebt mir ein Blatt über den Schreibtisch. »Das unterschreiben Sie bitte. Noch so ein Ding, und Sie sind den Job los. Außerdem erwarte ich, dass Sie sich bei Herrn und Frau Helmich entschuldigen.«

»Nimmst du Gift!«, antworte ich und schnappe mir den Kugelschreiber, den sie mir entgegenhält. »Werde ich mich entschuldigen.«

Ich unterschreibe und stürme nach draußen. Am Ausgang pralle ich mit Angelika Roth zusammen, deren Dienst gerade endet.

»Hey, Jekaterina«, sagt sie. »Ich wusste nicht, dass du noch da bist. Mach doch nicht immer so lange, das dankt dir hier niemand. Schönen Feierabend!«

Ich habe keine Ahnung, was ich darauf sagen soll. Die Deutschen drücken sich manchmal komisch aus, und ich warte immer irgendwie auf das Ende des Satzes, das alles erklärt, aber das kommt hier nicht.

»Was wird gefeiert«, frage ich schließlich, »cheute Abend?«

Sie stutzt, packt dann meine Hände und ruft: »Jaaa, lass uns feiern gehen! Wenn einer Party machen kann, dann ihr Russen.«

Kein Zweifel. Aber das geht nur in Russland. Und mit Russen. Befürchte ich. Die Deutschen haben da erwiesenermaßen einen Stock im Arsch.

»Ähm, was ist Grund für Party? Geburtstag?«

»Wir brauchen doch keinen Grund. Feierabend bedeutet Schluss mit Arbeit. Aber heute gehen wir einfach so aus. Ich kenne eine coole Location. Ist nicht weit von hier. Gehen wir auf einen Absacker.«

Absacker? »Ähm ... muss ich telefonieren mit meinem Mann.«

Schnell krame ich das Handy aus meiner Tasche und wähle Vladimirs Nummer – die einzige Nummer, die auf diesem Telefon gespeichert ist, also ganz leicht. Es klingelt auch. Und er meldet sich. Ich frage ihn, ob es okay ist, wenn ich mit meiner Kollegin Feierabend mache. Er lacht wieder. Nicht so sehr wie letzte Nacht, aber immerhin. Und er wünscht mir viel Spaß. Beinahe habe ich ein schlechtes Gewissen, weil ich ihm nichts von der Abmahnung erzähle, die so gar kein Grund zum Feiern ist. Und ein bisschen merkwürdig fühle ich mich auch, weil ich für den Feierabend Geld ausgeben werde.

Noch knapp vierhundert Euro sind von Hans-Peter Lehmanns Geld übrig. Eigentlich genug, außer, ich gerate in eine Notsituation. Aber schon bald werde ich vom Erlebnisbad Lohn auf mein neu eröffnetes Bankkonto überwiesen bekommen, und es ist eine Ewigkeit her, dass ich mit einer Frau ausgegangen bin. Wie sehr es mir gefehlt hat, wird mir klar, als ich darüber nachdenke, also gebe ich Angelika Roth mein Okay.

Sie ist wie ausgewechselt. Sie lacht und erzählt auf der ganzen Fahrt und kommt in Hochstimmung, als wir Wein in ihrer Location trinken.

»Warum fragst du deinen Mann um Erlaubnis auszugehen?«, wundert sie sich.

Ich zucke mit den Schultern. »Ist besser, glaube ich.«

Sie verzieht den Mund. »Machen Frauen das so in Russland? Hast du deine Männer immer gefragt, ob du etwas darfst?«

Herrje, wenn sie wüsste ... »Nein. Sicher nicht. Aber sorgt Vladimir sich sonst. War schon einmal so und war er ziemlich wütend dann.«

»Das ist etwas anderes. Logisch lässt du ihn wissen, dass du noch mit einer Kollegin was trinken gehst.« Belehrend hebt sie den Finger. »Aber mehr nicht. Bitte ihn nie um Erlaubnis. Sonst gewöhnt er sich daran und tanzt dir auf der Nase herum.«

»Tanzt auf meiner Nase?«

»Das bedeutet, dass er mit dir machen kann, was er will.«

»Ah, wie Birgit Schawitzki?«

Sie winkt ab. »Ach, die ist ein ganz anderes Kaliber. Sie kann heterosexuelle Frauen nicht leiden, erst recht nicht, wenn sie gut aussehen. Sie befürchtet wohl, dass das immer Ärger gibt.«

Ich kann es nicht glauben. »Die Chefin ist schwul?«

»Lesbisch.«

Ach du Schreck! Und ich habe ihr gesagt, dass ...

»Schau mich und die anderen doch nur an«, meint Angelika Roth weiter. »Wir sind alle keine Schönheiten oder schon ein bisschen älter. So mag die Schawitzki ihre unvermeidlichen Heten. Du hingegen ...« Sie nimmt mit den Blicken Maß. »Du hast Kurven an den richtigen Stellen, schaust ganz gut aus, bist noch dazu blond. Und hetero. Das bedeutet Ärger, das hat sich ja nun schon bewiesen.«

Ich hebe die Hand vor den Mund und murmele: »Chabe ich sie gefragt vorchin, ob sie chat versteckt Pimmel irgendwo.«

Angelika Roth macht große Augen. »Hast du nicht!«, raunt sie. »Meine Güte, Jekaterina, jetzt hasst sie dich wirklich.«

OHRWURM

Vladimir hat Lichterdeko in die sauberen Fenster der Wohnung gehängt. Er sei spät dran damit, hat er gesagt, doch für mich fühlt es sich eher zu früh an. Es ist ja erst Mitte Dezember. Ich weiß, dass die Deutschen wie die meisten Europäer Weihnachten Ende Dezember feiern, aber das bedeutet nicht, dass ich automatisch in Stimmung komme. Ohnehin läuft das hier alles ganz anders ab, allein die Dekorationsgeschichte. Beim Anblick so mancher Gebäude wird mir klar, wie schmal der Grat zwischen Weihnachtsdeko und Nachbarschaftspuff ist.

Vladimir übertreibt es damit zum Glück nicht. Aber er hat einen Tannenbaum gekauft – auf einem Tannenbaumverkaufsmarkt. Die halte ich für durchaus praktisch, denn man muss nicht in den Wald gehen und sich abmühen, was ich ohnehin nie getan habe. Ich hatte nie einen Weihnachtsbaum, keine Lichterdeko, keine Figurenarmeen. Ich habe nie Weihnachten gefeiert. Nur ein bisschen Väterchen Frost am letzten Dezembertag, wenn hier Silvester stattfindet. Einmal bin ich mit Freundinnen für ein paar Tage nach Moskau gefahren, um dort einen Weihnachtsmarkt zu besuchen. Es gab Livemusik und Zaubershows, Handwerksstände, Eislaufbahnen, Eisrutschen und Schneespielplätze. Doch was mich auf dem Frankfurter Römer erwartet, habe ich nie zuvor gesehen.

Der Platz vor dem Rathaus, in dem ich Vladimir vor ein paar Wochen heiraten musste, ist wie verwandelt. Alles ist erleuchtet und die Luft schwer von Gewürzen. Im süßlichen Duft erkenne ich die Noten von Anis, Zimt, Vanille und Nelken. Dampf steigt von Grillständen auf, an denen Menschen anstehen, um Fleisch oder Champignons zu bekommen. Andere holen sich Zuckerwatte, mit Schokolade überzogenes Obst, Laugenbrezeln oder Süßes wie Mandeln und riesige Pfefferkuchen, die man sich in Herzform um den Hals hängen kann.

Kaja und Milan wollen ihr eigenes Ding machen. Mit der U-Bahn sind Vladimir, die beiden und ich ins Zentrum gefahren, doch sie haben sich mit Freunden verabredet und wollen nicht mit uns langweiligen Typen abhängen – so der O-Ton. Mir ist es gleich. Vladimir verlangt, dass sie in zwei Stunden wieder am Römer sind, und deutet auf einen Stand, an dem er zu finden sein wird. Kaum sind die Kids verschwunden, dirigiert er mich durch die Menschenmassen dorthin. Es riecht nach heißem Alkohol.

Vladimir bestellt zwei Glühwein mit Schuss und reicht mir wenig später eine dunkelblaue Tasse mit goldener Schrift und einem niedlichen Bild. Man darf sie nicht behalten.

»Zwei Euro Pfand sind darauf«, erklärt er.

»Wenn man sie also nicht zurückgibt, kauft man sie doch praktisch für zwei Euro«, schlussfolgere ich. »Das ist nicht so teuer.«

»So eine Tasse kostet vielleicht zwanzig Cent im Einkauf«, kontert er und schaut mit gerunzelter Stirn zu den Standbetreibern. »Die erwirtschaften ordentlich Gewinn damit, wo sie eigentlich genug am Glühwein verdienen.« Er zieht zwei gelbe Plastikchips aus seiner Tasche. »Verlierst du die Chips, was in dem Gedränge nicht schwer ist, kannst du die Tasse nicht zurückgeben. Frechheit.«

Sein Ärger erschließt sich mir zum Teil ... aber es bleibt trotzdem eine schöne Tasse. Ein nettes Andenken auch, das ich in zehn Jahren vielleicht noch habe und das mich an diese Zeit erinnert.

»Außerdem, was sollen wir damit zu Hause? Steht nur rum.« Vladimir stößt mit seiner Tasse gegen meine und trinkt einen Schluck.

Ich probiere ebenfalls. Der Glühwein ist stark, aber sehr lecker. »Ich könnte morgens Kaffee daraus trinken«, überlege ich.

»Wir haben genug Kaffeetassen.«

»Aber keine, die so hübsch ist.«

Einen Moment betrachtet Vladimir mich stumm. Er scheint ein letztes schlagkräftiges Argument anbringen oder behaupten zu wollen, dass sein Geschirr hübsch genug ist, doch dann zuckt er mit den Schultern. »Meinetwegen, behalt sie eben.«

Ich freue mich und trinke einen weiteren Schluck, der noch besser schmeckt als der erste. Seite an Seite bummeln Vladimir und ich dann von Stand zu Stand. Er kauft ein Tütchen gebrannte Mandeln, beschwert sich über den horrenden Preis, den die Mandelröster für hundert Gramm verlangen, und bietet mir dann davon an. Auch lecker. Insbesondere mit dem Glühwein.

Hinter dem Platz gibt es Schieß- und Bastelstände, Karussells für Kinder und Buden, in denen sich gigantische Plüschtiere bis hinauf zur Decke stapeln. Ich würde mein Glück gern versuchen, aber Vladimir zieht mich mit den Worten »Das sind Betrüger« weiter. Auf dem Weiterweg erklärt er mir das System der Losstandbetreiber, das wohl darauf beruht, reichlich Gewinntickets einzustreuen. Mit Ausnahme eines bestimmten.

»Fünf Familienmitglieder muss man für so ein gigantisches Plüschtier sammeln«, erklärt er mir. »Vater, Mutter, Sohn und Tochter hat man bald, denn die sind häufig im Lostopf. Aber nicht die Oma. So dicht am Gewinn will man die Oma unbedingt haben und kauft weitere Lose. Und weitere.« Er schaut mich an. »Verstehst du, worauf das hinausläuft?«

»Klar. Man gibt eine Menge Geld aus. Aber Betrug ist das nicht.«

»Natürlich. Für die anderen vier Familienmitglieder bekommst du bloß billiges Plastikspielzeug, das nur Staub fängt und im Handel weniger als die Hälfte dessen kostet, was du gerade für die Lose bezahlt hat.«

»Im Handel billiges Plastikspielzeug für die Hälfte zu kaufen, macht nicht so viel Spaß, wie Lose zu ziehen.« Ich leere meine Tasse und zeige damit auf die Plüschtiere. »Ganz davon abgesehen, fängt so ein riesiger Bär auch nur Staub.«

Vladimir grinst schief. »Ich hatte schon befürchtet, auch so ein Ding heimschleppen zu müssen.«

Er nimmt mir die Tasse ab, und ich will protestieren, doch er beruhigt mich. »Keine Sorge, die gehört dir. Ich hole uns nur eine zweite Runde Glühwein. Auf einem Bein kann man doch nicht stehen.«

Der zweite Glühwein lockert meine Zunge. Ich werde redselig und muss verdammt aufpassen, was ich erzähle. Am liebsten möchte ich Vladimir die russischen Weihnachtsmärkte beschreiben, doch vor lauter Angst, das könnte zu weit führen, rede ich von der Arbeit und meiner lesbischen Chefin, die einen Pimmel versteckt.

Wir schlendern zurück zum Treffpunkt, wo uns noch dreißig Minuten Zeit bleiben. In der Nähe des Standes gibt es ein nostalgisches Karussell. Jede der Figuren, auf denen Kinder reiten können, ist eine Augenweide. Ich weiß nicht genau, wie sich ein deutsches Weihnachtsgefühl anfühlen sollte, kann mir aber vorstellen, dass ich es gerade empfinde. Die feierlich klingenden Kinderchöre, die aus versteckten Lautsprechern tönen, tun ihr Übriges. Zwar verstehe ich kein Wort und muss Vladimir fragen, worum es geht, aber es hört sich schön an.

»In Russland gibt es doch auch Weihnachtslieder, oder nicht?«, fragt er.

»Schon.« Ich leere den zweiten Glühwein, wische die Tasse schnell aus und stecke sie in meine Handtasche, damit Vladimir es sich nicht anders überlegen kann. »Aber darin geht es immer um ein Tannenbäumchen, wie es im Wald wächst und mit Schnee bedeckt wird oder wie man es am einunddreißigsten Januar mit Kugeln und Lebkuchen schmückt.«

Vladimir will etwas erwidern, da stürzen seine Kinder heran und verlangen atemlos, sofort nach Hause zu fahren, weil ihnen so langweilig sei. Ich würde gern noch bleiben, schweige aber und schließe mich der Gruppe an. Die U-Bahn-Station liegt unmittelbar hinter dem Römer, und so ist die schöne Kulisse bald verschwunden.

Auf der Fahrt summe ich gedankenverloren vor mich hin. Es ist eines der Lieder, die ich eben am Karussell gehört habe, *Stille Nacht, heilige Nacht.* Den Text kann ich nicht mal zur Hälfte, aber die Melodie ist mir im Gedächtnis geblieben.

Noch auf dem Fußweg von der Bahn nach Hause summe ich und höre nicht zu, worüber Kaja, Milan und Vladimir sprechen. Ohnehin ist das Gespräch zu schnell, die Sätze scheinen unvollständig, sie reden durcheinander, und mir ist es zu anstrengend, dem allen zu folgen.

»Hey, Jekaterina.«

Jekaterina, Jekaterina ... verflixte Jekaterina!

»Hey, Jekaterina«, tönt es noch einmal. Kaja ruft mich. Ich drehe mich um.

Sie grinst. »Du hast einen Ohrwurm.«

Vor lauter Schreck mache ich einen Satz, beuge den Kopf zur Seite und wische mir über das Ohr. Wieder und wieder, immer panischer. Mein Herz schlägt wild in der Brust, und mir wird heiß. Ich spüre keinen Wurm, und das treibt meine Panik an. Am liebsten möchte ich schreien, quieke aber nur, während ich meinen Hals und den Schal abtaste.

»Oh, Gott, wie sieht er aus? Ist er groß oder nur klein? Vladimir ... hilf mir verdammt! Mach ihn weg, mach ihn sofort weg! Sonst sterbe ich.«

Nichts passiert. Hastig wickele ich meinen Schal ab, um ihn auszuschütteln. Als ich die drei Poljakows sehe, deren starre Mienen, höre ich damit auf.

»War Scherz, oder?«, knurre ich an Kaja gerichtet und wische mir noch einmal über das Ohr, verärgert und weil es krabbelt. »Chast du verarscht mich, Kaja. Gehört sich ieberchaupt nicht, verstehst du? Kann ich bekommen Cherzanfall und fallen um tot. So!«

Kaja lacht als Erstes. Milan keucht: »Ich sag's ja, nicht alle Latten am Zaun«, und stimmt ins Gelächter ein. Sie bleiben sogar stehen, weil sie vor lauter Lachen nicht laufen können.

»Monster«, knurre ich und lasse sie stehen. Ich weiß ja, wie es nach Hause geht, und habe einen Schlüssel. Die können mich mal. Alle drei.

Vladimir schließt zu mir auf.

»Hey, es ist alles gut.« Er scheint meinen Arm festhalten zu wollen, um mein Tempo zu bremsen. Schlau ist er, dass er das nicht tut.

Wehe, er fasst mich an. Ich muss ihn nicht anschauen, um zu wissen, dass er ebenfalls amüsiert ist.

»Gar nichts ist gut. Warum ärgert sie mich? Was hab ich ihr getan?«

»Sie wollte dich nicht ärgern. Ein Ohrwurm ist kein Insekt, das dir ins Ohr kriecht, sondern eine einprägsame Melodie. Sie dreht dort Runde um Runde ... wie ein Wurm.«

Das mag sein. Das mag alles sein. Aber beruhigen kann ich mich trotzdem nicht und laufe im zackigen Schritt weiter. Mein Herz findet nach und nach in sein normales Tempo zurück, und auch der Puls wird ruhiger, doch in meinem Kopf schimpft eine Stimme vor sich hin. Vladimir bleibt an meiner Seite und erklärt und erklärt. Irgendwann habe ich genug davon und fahre zu ihm herum.

»Genug!«, rufe ich und kann beobachten, wie die Belustigung aus seiner Miene schwindet. »Wirklich genug habe ich von dieser dämlichen deutschen Sprache. Ich wette, dieses Wort, Ohrwurm, und ein paar andere gibt es mit der vollen Absicht, Ausländer zu verarschen.«

Mit einem Ruck setze ich mich wieder in Bewegung und eile voraus. Mein »Ihr könnt mich alle mal!« hört Vladimir sicher noch.

GEISTESKRANK

Die ist ja immer noch hier«, flüstert jemand, als ich den Kübel am Montagmorgen in die Sauna schleppe. Ich ahne, dass es die Frau des Bezirksbesamers ist, und überlege, die Frage an sie zurückzugeben.

»Guten Morgen«, sage ich stattdessen mit gespielter Fröhlichkeit und stelle den Kübel ab. »Chabe ich Latschenkiefer fier euch cheute.«

»Ist doch eine Frechheit«, raunt die Frau. Sie spricht mit ihrer Sitznachbarin, wie ich bei einem Blick über die Schulter feststelle. Die stimmt ihr mit einem Nicken zu. Der Widerling hockt an ihrer anderen Seite und glotzt, bis sie ihn in die Seite rempelt und ihm etwas zuflüstert.

Dann geht es weiter: »Unmöglich, wie sie den Arsch rausstreckt. Sie muss es wirklich nötig haben. Und wie sie …«

»Los geht's!«, übertöne ich sie und gebe die erste Kelle Latschenkiefer-Wasser über die Steine. Viel lieber möchte ich den ganzen Kübel darüber ausleeren und schauen, wer hier noch eine große Klappe hat. Als es ans Wedeln geht, will ich das Handtuch mindestens zwei Leuten um die Ohren klatschen. Aber ich benehme mich, bringe den Aufguss anständig zu Ende und lege mir meine Worte zurecht.

Nach dem Aufguss kommt der Bezirksbesamer vor seiner Frau aus der Sauna, wo ich warte, um sicherzustellen, dass es allen gut geht. Er glotzt auf meinen Busen, zwinkert mir zu und will an mir vorbei, um seinen Spaziergang zu beginnen, doch ich bitte ihn zu warten. Seine Frau schaut prompt düster aus, als sie uns zusammen sieht. Ich nehme sie ebenfalls zur Seite.

»Mechte ich entschuldigen mich«, sage ich den beiden und grummele im Stillen, weil die Frau das Kinn hebt und auf mehr wartet. Sie bekommt mehr. »War wirklich falsch, wie ich chabe verchalten, also ich mechte gutmachen.«

»Ach ja? Und wie wollen Sie das anstellen?«

»Werde ich machen Aufguss fier Sie beide. Ganz privat. In einer Stunde in kleine Aufgusssauna.«

»Das ist uns zu spät. In anderthalb Stunden müssen wir die Sauna schon verlassen. Wenn, dann in einer halben Stunde.«

»Ah, aber Sie müssen machen Pause ordentlich zwischen einem Aufguss und nächstem«, gebe ich zu bedenken. »Ist sonst viel Arbeit für Kreislauf.«

Die Frau blitzt mich wütend an. »Was denken Sie? Wir sind keine Anfänger. Wir saunieren seit vielen Jahren hier. Um einiges länger, als Sie sich hier herumtreiben. Also entweder in einer halben Stunde oder gar nicht.«

Wie du willst, du Biest! »Okay, dann in chalbe Stunde in kleine Aufgusssauna.«

Die beiden gehen zu den Duschen. Auf dem Weg dorthin schnauzt sie: »Hör auf, dich ständig zwischen den Beinen zu kratzen, Justus, damit stachelst du dieses Miststück doch nur an.«

Ich beeile mich, den Kübel zum Vorbereitungsraum zu bringen, um dort die neue Mischung anzurühren. Mit Birke werde ich meine beiden Lieblingsgäste erfreuen. Und mit ein paar mehr Grad in der Sauna, wie es sich für einen anständigen, typisch russischen Aufguss gehört. Die werden mich kennenlernen!

Wie gut sie mich zu kennen meinen, steht in ihren Blicken, als sie sich zur verabredeten Zeit am vereinbarten Ort einfinden. Der Bezirksbesamer zwinkert mal wieder, als es seine Frau nicht sieht. Sie setzt sich auf die oberste Bankreihe und sagt: »Na los, dann machen Sie mal.«

Sobald auch er Platz genommen hat, tauche ich die Kelle in den beinahe bis zum Rand gefüllten Kübel. Üblicherweise werden drei bis fünf Liter aufgegossen, aber für den russischen Aufguss, bei dem die Luftfeuchtigkeit in die Höhe getrieben werden muss, gilt es, zehn Liter zu verwenden.

»Ist Wenik-Aufguss«, erkläre ich mit heiterer Stimme, während ich den Sud auf den Steinen verteile. »Weniki ist russisches Wort für Birke. Chat die Birke gute Wirkung auf positive Stimmung und entspannt. Außerdem regt sie an Durchblutung und Entschlackung.«

»Das interessiert uns überhaupt nicht, machen Sie einfach.«

Ich beiße die Zähne zusammen, kann aber nicht anders und muss rauslassen, was mir dazu einfällt: »Gut, wenn Sie nicht interessiert der scheene Effekt, dann vielleicht russische Geschichte ieber Frau, die chatte immer Ärger mit Ehemann.«

Mehr und mehr Birkenwasser platscht auf die Steine. Es wird feucht im Raum. Auch ich beginne zu schwitzen, aber ich trage Kleidung und befinde mich auf einem räumlich niedrigeren Niveau als meine Saunagäste. Die fächern sich mit den Händen Luft zu.

»Chat Ehemann sich interessiert für jede Frau, ob groß oder klein, dünn oder dick, scheen oder nicht so scheen, bloß nicht für Ehefrau«, erzähle ich und schöpfe weiteres Wasser auf, obwohl ich ein Keuchen hinter mir höre.

»Chat sie eines Nachts ihn gebunden mit Chose unten an Kupplung fier Anhänger von Auto und geschleift durch ganze Stadt ...«

»Hören Sie auf!«, kreischt die nicht weniger widerliche Frau des Widerlings.

»Nein, nein!« Ich zücke mein schon etwas klammes Handtuch, schwinge es und fächere die heiße Luft zu den beiden. »Kommt jetzt Wedeln.«

Die Frau springt auf und schreit, weil es weiter oben noch heißer ist. Wie tausend Nadelstiche sollte sich das anfühlen, wenn es richtig ist. Ich glaube, ich habe es perfekt gemacht. Hastig steigt sie die Bänke hinunter und stürzt in gebeugter Haltung aus der Sauna. Ihr Mann folgt ihr in einer ähnlichen Haltung. Ich schlendere hinterher, werfe mir mein Handtuch wieder über die Schulter und mustere die beiden. Sie knien auf den Fliesen, atmen schwer. Leute kommen herbei. Auch Angelika Roth.

»Was ist los jetzt?«, rufe ich. »Chabt ihr gesagt, kommt ihr cher viele Jahre. Dürft ihr jetzt nicht knien, müsst ihr wissen, sondern spazieren. Auf und ab, und genießen. Und dann machen wir weiter drinnen.«

»Einen Notarzt«, heult die Frau. »Ich brauche sofort einen Arzt.«

»Ach, brauchst du keine Arzt …«, hebe ich an, doch Angelika Roth unterbricht mich mit einem »Schscht, Jekaterina!«. Einen warnenden Blick schickt sie mir. »Sei still. Du machst alles nur schlimmer.«

Dessen bin ich mir bewusst. Es ist nicht so, als würde es mich stoppen.

Der Widerling hilft seiner Frau aufzustehen. Sie schnappt nach Luft, als sie mich ansieht, und jault: »Sie sind ja geisteskrank. Sie gehören weggesperrt.« Dann klappt sie wieder ein und verlangt abermals nach einem Arzt.

Ich glaube nicht, dass sie ihren Schwächeanfall vortäuscht. Mitleid habe ich trotzdem keines.

»Pflegt eure Ehe«, sage ich sowohl zu ihr als auch zu ihrem Mann. »Oder lasst ihr scheiden euch. Aber macht nicht andere Frauen verantwortlich dafür, dass ihr nicht kommt klar.«

»Geisteskrank«, jault sie. »Vollkommen geisteskrank!«

Angelika beschließt, einen Arzt zu rufen, und verschwindet. Die Frau mit dem versteckten Pimmel tritt an ihre Stelle.

»Kommen Sie in mein Büro«, verlangt sie und klingt gar nicht so sauer, wie ich es an ihrer Stelle wäre.

Ich schüttele den Kopf. »Keine Zeit. Chabe ich zu tun, wie du siehst.«

»Da irren Sie sich. Sie haben hier absolut nichts mehr zu tun. Sie sind fristlos entlassen.«

Entlassen? Ohne Frist? Keine Ahnung, was das bedeutet. »Und das heißt?«

»Das heißt, Sie können Ihren Kram packen und für immer verschwinden. Sie sind den Job los.«

»Das kannst du nicht entscheiden. Chabe ich den Job bekommen von Chans-Peter Lehmann. Musst du fragen ihn zuerst.«

93

»Einen Scheiß muss ich.« Ein Lächeln umspielt ihren Mund. »Auf Nimmerwiedersehen, Frau Poljakow.« Sie dreht sich um und stolziert davon.

Es ist zu früh, um nach Hause zu gehen. In den vergangenen Wochen bin ich immer zur selben Zeit wie Vladimir heimgekommen. Wäre ich heute eher da, müsste ich ihm erklären, wieso. Ich will nichts erklären. Ihm schon gar nicht. Er wird furchtbar sauer sein, wenn er es erfährt, schließlich hat er mich gebeten, mich normal zu verhalten. Nur ein Jahr lang. Das vorhin war zwar richtig, meiner Meinung nach, aber nicht normal.

Nun habe ich keine Ahnung, wohin. Sitze am U-Bahnhof, friere und warte, dass es sechzehn Uhr wird. Um vierzehn Uhr klingelt mein Handy. Vladimir ruft an. Noch nie hat er um diese Uhrzeit angerufen. Wahrscheinlich weiß er schon, was passiert ist. Woher auch immer. Ich bin froh, dass ich es ihm nicht sagen muss, aber reden will ich trotzdem nicht.

Als er zum fünften Mal anklingelt, mache ich mich auf den Heimweg.

»Kann man mit der Frau denn nicht sprechen?«, höre ich Vladimir fragen, als ich die Wohnung betrete. Leise. Auf Zehenspitzen.

»Keine Chance.« Es ist Hans-Peter Lehmann, der antwortet. »Jekaterina hatte schon eine Abmahnung. Und sogar ohne die wäre die fristlose Kündigung rechtmäßig gewesen. Sie hat einen Notarzteinsatz verursacht. Mutwillig offenbar.«

Mein Blick fällt auf die Tür zu Milans Zimmer. Die steht einen Spalt offen, anders als sonst. Er hat auch keine Musik eingeschaltet. Stattdessen höre ich ihn und Kaja kichern. Ich gehe ins Wohnzimmer. Hans-Peter Lehmann sitzt in einem Sessel. Vor ihm steht eine zur Hälfte geleerte Tasse Kaffee. Vladimir spaziert auf und ab und fährt herum, als er meine Anwesenheit bemerkt.

»Chatte sie verdient«, sage ich. »Brauchte sie Zettel zum Denken.«

Aus Milans Zimmer schallt Gelächter. Den Männern hingegen ist gar nicht nach Lachen zumute.

»Da bist du ja.« Vladimir fährt sich durch die Haare, als wolle er sie raufen, und übers Gesicht, als wolle er sich die Gedanken wegreiben, die er herausschreien möchte. Er wendet sich ab, als könne er meinen Anblick nicht ertragen.

»Wir haben ein Problem, Frau Poljakow.« Hans-Peter Lehmann steht auf, um auf meiner Augenhöhe zu sein. »Sie haben sehr unüberlegt gehandelt.«

»Nein, chabe ich sehr wohl überlegt. Lasse ich mich nicht bechandeln so. Chat niemand Recht dazu.«

»Und jetzt?« Hans-Peter Lehmann hebt die Hände und lässt sie wieder sinken. »Wie stellen Sie sich das vor? Frau Schawitzki ist so freundlich, Ihren Lohn für diesen Monat anteilig auszuzahlen, aber danach? Wie geht es weiter? Ohne diesen Job? Und, geben Sie zu, es war ein guter Job.«

»Angelika Roth war einzig Gute an Job. Rest war furchtbar. Furchtbare Chefin, furchtbare Besucher, furchtbare Schamlosigkeit ieberall.«

»Tja …« Hans-Peter Lehmann nickt traurig. »Mit dieser Einstellung hätten Sie das Jahr wohl sowieso nicht überdauert.« Er nimmt seinen Mantel von der Sessellehne. »Ich werde mich um einen neuen Job für Sie bemühen und hoffe, etwas zu finden, das mehr nach Ihrem Geschmack ist.«

»Wenn man ist angezogen und freundlich, ist in Ordnung alles«, gebe ich zerknirscht zurück und schüttele ihm die Hand, die er mir zum Abschied hinhält.

Nach einem schnellen Gruß an meinen Scheinehemann verschwindet er aus der Wohnung. Ich wende mich zu Vladimir um.

»Tut mir leid«, murmele ich. »Es ging nicht anders.«

Er betrachtet mich nachdenklich. »Es wäre sehr wohl anders gegangen«, sagt er dann. »Nur für dich eben nicht.«

Ich weiß nicht, ob ich das als Feststellung oder Vorwurf auffassen soll.

GESCHMACKSVERIRRUNG

Am nächsten Abend, zwei Tage vor Heiligabend, hat Vladimir im Wohnzimmer Sitzmöbel verrückt und Platz für die Tanne geschaffen. Die steht nun in einem Weihnachtsbaumständer, und ihre Zweige sollen aushängen.

Am nächsten Morgen, als Vladimir und die Kinder aus dem Haus sind, mache ich mich auf die Suche nach dem Weihnachtsschmuck. Ich habe nie eine Jolka – so nennen wir Russen diesen Baum – dekoriert und Lust, das einmal zu tun. Eine Stunde lang durchforste ich jeden Schrank in der Wohnung. Vergeblich. Während ich die Wohnung aufräume, staubsauge und wische, was dringend nötig war, fällt mir der Keller ein. Nach getaner Arbeit suche ich dort weiter – und Bingo! Nicht nur eine Kiste mit Weihnachtsschmuck finde ich, sondern gleich drei. Schnaufend schleppe ich sie nacheinander die Treppen hoch in die Wohnung. Mit der dritten, besonders schweren Kiste stolpere ich auf den letzten Schritten, kann mich aber fangen und poltere lediglich mit der Schulter gegen unsere Wohnungstür. Mit zusammengekniffenen Augen halte ich inne und warte, dass der Schmerz nachlässt. Den vergesse ich schneller als gedacht, als ein Nörgeln ertönt.

»Jetzt langt es aber. Frechheit, so einen Lärm zu veranstalten.«

Die Fensterscheuche. Natürlich. Viel zu lange war sie schon still. Ich öffne ein Auge, linse zu ihr hin, öffne das zweite und wappne mich gegen die Worte, die sie gerade auf der Zunge formt.

»Ich weiß ja nicht, ob die Türen bei Ihnen in Russland Klinken haben, aber hier in Deutschland gibt es Klinken, wie Sie sehen. Hören Sie also auf, mit Türen zu knallen.« Sie ist noch nicht fertig, wahrscheinlich hat sich einiges aufgestaut und muss gleich mit raus. »Sie müssen sich schon an die Hausordnung halten, wenn Sie hier wohnen wollen.«

Die Kiste wird schwer. Ich presse sie fester an mich, damit sie mir nicht aus den Händen rutscht, und puste eine Strähne, die sich aus dem Dutt gelöst hat, aus meinem Blickfeld. »Bist du fertig?«

»Hören Sie auf, mich zu duzen. Wir haben noch keine Schweine zusammen gehütet.«

Das habe ich nicht mal allein getan. Tiger und Zebras, ja. Aber keine Schweine. Na, wie auch immer. »Wie spät ist es?«

»Viertel vor elf, wieso?«

»Ah, also ist keine Pause Mittag?«

Mit dem Hintern stoße ich die Wohnungstür auf. Ich schleppe die Kiste hinein, nicke der Fensterscheuche zum Abschied zu und versetze der Tür einen Schubs mit meiner Hüfte. Als sie ins Schloss donnert und die Fensterscheuche »Unverschämtheit!« krakeelt, muss ich grinsen.

Mit letzter Kraft bugsiere ich die Kiste ins Wohnzimmer, setze sie neben den anderen beiden ab und inspiziere den Inhalt genauer. Von den mattblauen Kugeln in Kiste eins sind einige zerbrochen oder fehlen ganz, doch sie sind hübsch. Die Farbe und die silbernen Verzierungen gefallen mir so gut, dass ich beschließe, sie trotzdem zu verwenden. Wie auch die glatten roten Kugeln mit den puderartigen Schneeflockenapplikationen in Kiste zwei, deren Set vollständig ist. Der weiße Dekoschmuck in Kiste drei scheint alt zu sein, aber er ist am schönsten, also sollte er einen besonderen Platz am Baum bekommen. Gerade die Spitze, gegen die weder die blaue noch die rote mithalten können.

Aus einem Verschlag hinter der Küche hole ich eine Leiter, die Vladimir und ich zum Fensterputzen benutzt haben, klappe sie auf und steige hinauf, um das hübsche Ding auf die Baumspitze zu stecken. Es passt nicht, also rücke ich mit einem scharfen Messer an und säbele das dicke Ende vom störrischen Zweig. Nun lässt sich die weiße Spitze mühelos aufstecken. Zufrieden betrachte ich mein bisheriges Werk vom Boden aus und nehme mir die weißen Kugeln vor. Eine nach der anderen hänge ich auf die oberen Zweige und perfektioniere das Ganze mit weißem Lametta, das ich bei den roten Kugeln finde. Als Nächstes ist die blaue Kollektion dran. Dass sie unvollständig ist, fällt nicht auf, denn ich fülle die Leerräume mit dicken blauen Lamettabüschelbändern.

Eine Lichterkette fällt mir in die Hände. Etwas ratlos entwirre ich sie und überlege, wie ich das Teil an die Zweige bekomme, ohne mein bisheriges Werk optisch zu verschandeln. Mir wird klar, dass ich mit den Lichtern hätte beginnen sollen – die Lektion des Tages –, aber demontieren will ich nichts und wurstele die Lichterkette unter die Kugeln und das Lametta. Ein schweißtreibendes Unterfangen, das jedoch gelingt. Auf den unteren, noch freien Zweigen befestige ich die Kerzen der zweiten Kette, versorge diese und die andere mit Strom. Es funktioniert. Alles ist erleuchtet.

Wunderbar! Weiter geht es mit den roten Kugeln, die in so reichlicher Anzahl vorhanden sind, dass sie den unteren Baumteil füllen. Rotes Lametta finde ich nicht, doch das ist gar nicht nötig. Ich will die Jolka schließlich nicht überladen.

Gut gelaunt verteile ich mehr Dekoration im Wohnzimmer und bringe die leeren Kartons zurück in den Keller. Diesmal ohne Türen zu knallen. Nach einer zweiten Dusche meldet sich mein Hunger, und mir fällt auf, dass es bereits vier Uhr ist. Merkwürdig, dass die Kinder noch nicht da sind.

Im Kühlschrank finde ich einen Batzen Hackfleisch. Irgendwo habe ich gehört, dass man ein Brötchen in Wasser aufweichen, auswringen und mit dem Hackfleisch mischen soll, um einen Braten draus zu machen. Gedacht, getan. Petersilie, Pfeffer und Ei mische ich unter die Masse und patsche den Klumpen in einen Bräter. Der muss in den Backofen. Wie der Herd funktioniert, habe ich inzwischen kapiert. Auch den Ofen bekomme ich nach einigen Versuchen in Gang und wähle eine nicht zu hohe Temperatur. Sollte das Hackfleisch nicht gelingen, kann es ausschließlich an meiner Würze liegen. Übung macht den Meister. Auch, was die Beilagen angeht. Mit einem Schäler bearbeite ich eine Ladung Kartoffeln und werfe sie in eine Pfanne mit heißem Öl. Es zischt und spritzt, aber die Kartoffeln bräunen. Nach eigenem Gusto leere ich eine Tüte Tiefkühlgemüse in der Pfanne aus und lasse es mitbraten, wende die Mischung regelmäßig, damit nichts schwarz wird. Hier erscheinen mir Salz und Rosmarin die passende Würze zu sein. Gerade stelle ich beides zurück, da wird die Eingangstür geöffnet.

»Wow, das riecht aber gut«, ruft Milan und stürmt in die Küche.

Ich begrüße ihn mit einem »Ziehst du aus Schuhe! Chabe ich gewischt«, das er ignoriert und sich zum Herd vorschnüffelt.

»Wahnsinn, du hast gekocht. Und es sieht nicht mal übel aus.«

»Schuhe aus! Und ieberchaupt, wo wart ihr so lange? Ist Schule vorbei seit viele Stunde.«

Kaja betritt die Küche, ebenfalls voll bekleidet. »Papa hat eher Schluss gemacht und ist mit uns Weihnachtsgeschenke kaufen gegangen.« Sie hält verschiedene Tüten hoch.

»Schuhe aus du auch!«

Sie trollt sich mit einem genervten Stöhnen. Milan folgt ihr, nicht ohne mir zu sagen, was für großen Hunger er hat. Beide ziehen ihre Jacken und auch die Schuhe aus. Auf dem Weg zu ihren Zimmern passieren sie das Wohnzimmer.

»Ach du Scheiße!«, ruft Milan und bekommt einen Lachanfall.

»Wo ist der Weihnachtsbaum hin?«, keucht Kaja. »Das ist ja grauenvoll.«

Ich geselle mich zu den beiden, betrachte den Baum erneut und bin noch immer vollkommen zufrieden damit.

»Wieso findest du grauenvoll? Ist doch sehr scheen.«

Kaja starrt mich an. »Du leidest an totaler Geschmacksverirrung.«

»Was ist nun wieder los?« Das fragt Vladimir, der auch hereingekommen ist.

»Schau dir das an.« Kaja weist auf den Baum. Milan kann nicht sprechen, weil er sich vor lauter Belustigung kugelt.

Vladimir stellt Einkaufstüten im Flur ab und zieht seine Jacke aus.

»Schuhe aus!«, ermahne ich ihn. »Chabe ich gewischt.«

Überrascht hält er inne und begutachtet den Boden, kratzt sich am Kopf. Schließlich schnürt er seine Boots auf und streift sie von den Füßen.

Indes regt sich Kaja weiter auf: »Ich fasse es nicht, echt nicht! Wieso haben wir nicht einfach eine dreieckige Kiste aufgestellt. Die würde jetzt genauso ausschauen. Man sieht ja kaum noch einen Zweig.«

»Macht man so in Russland.« Gekränkt verschränke ich die Arme vor der Brust. »Chabe ich gesehen selbst, als ich einmal war in Moskwa an Jahreswechsel. War herrlich.«

»Herrlich geschmacksverirrt.«

Vladimir kommt zu uns und schaut über unsere Schultern zum Baum. Ich höre, wie er den Atem anhält, sehe im Augenwinkel, wie er die Hände in die Taschen seiner Jeans schiebt. Dann prustet er los.

»Weiß, Blau, Rot ... Das ist die russische Nationalflagge.«

Milan gibt das den Rest. Er sackt auf die Knie und ergibt sich seinem Amüsement. Kaja schnaubt und drückt sich an Vladimir vorbei. Sie brabbelt was von einem Irrenstall und verschwindet in ihrem Zimmer.

Ich mustere den Baum aus der von Vladimir vorgegebenen Perspektive und muss eingestehen, dass er recht hat.

»War keine Absicht«, murmele ich. »Konnte ich mich einfach nicht für Set von Kugel entscheiden. Chaben sie alle gefallen mir so gut.«

»Schon gut, Jekaterina.« Vladimir legt mir eine Hand auf die Schulter und sorgt damit dafür, dass sich mein Nacken plötzlich verspannt anfühlt.

»Gar nichts ist gut«, keift Kaja aus der Ferne. »Wir müssen das neu machen.«

»Nix da!«, beschließt er. »Der Baum ist irgendwie originell und bleibt, wie er ist.«

NULLACHTFÜNFZEHN

Heute ist der deutsche Heiligabend. In der Nacht hat es zu schneien begonnen. Was da vom Himmel fällt, ist nicht zu vergleichen mit den Schneemassen, die es im Winter in Russland gibt. Trotzdem ist es schön anzusehen, wie sich der Schnee, fein wie Puderzucker, auf die Straßen legt. Reifen- und Fußabdrücke durchziehen die dünne Schicht in einem verworrenen Muster.

Vladimir hat eine Gans bestellt, die fertig vorbereitet ist und nur in den Ofen geschoben werden muss. Dazu haben wir Rotkraut mit vertrockneten Nelkenknospen und Lorbeerblättern gekocht und merkwürdige Kartoffelklopse gerollt, die man Klöße nennt. Man muss sie in kochendes Wasser werfen, und wenn sie an die Oberfläche steigen, sind sie fertig. Das ist simpel.

»Findet die Bescherung in Russland auch erst nach dem Essen statt?«, fragt Milan, der sich zwar über das deftige Futter freut, aber auch ungeduldig darauf wartet, seine Geschenke auszupacken.

Dabei weiß er längst, was er bekommt. Er hat es sich ja selbst beim Einkaufsbummel ausgesucht. Wie auch Kaja, die dem Ganzen gelassener entgegensieht, denn die neue Kleidung wird sie heute sowieso nicht tragen.

»Nein, ist anders«, antworte ich nur. Eine ausführliche Antwort wäre zu kompliziert. Mein Essen würde kalt werden, und das wäre eine Schande, denn es ist viel zu lecker.

»Wie denn?«, will Kaja wissen. »Was macht man heute in Russland.«

Ich zucke die Schultern. »Gar nichts.«

»Wie? Gar nichts?«, rufen Kaja und Milan unisono.

Ich seufze. Na gut. Dann eben die lange Version. »Ist in Russland gerade Fastenzeit. Beginnt die am achtundzwanzig November und dauert bis sechster Januar. Cheute ist also ganz normaler Tag. Wisst ihr schon ... nullachtfünfzehn.« Diesen Begriff habe ich neulich aufgeschnappt. Zwar verstehe ich nicht, warum diese Zahlen für etwas Gewöhnliches stehen, aber es klingt lustig.

Vladimir schmunzelt und tut sich einen weiteren Kloß auf, um seinen Rest Soße auf dem Teller damit zu verputzen. Vermutlich weiß er, wie Weihnachten in Russland abläuft, und will mich einfach erzählen lassen.

»Also gibt es in Russland kein Weihnachten?«, fragt Milan ungläubig mit vollem Mund. Vor lauter Schreck hat er aufgehört zu kauen.

»Doch. Gibt es. Die Kirche in Russland sagt, die Feiertage müssen sein nach Julianische Kalender. Chier in Deutschland und viele andere Länder ist Gregorianische Kalender, bei dem ist alles dreizehn Tage frieher. Heiligabend, wir nennen das Sochelnik, ist also an sechste Januar, wenn endet Fastenzeit. Viele Menschen gehen um Mitternacht in Gottesdienst, der dauert drei Stunden. Dort singen sie Lieder auf die Sonne und Mutter Natur. Und an siebte Januar wird gefeiert mit Familie und Freunden und viel Essen.«

»Und die Geschenke?«, beharrt Milan. »Die gibt's auch erst im Januar?«

»Nein, gibt es am einunddreißig Dezember, wenn ihr chier feiert Silvester. In Russland bringen die Geschenke Väterchen Frost und das Schneemädchen Segurotschka, sagt man, aber glauben nur Kinder. Natierlich beschenkt man sich gegenseitig eigentlich.«

»Das ist voll durcheinander.« Kaja legt ihr Besteck auf dem Teller ab und lehnt sich mit einem Schnauben zurück. »Da blickt ja keiner durch.«

Vladimir klinkt sich ein. »Die Russen schon. Weil Weihnachten ein kirchliches Fest ist, war es seit der Oktoberrevolution verboten. Zuerst wurde das Beschenken an Silvester erlaubt, sehr viel später, Anfang der Neunziger, die Feiertage. Nach dem alten Kalender allerdings.« Er schaut von seinen Kindern zu mir. »Ostern ist bei euch immer noch wichtiger als Weihnachten, richtig?«

102

»Stimmt.« Ich esse weiter, weil ich den Unterricht als beendet betrachte.

Kaja sieht das anders. »Und wie hast du Weihnachten gefeiert?«

Mit der Gabel im Mund verharre ich, ziehe sie langsam heraus, kaue und schlucke, wobei sich der Kloß in einen ganz anderen Kloß verwandelt.

»War nullachtfünfzehn«, antworte ich. »Essen mit Freunden. In Kirche war ich nie.«

So. Das muss genügen. Mehr bringe ich nicht hervor. Sollte ich auch nicht.

»Wie wäre es, wenn wir nachher alle in die Mitternachtsmesse gehen?«, schlägt Vladimir vor und erntet prompt Protest von seinen Kindern.

»Bloß nicht! Das ist öde.«

»Da hab ich überhaupt keinen Bock drauf.«

»Ich will lieber einen Film sehen.«

»Schon gar nicht drei Stunden, da frier ich mir ja den Arsch ab.«

»Hey, reißt euch zusammen, ja?« Vladimir hebt die Hände – eine sowohl beschwichtigende als auch warnende Geste. »Es war bloß ein Vorschlag. Außerdem ist die Kirche beheizt, und es dauert nur eine Stunde.«

»Trotzdem will ich nicht«, mault Kaja. »Ich will lieber fernsehen.«

»Fernsehen an Heiligabend?«, werfe ich ein, obwohl ich mich gut an Vladimirs Mahnung erinnere. »Ist Weihnachten Familienfest, oder nicht? Warum sollte man sitzen vor TV? Ist nicht normal.«

»Was geht's dich an?«, zischt Kaja und kneift die Augen zusammen. »Geh doch mit Papa in die dämliche Kirche, wenn du willst. Sonst machen wir das auch nie. Warum also jetzt? Nur, weil du hier bist?«

Milan steht auf. »Was jetzt, Papa, ist Bescherung, oder wie?«

Vladimir zögert einen Moment. Er meidet meinen Blick, der ihn geradezu durchbohrt, und erklärt den Run auf die Jolka für eröffnet. Kaja zieht einen neuen Pullover nach dem anderen an, um sie uns vorzuführen. Milan würde mit seinen Konsolenspielen am liebsten im Kinderzimmer verschwinden. Vladimir überrascht mich mit einem blauen Tuch aus weichem Stoff, das er mir gekauft hat. Dagegen wirken die Pralinen, die ich ihm und den Kindern überreiche, fast ein bisschen schäbig. Mit Schokolade kann man nichts falsch machen, habe ich mir gedacht und die drei gar nicht billigen Packungen besorgt. Vladimir und Milan nehmen ihre dankend entgegen. Milan öffnet seine sogar und beginnt die Schokokugeln zu futtern. Kaja gibt ihre an ihren Vater weiter. Sie will nicht so dick werden, sagt sie. So dick? Wie wer? Wie ich?

Nach der Bescherung hat sich Vladimir im Internet erkundigt, welche Kirchengemeinde in der Nähe eine Mitternachtsmesse abhält. Mit einer U-Bahn fahren wir eine Stunde vorher los, um gute Plätze zu bekommen. Die Kinder durften zu Hause bleiben und den Fernseher einschalten. Auch gut. Nje moj zirk, nje moj obesjani! – Nicht mein Zirkus, nicht meine Affen!

Viele Leute hatten die Idee, rechtzeitig in der Kirche zu sein. Die vorderen und mittleren Bänke sind alle belegt. In der vorletzten Bank finden wir Platz. Ich nehme das Heft, das vor mir liegt. Eine Sammlung von Liedern. Sehr christlich allesamt, in keinem einzigen wird der Sonne oder Mutter Natur gedankt, sondern hauptsächlich dem Herrn. Ich weiß nicht, ob damit Gott oder Jesus gemeint ist, frage aber nicht nach.

Als die Orgel über mir losdröhnt, erschrecke ich so sehr, dass ich beinahe einen Satz über die vordere Bank mache. Vladimir schaut mich überrascht an und beginnt zusammen mit den anderen Kirchenbesuchern zu singen. Ich versuche es auch, komme aber nicht mit. Nicht nur, weil ich manche Worte nicht verstehe, sondern auch, weil sie beim Singen merkwürdig betont werden. Während bestimmte Silben sehr schnell gesungen werden, zieht man andere in die Länge, bis einem die Luft wegbleibt. Eine Regelmäßigkeit ist nicht zu erkennen. Nach dem dritten Lied habe ich keine Lust mehr, möchte das Heft gern weglegen und die Kirche verlassen. Zum Glück wird nun länger geredet, allerdings nur vom Priester. Ich verstehe ihn nicht gut, höre bald nicht mehr zu und starre vor mich hin, bis das Bild vor meinen Augen verschwimmt.

Ich sehe das Winterquartier, den Kreis der Wohnwagen, umgeben von beschneiten Feldern. Es ist Abend, Licht scheint aus jedem der Wagenfenster. Ich sehe meine Stiefel im Schnee, spüre die stechende Kälte auf meinen Wangen und die Wärme meines langen, gefütterten Mantels, höre die Stimmen von Jasja Mironowna und Walja Wasiljewna. Auf dem Weg vom Wagen des Direktors zu Dmitri Sergejewitschs Wagen unterhalten sie sich über eine drollige Begebenheit, die sich am Morgen mit einem der kleinen Löwen zugetragen hat. Ich ziehe die Tür auf, steige die beiden Gitterroststufen hinauf und stehe inmitten der nächsten Weihnachtsparty, die dritte, die wir an diesem Abend besuchen. Dmitri Sergejewitsch ruft uns an den kleinen Tisch, der kaum jedem seiner Gäste Platz bieten kann. In Schalen und Schüsseln, auf Platten und Tellern gibt es Herzhaftes und Süßes. Drei Gläser werden randvoll mit Rotwein gefüllt. Jemand stimmt ein Lied über einen Schmetterling an, das wohl mir gilt, und alle singen mit.

Ein neues, schallendes Loblied auf den Herrn holt mich in die Realität zurück. Eine Träne kullert mir über die Wange, rinnt das Kinn entlang und versickert im Schal. Ich werfe Vladimir einen verstohlenen Blick zu. Er runzelt die Stirn, um im Text mitzukommen, bewegt die Lippen aber nur wenig. Seine Stimme wird von den trällernden Leuten rundherum übertönt. Auch das Weihnachten meiner Erinnerung vertreiben sie.

JANUAR

ARBEITSBESCHAFFUNGS-
MASSNAHME

Hans-Peter Lehmann hat mir einen Job im Wald besorgt, den ich kurzfristig zu Beginn des Jahres antrete. Eine spezielle Ausbildung ist nicht erforderlich, hat er gesagt. Ich soll einfach aufräumen, Müll aufsammeln und herabgefallene Äste wegschleppen. Weil keine U-Bahn direkt in den Frankfurter Stadtwald fährt, muss ich nach der U2 zwei Anschlussbusse bis zu einer Station mit dem merkwürdigen Namen *Oberschweinstiege* nehmen, was insgesamt über eine Stunde dauert. Aber gelingt. Da war ich skeptisch, trotz Hans-Peter Lehmanns Erklärung, das sei ganz leicht.

Mit dem Lageplan vor der Nase stapfe ich in dicken, ziemlich unschönen Arbeitsstiefeln einen Waldweg entlang, der mich nach zehn Minuten zu einem Bauwagen führen soll. In dem soll ich meine Kollegen treffen, von denen ich meine Tagesaufgaben zugeteilt bekomme. Wie lang zehn Minuten sein können, wird mir bewusst, als die Straße, an der ich aus dem Bus gestiegen bin, hinter einer Kurve verschwindet und um mich herum nur noch Bäume sind. Ihre Kronen verschwinden im Nebel, der sich nur allmählich hebt. Die Sonne wird sich heute wohl, wie auch in den vergangenen Tagen, nicht zeigen. Ich will lieber nicht darüber nachdenken, wer oder was sich zwischen den Baumstämmen herumtreibt. In Russland leben Wölfe, die so ausgehungert sind, dass sie sogar in die Städte kommen. Hier soll es angeblich keine Wölfe geben, sagt Vladimir, auch keine Leoparden oder Hyänen. Wie es mit Braunbären ist, habe ich vergessen zu fragen. Bären sind doch überall. Vielleicht sind sie hier nicht so groß wie in Russland, aber auch einem kleinen Braunbären will ich lieber nicht begegnen. Der kann auch großen Hunger haben und ...

Jekaterina! Hör auf damit! Du wolltest nicht darüber nachdenken.

Menschen! Gemeine, niederträchtige Menschen treiben sich häufig in Wäldern herum, um perversen Trieben nachzugehen. Eine Frau sollte nicht allein durch den Wald spazieren. Schon gar nicht bei Nebel.

Mit jedem Gedanken werden meine Schritte schneller. Bald renne ich. In die falsche Richtung, nämlich tiefer in den Wald hinein, statt zurück zur Straße. Wenn der verdammte Bauwagen hinter der nächsten Kurve nicht in Sicht kommt, werde ich umkehren. Basta! Panisch werfe ich einen Blick über die Schulter. Keine Menschenseele zu sehen, was gut ist – und irgendwie doch nicht. Als ich wieder nach vorn schaue, entdecke ich den Bauwagen. Endlich! Ein paar Autos, ein Transporter und eine Forstmaschine parken davor.

Die letzten Meter lege ich im Sprint zurück. Die zwei Stufen des Bauwagens springe ich hinauf, reiße die Tür auf, rette mich nach drinnen, ziehe die Tür schnell zu und lehne mich dagegen. Mein Blick fällt auf die Leute, die um einen Tisch sitzen und frühstücken.

»Moin«, sagt ein Mann mit vollem Mund und kaut dann weiter.

»Bist du die Neue?«, fragt ein anderer, der sich zurücklehnt und einen Metallbecher, in dem anscheinend Kaffee ist, in der Hand hält.

Ich nicke und löse mich von der Tür. »Bin ich Jekaterina Poljakow.«

»Wir dachten, du bist kräftiger«, kommt es von einem dritten. »Dann sind wir mal gespannt, wie lange du durchhältst. Das hier ist kein Ponyhof, weißt du?«

»Natierlich nicht. Ist Wald. Und bin ich kräftig genug, werdet ihr sehen.«

Wenn die wüssten, was meine Arme früher alles so getragen haben.

Die einzigen beiden Frauen, die unverkennbar kräftig sind, lachen.

»Nun setz dich erst mal und iss was«, sagt eine. »Hast du Frühstück dabei? Wir frühstücken immer erst, bevor wir loslegen.«

Ich nehme auf einem freien Stuhl Platz und ziehe den Reißverschluss der dicken Jacke auf. »Chatte ich schon Frühstück zu Chause. Miesli.«

Jetzt lachen alle.

Die andere Frau schiebt mir eine Papiertüte hin. »Nimm ein Mettbrötchen, Mädel, sonst machst du nach einer Stunde da draußen schlapp.«

Zögernd greife ich in die Tüte und hole ein letztes Brötchen heraus, beiße ab und höre mir an, wie meine neuen Kollegen alle heißen. Die Hälfte der zehn Namen habe ich leider schon wieder vergessen, als es an die Arbeit geht. Ich soll erst einmal Müll aufsammeln und bekomme dafür Plastiksäcke sowie eine Greifzange mit langem Stiel in die Hände gedrückt. Die Männer haben Motorsägen und Äxte, mit denen sie Äste zerlegen und tote Bäume fällen, die beiden Frauen eine Karre, auf die sie kleinere Äste laden. Das viele Laub darf glücklicherweise liegen bleiben.

Zuerst gehe ich mit den Frauen, Erika und Bärbel, doch sie haben länger an bestimmten Stellen zu tun, und so bin ich bald allein unterwegs. Weil ich die Kollegen noch höre, insbesondere das Schlagen der Äxte und das Kreischen der Motorsägen, grusele ich mich nicht so sehr.

Ich sammle Flaschen und anderes Glas auf, weil es im Sommer bei großer Hitze einen Waldbrand auslösen kann. Neben achtlos weggeworfenen Snackverpackungen und Zigarettenschachteln finde ich leere Farbeimer und Spraydosen. An einem Hang haut es mich beim Anblick des ganzen Haufens ausgekippten Mülls beinahe aus den Stiefeln. Es scheint, als würden manche Frankfurter das ohne Zweifel ein wenig komplizierte Mülltonnensystem nicht verstehen und ihren Krempel kurzerhand im Wald entsorgen.

Mit gerümpfter Nase, dankbar für die geruchsmindernde Kälte, mache ich mich ans Einsammeln. Der erste Sack ist schnell prall gefüllt. Durch raschelndes Laub bugsiere ich ihn zum Wegrand, wo er später von einem Transporter eingesammelt wird. Mehr Säcke folgen, und bald habe ich die illegale Müllkippe, wie Erika und Bärbel es im Vorbeigehen bezeichnen, beseitigt. Vorübergehend vielleicht nur. Nun gilt es wieder, hier und da aufzusammeln, wobei ich in die

Nähe einer Futterkrippe für Rehe gerate. Keine Rehe laben sich dort, sondern ein Mann und eine Frau. Aneinander. Als sie ihm die Hose öffnet und auf die Knie geht, suche ich schnell hinter einem Busch Deckung. So leise wie möglich schleiche ich mich weg und sammle anderswo Müll, schließlich gehört die Verhinderung von Sex, anders als in der Sauna, nicht zu meinem Tätigkeitsbereich.

Es ist schon dunkel, als wir Schluss machen. Mir graut vor dem Rückweg durch den Wald, also frage ich in die Runde, ob mich jemand bis zur Bushaltestelle mitnehmen kann.

»Wo wohnst du denn?«, fragt einer der Männer, ein älterer Italiener. Er scheint so etwas wie der Chef hier zu sein und schließt jetzt den Bauwagen ab.

Ich antworte ihm.

»Das passt.« Er steckt den Schlüssel in seine Jackentasche. »Ich muss nach Heddernheim, das liegt in der Nähe. Ich kann dich nach Kalbach fahren.«

Kein Bus, Bus, U-Bahn? Fantastisch.

Auf der Fahrt wiederholt er seinen Namen. Fabrizio. Jetzt merke ich es mir bestimmt. Ich erzähle ihm von dem Pärchen, das ich am Vormittag beobachtet habe. Wir amüsieren uns darüber, und er erzählt, dass er in den vielen Jahren, die er als Forstarbeiter im Wald unterwegs ist, zahlreiche vögelnde Paare aufgeschreckt hat – mal mit Absicht, meistens aber ohne.

»Irgendwann wird man gleichgültig«, schmunzelt er. »Ist vielleicht wie bei Ärzten, für die der Tod mit der Zeit normal wird.«

Weil er Sex mit dem Tod vergleicht, muss ich noch mehr lachen.

»Im Sommer ist es besonders schlimm. Ständig Halbnackte. Inzwischen winke ich nur noch ab, wenn sie sich erschrocken bedecken, und sage, dass sie einfach weitermachen sollen.«

Mein Bauch schmerzt vom Lachen, als Fabrizio sein Auto vor meinem Wohnhaus parkt. Er steigt sogar aus, kommt herum und hält mir die Tür auf. Mit einer kleinen Verneigung und einem angedeuteten Handkuss rät er mir, morgen anständiges Frühstück mitzubringen.

Auf dem Weg zur Haustür schaue ich zu unseren Fenstern hinauf – die einzigen im Haus, in denen noch die Weihnachtsbeleuchtung hängt. Dabei bemerke ich die Fensterscheuche, die ihrem Namen mal wieder alle Ehre macht. Grimmig starrt sie zu mir herunter und lauert mir wenig später vor der Wohnungstür auf. Sie drückt mir eine Tüte in die Hand.

»Das ist für Sie gekommen«, giftet sie. »Wenn Sie was bestellen, müssen Sie schon zu Hause sein.«

Auf der Tüte steht der Name des Modeshops, bei dem Kaja gern einkauft, auf dem Etikett Vladimirs Name. Sicher hat er für seine Tochter bestellt. Mir ist nicht klar, wie das in die Hände der Fensterscheuche kommt. Sie interpretiert meinen Blick und erklärt: »Ich hab das für Sie angenommen. Hab das vor Ihrer Zeit oft gemacht, das weiß die Post und klingelt bei mir, wenn bei Ihnen niemand aufmacht.«

»Danke«, murmele ich, obwohl ich der Frau am liebsten sagen möchte, dass sie doch die Griffel von unserer Post lassen soll, wenn sie darin nur einen neuen Beschwerdegrund sieht.

Während ich die Tür aufschließe, informiert sie mich über die Zeit, zu der die Post und verschiedene Paketdienste normalerweise kommen. Ich lasse sie brabbeln und betrete die Wohnung. Die Kinder sind in ihren Zimmern. Vladimir kommt zehn Minuten nach mir nach Hause und stellt eine Einkaufstüte auf dem Küchentisch ab. Er wirkt verärgert.

»Wer war der Typ im Mercedes?«, fragt er.

Die Überraschung macht mich ein paar Sekunden lang stumm. »Ein Kollege aus dem Wald«, antworte ich dann.

»Aha!« Mit ruppigen Bewegungen beginnt er, die Lebensmittel wegzuräumen.

»Wie, aha? Wo ist das Problem? Er war so freundlich, mich nach Hause zu fahren, um mir das Bus- und Bahnfahren zu ersparen. Und vor allem den Weg durch den dunklen Wald.«

»Ein echter Held, wie?«

»Vladimir, was soll das denn?«

»Das frage ich mich auch.« Er hält inne, sieht mich an. »Wieso hofiert er dich nach Hause, indem er dir die Tür aufhält und dich mit einem Handkuss verabschiedet?«

Die Fensterscheuche! Dieses Miststück!

»Es war Spaß, Vladimir. Vielleicht liegt es auch in seiner Natur, Frauen so zu behandeln. Er ist Italiener und …«

»Ah, Italiener! Ein Charmebolzen also.« Mit erhobenem Zeigefinger kommt er näher. »Ich mag das nicht, hörst du. Ich möchte nicht, dass irgendwer denkt, dass du mir Hörner aufsetzt, eine Affäre hast.«

»Daran habe ich nicht eine Sekunde gedacht«, flüstere ich, empört. »Er ist sechzig oder älter. Er könnte mein Vater sein.«

Vladimir dämpft seinen Ton ebenfalls. »Was spielt das schon für eine Rolle, wenn sich einer einen Mercedes leisten kann? Frau Hartmann hat sich ihren Teil gedacht.«

Jetzt ist sie auf einmal *Frau Hartmann,* nicht die Fensterscheuche.

»Ich kann einen Mercedes nicht von einem anderen Auto unterscheiden, bloß ein Auto von einem Bus, okay? Und *Frau Hartmann* kann mich kreuzweise. Soll sie denken, was sie will. Ich war froh, dass ich nicht durch den Wald laufen musste. Wenn Fabrizio mir morgen wieder eine Mitfahrgelegenheit anbietet, werde ich nicht ablehnen, nur damit *Frau Hartmann* nichts Schlechtes von mir denkt. Das tut sie sowieso. Ende der Diskussion.«

Vladimir schnaubt. »Dann sieh zu, dass er dich nicht wieder ableckt.« Er pfeffert ein Stück Butter in den Kühlschrank. »Ende der Diskussion.«

SANKT-NIMMERLEINS-TAG

Stell dir vor, es ist Weihnachten – und keiner weiß es.

In Russland ist der siebte Januar ein Tag, der im Zeichen der Liebe und Freude, des Miteinanders und der Menschlichkeit, der Familie und der Freunde steht. Es wird gekocht, gegessen, gesungen, getrunken.

In Deutschland ist der siebte Januar ein Tag wie jeder andere. In der U-Bahn streitet sich ein Pärchen, bis sie ihm eine Ohrfeige gibt und ihn sitzen lässt. Bei der Arbeit im Wald weint Bärbel, weil sie ihren Hund einschläfern lassen musste. Auf dem Heimweg wird Fabrizio die Vorfahrt so heftig geschnitten, dass er beinahe einen Unfall baut. Von anderen Autofahrern wird er dafür angebrüllt. Damit die Fensterscheuche nicht mehr lästern kann und Vladimir sich keine Sorgen machen muss, setzt Fabrizio mich nicht direkt vor unserem Haus ab. Ich gehe die restlichen Meter zu Fuß und werde auf eine Politesse aufmerksam, die einem Mann ein Knöllchen für Falschparken in die Hand drückt, obwohl er ihr erklärt, dass er nur kurz nach seiner kranken Mutter sehen musste.

Das alles ist alles andere als weihnachtlich.

Betrübt steige ich die Treppe in die erste Etage hinauf und fummele auf den letzten Stufen den Schlüssel aus meiner Jackentasche, da kommt mir die Fensterscheuche mit ihrem Müll entgegen.

»Wird Zeit, dass Sie mal Ihren Weihnachtskram aus den Fenstern räumen, oder wollen sie den bis zum Sankt-Nimmerleins-Tag hängen lassen?«, keift sie. »Heute haben wir den siebten Januar. Sie müssen sich schon ein bisschen an unsere Kultur anpassen, wenn Sie hier leben. Gestern war Heilige Drei Könige. Jetzt ist Schluss mit Weihnachten.«

Die kommt mir heute gerade recht. Aber so was von!

»Sage ich dir mal was jetzt. Wenn du lebst chier und bist kein Faschist, dann bist du ein bisschen tolerant mit anderen Kulturen.«

Die Fensterscheuche läuft rot an wie ein Hummer, den man in kochendes Wasser geworfen hat. »Das ist doch die Höhe! Wie können Sie es wagen, mich als Faschisten zu bezeichnen. Mein Mann und ich, wir waren immer für die Juden.«

»Ah, dann bist du auch mal ein bisschen pro russki«, schimpfe ich zurück. »Genau cheute, siebte Januar, ist nämlich Weihnachten in Russland. Aber wäre das nicht, würde ich chängen lassen Weihnachtskram, so lange ich will. Und wenn es dauert bis Heiliges Nimmerlein. Verstanden?«

Die Tür der Poljakows wird geöffnet. Vladimir schaut heraus.

»Was ist das denn für ein Geschrei hier draußen?«

Die Fensterscheuche fährt zu ihm herum, zeigt aber mit dem Finger auf mich. »Ihre Frau, Herr Poljakow, die hat mich eben als Faschisten bezeichnet.«

Mit einem »Ach, gehst du mir nicht mehr auf Alarm jetzt« schiebe ich mich an ihr vorbei und auch am überrascht dreinschauenden Vladimir. Er schließt die Tür hinter sich und schaut zu, wie ich mir die Jacke ausziehe.

»Warum hast du Frau Hartmann einen Faschisten genannt?«

Warum nennst du sie Frau Hartmann?, will ich entgegnen, doch der andere Ärger platzt vorher raus: »Sie nervt einfach mit ihrem *Wenn Sie hier leben wollen, müssen Sie schon* ... Irgendwann ist es auch mal gut. Und überhaupt, wann ist Sankt Nimmerlein? Davon habe ich nie gehört.«

Vladimir schiebt die Hände in seine Hosentaschen und schmunzelt. »Dieser Tag ist nirgendwann. Deshalb heißt er so.«

»Das soll nun eine respektable Kultur sein«, schnaube ich und schlüpfe aus den schweren Schuhen. »Ihr feiert Tage, die es nicht gibt, und Feiertage, die es gibt, wie gestern der mit den Königen, die feiert ihr nicht.«

»Dafür feiern wir heute.«

»Ah, und was? Das Niemalsfest?«

»Nein, russische Weihnachten.«

In dem Moment, als er das sagt, rieche ich es.

Manchmal komme ich an einen Ort, dessen Geruch in mir ein heimeliges Gefühl auslöst. Erinnerungen werden geweckt. So auch jetzt. Jetzt muss ich an den Wohnwagen meiner Tante denken und an ein Weihnachten, an dem wir in kleiner Runde um ihren Tisch saßen. Jeder hatte etwas mitgebracht. Ich habe einen Salat Olivier gemacht, dessen Zutaten Kochwurst, Kartoffeln und Karotten, saure Gurken, Erbsen und Mayonnaise sind. Zu keinem russischen Fest fehlt dieser Salat. Und er ist nicht schwer zuzubereiten. Anders als das, was die anderen auf den Tisch stellten: Kutja-Brei aus Weizen, Rosinen, Walnüssen, Mohn und Honig. Aus Buchweizenmehl, Wasser und Milch hergestellte Blinis. Mit Fleisch, Reis und Pilzen gefüllter Rasstegai-Kuchen. Kulebjakas, die aus Hefeteig, Kohl, Eiern und Zwiebeln gemacht waren.

Vom Duft geleitet tappe ich in die Küche. Fassungslos, endlich mal positiv fassungslos, schaue ich über den Tisch, wo all die Köstlichkeiten meiner Erinnerung aufgetafelt sind. Roter Kaviar obendrauf. Ich drehe mich zu Vladimir um, bringe aber kein Wort heraus.

»Ich war im Russenladen«, erklärt er stolz. »Hab nach euren Weihnachtsrezepten gefragt.«

»Das hast du selbst gemacht? Alles?«

»Nur diesen Salat. Der war ja leicht. Einfach alles in eine Schüssel schmeißen und umrühren. Die Blinis gab es als Fertiggericht. Den Rest ... na ja.« Er windet sich etwas. »Also, die Frau aus dem Russenladen hat es aufgegeben, mir zu erklären, wie alles geht, und angeboten, es zuzubereiten.«

Mir ist egal, ob Vladimir alles selbst zubereitet hat oder nicht. Der Gedanke zählt.

»Kinder, kommt«, ruft er. »Jekaterina ist zu Hause. Wir können jetzt essen.«

Milan wirkt nicht so glücklich wie sonst, wenn er an die Futterstelle gerufen wird. »Och Menno«, nörgelt er, »gibt's wirklich nicht noch Pizza?«

»Nein, heute nicht.« Vladimir setzt sich.

Ich nehme ebenfalls Platz.

Kaja taucht in der Küche auf. »Mir wird schon vom Geruch übel«, mault sie und hält sich den Bauch, als habe sie Schmerzen. »Ich will das nicht essen. Was ist das alles für ein Kotzzeug?«

»Das ist, wie schon gesagt, russisches Weihnachtsessen. Wenn du nichts essen willst, lässt du es bleiben und sitzt einfach so bei uns«, entgegnet Vladimir leichthin.

Sie lässt sich genervt auf ihren Stuhl plumpsen, verschränkt die Arme vor der Brust und schmollt. »Heute ist kein Scheiß-Weihnachten. In Russland vielleicht, aber nicht hier. Hier ist heute bloß ein dämlicher Schultag, an dem es Schrott zu essen gibt.«

»Zügel dich, junge Dame!«, fährt Vladimir sie an.

Kaja schlägt einen weinerlichen Ton an. »Aber das ist voll ekelhaftes Zeug.«

»Es sind alles Zutaten, die wir kennen.« Vladimir reicht mir den Salat Olivier. »Vielleicht anders zusammengestellt, als wir es gewohnt sind, aber wer es nicht probiert, kann es nicht beurteilen.«

Milan greift beherzt zu den Blinis. »Die schauen doch ganz okay aus.«

Seine Schwester knufft ihn. »Ey, wieso fällst du mir in den Rücken?«

»Tu ich gar nicht. Ich hab nur Hunger.« Milan probiert einen der Blinis und nickt ihn ab. »Ist gar nicht schlecht.«

»Fresssack«, hört er dafür von Kaja. »Du frisst alles. Wie ein Schwein. Echt ekelhaft.«

Vladimirs Stimme nimmt einen Ton an, den ich schon ein- oder zweimal gehört habe und der bedeutet, dass man sich besser überlegen sollte, was man als Nächstes sagt – oder tut.

»Verschwinde in dein Zimmer.«

Kajas Augen füllen sich mit Tränen. »Aber Papa, ich will das nicht essen ...«

»Musst du ja nicht. Zum wiederholten Mal. Aber mach anderen das Essen nicht madig.«

Trotzig schiebt sie ihren Stuhl zurück, springt auf und düst aus der Küche. »Scheiß-Russland-Fressen«, ruft sie dabei. »Die bescheuerten Russen können mich alle mal am Arsch lecken.«

»Glaube nicht, dass sie das tun«, sage ich trocken, weil ich es mir nicht verkneifen kann.

Milan lacht darüber. Vladimir nicht. Er ist sauer wegen Kaja und schaufelt sich gedankenverloren Kutja-Brei auf den Teller, ohne ein Ende zu finden.

Ich lege eine Hand auf seine. »Ist genug, ärgere dich nicht. Willst du andere Sachen auch noch probieren, oder nicht?«

»Dieses pubertäre Gehabe geht mir echt auf den Zünder«, knurrt er und wirft einen verstohlenen Blick zu Milan hin. Der achtet nicht auf uns. Er ist auf den Geschmack gekommen.

»Lass sie einfach«, versuche ich ihn zu beschwichtigen, obwohl ich von der Pubertät keine Ahnung habe. Meine eigene habe ich wahrscheinlich nicht als ich selbst erlebt. Angeblich ist niemand in dieser Zeit so ganz er selbst oder zurechnungsfähig, weil sich das Gehirn gewissermaßen umkrempelt.

Er wechselt vom Kutja zum Blech mit dem Rasstegai. »Sie soll sich nicht so aufführen.«

»Meint sie es bestimmt nicht beese.«

»Ich meine es genauso, wie ich es gesagt habe«, schreit Kaja aus der Ferne.

Vladimir und ich tauschen ein Blick. Er runzelt die Stirn. Ich probiere den Salat, der zum Niederknien köstlich ist.

WALDEINSAMKEIT

»Ich will mal was anderes tun außer Müll einsammeln.«

Fabrizio stemmt die Hände in die Seiten und mustert mich. »Du hast nicht genug Kraft für was anderes.«

»Und ob ich chabe. Kann ich schleppen Äste, genau wie Bärbel und Erika.«

»Das machen die beiden aber schon immer.«

Und was heißt das? Was schon immer so war, muss immer so bleiben? Warum? »Sind sie qualifiziert besonders und ich nicht, oder wie?«

»Unsinn, aber ich kann doch keiner der beiden die Äste wegnehmen und sie dazu verdonnern ...«

Er lässt den Satz unvollendet. Besser ist das. Ich kapiere es auch so: Die Damen würden sich degradiert vorkommen, müssten sie Müll aufsammeln.

»Wer chat gemacht, bevor ich war chier?«

»So ein Typ halt.« Fabrizio zuckt mit den Schultern. »Hat aber nicht lange durchgehalten.«

»Ah, wunderst du dich nicht, warum?« Ich schaue ihm fest in die Augen. »Werfe ich Halstuch, wenn ich nicht auch was anderes mache.«

Ich weiß nicht, was es da zu lachen gibt. Fabrizio ist jedoch ziemlich amüsiert.

»Das wollen wir nicht, dass du mit Halstüchern wirfst. Nimm vielleicht lieber das Handtuch.«

»Lass bleede Witze jetzt und gib mir verdammte Axt.«

Er wird ernst. »Jekaterina, ganz ehrlich, du kannst keine Axt schwingen.«

Wenn der wüsste. Im Winterquartier habe ich die Axt oft genug geschwungen. Flicken und Nähen war nichts für mich, und wenn ich mich bewegen wollte, bin ich mit den Männern losgezogen, um Holz für das Lagerfeuer zu schlagen.

»Gib mir Axt, dann zeig ich dir.«

Nach kurzem Zögern holt Fabrizio eine Axt und drückt sie mir in die Hand. Ich folge ihm durch das raschelnde Laub bis zu einem Baum, dessen Stamm im Durchmesser vielleicht dreißig Zentimeter misst. Kein Riese also. Ein rotes Band wurde in die Rinde getackert. Fabrizio zeigt darauf.

»Jeder Baum mit rotem Band muss gefällt werden, entweder sind sie krank oder wachsen zu dicht an anderen, sind von Schädlingen befallen und so weiter.« Er verschränkt die Arme vor der Brust und gibt mir mit einem Nicken zu verstehen, dass ich loslegen soll.

Ich orientiere mich, in welche Richtung der Baum am besten fällt, bringe mich in Position, schwinge die Axt und lasse ihre Schneide etwa zwanzig Zentimeter über dem Boden in den Stamm sausen. Trockene Rinde splittert ab. Ich ziehe die Axt heraus, hole aus und haue noch einmal zu. Schon bin ich im Holz. Geschätzte fünfzig Schläge später gibt der Baum ächzend nach und fällt um, nachdem ich ihm einen Tritt versetzt habe.

Die Arme tun mir weh, die Hände auch, aber das sage ich nicht. Meinen hastigen Atem kann ich nicht verbergen. Mir ist klar, dass meine Kondition früher besser war, aber was nicht ist, kann ja wieder werden – aber gewiss nicht, indem ich mit der Kneifzange durch den Wald latsche und Müll aufgreife.

Fabrizio grummelt anerkennend. »Okay, du scheinst das schon mal gemacht zu haben. Dann such die Bäume mit den Markierungen und leg sie um.«

Ich starte meine Mission und entdecke das zweite rote Band. Dieser Baum ist nicht viel dicker als der erste und fällt nach etwa der gleichen Anzahl von Schlägen. Etwas tiefer im Wald stehe ich bald vor einem zugegeben eindrucksvollen Riesen. Alt und knorrig ist er, und ich muss den Kopf weit in den Nacken legen, um in seine kahle Krone schauen zu können. Dreißig Meter ist er vielleicht hoch, und sein Stamm ... du meine Güte! Das könnten anderthalb Meter sein. Den schaffe ich bestimmt nicht mehr bis zum Mittag, außer er ist morsch und hohl. Bestimmt ist er deshalb markiert. Warum sonst sollte man einen solchen Baum fällen? Nichtsdestotrotz wäre eine Motorsäge effektiver. Aber wenn ich Fabrizio sage, dass ich es mir mit der Axt nicht zugetraut, nicht mal versucht habe, lacht er sicher wieder. Bewältige ich den Riesen hingegen, wird keiner je wieder behaupten, ich hätte nicht genug Kraft. Dann muss ich keinen Müll mehr aufsammeln.

Also dann. Doswidanija, armer alter Baum. Wie sagen die Deutschen so gern? Los geht's!

Ich schwinge die Axt und lasse sie in den Stamm sausen. Rinde splittert ab. Vor Anstrengung ächzend zerre ich die Schneide heraus und hole zum zweiten Schlag aus, da ertönt ein Schrei. Erschrocken lasse ich mein Werkzeug sinken und fahre herum.

Fabrizio stürmt vom Weg her auf mich zu, streckt beide Arme wie beschwörend aus. »Nein, Jekaterina!«, ruft er und stolpert, fängt sich aber und stürzt weiter auf mich zu. Weil er wirklich wild ausschaut, weiche ich ein paar Schritte zurück, doch bald ist er bei mir und reißt mir die Axt aus der Hand.

»Bist du von allen guten Geistern verlassen?« Mit der Axt fuchtelt er herum und zeigt auf den Riesen. »Der steht unter Schutz, unter absolut strengem Schutz der Stadt.«

»Wieso chat er rotes Band dann?«

»Es ist eine Eiche, verstehst du? Eine Eiche«, brüllt er. Andere Arbeiter kommen heran, um zu schauen, warum er so außer sich ist. Das würde mich auch mal interessieren. Eiche hin oder her. Der Baum hat ein rotes Band.

»Abgesehen davon, dass es nur wenige Eichen in diesem Wald gibt, ist diese hier eine von zweien, die bald zweihundert Jahre alt sind. Zweihundert Jahre! Dreißig Meter hoch. Fünf Meter Umfang. Die Krone hat einen Durchmesser von dreißig Metern.« Fabrizio schüttelt den Kopf. »Wie kannst du hier die Axt reinschlagen?«

Ich weise auf die Markierung. »Weil er chat rotes Band, wie gesagt.«

Fabrizio fasst sich kurz an die linke Brust, wo sein Herz sitzt. Er sollte sich mal abregen, tut das nun auch ein bisschen und betrachtet das rote Band. Mit einem Knurren zieht er es ab und wendet sich wieder mir zu.

»Das war nicht von uns drangetackert. Hast du das nicht gesehen? Das hat irgendein Hornochse von einem anderen Baum abgerissen und an diesem befestigt. Mit einer Reißzwecke.« Wieder außer sich vor Rage schleudert er das Band weg. »Kannst du keine Tackernadel von einer Reißzwecke unterscheiden?«

Erika, die zu den Zuschauern gehört, mischt sich ein. »Hey, Fabrizio, nun sei nicht unfair. Jekaterina hat nur getan, was du ihr gesagt hast. Auf die Bäume, die unter Schutz stehen, hast du sie nicht hingewiesen, oder? Was weiß sie schon von deutschen Wäldern?«

»Jeder mit gesundem Menschenverstand …«

»Papperlapapp«, kommt es von Bärbel. »Der Baum steht noch. Ob die Rinde ein Reh abfrisst oder eine Axt. In seinen zweihundert Jahren ist dem Riesen schon Schlimmeres passiert.«

»Chat er ieberlebt zwei Weltkriege«, brummele ich und könnte mich doch ohrfeigen. Was hätte ich dem armen alten Baum beinahe angetan? Einem von zwei zweihundertjährigen? Und der andere, den ich in einiger Entfernung nun auch entdecke, der wär dann ganz allein gewesen.

»Besser ich gehe jetzt«, sage ich.

Fabrizio hält mich am Ärmel fest. »Hey, übertreib es nicht. Ich habe ein bisschen überreagiert, aber die Stadt hätte mich einen Kopf kürzer gemacht, hätten wir diesen Baum umgelegt.«

Ich senke den Blick, kann ihn nicht ansehen und auch sonst keinen. »Tut mir leid.«

»Schon gut, Jekaterina. Nun weißt du Bescheid.«

»Ich möchte wissen, welcher Idiot das Band an den Baum gesteckt hat«, fragt ein anderer Kollege.

Fabrizio antwortet nach einem verdrießlichen Schnauben. »Einer von zu vielen Idioten. Der eine bringt seinen Müll her, der andere freut sich, wenn eine zweihundertjährige Eiche gefällt wird. Wieder ein anderer knallt aus Spaß an der Freude Rotwild ab.«

Er hebt das Band auf und steckt es in seine Jackentasche. Dann reicht er mir die Axt. Ich will sie nicht, wehre stumm mit den Händen ab.

»Na los, komm schon.« Fabrizio runzelt die Stirn. »Nimm das Ding und mach weiter.«

»Jetzt machen wir erst mal Mittag«, beschließt Bärbel. »Eine Pause haben wir uns nach dem Schrecken echt verdient.«

Ich bin noch niedergeschlagen, als Fabrizio mich in Kalbach absetzt. Gedankenverloren gehe ich zum Haus, schließe auf, steige die Treppe hinauf und zucke zusammen, als ein bekanntes Keifen ertönt.

Bitte nicht!

»Sie haben Kehrwoche«, kräht die Fensterscheuche, die mich auf unserer Etage erwartet. »Heute ist Freitag.«

»Lass mich in Ruhe bloß«, entgegne ich müde.

»Kehrwoche ist Kehrwoche.«

»Chättest du erledigt selbst. Chättest du nicht so oft geglotzt aus Fenster.«

»Also, das ist doch ...«

Ja, ja. Bodenlose Unverschämtheit. Absolute Frechheit. Ungehöriges Volk. Ich bin es so leid. Mir fällt etwas ein.

»Bin ich Russin, wie du weißt. Und in Russland fegt man Chaus nicht zwischen sechste und vierzehnte Januar, also zwischen russki Weihnachten und Neujahr. Macht man erst danach und dann ordentlich. Ist Brauch sehr alter.«

Die Fensterscheuche sieht mich verständnislos an.

»Fegt man Unglück aus Chaus dann. Wenn man fegt vorher, wirbelt man Unglück auf.« Bedauernd schüttele ich den Kopf. »Muss ich chalten an Brauch. Kannst du nichts machen.«

Ohne ein Widerwort abzuwarten, verschwinde ich in der Wohnung.

FEUCHTGEBIETE

Sie sind wieder da!

Aus der Ferne, mit dem Müllsammeln beschäftigt, habe ich sie im Auto vorbeifahren sehen. Ich bin ihnen nicht absichtlich gefolgt, der Müll hat mich zur Vesperhütte geführt, in die sie sich zurückgezogen haben. Ich muss sie nicht erst sehen, um zu wissen, was sie tun, und bleibe auf Distanz.

Gerade verschnüre ich den vollen Sack, da taumeln die beiden aus der Hütte. Beide ohne Jacke, Hose und Unterhose, obwohl es echt kalt ist. Sie hebt eine Flasche Sekt an den Mund und trinkt einen Schluck. Er nimmt ihr die Flasche ab und leert sie, dann haut er ihr mit der freien Hand auf den blanken Hintern, dass es klatscht. Sie jauchzt, löst sich von ihm und rennt los. Zum Glück nicht in meine Richtung.

»Hey, komm zurück«, ruft er.

»Fang mich doch!«, antwortet sie.

»Na warte, bis ich dich zu fassen bekomme.« Er wirft die Flasche weg, einfach so, und läuft ihr nach.

Blödies wie ich machen euren Scheiß schon weg, grummele ich im Stillen und will den Sack zum Wegrand schleppen, da fällt mir etwas ein. Mit diebischer Freude schleiche ich am noblen Auto vorbei zur Vesperhütte, wo die Kleidung der beiden verstreut liegt. Wenn denen Versteckspiele so gut gefallen, werden sie das hier sicher lieben. Eine Damenhose, eine Herrenhose, Boxershorts und einen Slip sowie zwei Jacken nehme ich auf und flitze los. Wenig später ist alles auf niedrigen Ästen, in Büschen und zwischen größeren Steinen versteckt.

Als ich sie zurückkommen höre, gehe ich hinter einem Baum in Deckung und lausche. Es dauert, bis sie das Verschwinden ihrer Kleidung bemerken, denn sie sind auf die Vollendung ihres Aktes konzentriert. Ihre Stimmen hallen aus der Hütte durch den Wald, bis es geschafft ist. Kurzzeitig ist es still, dann ertönt die hektische Stimme der Frau.

»Das darf doch nicht wahr sein! Das ist doch nicht möglich! Meine Hose, wo ist meine Hose? Und mein Höschen? Jemand muss hier gewesen sein. Oh, Gott, vielleicht war es deine Frau.«

»Das kann nicht sein«, kommt es barsch von ihm. »Sie ist bei den Kindern. Sie hat keine Zeit, sich im Wald rumzutreiben. Was ist mit deinem Freund?«

Aha! Ehebrecher und Betrüger! Na, das sind mir die Liebsten. Sollen die mal suchen! Von Baum zu Baum schleiche ich mich davon, höre sie aber noch eine Weile.

»Bring mich hier raus«, zetert sie. »Sofort. Mach den Wagen auf.«

»Dazu brauche ich meine Hose«, schimpft er. »Da ist der Schlüssel drin.«

»Wie kann man so blöd sein, den Autoschlüssel in die Hosentasche …«

Der Rest ihres Satzes verklingt im Kreischen einer Motorsäge, die in der Nähe angeworfen wird. Ich entdecke Fabrizio. Er grüßt mich mit einem Nicken und setzt die Säge an einen Baumstamm. Ich hole einen neuen Müllsack aus meiner Jackentasche, entfalte ihn und greife mir eine Bierdose. Der Sack ist kaum viertel voll, da düst ein Taxi auf dem Waldweg in Richtung Vesperhütte. Ein paar Minuten später kommt es mit seiner Ladung zurück, von der ich weiß, dass sie halb nackt ist.

Ganz schön gemein von mir, das weiß ich, habe aber nicht die Spur eines schlechten Gewissens. Was die beiden tun, ist hundertmal gemeiner. Ein kleiner Denkzettel schadet nicht.

Später gehe ich zurück zur Vesperhütte, um den ersten Sack zum Wegrand zu bugsieren und die versteckten Kleider auf der Motorhaube des Wagens zu drapieren.

Es ist still in der Wohnung der Poljakows. Vladimir, der sonst eine halbe Stunde eher als ich von der Arbeit kommt, ist nicht da. Milan auch nicht. Kajas Zimmertür steht einen Spalt offen, Licht fällt heraus. Ich entmummele mich, schlüpfe aus den Boots und gehe auf dick bestrumpften Füßen über den Flur, um Kaja zu begrüßen.

Sie spricht leise mit jemandem, am Telefon offenbar, und sagt etwas, das mich innehalten lässt. Ich weiß, man soll keine Unterhaltung belauschen. Nicht nur, weil man die eigene Schande zu Ohren bekommen könnte. Es gehört sich nicht, aber in diesem Fall wäre ein Weghören fahrlässig, denn der Begriff, den ich aufgeschnappt habe, lautet: Sex.

Haben heute denn alle nur das eine im Sinn?

Die betrügerischen Vögel im Wald, meinetwegen, das ist eine Sache. Aber Kaja! Sie ist vierzehn. Im Alter von vierzehn wusste ich nicht einmal, wie dieses Wort geschrieben wird.

Mit vor der Brust verschränkten Armen lehne ich mich an die Wand neben der Tür und höre zu. Als das Mädchen sagt: »Er meinte, wenn ich ihn liebe, würde ich es tun«, stellen sich mir die Nackenhaare auf. Mit Mühe halte ich mich davon ab, in ihr Zimmer zu stürmen, und hoffe, dass ihr die Freundin am Telefon ein paar Takte erzählt. Bedauerlicherweise scheint sie ein genauso dummes Huhn zu sein und Kaja nur zu bestärken.

»Natürlich liebe ich ihn«, höre ich sie sagen, wobei sie eher verzweifelt als überzeugt klingt. »Also ist es richtig, wenn ich mit ihm schlafe. Irgendwann muss ich sowieso mal damit anfangen.«

Ich spinne wohl!

Kaja erschrickt, als ich in ihrem Zimmer stehe. Mit kreidebleicher Miene sagt sie ihrer Freundin Madlen, dass sie Schluss machen muss, und legt das Handy weg. So schnell sie blass geworden ist, wird sie nun rot und steht vom Boden auf, wo sie bis eben gelegen hat.

»Kannst du nicht anklopfen?«, fährt sie mich an. »Was rennst du hier einfach rein?«

Ich zeige auf ihr Bett. »Setzt du dich. Müssen wir reden.«

Sie verzieht das Gesicht, schüttelt den Kopf. »Ich hab keinen Bock zu sitzen. Sag doch, was du willst.«

»Will ich sitzen.« Ich packe sie am Arm, bugsiere sie zum Bett und drücke sie darauf. »Und sprechen, bevor du machst große Dummheit.«

Kaja ist zu überrascht, um sich zu wehren. Ich nehme neben ihr Platz.

»Du hast mich belauscht.« Sie läuft noch röter an.

»Nein, chabe ich gehört zufällig im Vorbeigehen.«

»Du hast dich angeschlichen.«

»Nein, chast du bloß nicht mitbekommen, dass ich bin zu Chause, weil du in Kopf warst beschäftigt mit dumme, dumme Sache. Sag mir, wie lange bist du zusammen mit diese Junge?«

»Das geht dich überhaupt nichts an. Du bist nicht meine Mutter.«

»Kannst du froh sein, dass ich nicht bin. Würde ich dir versohlen Chintern auf der Stelle. Also, wie lange?«

Sie ringt mit sich, beschießt mich mit wütenden Blicken, antwortet dann aber doch. »Eine Woche.«

Unfassbar! »Wie alt ist er?«

»Siebzehn. Was spielt das für eine Rolle?«

Kaja springt vom Bett auf und beginnt durch ihr Zimmer zu marschieren. Die Verzweiflung, die ich beim Telefonieren in ihrer Stimme gehört habe, drängt sich in den Vordergrund, als die Sorgen unsortiert aus ihrem Mund sprudeln.

»Er ist toll und sieht so gut aus. Er ist total beliebt, hat den Respekt von allen Jungs, und fast jedes Mädchen an der Schule ist in ihn verliebt. Seit zwei Monaten hoffe ich, dass er mich bemerkt, und endlich tut er es. Er will nicht bloß Händchen halten, klar, das will kein Typ mit siebzehn. Er soll nicht denken, dass ich noch ein Baby bin.« Sie bleibt stehen und stampft mit dem Fuß auf. »Ich will ihn nicht verlieren, und deshalb werde ich mit ihm schlafen.«

Sie scheint fertig zu sein. Emotional auch, denn ihre Augen füllen sich mit Tränen.

»Du kannst ihn nicht verlieren«, antworte ich ihr. »Gehört er dir schließlich nicht. Wird er auch nie. Liebt er dich nämlich nicht, sonst würde er nicht verlangen so etwas, sondern warten, bis du bist älter.«

»Er hat es ja nicht verlangt. Er hat mich einfach gefragt.«

»Ist dasselbe. Musst du wissen, Männer sind geschickt, um zu bekommen, was sie wollen. Schmusen sie mit dir und machen Komplimente und tun sie so, als verstehen sie dich, aber in Wirklichkeit«, ich hebe den Finger, »denken sie nur an eins, und wie sie es schaffen, dass du es mit ihnen tust.«

Sie plumpst neben mich. »So ist er nicht. Ganz sicher nicht.« Mit hoffnungsvollem Blick präsentiert sie mir ein pinkfarbenes, lächerlich kleines Plüschtier, das an einer Schlüsselkette baumelt. »Hätte er mir sonst so was geschenkt?«

Ich kann nicht sagen, ob es nun ein Eichhörnchen oder ein Biber ist oder doch ein Waschbär. Schließlich ist es einfach nur pink. Kurzerhand nehme ich ihr das Ding ab.

»Wenn du sagst, jeder chat Respekt und jede ist verliebt, kannst du sicher sein, das weiß er. Und dieses Ding«, ich lasse das Plüschdings von meinem Zeigefinger baumeln, »ist Mittel zu Zweck. Chabe ich dir erklärt gerade, oder nicht? Wenn du nicht machst Sex mit ihm, sucht er anderes Mädchen, das tut, was er will. So einfach.«

Tränen laufen über Kajas Wangen. »Du bist voll gemein.«

Ich nehme ihre Hand. »Will ich dich nur bewahren vor Fehler, das musst du verstehen. Und glaube ich außerdem nicht, dass du liebst diesen Jungen. Bist du noch viel zu jung, zu empfinden so etwas Großes.«

»Ich bin überhaupt nicht …«

»Und ob. In Alter von vierzehn entwickelt sich nicht nur Körper, sondern auch Geist. Bist du verknallt in ihn, okay. Bist du stolz, dass er dich chat ausgesucht, weil er toller Kerl ist. Aber glaubst du mir, wirst du bereuen Sex mit ihm. Wartest du besser, bis du bist reif.«

Sie stößt meine Hand weg. »Blödes Gequatsche. Reif und so. Das ist widerlich. Ich bin aufgeklärt, du musst das nicht tun.«

»Aus Sicht von Körper weißt du Bescheid meglicherweise, aber nicht aus Sicht von Cherz.« Ich hole mir ihre Hand zurück. »Und außerdem, chast du überlegt Verchietung Schwangerschaft?«

»Klar.« Sie zieht Rotz hoch. »Wir wollten Gummis benutzen. Die Pille bekomme ich ja nur, wenn Papa damit einverstanden ist.«

»Ah! Perfekt aufgeklärt bist du. Weißt du nicht, wie unsicher Gummi ist? Stell dir vor, geht kaputt und du bekommst Kind. Bist du selbst noch eins.«

Ich erwarte, dass sie widerspricht, aber sie sagt keinen Ton. Stattdessen heult sie haltlos. Ich lege den Arm um ihre Schulter, ziehe sie an meine Brust. Es dauert, bis ihre Tränen versiegen. Als wir den Schlüssel in der Wohnungstür hören, wischt sie sich die Wangen hastig mit dem Ärmel ihres Sweatshirts trocken und steht auf.

»Sprich bitte nicht mit Papa darüber«, flüstert sie.

Vladimirs und Milans Stimmen dringen von draußen herein.

So einfach kommt sie mir nicht davon. »Verspreche ich unter Bedingung.«

»Welche?«

»Sagst du diese Junge, dass du jetzt keinen Sex chaben wirst mit ihm. Und machst du Schluss sofort, wenn er wieder davon spricht.«

Sie verzieht den Mund, denkt aber darüber nach und nickt dann. Ich will aus dem Zimmer gehen, da streckt sie die Hand aus und verlangt den Schlüsselanhänger zurück.

Abermals betrachte ich das hässliche Ding und schüttele den Kopf. »Besser nicht. Chat beese Einfluss vielleicht. Werde ich es aufbewahren.«

Unter Kajas abermaligem »Du bist so gemein« gehe ich aus dem Raum. Im Schlafzimmer stecke ich das Plüschtier mitsamt seiner schlechten Aura in die Schublade, wo neben der Metallkiste noch immer die Soundbox liegt, und verschließe sie wieder.

REGENBOGENPRESSE

Mit Kindern wird es nicht langweilig. Gestern habe ich Kaja vor einem Unglück bewahrt, und heute muss ich Milan nach einem Unglück aufpäppeln. Er hatte sich in seinem Zimmer eingeschlossen. Vladimir sagt, seit er zu Hause ist, hat er mehrmals angeklopft, durfte aber nicht eintreten. Dass sich der Junge überhaupt verbarrikadiert, findet er merkwürdig. Es ist nicht seine Art. In Anbetracht dessen finde ich es merkwürdig, dass Vladimir nicht dranbleibt.

Zuerst gehe ich zu Kaja, doch die weiß angeblich nicht, was los ist, also klopfe ich bei Milan an.

»Haut ab«, ruft er von drinnen. »Lasst mich alle in Ruhe!«

»Wenn es gibt Problem, muss man reden«, gebe ich zurück.

»Und du kannst erst recht die Fliege machen.« Er klingt wütender als eben noch, wahrscheinlich, weil ich es bin. Ich, die nicht seine Mutter ist.

Ich grübele kurz, gehe dann in die Küche und schneide ein Stück vom Baguette ab. Mit Salatblättern, Käse, Geflügelbrust und sauren Gurken belege ich beide Hälften, toppe eine Seite mit Joghurtdressing, klappe das Brot zusammen und lege es auf einen Teller. Ich tue so, als würde ich es nicht bemerken, aber mir ist schon klar, dass mich Vladimir beobachtet.

Ein weiteres Mal klopfe ich an Milans Zimmer.

»Chabe ich Sandwich gemacht. Ist genau, wie du es magst. Musst du doch Chunger haben firchterlich.«

»Ich will nichts essen«, kommt es von drinnen, aber nicht prompt, sondern nach einem Moment der Stille. Er will also sehr wohl.

»Chat es Käse drauf und Chuhn. Ist letztes Stück von Baguette. Chaben dein Vater und ich auch eins gegessen. Ist sehr lecker.«

Schweigen von drinnen.

Jetzt das Ass aus dem Ärmel ziehen. »Okay, willst du nicht. Gebe ich Kaja.«

Ich muss schmunzeln, als ich Schritte höre. Die Tür wird aufgeschlossen und einen Spalt geöffnet. Dann wieder Schritte. Das ist wohl die Aufforderung, mit dem Essen hineinzugehen. Ich drücke die Tür also auf und trete ein.

Milan sitzt mit dem Rücken zu mir an seinem Schreibtisch. Den Kopf in die Hände und die Ellbogen auf den Tisch gestützt, schaut er aus dem Fenster in den dunkelnden Himmel. Ich stelle den Teller neben ihn. Er greift sich das Sandwich, beißt hungrig ab.

»Schau mich an, Milan.«

Er tut es nur flüchtig, aber das genügt für mein Verständnis. Diesmal hat Adrian ihm nichts auf die Augen gegeben, sondern auf die Nase. Trockenes Blut klebt noch darunter.

»Warum er chaut dich ständig?«

Milan zuckt mit den Schultern und nimmt einen zweiten Bissen.

»Muss er doch chaben Grund. Ärgerst du ihn?«

»Es macht ihm einfach Spaß«, nuschelt er mit vollem Mund. »Die anderen lachen, wenn er mich verkloppt.«

»Warum wehrst du dich nicht?«

»Weil das nichts bringt. Dann haut er nur mehr zu.«

»Sagst du es Lehrer?«

»Klar. Ich geh heulen und petzen. Das bringt richtig was.« Er schickt mir einen bösen Blick. »Ich würde jetzt gern in Ruhe essen.«

Ich kehre in die Küche zurück, wo Vladimir sitzt und auf sein Handy starrt. Vor ihm auf dem Tisch liegt, lose in Zeitungspapier gewickelt, eine Axt. Als ich mich zu ihm setze, legt er das Handy weg.

»Was hat er denn?«

»Eine blutige Nase.«

Er stöhnt leise, reibt sich übers Gesicht und murmelt: »Nicht schon wieder. Hört das irgendwann mal auf?«

»Vielleicht solltest du mal was unternehmen.« Das sage ich schärfer als beabsichtigt.

Er funkelt mich verärgert an. »Ich habe mit dem Lehrer gesprochen. Mehrmals. Seit über einem Jahr geht das schon so. Je mehr Strafarbeiten diesem Adrian aufgebrummt werden, desto öfter schlägt er auf Milan ein.«

»Dann sprich mit den Eltern.«

»Das habe ich auch schon getan.« Jetzt wirkt er genervt. »Die lachen darüber, finden es normal, dass Jungs sich prügeln.«

»Nicht, wenn nur einer schlägt. Wahrscheinlich hast du nicht das Richtige gesagt.«

»Ach, du bist Expertin, ja? Du weißt, was man in so einem Fall sagt.«

Ich habe keine Ahnung. Nicht die leiseste. Ganz einfach, weil ich bisher nicht darüber nachgedacht habe. Aber wenn die Schläge nicht aufhören, hat Vladimir nicht den richtigen Ton angeschlagen, so viel ist sicher.

Verärgert winkt er ab. »Ich spreche nachher mit Milan. Mach dir jetzt keine Gedanken mehr deshalb.«

Das heißt wieder so viel wie: Misch dich nicht ein.

Mein Blick fällt erneut auf die Axt im Zeitungspapier. Vladimir bemerkt meine Verwunderung.

»Hat mir ein Arbeitskollege mitgebracht«, murmelt er.

»Wozu?«, hake ich nach, weil ich mir nicht erklären kann, was er mit so einem Teil anfängt. Zum Holzhacken ist es gewiss nicht zu gebrauchen. »Ich hoffe, die ist nicht für den kleinen Kosovo-Albaner.«

»Nein, um Himmels willen. Ist so ein Hobby.«

Darauf will ich noch eingehen, vergesse es aber, als mir von der Zeitung her die Schlagworte *halb nackt* und *Wald* ins Auge springen. Unentschlossen, ob ich schockiert oder amüsiert sein soll, ziehe ich das Blatt unter der Axt hervor und betrachte die beiden Bilder. Auf dem rechten ist eine Frau, die ab der Gürtellinie nackt aus einem Taxi steigt. Auf dem rechten sieht man einen Mann. Mit dem Rücken zur Kamera steht er mit blankem Hintern vor einem Wohnhaus und schaut sich dabei ängstlich nach Beobachtern um. Im Text lese ich nicht nur, dass die beiden an ihren eigenen Haustüren klingeln mussten, weil sich ihre Schlüssel in seinem Wagen befanden, der zur Zeit ihrer Heimkehr im Stadtwald parkte, sondern erfahre außerdem, wer die beiden sind: Regionalpolitiker gegnerischer Parteien, er verheiratet, sie liiert – beide nun öffentlich des Fremdgehens überführt. Keiner von beiden war zu einer Auskunft bereit, und so bleibt im Text die Frage offen, warum der Wagen und ein Teil der Kleidung im Wald zurückgelassen wurden. Nicht einmal der Vertraute des Mannes, der das Auto später abholte, wollte sich hierzu äußern.

Allmählich wird mir die Tragweite meines Handelns bewusst.

»Das ist eine irre Sache«, höre ich Vladimir sagen. »Die beiden waren im Wald, um sich miteinander zu vergnügen. Irgendwer hat sie wohl überrascht und ihnen ein paar Klamotten geklaut.« Er lacht trocken. »Geschieht ihnen recht. Ich kann sie beide nicht leiden.«

Mit vor dem Mund gehaltener Hand schaue ich ihn an. »Das ... ähm ... die ...«, stammele ich.

Er zieht die Stirn kraus. »Hast du die beiden etwa gesehen? Das Auto dieses Kerls stand in der Nähe der Oberschweinstiege. Dort arbeitest du doch, richtig?«

Ich nehme die Hand herunter, straffe die Schultern und setze mich etwas gerader hin. »Ja.«

»Wie, ja? Hast du sie gesehen oder arbeitest du dort?«

»Ähm ... beides.«

Die Furchen in Vladimirs Stirn werden tiefer. Er räuspert sich, bevor er weiterspricht. »Irgendwie habe ich den Eindruck, du hast mit alldem etwas zu tun. Kann es sein, dass du die Presse angerufen hast?«

Was? Das würde ich nie tun. Ich schüttele den Kopf. »Nein, um Himmels willen. Ich wüsste nicht mal, welche Nummer ich wählen sollte.«

»Hm. Man bekommt eine Stange Geld für solche Informationen. Irgendwer muss das getan haben.«

»Ich war's nicht, das schwöre ich. Vielleicht war es der Taxifahrer, der sie aus dem Wald geschafft hat.«

Noch einmal macht er »Hm« und sieht mich an, als könne er die Wahrheit aus mir herausstarren. »Hast du irgendwas mit den Klamotten angestellt?«

Ich spüre, wie ich rot werde, und bringe kein Wort hervor.

Vladimirs Miene entspannt sich. Wenig später lacht er, laut und herzlich.

»Du hast sie versteckt, die Hosen der beiden, stimmt's? Das würde zu dir passen.«

Mir wird heiß, und ich sitze auf einmal sehr unbequem. Ich bin beeindruckt, wie gut er mich inzwischen einschätzt, aber ich schäme mich auch, würde mich am liebsten verdrücken.

»Na los, spuck's schon aus«, keucht Vladimir anhaltend belustigt. »Ich verrate es auch niemandem.«

Das Geständnis sprudelt aus meinem Mund: »Ich wusste doch nicht, dass sie populär sind und sich Fotografen auf sie stürzen. Ich wollte ihnen einen Streich spielen, weil sie Müll in den Wald geschmissen haben. Dass sie panisch fliehen, statt ihre Klamotten zu suchen, hab ich nicht erwartet.« Neuer Ärger köchelt in mir auf. »Wenn man sich mit seinem Mann oder seiner Frau nicht mehr versteht, soll man sich trennen. Es ist schäbig, den Partner zu hintergehen. Erst recht, wenn er sich in der Zeit, in der man herumvögelt, um die Kinder kümmert.«

Vladimir beugt sich vor. Grinsend tätschelt er mir die Hand. »Siehst du, und weil wir solchen schäbigen Leuten keine politischen Entscheidungen überlassen möchten, können wir dir alle sehr dankbar sein.«

»Vladimir ...«, zische ich.

Er legt sich einen Finger über die Lippen. »Aber deinen Einsatz behalten wir, wie versprochen, für uns.«

Ich weiß nicht, ob ich ihn ernst nehmen kann, weil er schon wieder lacht.

SPRINGINSFELD

Vladimir hat Wort gehalten und es keinem erzählt. Auch nicht den Kindern, als die ihn fragten, wieso er immerzu lachen muss. Mit Milan hatte er später noch ein Gespräch. Ich weiß nicht, was dabei herausgekommen ist.

Im Wald geht alles seinen gewohnten Gang. Die Kollegen haben natürlich von den beiden Politikern erfahren, die es hier zwischen unseren Bäumen getrieben haben, und sie machen ihre Späße. Ich gebe vor, nicht zu verstehen, wovon sie reden.

In den vergangenen Tagen habe ich abwechselnd die Axt geschwungen und Müllsäcke gefüllt. Als Bärbel nicht da war, durfte ich zusammen mit Erika Äste aufsammeln. Das war nett, auch wenn sie ein bisschen viel über das Leben klagt.

Heute bin ich wieder allein mit der Axt unterwegs. Seit ich die zweihundertjährige Eiche beinahe gefällt habe, bin ich sensibel geworden, was Bäume betrifft. Eigentlich tut mir jeder, den ich umlege, leid. Selbst wenn er schon tot ist. Ich fälle sozusagen Baumleichen, bitte aber vor dem ersten Schlag jedes Mal um Verzeihung. So auch jetzt. Es ist mein zehnter Baum, und es dämmert bereits.

»Tut mir leid, altes Holz«, murmele ich und schwinge die Axt.

Der erste Hieb sitzt. Ich ziehe die Axt aus dem maroden Stamm und will zum zweiten Schlag ausholen, da knackt es im nahen Dickicht. Ich wende den Kopf und erwarte, einen meiner Kollegen zu sehen. Stattdessen steht da eine Wildsau … oder ein Wildeber. Das Tier beäugt mich einen Moment, dann grunzt es.

Wenn mir ein Wildschwein über den Weg läuft, soll ich Ruhe bewahren, hat Fabrizio gesagt. Es sollen die gefährlichsten Tiere hier im Wald sein, da es keine Bären und Wölfe gibt. Sie sind schnell und kräftig. Ich soll stehen bleiben, keine hektischen Bewegungen machen und dem Tier keinesfalls den Eindruck einer Bedrohung geben.

Bei einer Begegnung mit einem Bären in Russland wirft man sich auf den Boden und stellt sich tot. Dazu komme ich nicht, denn das Wildschwein senkt die Hauer, stürmt auf mich los und vermittelt wiederum mir das Gefühl höchster Bedrohung. Ich kann gar nicht anders, als die Axt abwehrend auszustrecken. Ich will dem Tier nicht wehtun, sondern es nur verscheuchen. Ich will auch nicht schreien, aber der Laut löst sich von allein aus meiner Kehle. Und dann fliegt die Axt weg. Keine Ahnung, wie das Schwein das geschafft hat. Ich bin jedenfalls entwaffnet, und da stehen wir, das Wildschwein und ich. Wir beäugen uns. Es mit gehobenem Kopf, die Hauer auf mich gerichtet, ich mit ausgestreckten Händen.

»Ruhig, mein Freund«, raune ich und bewege mich Schritt um Schritt rückwärts. »Challo?«, quieke ich in der Hoffnung, dass einer meiner Kollegen in der Nähe ist. »Fabrizio, Erika, Bärbel? Irgendwer da? Chabe ich hier nämlich ein Wildschweeein.«

Niemand außer dem Tier antwortet. Es grunzt erneut.

»Weißt du ...«, beschwöre ich es mit zitternder Stimme und krame nach deutschen Vokabeln – wenn das Schwein überhaupt eine menschliche Sprache versteht, dann wohl Deutsch, »... chabe ich nie gegessen Wildschwein. Wirklich nicht. Wildschwein in Sauce Rotwein, Wildschwein in Buttermilch, Wildschwein in Aspik mit Bratkartoffel und Remoulade – das soll sein ganz lecker alles ...« Ich mache einen weiteren Schritt zurück. »Aber, schweere ich, chabe ich nie gegessen. Und chatte ich nie Absicht.«

Das Tier hebt den Kopf mit den schrecklichen Hauern und macht einen Satz. Ich kreische, drehe mich auf dem Absatz um und renne los. Wahrscheinlich ist das ein Fehler, aber ich kann nicht anders. Ein weiterer Schrei löst sich aus meiner Kehle, als ich stolpere. Ich fange mich, rudere mit den Armen und packe alle Kraft in meinen Sprint durch totes Blattwerk und Gehölz. Dem wütenden Grunzen und Stapfen der Wildschweinfüße nach zu urteilen wurde meine Verfolgung aufgenommen. Meine Stimme hallt durch den Wald. Ich rufe um Hilfe, brülle, dass ich von einem Wildschwein verfolgt werde.

Bei einem Blick über die Schulter sehe ich nichts als Schnauze und Hauer – und sterbe vor Angst. Doch meine Füße tragen mich. Unglücklicherweise zu einem Maschendrahtzaun. Inzwischen höre ich die anderen nach mir rufen, Bärbel und Erika schreien meinen Namen. Ich schreie zurück und spurte weiter. Der Zaun kommt näher. Ich weiß nicht, wohin, denn Klettern ist ausgeschlossen. Das Ding ist zu hoch für mich. Da entdecke ich einen Jägersitz, unmittelbar am Zaun, ändere meine Richtung und rette mich die Sprossen hinauf. Das Wildschwein rumst unten so hart dagegen, dass das ganze hölzerne Bauwerk erbebt. Ich zittere wie Espenlaub, als ich oben angekommen bin. Hier auf Rettung zu warten, ist keine Option, denn das Schwein rempelt ein weiteres Mal gegen einen der Pfosten und könnte den Jägersitz umstoßen. Mir bleibt nur der Sprung hinter den Zaun.

Tausendmal in meinem Leben bin ich gesprungen. Aus weitaus größeren Höhen. Die zwei Meter des Jägersitzes sind lächerlich. Ich weiß, wie ich springen muss, um auf dem Feld hinter dem Zaun sachte abzurollen.

Als der Keiler meine altersschwache Zuflucht ein drittes Mal rammt, stoße ich mich ab und springe über den Zaun ins Feld. Die Landung staucht meine Knöchel, aber das verschmerze ich. Noch immer panisch rolle ich mich ab, rappele mich auf und sprinte querfeldein, mal wimmernd, mal schreiend. Irgendwann gelange ich zu einer Landstraße. Ich vermute, dass es die Straße ist, an der sich die Bushaltestelle befindet, und laufe am Rand entlang. Ich will nur weg. Nie wieder einen Fuß in diesen Wald setzen. In Gedanken sehe ich noch die Hauer des Keilers, dicht an meinen Fersen, höre sein Grunzen. Und ich dachte, Bären und Wölfe könnten mich das Gruseln lehren.

Ein Auto stoppt neben mir. Es hält so abrupt, dass ich vor Schreck einen Satz mache und mich beinahe in den Straßengraben werfe. Das Fenster auf der Beifahrerseite wird heruntergelassen. Fabrizio sitzt hinter dem Lenkrad.

»Steig ein!«

Erleichtert reiße ich die Tür auf und plumpse auf den Sitz.

Auf der Fahrt sprudeln all meine Angst und Verzweiflung aus mir heraus. Fabrizio versucht, mich zu beruhigen. Ich hatte Glück, meint er, aggressive Wildschweine seien tödlich, aber es sei überstanden. Doch es fühlt sich überhaupt nicht so an. Im Gegenteil, mir ist, als sei ich noch mittendrin, wie kurz vor dem Tod. Atemlos. Gelähmt.

In meiner Straße in Kalbach angekommen, gibt mir Fabrizio seine Telefonnummer. Ich soll ihn anrufen, wenn ich allein bin und Panik bekomme. Es ist die dritte Nummer im Telefonbuch meines Handys. Nummer eins ist die von Vladimir, Nummer zwei die von Angelika Roth aus der Sauna, mit der ich seit der Kündigung nicht gesprochen habe.

»Morgen ist der Schreck vergessen«, sagt Fabrizio und parkt unmittelbar vor dem Haus. Die Fensterscheuche ist mir trotzdem egal. Alles ist mir egal. Ich stoße die Tür auf und steige aus dem Wagen, da ist Fabrizio schon bei mir.

»Beruhig dich, Jekaterina«, sagt er und schließt mich in die Arme.

Ich muss zugeben, es tut gut, ihn zu umarmen. So verharre ich im Trost des alten Italieners und versuche, die Angst abzuschütteln, das Grunzen und Stapfen, den Anblick der Wildschweinschnauze und schauerlichen Hauer zu vergessen.

Als ich mich von Fabrizio löse, entdecke ich Vladimir, der gerade nach Hause kommt. Er mustert uns, schaut weg und geht zum Hauseingang. Ich lasse Fabrizio stehen, eile zu Vladimir.

»So, so«, murmelt er, »er könnte also dein Vater sein.«

»Chatte ich Schwein«, stoße ich hervor – auf Deutsch vor lauter Verwirrung.

Er wendet sich zu mir um. »Womit?«

Ich entgegne das Naheliegende. »Mit Axt.«

Er schließt auf und betritt das Treppenhaus vor mir. Ich folge ihm. Mein Hirn rattert, kann sich aber nicht zwischen Deutsch und Russisch entscheiden. In der Wohnung angekommen, ziehen wir stumm unsere Jacken und Schuhe aus. Milan watschelt vorbei, einen Schokoriegel in der Hand.

»Kaja tickt ab«, brummelt er und nimmt einen Bissen.

»Tue ich gar nicht«, gellt es aus der Küche. »Verpiss dich, du Loser.«

Bitte nicht!, denke ich. *Heute kein Familiendrama.*

Ich folge Vladimir in die Küche und sehe Kaja in Tränen aufgelöst.

»Was ist los?« Er will sich ihr nähern, ist aber unsicher.

Sie hält ihn auf Distanz, indem sie die Hände ausstreckt und den Kopf schüttelt. Dann schaut sie mich an.

»Jekaterina«, heult sie. »Können wir reden?«

Vladimir fährt zu mir herum und wirkt sowohl verwirrt als auch sauer – vermutlich noch wegen der Fabrizio-Umarmung.

Nein, denke ich. *Ich will nicht.* Und antworte Kaja: »Okay.«

Sie nimmt meine Hand und zerrt mich in ihr Zimmer. Dort wirft sie sich heulend auf ihr Bett und erzählt mir, dass sie getan hat, was ich verlangt habe: Sie hat ihren Freund gebeten, zu akzeptieren, dass sie noch nicht mit ihm schlafen wird. Unglücklicherweise – oder vielmehr wie erwartet – hat er sie daraufhin als frigides Huhn bezeichnet und bei seinen Freunden schlechtgemacht.

»Tut mir sehr leid«, murmele ich am Ende meine Kräfte und setze mich auf den Stuhl an Kaja Schreibtisch. »Aber kannst du froh sein, denn nun du weißt, wie seine Natur ist. Chättest du gemacht große Fehler, mit ihm Sex zu chaben.«

Kaja zieht sich das Kissen übers Gesicht und schluchzt hinein. »Ach, hätte ich es bloß getan.«

Ich raffe mich auf und krieche zu ihr aufs Bett. Nach einem Zögern lege ich den Arm um sie und streiche ihr über den Rücken.

»Nein, wäre gewesen sehr falsch. Ist er Arschloch riesengroßes, wenn er deshalb schlecht redet ieber dich.«

»Mag sein«, jault sie. »Aber es tut so weh.«

Ich hole tief Luft und spreche aus meiner Erfahrung. »Glaub mir, mein Schatz, es geht vorbei.«

ABGEFUCKT

Ich war so erledigt, dass ich in Kajas Bett eingeschlafen bin. Mitten in der Nacht schrecke ich auf. Mein Herz schlägt bis zum Hals. Ich presse eine Hand auf den Mund, um den erschrockenen Laut zurückzuhalten, und schaue durch das Dunkel im Zimmer zu Kaja, die neben mir schläft.

Im Traum bin ich vor einem Wildschwein durch den Wald geflohen. Zwar lief ich schnell genug, traf aber ständig auf ein neues Tier. Irgendwann war ich umzingelt. Die Schweine grunzten, drohten mit den Hauern, glotzten mich an und schlossen den Kreis um mich.

Mit einem Schaudern versuche ich, die Bilder zu verdrängen, doch sie bleiben. Weil ich befürchte, denselben Mist weiterzuträumen, stehe ich auf und schleiche aus dem Zimmer. Im Bad hole ich die vorhin verpasste Dusche nach, wickele mich ins Handtuch und schmiere mir in der Küche ein Brot, weil mein Magen knurrt. Zum Essen setze ich mich gar nicht erst, putze danach schnell die Zähne und tappe auf Zehenspitzen ins Schlafzimmer. Ich lausche, höre Vladimir gleichmäßig atmen und schleiche zu meiner Seite des Bettes. Schnell tausche ich das Handtuch gegen meinen Schlafanzug und schlüpfe unter die Bettdecke.

Vladimirs Stimme lässt mich erstarren. »Wieso duschst du mitten in der Nacht?«

Ich kann nicht sofort antworten, muss meine Stimme erst finden und wispere dann: »Warst du die ganze Zeit wach?«

»Wie soll ich schlafen bei dem Lärm, den du veranstaltest.« Er dreht sich von mir weg. »Zuerst im Bad, dann in der Küche.«

»Ich war extra leise.« Wahrscheinlich war er ohnehin wach und schiebt nun mir die Schuld in die Schuhe.

Er schnaubt nur. Eine Zeit lang ist es still, doch ich kann nicht schlafen. Ich muss ihn gleichmäßig atmen hören, aber das tut er nicht.

»Was war mit Kaja?«, fragt er irgendwann.

»Ich soll nicht darüber sprechen.«

Er dreht sich zurück, arrangiert seine Bettdecke geräuschvoll neu über sich. Offenbar ärgert ihn meine Antwort. »Wieso nicht?«

»Es war ein Gespräch von Frau zu Frau.« Das muss genügen.

»Dann hoffe ich, du hast sie nicht zu irgendwas ermutigt, für das sie noch zu jung ist. Da ist ein Typ in der Schule, für den sie sich interessiert. Ich will nicht, dass mit dem irgendwas läuft.«

Er weiß mehr, als ich dachte. Und er sieht mich in einem Licht, das mir überhaupt nicht gefällt.

»Es wird nicht passieren. Sie hat Liebeskummer, aber sie weiß, dass er der Falsche ist. Das haben wir vor ein paar Tagen schon geklärt.«

Das beruhigt ihn hoffentlich – und belehrt ihn auch, voreilige Schlüsse über mein Verantwortungsbewusstsein oder meine Moral zu ziehen. Damit wären wir gleich bei einem anderen Thema.

»Fabrizio wollte mich nur trösten«, füge ich an.

»Ist mir egal«, gibt er zurück. »Mach, was du willst. Knutsch ihn halt beim nächsten Mal direkt vor der Haustür.«

»Spinnst du? Was soll das? Warum erkundigst du dich nicht mal, was heute los war? Ich habe dir doch vom Wildschwein erzählt.«

»Du hast wirres Zeug gefaselt.«

»Ich bin von einem Wildschwein gejagt worden. In Todesangst durch den Wald geirrt. Fabrizio hat mich schließlich an der Landstraße aufgegabelt.«

Er scheint darüber nachzudenken. Vielleicht ist ihm klar, dass er überreagiert hat, aber er entschuldigt sich nicht. Er bleibt still und schläft ein.

Ich habe es versucht. Wirklich. Ich bin in den Wald gefahren, auf zittrigen Beinen bis zum Bauwagen gelaufen. Ich habe mit den anderen gefrühstückt, obwohl ich jeden Bissen hinterwürgen musste, habe zu ihren Späßen über meine Wildschweinflucht gelächelt und mir danach Greifzange und Müllsäcke geschnappt. Mehrmals ist mein Schrei durch den Wald gegellt. Bei jedem Rascheln im Gebüsch bin ich angstvoll herumgefahren und habe ein Wildschwein gesehen, wo maximal eine Meise war. Drei Stunden lang hatte ich Herzrasen. Mittags habe ich mit Fabrizio gesprochen.

»Schlaf doch noch mal eine Nacht darüber«, hat er gesagt.

Ich bin sicher, ich werde in der nächsten Nacht genauso wenig schlafen können wie in der vergangenen.

Mit wachsender Wut eile ich nun zur Straße. Nicht zum ersten Mal fühle ich mich herumgeschubst – nicht von meinen Waldarbeiterkollegen, sondern von den Geheimdiensten der beiden Länder, die mich bloß zu schützen gedenken. Wie ein Ding. Was aus mir wird, aus meinem Wesen, meiner Persönlichkeit, spielt weder für die eine noch für die andere Seite eine Rolle. Solange ich nicht von der russischen Mafia gekillt werde, verläuft in deren Augen alles nach Plan. Wenn's halt ein Wildschwein ist, das mir das Licht ausbläst, kann man denen nicht sagen, sie hätten was falsch gemacht.

Zu Hause krame ich die Karte heraus, die mir Hans-Peter Lehmann nach meiner Ankunft in Deutschland gegeben hat. Auf dem Handy habe ich eine Funktion gefunden, mit der man sich zu einem Standort führen lassen kann, also gebe ich die Straße von Hans-Peter Lehmanns Arbeitsstätte ein. Ohne mich umgezogen zu haben, fahre ich mit der U-Bahn in die Nähe und finde die Adresse schließlich ganz leicht. Das Gebäude ist unscheinbar; den offiziellen Charakter erhält es durch ein Schild neben der Eingangstür. Dahinter wartet ein Rezeptionist. Bei meinem Anblick zieht er die Brauen hoch. Ich sage ihm, dass ich zu Hans-Peter Lehmann möchte. Er ruft an, um mich anzukündigen, und erklärt mir den Weg.

Hans-Peter Lehmann erwartet mich vor seinem Zimmer. Das Jackett trägt er nicht, doch davon abgesehen sieht er so gestriegelt aus wie immer. Er streckt mir die Hand hin und schüttelt sie, wobei er ein »Frau Poljakow« zwischen den Zähnen durchschiebt. Ich frage mich, ob er meinen echten Namen je gelesen hat und sich nicht ein bisschen merkwürdig fühlt, mich so falsch anzusprechen. Auf seine

Weisung hin gehe ich voran in sein Zimmer, setze mich vor seinen aufgeräumten Schreibtisch und komme sofort auf den Punkt.

»Chabe ich gekindigt im Wald.«

Er rückt seine Brille auf der Nase hoch. »Warum das denn?«

Ich erzähle ihm von meiner Flucht vor dem Wildschwein. Er zeigt keine Emotion, weder Amüsement noch Mitleid.

»Das ist aber unschön«, stellt er bloß fest.

»War es furchtbar, zittere ich jetzt noch. Brauche ich andere Job, bitte.«

Er schüttelt den Kopf. »Frau Poljakow, Sie sind nicht in der Position, einen Job hinzuwerfen und nach einem neuen zu verlangen. Ich werde Ihnen nicht helfen können.«

»Auf einmal? Warum nicht?«

»Sie haben keine Ausbildung.«

Mit einem Ruck stehe ich. »Das stimmt nicht.«

Hans-Peter Lehmann greift sich an seine Krawatte, wohl in der weisen Voraussicht, dass ich mir das lächerliche Teil schnappen und ihn daran heranziehen könnte.

»Ähm ... Frau Poljakow«, stottert er.

»Chabe ich sehr wohl Ausbildung, die chat begonnen in einem Alter, wo du noch chast aufeinandergestapelt Bauklotz. Chabe ich keine Ausbildung als Doktor, nicht als Ingenieur oder Waldarbeiter verflixter, aber bin ich ausgebildet.«

»Frau Poljakow ...«

»Ach, chörst du auf mit Frau Poljakow immerzu.« Ich stütze mich auf seinen Schreibtisch. Er rollt im Stuhl zurück. »Chast du Ahnung ieberhaupt, was ich chabe gelernt?«

Er zuckt mit den Schultern. »Sie waren in einem Zirkus.«

»Bin ich Luftakrobatin. Und zwar nicht irgendeine.«

»Das mag sein, aber ...«

»Wieso gibst du mir nicht Job, den ich kann und lieben könnte?«

»Sie wissen doch, dass Sie keine Tätigkeit ausüben dürfen, die einen Hinweis auf Ihr früheres Leben gibt.«

»Nicht in Zirkus, natierlich nicht. Aber was ist mit zum Beispiel Lehrerin Artistik? Oder Lehrerin Gymnastik?«

Er schnaubt. »Das sind Kurse, die an der Volkshochschule gegeben werden. Dort werden vorrangig Selbstständige mit nachweisbarer Qualifikation engagiert. Sie sind hier in Deutschland, Frau Poljakow. Sie müssen froh sein, dass Sie überhaupt einen Job haben ... bei Ihren Voraussetzungen.«

Das heißt wohl so viel wie, meine Qualifikation ist nicht nachweisbar. Oder darf nicht nachgewiesen werden. Ich setze mich.

»Chabe ich mir Deutschland nicht ausgesucht«, murmele ich.

»Auch das weiß ich.« Hans-Peter Lehmann lässt seine Krawatte los und rollt wieder näher. Seine Stimme nimmt einen beschwichtigenden Tonfall an. »Ich kann mir vorstellen, wie schwer das für Sie ist. Das habe ich Ihnen ja schon gesagt.«

Er kann es noch hundertmal sagen, und ich würde ihm doch nicht glauben. Nicht mal ansatzweise kann er sich vorstellen, was ein solcher Einschnitt bedeutet.

»Suchst du mir neuen Job, bitte. Suchst du Job, wo ich nicht werde angegrapscht und beleidigt, wo ich nicht Müll aufsammele den ganzen Tag oder muss um mein Leben rennen vor Wildschwein. Suchst du mir Job, den ich kann.«

Hans-Peter Lehmann kneift die Lippen zusammen. Ihm gefällt nicht, dass ich ihm vorschreibe, was er tun soll.

»Ich kann Ihnen sagen, was ich tun werde«, entgegnet er. »Ich vereinbare einen Termin mit Frau Schmidt von der Agentur für Arbeit. Die hat mich bisher unterstützt. Am besten, Sie beide unterhalten sich ab sofort direkt.«

»Ah. Und wann?«

Erneut rückt er seine Brille zurecht und späht mich durch deren blank geputzte Gläser an. »Sobald Frau Schmidt einen Termin für Sie hat, Frau Poljakow. Dann schauen Sie zusammen in der Datenbank nach und suchen einen Job, der Ihren Ansprüchen gerecht wird.«

Tja, warum nicht gleich so?

HINTERHOFADEL

Nach drei Tagen hat Frau Schmidt von der Agentur für Arbeit weder angerufen noch einen Brief geschrieben. Die freien Tage habe ich genutzt, um die Weihnachtsdeko abzuhängen, die Wäsche zu machen und die Wohnung aufzuräumen. Inzwischen kann ich gut zwischen Dekoration und Krempel unterscheiden. Ersteres ist spärlich und Letzteres hat bei mir keine große Chance. Wer sich über Verluste beschwert, dem empfehle ich, nicht alles herumliegen zu lassen. Das funktioniert ganz gut, mit einer Ausnahme: das Schwert im Schlafzimmer. Als ich es kurzerhand unters Bett schob, ist Vladimir sehr wütend geworden und hat mir befohlen, das Ding nie wieder anzurühren. Also lehnt es in der Ecke, als Deko offenbar, und wird von mir so gut es geht ignoriert. Wie auch die Kinderzimmer. In keinem sehe ich nur einen Ansatz für Ordnung.

Die freien Tage habe ich auch zur Weiterentwicklung meiner Kochfähigkeiten genutzt, indem ich über die Internetfunktion meines Handys nach typisch deutschen Rezepten gesucht habe. Zugegeben, ich lerne das Ding zu schätzen. Ein Rezept, das für mich appetitlich klang, habe ich gestern zum Mittag zubereitet: Sauerbraten und Klöße. Vladimir hat sich gewundert, weil das ein sogenanntes Sonntagsgericht ist, es aber erst Dienstag war. Die Kinder haben gefragt, wie mir die Zubereitung gelungen ist, ohne dass ich die Küche in Brand gesetzt habe. Geschmeckt hat es vermutlich niemandem – mir selbst definitiv nicht; irgendwas habe ich falsch gemacht – aber alle haben aufgegessen. Ein halbwegs zufriedenstellendes Erfolgserlebnis war das also.

Fabrizio aus dem Wald hat noch zweimal angerufen. Einmal, um mir zu sagen, dass ich mich nicht sorgen muss, denn es sei schon ein Ersatz für mich da. Ein zweites Mal, um zu fragen, ob wir nicht mal was trinken gehen wollen. Ich habe ihn daran erinnert, dass ich verheiratet und dreißig Jahre jünger bin, aufgelegt und seine Telefonnummer gelöscht.

Am vierten Tag ohne Nachricht von Frau Schmidt lande ich vor dem Fernseher. Zuerst schaue ich mir einen Gerichtsprozess an, dann eine Sendung, in der Bräute miteinander um die schönste Hochzeitsfeier wetteifern, schließlich irgendwas mit viel Beziehungsproblemen, worüber ich einschlafe.

Beim Donnerwetter von Vladimirs Stimme schrecke ich auf und verstehe erst einmal gar nicht, was nun wieder los ist. In Arbeitskleidung, der blauen Latzhose und einer Jacke, steht er im Wohnzimmer und schimpft auf Deutsch: »Vor laufendem Fernseher pennst du hier und lässt die Kids diesen Mist sehen? Um diese Uhrzeit haben sie Hausaufgaben zu erledigen, auf die du gern mal einen Blick werfen könntest.«

Verwundert setze ich mich auf und entdecke Milan und Kaja in den Sesseln. Sie haben sich angeschlichen, diese hinterhältigen Gören, und zu allem Überfluss mampfen sie Chips, statt etwas, das ich hätte kochen sollen.

Vladimir schaltet den Fernseher aus und lässt die Fernbedienung über den Tisch schlittern. Dann wettert er weiter: »Fernsehen ist Unterhaltung. Eine Pause von Arbeit und Pflicht, von Verantwortung. Diese Art von Fernsehen gibt es für mich und meine Kinder am Abend. Du schaust fern, um deinen Tag zu füllen, nachdem du deinen Job hingeschmissen hast.« Er schüttelt den Kopf. »Erwarte nicht von mir, dass ich das verstehe. Vielleicht ist Gammel-TV ja dein Niveau.«

»Hinterhofadel halt«, wirft Milan ein.

Vladimir fährt zu ihm herum. »Niemand hat nach deiner Meinung gefragt«, fährt er seinen Sohn an und streckt den Arm in Richtung der Kinderzimmer aus. »Was hockt ihr da überhaupt noch? Verschwindet, alle beide.«

Als sie weg sind, finde ich endlich meine Sprache. »Hinterhofadel?«

Er winkt ab und wechselt ins Russische. »Kannst du mich nicht ein bisschen unterstützen, wenn du schon zu Hause bist? Ich versorge die Kinder, gehe arbeiten ...«

»Jetzt übertreib mal nicht«, kontere ich, weil mir plötzlich klar wird, was Milan mit *Hinterhofadel* gemeint hat. »Da bin ich ein Mal eingeschlafen. Letzte Woche um diese Zeit hat mich ein Wildschwein beinahe zu Tode gejagt, während du in Seelenruhe an deiner Fräse oder wo auch immer ...«

»Wag es nicht, meinen Job abzuwerten. Der finanziert dein Leben, das du hier offenbar auf Selbstfindung verbringst.«

»Ach, ich dachte, du bekommst ordentlich Kohle für das Asyl, das du mir gibst. Lohnt das nur unter der Voraussetzung, dass ich selbst Geld heranschaffe?«

Seine hellen Augen funkeln vor Zorn. Sein Mund zuckt, als wolle er noch etwas sagen, doch er wendet sich ab.

»Entschuldige mich. Ich habe noch zu tun.«

»Ach ja, was denn?«

»Was schon. Einkaufen zum Beispiel.«

Nein, so kommt er mir nicht davon. »Sag mir, was eingekauft werden muss. Ich kann das erledigen.«

Er hält inne, dreht sich um und betrachtet mich. »Brot, Butter und Gemüse«, murmelt er.

Schon bin ich bei der Garderobe, schlüpfe in die Schuhe und nehme meine Jacke. Er folgt mir, zieht seine Schuhe und die Arbeitsjacke aus.

»Sonst noch was?«

»Was auch immer du brauchst.« Er holt sein Portemonnaie aus der Hosentasche, fummelt zwanzig Euro heraus und reicht mir den Schein. »Das dürfte reichen.«

»Hab selbst Geld«, gebe ich leise zurück und verdrücke mich.

Auf dem Weg zum Supermarkt komme ich am Park mit meiner Schaukel vorbei. Es sind wieder keine Kinder dort. Um die Spielgerüste herum scharen sich Männer mit Bier und anderen alkoholischen Getränken. Sie rauchen Zigaretten, scherzen miteinander, lachen – und ich verstehe jedes Wort. Mir wird klar, dass diese Russen Menschen sind, die man hier als Hinterhofadel bezeichnen würde.

Sie bemerken mich. Einer macht eine anzügliche Bemerkung, wie sie mir nicht fremd ist. Ohne nachzudenken reagiere ich darauf mit »Satknis!« – halt die Klappe.

Sofort ist er an meiner Seite und plaudert los. »Hey, du bist Russin, was? Wo wohnst du? Hier in der Nähe? Was machst du?« Er wirft einen Blick auf meinen Korb. »Einkaufen, was?«

Weil ich nicht reagiere, ihn nicht einmal ansehe, läuft er rückwärts vor mir her. »Hey, ich kenn dich.«

Er kneift die Augen zusammen, legt sogar eine Hand auf meine Schulter. »Wir sind uns schon mal begegnet, nicht wahr?«

Ich spüre, wie ich mich anspanne, lasse mir aber nichts anmerken und schüttele seinen Arm ab.

»Sind wir nicht«, gebe ich kühl zurück. »Verschwinde.«

»Hey, warum so stolz? Was hab ich dir getan?«

»Lass mich einfach in Ruhe.«

Ich drücke mich an ihm vorbei, sehe mich nicht um und gehe Schritt für Schritt weiter. Mein Herz schlägt mir inzwischen bis zum Hals. Es ist nicht möglich, dass er mich kennt. Das kann nicht sein. Ich hab ihn nie gesehen. Aber er mich vielleicht? Nein, ich schüttele den Gedanken ab. Ich sehe anders aus, ganz anders. Er würde mich nicht erkennen.

Zum Glück folgt er mir nicht, ruft mir nur Beschimpfungen nach und trollt sich dann wohl zu seinen Freunden.

Im Supermarkt erledige ich schnell alle Einkäufe und nehme für den Rückweg einen anderen Weg. Das Unbehagen bleibt. Immer wieder schaue ich mich verstohlen nach dem Russen um, entdecke ihn aber nirgends.

Vladimir kommt in den Flur, als ich die Tür aufschließe. Er nimmt mir den Korb ab und trägt ihn in die Küche. Weil mich das

Wohnzimmer mit dem Fernseher abschreckt, setze ich mich an den Küchentisch. Gedankenverloren schaue ich zu, wie er die Lebensmittel verstaut, und tauche wie aus tausend Metern Tiefe auf, als er »Es tut mir leid« sagt.

Unsicher, ob noch etwas kommt, sehe ich ihn an und bin darauf gefasst, dass er mich bittet, auszuziehen, weil unsere Scheinehe nicht funktioniert. Er schiebt die Hände in die Hosentaschen und lehnt sich gegen den Kühlschrank.

»Was ich gesagt habe ...« Er pausiert, denkt wohl nach. »Ich wollte dich nicht verletzen, bin manchmal etwas schnell und hart mit Worten, hatte auch einen blöden Tag in der Firma.«

»Was war denn los?«, frage ich, obwohl ich viel mehr seine Entschuldigung erklärt haben will.

»Das spielt keine Rolle. Ich hätte das nicht an dir auslassen dürfen. Mir ist schon aufgefallen, dass du in den vergangenen Tagen viel gemacht hast, hier in der Wohnung. Du bemühst dich, und das weiß ich zu schätzen, eigentlich. Ich kann es nur nicht so gut zeigen.«

Okay, das muss erst mal sacken. So etwas von Vladimir Poljakow zu hören ... Wahnsinn! Er zieht eine Flasche aus dem Weinregal und dreht den Verschluss auf.

»Trinkst du ein Glas Rotwein mit mir?«

»Nein, vielen Dank.« Ich stehe auf. »Ich bin ziemlich müde.«

Kurz nach achtzehn Uhr liege ich im Bett. Während ich Snoopy auseinandernehme und mustergenau wieder zusammensetze, erinnere ich mich an mein Bett in meinem Wohnwagen, in das ich kaum jemals vor Mitternacht total erledigt, aber immer glücklich erledigt gefallen bin. Ich hatte keinen Fernseher, habe nie einen gebraucht oder vermisst. Ich hatte ein Radio, das ununterbrochen lief, mich manchmal auch in den Schlaf dudelte und am Morgen zu früh weckte. Nicht ein einziges Mal bin ich mit einem Zweifel an meinem Wert zu Bett gegangen.

MODEOPFER

Frau Schmidt heißt Helene mit Vornamen. Das steht in ihrem Brief. Ihr Vatersname nicht. Aber ein kurzfristiger Termin und die Aufforderung, sämtliche Qualifikationsnachweise sowie Arbeitszeugnisse mitzubringen. Anscheinend hat Hans-Peter Lehmann sie nicht anständig gebrieft.

Mit leeren Händen finde ich mich zum Termin bei der Agentur für Arbeit ein. Sie liegt im Frankfurter Ostend, nicht weit vom Main entfernt, dessen Ufer an dieser Stelle *Schöne Aussicht* heißt. Dort gehe ich spazieren, weil ich zu früh bin. Punkt zehn Uhr melde ich mich schließlich am Empfang der Agentur. Anders als erwartet, werde ich nicht sofort zu Helene Schmidt gebracht, sondern in einen Wartebereich gesetzt. Dort hocken schon ein Mann mit Erkältung und der Angewohnheit, laut Rotz hochzuziehen und mit offenem Mund zu husten, sowie eine Frau mit schlechtem Geruch und fettigen Haaren. Ich bin sehr froh, dass ich bald aufgerufen werde und dort wegkomme, kann aber immer noch nicht zu Helene Schmidt, sondern muss einer anderen Frau in einem Großraumbüro mit vielen Kabinen allgemeine Auskünfte geben. Dann darf ich an anderer Stelle weiterwarten, glücklicherweise ohne Gesellschaft, bis mich wieder jemand aufruft – auch nicht Helene Schmidt, sondern eine Mitarbeiterin, die für Finanzen zuständig ist und mir erklärt, dass ich keinen Anspruch auf Arbeitslosengeld habe, sondern Hartz IV beantragen müsste.

»Muss Irrtum sein«, entgegne ich verwundert. »Bin ich chier wegen Arbeit, nicht wegen Geld.«

»Aber Sie sind doch gerade arbeitslos, oder nicht?«, fragt sie in einem barschen Tonfall.

»Ja natierlich, aber ...«

»Na also, dann müssten Sie Arbeitslosengeld beantragen, wenn

Sie einen Anspruch hätten. Haben Sie aber nicht, da Sie nicht entsprechend lange für ein Unternehmen tätig waren.«

Weil ich nicht weiß, was ich dazu sagen soll, presse ich die Lippen aufeinander und nicke.

In der dritten Etage des Gebäudes darf ich mich erneut in einem Wartezimmer gedulden. Es dauert noch zehn Minuten, dann ruft mich Helene Schmidt in ihr Zimmer. Weder lächelt sie höflich, noch schüttelt sie mir die Hand. Sie geht zu ihrem Schreibtisch, setzt sich und weist auf einen Stuhl. Mein Blick fällt auf ihren schwarzen Pullover, über dessen Brust sich ein Schriftzug aus Glitzersteinen erstreckt. *Modeopfer* lese ich und habe augenblicklich ein Problem. Man soll nicht von der Optik auf die Kompetenz schließen, aber es fällt mir schwer, das nicht zu tun, denn dieses Kleidungsstück wirkt wie ein Geständnis, nicht wie ein Statement. Es ist zu eng, zeigt Speckrollen am Bauch und die fehlende Taille. Außerdem hätte sich die Frau mal kämmen können, und ein wenig Make-up, ganz dezent, hätte ebenfalls nicht geschadet.

»Also, Frau Poljakow«, sagt Helene Schmidt in einem ähnlich unfreundlichen Ton wie die Finanzfrau, »zeigen Sie mir bitte mal Ihre Unterlagen.«

»Gibt es keine, Entschuldigung.«

Sie spitzt den Mund, wie es Birgit Schawitzki aus der Sauna immer getan hat. »Ah ja. Und wo haben Sie bisher gearbeitet?«

»In einer Sauna und in Wald. Dort chabe ich aufgeräumt und Bäume gefällt.«

»Wie lange jeweils?«

»Immer nur wenige Wochen, leider.«

Helene Schmidt stellt weitere Fragen, die mir unangenehm sind. Mehr und mehr fühle ich mich in ein Licht gerückt, das mich als unfähig beleuchtet.

»Und in Russland?«, erkundigt sie sich dann. »Was haben Sie da gemacht?«

»War ich Lehrerin für Akrobatik und Gymnastik«, schwindele ich.

»Und über diese Tätigkeit können Sie keine Qualifikationen nachweisen?«

»Nein.« Vor lauter Nervosität bekomme ich feuchte Hände. »Ist alles ... verbrannt bei ... Brand von Wohnung.«

Sie tippt etwas in die Tastatur ein, starrt auf den Bildschirm und murmelt. »Ohne Nachweise bekomme ich Sie in einem solchen Job nicht unter. Und was Sie mir von Ihren Beschäftigungsverhältnissen in Deutschland erzählen, ist auch nicht dienlich. Das wird schwer.«

»Kann ich Probe arbeiten in Schule für Gymnastik, zum Beispiel«, schlage ich vor, doch sie schüttelt den Kopf.

»Nicht ohne Qualifikationsnachweis.«

»Kann ich aber sehr gut.«

»Ich habe hier etwas am Frankfurter Hauptbahnhof.«

Am Bahnhof? »Was soll ich tun dort? An- und Abfahrt von Zügen ankündigen?«

»Um Himmels willen, nein! Dazu bedarf es einer Ausbildung.« Sie kneift die Augen zusammen, um zu lesen. »Das hier ist eine Reinigungstätigkeit.«

Nee, nicht schon wieder Müll aufsammeln. »Gibt es nichts anderes? Chans-Peter Lehmann chat gesagt, du chast Liste, in der ich kann nachschauen und mir Job aussuchen.«

Helene Schmidt packt noch mehr Herablassung in ihre Stimme: »Was denken Sie denn, wo wir hier sind? Bei *Wünsch dir was?* Sie sollten froh sein, wenn Sie diesen Job bekommen.«

Ich bin so baff, dass ich schweige und beobachte, wie sie ausgedruckte Papiere sortiert. Nachdem sie die Kanten auf dem Schreibtisch gerade geklopft hat, reicht sie mir den dünnen Stapel.

»Bewerben Sie sich da und geben Sie mir eine Info, wie es gelaufen ist.«

Auf dem Weg aus der Agentur für Arbeit versuche ich, meine Gedanken zu sortieren. Es gelingt nicht. Schöne Aussichten sind das. Dieser Ufername ist die blanke Ironie.

Mein Telefon klingelt. Ich krame es aus meiner Handtasche und stecke die Papiere bei der Gelegenheit hinein. Es ist nicht Vladimir, wie ich vermutet habe, sondern Angelika Roth aus der Sauna. Sie plappert los, sobald ich das Gespräch angenommen habe, erzählt, dass sie den Vormittag freihabe und sich gern mit mir auf einen Kaffee treffen würde.

Ich habe so viel Zeit, dass es ätzend ist, und bin froh, noch nicht nach Hause fahren zu müssen. Mit den U-Bahnen kenne ich mich inzwischen recht gut aus und nehme die nächste ins Stadtzentrum. Das Café, in dem Angelika Roth auf mich wartet, finde ich mithilfe meines Handys und spreche endlich mal mit jemandem, der mich versteht.

Bei der Wildschweingeschichte schlägt Angelika Roth die Hände vor den Mund, und zum Verhalten von Helene Schmidt schüttelt sie den Kopf. Von Hans-Peter Lehmann darf ich ihr ja nichts erzählen. Der ist Teil des großen Geheimnisses um mich.

»Und dein Vladimir?«, fragt sie, als alle unerfreulichen Job-Anekdoten erzählt sind. »Wie läuft es mit dem?«

»Ist er nicht *mein* Vladimir«, murmele ich.

»Oh, so schlecht?«

»Nein, weder schlecht noch gut. Ist es halt ... wie immer.«

»Ach, der Alltag.« Sie legt mir eine Hand auf den Arm. »Tröste dich, das ist normal. Das kennt jede Frau. Die Verliebtheit verschwindet halt irgendwann, und wenn man Glück hat, bleibt wenigstens die Zuneigung.«

Ich kann darauf nichts erwidern. Mein Alltag fühlt sich ganz anders an als der Alltag jeder anderen Frau.

»Unternehmt doch mal was, fahrt weg übers Wochenende. Ohne die Kinder.« Sie zwinkert. »Das wirkt Wunder, glaub mir.«

»Vielleicht wir machen das«, entgegne ich, ohne mir ein Wochenende allein mit Vladimir an einem Ausflugsort vorstellen zu können.

»Bestimmt tut ihm so eine Pause auch gut. Was arbeitet er eigentlich?«

Ähm ... ja. »Macht er was mit Metall.«

»Was mit Metall? Was denn?«

Ich habe keine Ahnung. Dafür aber ein schlechtes Gewissen, Vladimir nie gefragt zu haben.

»Was man so tut chalt. Muss er mal sägen, muss er mal bohren, produziert er Teile.« So. Das wird es ja wohl ungefähr sein.

Angelika Roth gibt sich damit zufrieden, bleibt aber neugierig.

»Hast du ein Foto von ihm? Zeig ihn mir mal.«

Die Frage war offenbar rhetorisch.

»Leider chabe ich nicht.«

»Ach Quatsch. Du hast doch bestimmt eins auf dem Handy.«

Stimmt ja, mit dem Ding kann man auch fotografieren. Ich habe die Funktion noch nie benutzt.

»Ist Chandy noch neu relativ. Chabe ich wirklich kein Bild von ihm.«

»Dann schreib ihm, er soll dir gleich eins schicken.« Sie reibt sich die Hände. »Ich bin doch so neugierig.«

Ach was …

Ich versuche, mich rauszureden, und erkläre, dass Vladimir jetzt keine Zeit hat, dass er das albern finden würde, dass er nicht gern Fotos von sich verschickt, aber Angelika Roth lässt nicht locker. Also rufe ich ihn an. Als er sich nach viermaligem Klingeln nicht meldet, will ich auflegen, da geht er ran und ruft meinen Namen ins Telefon, um den Lärm im Hintergrund zu übertönen. Ich passe mich seiner Lautstärke an, damit er mich versteht, und schildere ihm kurz, wo ich bin und warum ich ein Foto von ihm brauche. Er überrascht mich, denn er lacht, statt mich für verrückt zu erklären, und verspricht, mir gleich eins zu schicken.

Zwei Minuten später meldet sich mein Handy mit einem Bild, das es empfangen hat. Ich brauche eine Weile, bis ich die Nachricht öffnen und es anschauen kann. In seiner blauen Latzhose, eines von vielen grauen T-Shirts darunter, steht Vladimir an einer Maschine. Am ausgestreckten Arm hält er sein Handy von sich, schaut zur Kamera, also direkt zu mir, und lächelt.

Ich weiß nicht, wieso, aber mein Herz schlägt ein bisschen schneller. Und ich muss auch lächeln.

Angelika Roth nimmt mir das Handy ab und schaut sich Vladimir an.

»Oh, er sieht gut aus«, stellt sie begeistert fest. »Was für tolle Augen! Die sind hellblau, oder?«

»Grau.«

»Oh, Gott! Ein Mann mit grauen Augen.« Sie wirft mir einen Blick zu, der wohl bedeutungsschwanger sein soll, dann nimmt sie meinen Scheinmann abermals unter die Lupe. »Und auch der Rest von ihm schaut gut aus. Tolle Arme, breite Brust. Wie groß ist er denn?«

Ich zeige es ihr, indem ich meine Hand ein Stück über meinen Kopf halte.

Sie gibt mir das Handy zurück. Ich schalte das Display aus, ohne einen weiteren Blick auf Vladimirs Bild zu werfen, und atme durch, um meinen Herzschlag zu drosseln.

»Mal ehrlich, Jekaterina«, sagt Angelika Roth. »Wenn er ein Bär mit ungepflegtem Bart und Bierbauch wäre, könnte ich verstehen, warum du keine Lust hast, mit ihm ins Bett zu gehen, aber dein Vladimir …«

Sie lässt den Satz ausklingen, und ich will ihn nicht zu Ende denken. Jeden Abend seit drei Monaten gehe ich mit Vladimir ins Bett, wiederum anders, als es jede andere Frau tut. Worte, die erklären würden, warum das so ist, drängen sich auf meine Zunge, doch ich schlucke sie. Es ist hart, verdammt hart, eine Freundin zu haben, der man das Herz ausschütten könnte und es nicht darf.

FEBRUAR

FÄKALMANAGER

Männer sind Schweine.

Und Frauen auch.

Es ist sechs Uhr am Dienstagmorgen und noch relativ wenig los – vom Dreck der Nacht mal abgesehen. Ich putze den Spiegel über den Waschbecken und beobachte dabei, wie eine Frau im Businessanzug aus einer der Kabinen kommt. Sie wäscht sich die Hände, spritzt dabei alles nass, erneuert ihren Lippenstift und rauscht aus dem Sanitärbereich. Die Kabine, in der sie war, habe ich gerade erst sauber gemacht, und ich gehe nur zur Prüfung hinein. Der Anblick reizt meine Galle. Mit wenigen Schritten bin ich vor der Tür.

»Hey«, rufe ich der Frau nach, die stehen geblieben ist und auf ihr Handy schaut.

Überrascht wendet sie mir den Kopf zu und blickt sich dann um, um auszuschließen, dass ich jemand anderen meine.

»Ja du! Kommst du zurück sofort und benutzt du Bierste! Was glaubst du, wer bin ich?«

Sie verzieht den Mund und schüttelt den Kopf. »Die Klofrau?«

Damit hebt sie ihr Handy ans Ohr und geht ihres Weges. Mein zweites »Hey« ignoriert sie. Wütend stapfe ich zurück und greife selbst zur Klobürste. Geschätzte tausend Mal am Tag tue ich das. Seit fünf Tagen. Neben den Damen- und Herren-WCs gibt es am Frankfurter Hauptbahnhof behindertengerechte Toiletten, einen Wickelraum und eine Dusche. Von sechs bis vierzehn Uhr dreißig bin ich für alles zuständig, die Spätschicht macht ein anderer. Nachts sind die Räume ihrem Schicksal überlassen.

Vom Damen-WC wechsele ich ins Herren-WC und trete auf etwas, das unter meinen Schuhen knarzt. Ich muss nicht nachsehen, was es ist, als mir die unter der Kabinentür hervorschauenden Beine auffallen. Er lebt noch, immerhin, wackelt mit den Füßen. Mit trotz der Handschuhe spitzen Fingern hebe ich die Spritze auf und entsorge sie. Dann nehme ich mein Funkgerät und informiere den Sicherheitsdienst. Der macht sich auf den Weg. Ich klopfe an die Kabine.

»Hey, kommst du raus da. Chat neuer Tag begonnen.«

Ein Stöhnen ist die erste Antwort, dem folgt ein: »Scheiß auf den neuen Tag, Mann, verpiss dich!«

Eine Diskussion lohnt nicht. Ich kümmere mich um die freien Kabinen, säubere sie voller Ekel. Hin und wieder muss ich würgen. Nur am ersten Tag habe ich den Fehler gemacht, nüchtern zur Arbeit zu kommen, und mich nach einer Stunde übergeben. Seither frühstücke ich vorher zu Hause und rühre bis zum Dienstschluss kein Essen an. Zeit für eine Pause habe ich ohnehin nicht wirklich.

Die beiden Männer vom Sicherheitsdienst grüßen mich flüchtig, bevor sie die Kabine aufschließen und den Mann herauszerren. Er wehrt sich und beschimpft sie, doch sie bekommen ihn leicht in den Griff und bugsieren ihn fort. Schnell mache ich sauber, wo er die Nacht verbracht hat, inmitten benutztem Klopapier, Urinlachen und anderem Übel. Er ist nicht mein erster Junkie und wird nicht der letzte sein. Der Frankfurter Hauptbahnhof ist gerade nachts der Markt für Dealer und Konsumenten unterschiedlichster bewusstseinserweiternder Mittel. Die meisten versorgen sich heimlich und verschwinden mit ihrer Beute, andere können es nicht abwarten und setzen sich ihren Schuss auf der Toilette.

Mein erster Junkie hat mir eine Geschichte über die vermeintlich gerade erlebte Fahrt auf dem Dach eines ICE von München nach Frankfurt erzählt. Dann wurde er traurig. Mindestens einmal am Tag bekomme ich es mit einer traurigen Person zu tun. Mal ist es eine Frau, die weint, weil sie ihren Liebsten gerade verabschiedet hat. Mal ist es ein Kind, das sich eingesperrt hat, weil ihm seine Mutter im Kiosk nicht die verlangte Süßigkeit gekauft hat. Einmal habe ich einen Mann gefunden, der gerade erfahren hatte, dass ein Freund bei einem Autounfall ums Leben gekommen war. Am nächsten Tag saß ein älterer Kerl auf der Klobrille, weil er die Nacht nicht in der Kälte verbringen wollte, und hat mir seine Lebensgeschichte erzählt, während ich geputzt habe. Eine große Familie hatte er mal um sich herum und war nun ganz allein.

All meine Pflichten sind in meinem Arbeitsvertrag detailliert festgehalten: Klobrillen reinigen und konstant sauber halten, Waschbecken putzen, Spiegel polieren, Boden wischen, Kabinenwände sauber halten, Klopapier nachfüllen, Müllbehälter leeren, Seifenspender auffüllen. Psychologische Kenntnisse gehören nicht zu den Voraussetzungen, die ich für die Ausübung dieser Stelle mitbringen sollte, aber ich brauche sie. Mein Arbeitgeber hat keine Ahnung, was hier los ist. Für Gespräche, wie ich sie seit fünf Tagen führe, würde ein Psychiater hundert Euro die Stunde berechnen. In den meisten Fällen konnte ich irgendwie helfen, halbwegs trösten oder schlichten.

Am Ende meines Arbeitstags bin ich erledigt. Und habe das Gefühl, von Schichten des Drecks bedeckt zu sein, den ich in acht Stunden weggewischt habe. So auch heute. Am liebsten möchte ich die Dusche am Hauptbahnhof nutzen, um Mief und Keime nicht länger mit mir herumzuschleppen, doch das darf ich nicht. Also steige ich in die U-Bahn und suche mir einen Platz, an dem mich niemand riechen kann. Wahrscheinlich stinke ich gar nicht, komme mir aber so vor.

In der Wohnung der Poljakows gehe ich auf schnurgeradem Weg vom Flur, wo ich schnell Jacke und Schuhe ausziehe, ins Badezimmer. Dort krieche ich aus meinem Pullover und schrubbe Hände und Arme mit dem Desinfektionsmittel, das ich extra gekauft habe. Danach gehört die Dusche mir. Für mindestens eine halbe Stunde, in der ich mir die Haare wasche, die Haut mehrmals einseife und mit einer Bürste abschrubbe.

Nach einer Weile hämmert es gegen die Badezimmertür.

»Jekaterina, das nervt voll«, beschwert sich Kaja. »Ich will auch ins Bad.«

»Warum? Um dich anzuschauen in Spiegel und zu ordnen einzelnes Haar?«, rufe ich über das Rauschen des Wassers zurück. »Kannst du das machen vor Spiegel in deinem Zimmer.«

»Ich muss aufs Klo.«

Natürlich. Ausgerechnet in meiner halben Stunde. Jeden Nachmittag ist es dasselbe. Letzte Woche habe ich meine Duschprozedur deshalb unterbrochen und pitschnass, in ein Handtuch gewickelt im Flur darauf gewartet, dass sie sich sprichwörtlich ausscheißt. Das passiert heute nicht.

»Dann chast du Geduld.«

»Oh, du bist echt fies.«

Um sie nicht mehr zu hören und auch, um die tristen Bilder vom Bahnhofsklo zu vertreiben, stimme ich ein russisches Lied an. Kaja ist nicht die Einzige, die etwas gegen meine ausgiebige Dusche hat. Vladimir kann es genauso wenig leiden, hauptsächlich wegen des Wasserverbrauchs. Also will ich fertig sein, bevor er nach Hause kommt. Heute bin ich zu langsam, genieße das warme Wasser zu sehr und erschrecke, als es gegen die Tür donnert.

»Jekaterina, Schluss jetzt!«, dröhnt Vladimir. »Kaja sagt, du bist seit einer Stunde unter der Dusche.«

Ich stelle das Wasser ab und schaue zur Uhr neben dem vom Wasserdampf beschlagenden Spiegel. »Stimmt nicht. Gerade mal zwanzig Minuten.«

»Das ist lange genug.«

»So lange braucht es mindestens bei diesem Job.«

Ich steige aus der Dusche, schnappe mir mein Handtuch und trockne mich ab. Um Kajas Geduld nicht weiter zu strapazieren, verschiebe ich das Föhnen auf später, schlinge das Handtuch um mich und tappe aus dem Bad. Eine Dampfwolke folge mir und wabert durch den Flur.

Im Schlafzimmer krame ich frische Wäsche aus der Schublade, da kommt Vladimir herein und schließt die Tür hinter sich. Ich richte mich auf, halte das Handtuch fest, damit es nicht verrutscht, und wappne mich, denn ich rechne mit einer weiteren Schimpftirade – nicht, dass ich das heute auch noch gebrauchen könnte. Überraschenderweise bleibt er ruhig.

»Ab morgen duschst du in den Sanitäranlagen des Bahnhofs«, stellt er allerdings klar.

»Das geht nicht«, kontere ich gereizt. »Das ist nicht erlaubt. Wir haben doch schon darüber gesprochen.«

»Jetzt darfst du. Ich habe gerade angerufen.«

»Tatsächlich? Und mit wem hast du gesprochen.«

»Mit deinem Chef natürlich.«

Ungläubig schüttele ich den Kopf. »Aber der ... wieso ...?«

»Alles eine Frage der Argumentation.« Sein Blick huscht von meinem Gesicht über das Handtuch – und schnell wieder zurück. »Ich habe ihm einfach erzählt, du hättest nach der Arbeit oft andere Termine, zu denen du nicht wie frisch aus dem Klo kommen kannst. Außerdem habe ich ihm angeboten, dass er statt deiner Duschkosten einen Anteil an meiner Jahres-Wasserrechnung übernehmen darf.«

Als ich grinse, grinst er ebenfalls. Nach einem Schulterzucken à la *Siehst du, so macht man das* verlässt er das Zimmer.

KAKOFONIE

Der Job einer Sanitärbeauftragten stinkt nicht nur gewaltig, er lärmt zudem. Ununterbrochen dudelt diese Musik, vermeintlich beruhigende Softpopsongs laufen in einer Dauerschleife. Ich kann bald mitsingen, obwohl die meisten auf Englisch sind, wovon ich ja nicht viel verstehe. Doch es ist nicht nur diese Musik. Mal kreischen sich zwei Frauen wegen irgendeines Kerls an, als sei ich gar nicht da. Dessen werden sie sich erst bewusst, als ich beherzt dazwischengehe, weil sie handgreiflich werden und ich nicht neuen Dreck in Form von Blut oder ausgerissenen Haaren auf dem frisch gewischten Boden will. Andere sitzen nebeneinander in Kabinen und plaudern aus dem Nähkästchen, von meiner Anwesenheit gleichermaßen unbeeindruckt. Hin und wieder lallen besoffene Jugendliche oder Kinder heulen, weil sie nicht zur Toilette wollen. Dinge fallen herunter und zersplittern, Koffer klatschen mit lautem Rums um und immerzu das Jaulen des Handtrockners. Ich werde noch wahnsinnig. Vor der Tür ist es nicht besser, denn im Bahnhofsterminal quietschen ICE-Bremsen, es gibt Durchsagen, Trillerpfeifen schrillen.

Wenn ich Ruhe haben will, setze ich mich in die winzige Kammer, in der mein Spind ist. Die Putzmittel und Utensilien werden hier auch aufbewahrt. Hinter der geschlossenen Tür schnaufe ich durch – ohne zu tief Luft zu holen natürlich.

Daran ist jedoch nicht mehr zu denken, als das beginnt, was die Leute hier als fünfte Jahreszeit bezeichnen. In Russland sagen wir dazu Maslenitsa, die Butterwoche. Ende Februar, Anfang März wird vor der Fastenzeit eine Woche lang gefeiert, von Montag bis Sonntag. Man soll essen bis zum Schluckauf, saufen bis zur Heiserkeit, singen bis zur Stimmlosigkeit, tanzen bis zum Umfallen. Wir Russen sind ziemlich gut in all dem. Die Deutschen müssen noch üben. Ich habe den Eindruck, sie essen nicht genug und saufen sich ins Koma, sie singen, bis man die Melodie nicht mehr versteht, und tanzen, weil sie nicht mehr laufen können. Viele dieser Dinge tun sie auf meinen Toiletten. Seit Freitag – der Zeitplan ist hier in Deutschland irgendwie durcheinander. Heute ist Montag, angeblich der Höhepunkt der Feierlichkeiten. Keine Ahnung, wann Schluss ist. Ich hoffe, bald.

In der Herrentoilette stehen ein Riesenhase, ein Elefant und Superman an den Pissoirs. Sie schwanken und stützen sich mit einer Hand an der Wand ab, um nicht umzukippen. Ich kontrolliere, ob sie treffen, und fordere sie zu einer Korrektur auf, sobald ein Strahl bedrohlich abweicht. Sie amüsieren sich darüber und meinen, so was hätten sie noch nie erlebt. Weil es im Damenklo lärmt, muss ich die Herren allein lassen und wechsele hinüber. Alice im Wunderland in einem viel zu kurzen Rock und ein Marienkäfer schminken sich vor dem Spiegel. Sie ignorieren das Schneewittchen, das wieder und wieder gegen eine Kabinentür tritt, dabei heult und brüllt. Mit einem »Hey!« schnappe ich sie am Kragen und zerre sie zurück. Sie taumelt, hält sich aber auf den Füßen und fährt herum. Jaulend holt sie aus, um mich zu schlagen. Sie trifft zwar nicht, aber mir reicht es trotzdem. Kurzerhand packe ich das Schneewittchen am Schlafittchen.

»Versuchst du das nicht noch einmal«, schimpfe ich. »Rufe ich Security sonst, verstanden?«

So angriffslustig sie eben war, so schlapp ist sie nun. Wie sie mich so anschaut, erschrocken und auch traurig, tut sie mir ein bisschen leid. Ich lasse sie los. Sie schluchzt. Ihre schwarze Perücke ist verrutscht, der blaue Kajal rinnt über ihre Wangen. Als sie schnieft und sich mit dem Handrücken über den Mund wischt, ruiniert sie den knallroten Lippenstift. Wie das vollkommene Elend sieht sie aus, beginnt auch noch zu zittern und schlingt sich die Arme um den Oberkörper.

»Was ist los?«, frage ich.

Sie weint heftiger. »Er hat gesagt, an Fastnacht ... ist alles erlaubt.«

Ich erschrecke, denke unweigerlich an einen Übergriff. »Chat dich angefasst jemand unsittlich?«

Sie schüttelt den Kopf und schmiert sich noch einmal übers Gesicht. Mir fällt auf, dass uns Alice im Wunderland und der Marienkäfer im Spiegel beobachten. Außerdem sind eine Hexe, Rotkäppchen und ein A-Hörnchen hinzugekommen. Sie denken nicht daran, ihren eigentlichen Bedürfnissen nachzugehen, sondern warten ab, wohin diese Konfrontation zwischen mir und Schneewittchen führt. Ich weiß es: Sie führt in den Abstellraum. Behutsam führe ich sie dorthin und setze sie auf meinen Stuhl.

»So, erzählst du jetzt.«

Sie braucht eine Weile, doch dann plätschert die Geschichte aus ihrem Mund. Bald überschlagen sich ihre Worte, und ich habe Mühe, zu folgen. Wenn ich alles richtig verstehe, hat sie ihren Freund dabei erwischt, wie er eine Frau im Krankenschwesterkostüm geküsst und dabei am Hintern gestreichelt hat. Als Schneewittchen ihm eine Szene machte, hat er sie ausgelacht und behauptet, das sei erlaubt an Fastnacht.

Mit einem Seufzen hocke ich mich vor sie und nehme ihre Hände. Wieder einmal muss ich in die Rolle der Psychologin schlüpfen.

»Ist nie erlaubt, chörst du«, sage ich ihr. »Nicht an Fastnacht, niemals. Nicht einmal an Heilige Nimmerleinstag. Ist einfach schäbig. Trittst du in Chintern diese Mann.«

»Aber ich liebe ihn doch«, jault sie und weint heftiger.

Natürlich. Sie liebt ihn.

Er liebt sie nicht. Sonst käme er heute oder an irgendeinem anderen Tag nicht auf die Idee, eine andere zu küssen und zu begrapschen. Er hätte nicht das Bedürfnis. Schneewittchen das zu sagen, erscheint mir unsinnig. Sie dürfte es selbst wissen. Also halte ich weiter ihre Hände, streichele ihre Wange und hole ihr schließlich einen Kaffee aus einem Kiosk. Sie nimmt den Becher in beide Hände, wärmt ihre eiskalten Finger daran und hört auf zu zittern.

»Bleibst du chier ein bisschen«, schlage ich vor, als ich wieder an die Arbeit muss. »Und dann du gehst los und suchst andere Mann. Nette Mann. Findest du bestimmt. Bist du doch sehr chibsch.«

»Nicht heute.« Sie stellt den Kaffee ab und steht auf.

Ich schaue ihr nach und frage mich, ob sie sich heute nicht hübsch findet oder bloß keinen anderen Mann kennenlernen möchte. Wahrscheinlich beides.

Mit einem weiteren Seufzen trete ich meinen Dienst wieder an.

Total erledigt plumpse ich am Nachmittag auf die Couch und mummele mich in die Wolldecke. Milan humpelt vorbei. Ich möchte nicht wissen, was mit seinem Fuß los ist, nicht heute. Heute will ich meine verdammte Ruhe. Dennoch frage ich und höre, wie erwartet, dass Adrian wieder zugeschlagen hat.

Da muss etwas passieren. Vladimir sollte noch einmal mit dem Klassenlehrer sprechen, finde ich, oder seinen Jungen ordentlich trainieren, aber Milan beschwört mich, nichts zu erzählen.

»Wieso nicht?«, frage ich müde. »Sollte dein Vater das wissen.«

»Nicht jedes Mal, wenn es passiert. Er hält mich sowieso schon für einen Schwächling.«

»Ganz sicher nicht.«

»Ich will aber nicht, dass du was sagst.« Milan klingt gereizt. »Er kann mir sowieso nicht helfen. Niemand kann das«, ruft er auf dem Weg aus dem Wohnzimmer.

Na, das wollen wir doch mal sehen.

Beinahe döse ich ein, da wird mir klar, dass mir Kaja heute noch gar nicht begegnet ist. Ich lausche, höre aber nichts und wühle mich aus der Decke. Gähnend tappe ich zu ihrem Zimmer und klopfe. Erst nach dem zweiten Klopfen ertönt ein jämmerliches »Herein«.

Na toll, der nächste Patient.

Kaja liegt zusammengerollt auf dem Bett. Sie trägt ein rosa Hasenkostüm, hat das Kopfteil aber abgezogen. Zuerst sieht alles stark nach Liebeskummer aus, doch als ich mich auf ihr Bett setze, ächzt sie schmerzerfüllt. Sie blinzelt mich unter gesenkten Lidern an, schließt die Augen und atmet durch.

»Kennst du ein russisches Geheimrezept gegen Regelschmerzen?«, wispert sie.

Und ob ich eins kenne. Wodka. Bei Kaja fällt das leider aus.

»Bin ich gleich wieder da.«

Auf leisen Sohlen verlasse ich das Zimmer. In der Küche schalte ich den Wasserkocher an und hole eine Wärmflasche aus dem Bad. Bis das Wasser kocht, löffele ich großzügig Kakaopulver in eine Tasse, übergieße das Pulver und fülle auch die Flasche. Mit beiden Wärmekuren, eine für innen, eine für außen, gehe ich zurück, da kommt Vladimir nach Hause. Er schimpft über den Fastnachtswahnsinn auf den Straßen, dann mustert er mich argwöhnisch.

»Wohin willst du damit? Ist Kaja krank?«

»Nein, alles in Ordnung, keine Sorge«, raune ich, weil ich mir vorstellen kann, dass es dem Mädchen unangenehm ist, wenn ich ihr Problem mit ihrem Vater diskutiere. Ich werde ihm nachher im Bett davon erzählen, und auch von Milan.

Vladimir hat Zweifel. »Warum braucht sie die Wärmflasche? Ihre Heizung läuft doch immer auf Hochtouren.«

»Sie braucht sie eben. Du weißt doch, wir Frauen sind Frierkatzen.«

Ehe er weiterfragen kann, verschwinde ich in Kajas Zimmer.

FINGERSPITZENGEFÜHL

»Lass uns heute essen gehen«, sagt Vladimir ein paar Tage später, als der Fastnachtstrubel vorbei ist.

Er ist gerade von der Arbeit gekommen, hat einen Strauß rote Rosen dabei und drückt ihn mir in die Hand. »Hier, stell die am besten gleich in die Vase.«

Ich betrachte die Blumen. Sie sind wunderschön. Dunkle, kräftige Blüten, langstielig ohne Dornen. »Für wen sind die denn?«

»Für dich«, antwortet er leichthin, komplett sachlich, und streift sich die Boots von den Füßen. Er zieht die Jacke aus, hängt sie an die Garderobe und geht an mir vorbei zum Schlafzimmer.

Ich schaue ihm nach, mustere dann die Blumen – und habe keine Ahnung, was das zu bedeuten hat. Kaja kommt aus ihrem Zimmer.

»Wow, sind die schön!«, ruft sie beim Anblick der Blumen.

Ich bringe die Rosen in die Küche, nehme eine Vase aus einem Schrank und fülle sie mit Wasser. Mit einem scharfen Messer kürze ich die Enden der Stiele und stelle den Bund in die Vase. Kaja schnuppert an einer Rose.

»Die duften süß«, stellt sie fest.

»Ja, ist typisch für Rosen.«

»Freust du dich denn gar nicht, dass Papa daran gedacht hat?«

»Woran er chat gedacht?«

Was habe ich verpasst, verdammt? Hat Jekaterina Geburtstag? Hat mein neues Ich an einem anderen Tag Geburtstag als Wanka? Wenn ich nach dem Geburtsdatum gefragt wurde, habe ich bisher immer das korrekte Datum angegeben. Ich muss gleich mal auf dem Ausweis nachsehen, meine mich aber zu erinnern, dass dort der Tag im August notiert ist, an dem ich tatsächlich geboren bin. Ganz ehrlich, der falsche Name ist schlimm genug. Ich würde es hassen, Geburtstagsglückwünsche zu bekommen, ohne Geburtstag zu haben, und mich weigern zu feiern.

»Na, an den Valentinstag.« Kaja klingt verwundert. »Feiert man den nicht in Russland?«

Gott sei Dank! Es ist Valentinstag. Kein Geburtstag.

»Feiert man ein bisschen.«

Ich trage die Blumen ins Wohnzimmer und stelle sie auf einen Beistelltisch zwischen Couch und Sessel. Während ich die einzelnen Blumen ein bisschen arrangiere, erzähle ich Kaja, die mir an den Fersen klebt, was am vierzehnten Februar in Russland passiert.

»Gibt es zwei Feiertage in der Nähe, die sind wichtiger. Einmal dreiundzwanzigster Februar, Tag des Verteidigers von Vaterland, und achter März, Tag der Frau. Beide werden groß gefeiert. Außerdem in Russland gibt es keinen Cheiligen mit dem Namen Valentin. Chaben wir cheiligen Pjotr und cheilige Fewronia. Ihre Knochen liegen in einer Kathedrale in Muromsk. Ihnen zu Ehren feiern wir Tag der Liebe und so weiter an achte Juli. Soll sogar werden Nationalfeiertag irgendwann.«

Kaja rümpft die Nase. »Ihr habt die Knochen von denen aufgehoben? Das ist eklig und nicht romantisch.«

»Geht es um Cheiligkeit, verstehst du nicht ...«

Kaja winkt ab. »Sorry, aber ich muss das alles nicht so genau wissen.«

Sie lässt mich allein. Ich mustere die Rosen und grübele weiter. Nebenbei lausche ich, was Vladimir tut. Er ist jetzt im Bad. Das Wasser der Dusche rauscht. Dass er mit mir essen gehen möchte und mir rote Rosen – keine billigen – mitgebracht hat, bedeutet ... Was bedeutet das? Ist es eine Show für die Kinder? Kaja kann teure Rosen noch nicht von billigen unterscheiden, und Milan hätte sich auch nicht gewundert, wäre Vladimir ohne Blumen für mich nach Hause gekommen. Allerdings hat er mir den Strauß in einem nüchternen Tonfall in die Hand gedrückt, so als hätte er Wurst eingekauft und mich aufgefordert, sie in den Kühlschrank zu legen.

Mein Sinn für Romantik – jeder Russe hat davon eine größere Portion in die Wiege gelegt bekommen – lässt mich das *Allerdings* beiseitewischen und lächeln, doch die Vernunft erstickt das aufkeimende Gefühl. Damit ruht auch das leise Flattern in meinem Bauch. Mit der Fingerspitze berühre ich eins der dunkelroten Rosenköpfchen und muss an den letzten Strauß denken, den mir ein Mann geschenkt hat. Es war nach einer Spätvorstellung. Drei Jahre ist es her. Ich kann mich nicht mehr in damals hineinfühlen, weiß nur, dass ich sehr glücklich war. Momentan bin ich … irritiert.

Vladimir führt mich in ein italienisches Restaurant aus, das zwischen anderen Lokalen und Bars im Stadtzentrum in einer Straße mit zwar bezeichnendem, aber unschönem, äußerst unromantischem Namen liegt: Freßgass. Da ich eine Kaschemme voller Leute mit schlechten Manieren erwartet habe, bin ich vom stilvollen Ambiente des Restaurants überrascht. Zwischen hohen Wänden stehen kleine Tische, die edel eingedeckt sind. Unsere Bedienung ist sehr freundlich, die Musik dezent beschwingt. Nur dass die Tische so eng beieinanderstehen, gefällt mir nicht.

Vladimir wartet, dass ich Platz nehme, bevor er sich setzt. Ich beuge mich zu ihm und weise mit einer Kopfbewegung zum Nachbartisch, der nicht mehr als zehn Zentimeter von unserem Tisch entfernt steht.

»Wenn da auch jemand sitzt, bekommen wir jedes Wort von denen mit. Und sie können uns auch zuhören.«

Vladimir grinst. »Sie verstehen uns aber nicht unbedingt, denn wir reden ja Russisch. Außerdem …« Er zieht eine Braue hoch. »Worüber hast du vor zu sprechen?«

»Über nichts Bestimmtes«, antworte ich schnell. »Meine Güte, um über Sex zu reden, müssten wir erst mal welchen haben.«

»Miteinander?«

»Mit wem sonst?«, platze ich heraus, revidiere die Aussage aber gleich. »Also natürlich nicht miteinander.«

Vladimirs Grinsen wird breiter. »Natürlich nicht.«

»Meine Güte, ich hatte überhaupt nicht vor, über Sex zu sprechen. Ich hatte an kein bestimmtes Thema gedacht. Du hast mir dieses Thema auf die Zunge gelegt.«

»Ach, habe ich das?«

Er genießt, wie ich mich winde, hat merklich Spaß, während ich versuche, da irgendwie rauszukommen. Zum Glück erscheint die Bedienung und nimmt unsere Bestellungen auf. Ich ordere weißen Wein, Vladimir roten, ich Pasta, er Steak.

Als wir wieder ungestört sind, schweigen wir. Bald wird der Wein gebracht, und um die Stille zwischen uns zu überwinden, erzähle ich Vladimir vom Brauch der Valentinskarten, die man in Russland gern verschickt, um dem oder der Angebeteten seine Liebe zu offenbaren. Dazu unterschreibt man allerdings nicht mit seinem Namen, sondern mit Valentin oder Valentinka. Das gibt dem Empfänger eine Aufgabe.

Unsere Essen werden serviert, da haben am Nachbartisch gerade zwei Frauen Platz genommen. Sie stören sich nicht daran, so nahe bei uns zu sitzen, und sprechen miteinander, ohne ihre Stimmen zu dämpfen. Eben schildere ich Vladimir meine Fastnachtserlebnisse auf den Bahnhofstoiletten, da sagt die eine: »Deutsche Männer haben kein Fingerspitzengefühl.«

Überrascht schaue ich rüber. Sie lassen ihre Weingläser gegeneinander klingen und trinken.

Ich wende mich an Vladimir. »Stimmt das?«, raune ich.

Er schaut von seinem Steak auf. »Stimmt was?«

»Mit dem Gefühl in den Fingerspitzen? Das hat die eine doch gerade gesagt. Deutsche Männer fühlen da nichts. Ist das bei dir auch so?«

Vladimir schnaubt amüsiert. »Das darfst du nicht wörtlich übersetzen. Es bedeutet, dass es jemandem an Empathie oder Sensibilität mangelt.«

»Aha.« Ich esse weiter.

»Um deine Sorge von vorhin noch mal aufzugreifen«, sagt Vladimir. »Normalerweise hört man die Gespräche am Nachbartisch nicht. Egal, wie nahe er steht.«

»Ich habe das eben gehört, obwohl ich nicht gelauscht habe.«

»Tja, das bedeutet dann wohl, dass du nicht nur Augen und Ohren für mich hast.«

Mein Blick begegnet dem von Vladimir. Hat er mich gerade kritisiert? Wenn ja, was hat das nun wieder zu bedeuten? Er verrät es nicht, sondern kümmert sich um sein Essen. Wiederum schweigend leeren wir unsere Teller. Er bezahlt. Wir verlassen das Restaurant und spazieren zurück zur U-Bahn. Es ist gerade einmal neun Uhr, und ich habe keine Lust, schon nach Kalbach zurückzufahren, würde lieber auf einen Absacker in einer Bar sitzen. Das sage ich nicht.

Eine halbe Stunde später schließt Vladimir die Haustür auf und lässt mir den Vortritt ins Treppenhaus. Auf der Fahrt hat er von seiner Arbeit erzählt und was er am nächsten Tag alles erledigen muss. Jetzt weiß ich, dass er Teile herstellt, aus denen später Maschinen gebaut werden. Stumm nehme ich Stufe für Stufe, er ist gleich hinter mir. In unserer Etage begegnet uns die Fensterscheuche – wieder mal mit Müllbeuteln. Was für ein Zufall.

»So spät noch unterwegs«, flötet sie und richtet sich damit eher an Vladimir als an mich.

»Natürlich, Frau Hartmann. Heute ist doch Valentinstag.«

Sie winkt ab und lacht. »Ach, diesen neumodischen Kram feiere ich nicht.«

Vladimir öffnet unsere Wohnungstür. Sobald wir im Korridor sind, flüstert er: »Sehr gut, perfektes Timing.«

Zuerst verstehe ich nicht, was er meint. Dann sagt er: »Sie hat komische Fragen gestellt, ob bei uns alles in Ordnung ist. Jetzt dürfte unser Schein wieder leuchten.«

Ich wende mich ab, um ihm meine Enttäuschung nicht zu zeigen.

Über andere deutsche Männer kann ich nicht urteilen, aber was Vladimir betrifft ... der hat tatsächlich kein Fingerspitzengefühl.

HÜFTGOLD

Nach der Arbeit bin ich mit Angelika Roth zum Shopping verabredet. Die neue Frühjahrskollektion hängt in den Geschäften, und sie deckt sich ein. Das eine oder andere probiere ich ebenfalls an, aber davon abgesehen, dass mir mein mageres Gehalt kaum Investitionen in Klamotten erlaubt, habe ich keine Lust, mir etwas Neues zuzulegen. Seit einem halben Jahr trage ich nun schon Größe vierzig, in die ich so schnell und ohne besonderes Zutun hineingewachsen bin wie zuvor in Größe achtunddreißig. Ich hatte gehofft, daran hätte sich durch die viele Bewegung im Wald und beim Saubermachen etwas geändert, aber nein. In Größe achtunddreißig sehe ich aus wie eine Presswurst. Eine deprimierende Erkenntnis ist das, und so winke ich bloß ab, als mich Angelika Roth überreden will, wenigstens ein schickes Dessous zu kaufen.

»Chabe ich schon alle Farben«, brumme ich. »Blau wie Veilchen, Rot wie Rose, Schwarz wie Nacht und Weiß wie Perle.«

Dabei ist meine Unterwäsche total langweilig. Sie besteht aus einer Reihe schwarzer und weißer Baumwollhöschen und BHs, die ich mir noch in Russland mit der restlichen Kleidung bei einem Versandhandel bestellt habe.

Das Training fehlt mir. Vielleicht würde ein Fitnessstudio helfen, aber das kann ich mir ebenso wenig leisten wie neue Kleidung. Joggen gehen, wie es so viele Deutsche tun? Nein, das ist überhaupt nicht mein Ding.

Ich nehme mir vor, noch weniger zu essen, da schiebt mich Angelika Roth in einen Buchladen und gezielt zu einem Regal. Suchend steht sie eine Weile davor, dann nimmt sie ein Buch und hält es mir vor die Nase.

Das Kind in dir muss Heimat finden, lese ich und bekomme eine Gänsehaut.

»Das ist echt gut«, höre ich sie sagen. »Ich habe es mir selbst gekauft. Es löst wirklich fast alle Probleme, denn es zwingt dich, an deinem Selbstbewusstsein zu arbeiten.« Sie legt den Arm um mich. »Das musst du unbedingt tun, Jekaterina, dann erkennst du, dass du kein Gramm zu viel auf den Hüften hast. Deine Figur ist toll. Du wärst dürr, würdest du abnehmen.«

Als ich sie anschaue, zwinkert sie. »Du solltest sie lieben, deine Pfunde, denn sie gehören nun mal zu dir.«

Das stimmt nicht, aber gut.

»Ich wünschte, ich hätte deine Kurven«, seufzt sie. Dann nimmt sie den Arm von mir und geht zur Kasse.

»Du willst doch nicht ewig die Scheiße anderer wegmachen«, sagt sie, während sie bezahlt, ich finde, ein bisschen zu laut. Die Kassiererin mustert mich. »Und tiefer sinken willst du auch nicht.«

Na super, Angelika Roth! Vielleicht hättest du mir lieber nur das Buch geben sollen. Ohne Worte.

»Außerdem verbesserst du dein Deutsch beim Lesen.« Sie schnippt mit den Fingern. »Einfach so, da braucht es keinen teuren Sprachkurs.«

Am Abend sitzen Vladimir und ich in Erwin Kohls Wohnzimmer. Vorhin habe ich ihm die Haustür aufgehalten, weil er einen Weinkarton schleppte. Spontan lud er uns auf ein paar Gläser Wein aus dem Rheingau ein.

Der Shoppingnachmittag klingt noch in mir nach. Ich beteilige mich kaum am Gespräch der Männer, höre nicht einmal richtig zu – obwohl das meinem Deutsch guttäte. Ich spaziere in mir selbst und rufe nach mir, nach meinem Selbstbewusstsein, das tatsächlich kränkelt und sich versteckt. Damals in Russland haben mir meine Freunde gesagt, es sei zu stark ausgebildet. Und auch in Deutschland gab es Zeiten, in denen es meinen Stolz gerettet hat ... bei der Hochzeit beispielsweise oder in der Sauna oder als ich Hans-Peter Lehmann mit meiner Kündigung konfrontiert habe.

Als Erwin Kohl aus dem Raum geht, um etwas zu holen, schickt mir Vladimir einen nachdenklichen Blick. »Alles okay?«

Ich nicke und stelle das Glas ab, dessen Stiel ich schon eine Weile zwischen den Fingern drehe.

»Du bist so still. Ist in der Arbeit alles okay?«

»Ja, keine Sorge.« Ich versuche mich in einem lockeren Tonfall, der so gar nicht meiner Stimmung entspricht. »Ich habe nicht schon wieder gekündigt oder bin rausgeschmissen worden, falls du das befürchtest.«

Vladimir lacht nicht. Erwin Kohl kehrt mit einer Schachtel Pralinen zurück. Er reißt die Verpackung auf und stellt sie auf den Tisch. Vladimir greift zu, Erwin Kohl auch. Sie sprechen weiter, und ich tauche wieder ab, bis mir die Pralinen vor die Nase gehalten werden.

»Nimm dir doch eine, Jekaterina«, sagt Erwin Kohl. »Sonst futtern wir alles weg.«

Tatsächlich sind nur noch vier Stück übrig.

Ich lehne dankend ab, doch der Nachbar beschreibt, wie genial die Dinger schmecken, wenn man die Schokolade auf der Zunge schmelzen lässt und erst dann die Knusperhülle zerbeißt, in der das Nougat und die Mandel sind.

»Nein, wirklich nicht. Vielen Dank«, entgegne ich. »Muss ich ein bisschen achten auf Figur.«

»Mach keinen Quatsch!« Erwin Kohl klingt entrüstet. Immerhin stellt er die Schachtel auf den Tisch. »Du hast doch eine Topfigur, Jekaterina. Komm bloß nicht auf die Idee, abzunehmen. So ein Klappergerüst, bei dem man die Knochen zählen kann, das ist doch nichts.«

Ich will das nicht diskutieren und winke ab, was anscheinend als Widerspruch interpretiert wird. Der Wein beflügelt Erwin Kohls Stimme, als er mir meine optischen Vorzüge aufzählt.

»Wärst du meine ...«, schließt er und tauscht einen Blick mit Vladimir, der eine Augenbraue hochzieht. »Ich könnte die Finger nicht von dir lassen. Nicht einen Tag, da kannst du sicher sein.« Mit den Händen beschreibt er die Form einer Sanduhr. »Kostbares Hüftgold.«

Was auch immer das bedeutet – ich wünschte, er würde die Klappe halten. Das tut er nicht, sondern klopft sich an die Seiten, weil ihm klar ist, dass ich keine Ahnung habe, wovon er spricht.

»Die Fettpölsterchen. Gold auf der Hüfte.« Er wendet sich an Vladimir. »Wann hast du deiner Frau zuletzt gesagt, wie gut sie aussieht?«

Vladimir ist überrumpelt. »Ähm, das war … vorige Woche?«

»Wenn du drüber nachdenken musst, sagst du es zu selten.«

Vladimir schaut auf die Uhr und leert sein Glas in einem Zug. »Wir sollten gehen«, beschließt er mit nun wieder glatter Miene. Leisen Ärger höre ich in seiner Stimme mitschwingen und hoffe, dass es der Nachbar ist, auf den er sauer ist, nicht ich.

»Stimmt, ist spät.« Ich stehe auf. »Aber vielen Dank, war sehr netter Abend.«

Erwin Kohl bedauert, dass wir uns schon verabschieden. Auf dem Weg zur Tür schwafelt er weiter über meine Figur und Vladimirs Nachlässigkeit. Inzwischen ist es unerträglich. Ich drücke ihm schnell die Hand, beeile mich die Treppe hinunterzukommen und warte vor unserer Wohnungstür auf Vladimir. In lässigem Tempo kommt er Stufe für Stufe herunter und lässt seinen Blick an mir herabgleiten, als würde er meine Kurven vermessen. Ich verschränke die Arme vor der Brust und schaue zum Türknauf, wie um ihn zu verzaubern und zu öffnen. Indes erreicht Vladimir die Etage. Er schließt aber nicht auf, sondern stellt sich vor mich. Der Schlüssel klimpert in seiner Hand, sein Blick brennt auf meiner Wange, bis ich ihn ansehe.

»Du hast eine fantastische Figur«, sagt er mit einer Stimme, warm und geschmeidig wie Öl. »Du musst kein Gramm abnehmen, du bist perfekt, wie du bist.«

Ich schlinge die Arme fester um mich, als mein Herz schneller schlägt. Gerade löse ich die Zunge vom Gaumen und sammele im

Geist Worte, um mich für dieses ungewöhnliche Kompliment zu bedanken, da zuckt es um Vladimirs Mund.

»Meine Güte, der hatte echt zwei Gläser zu viel«, sagt er mit einem schiefen Grinsen. Dann schließt er auf und geht vor mir in die Wohnung.

Wie ein Trottel fühle ich mich, als ich hinterhertappe.

JEIN

Ich habe meine Arbeitskittel und -hosen gebügelt. Dabei sind mir Vladimirs T-Shirts eingefallen, die auch auf das Bügeleisen warteten. In dem Stapel, den ich mir ebenfalls vornahm, befand sich das Hemd, das er an Weihnachten getragen hat. Ich hätte besser die Finger davon gelassen, denn nun ist es ruiniert. Nur einmal habe ich das Bügeleisen aufgesetzt, mit niedrigerer Hitze, doch der Stoff ist offenbar besonders empfindlich. Beim Anblick des zerfransten Risses auf der Brust habe ich so laut und heftig geflucht, dass Kaja und Milan aus ihren Zimmern kamen und gemeinsam mit mir fluchten. Kaja kündigte an, dass das richtig Ärger geben würde – und sie behielt recht.

»Hab ich dich darum gebeten?«, tobt Vladimir und klatscht das Hemd aufs Bett. »Hab ich nicht. Wieso lässt du die Finger nicht von meinen Klamotten, wenn du keine Ahnung hast, wie man sie behandelt?«

»Ich wollte dir einen Gefallen tun. Es tut mir leid«, entgegne ich, zutiefst erschrocken von seiner Reaktion. »Ich kaufe dir ein neues Hemd.«

»Vergiss es! Vergiss es einfach!« Er will aus dem Schlafzimmer stürmen, doch an der Tür fällt ihm noch etwas ein. »Fünf Jahre hatte ich dieses Hemd. Ich habe es mir in London gekauft. Es war teuer, richtig teuer, aber eben besonders. Es sollte noch ...« Er ringt um Worte, winkt dann ab und geht, knallt die Tür hinter sich zu.

Ich setze mich aufs Bett und fühle mich im Schlafzimmer eingesperrt. Dass er die Tür geschlossen hat, so derb noch dazu, bedeutet ja, dass er mich draußen nicht sehen will. Ich soll ihm bloß nicht über den Weg laufen. Das will ich auch nicht. Es tut mir leid um sein Hemd, doch ich habe mich entschuldigt. Teuer oder nicht, aus London oder sonst woher, am Ende ist es nur ein Kleidungsstück. Ein fünf Jahre altes dazu, dessen Stoff mit der Zeit dünner geworden ist. Das passiert. Und es gibt Schlimmeres als ein kaputtes altes Hemd. Viel Schlimmeres. Ein kaputtes Leben beispielsweise.

Niedergeschlagen schleiche ich zur Tür, drücke die Klinke leise hinunter und husche durch den Flur zur Garderobe. Dort schlüpfe ich in meine Stiefel, ziehe mir den Mantel über, nehme Mütze und Schal, schiebe den Schlüssel in die Tasche und tappe auf Zehenspitzen aus der Wohnung. Glücklicherweise begegnet mir niemand im Treppenhaus, denn ich heule los, kaum dass ich die Tür hinter mir geschlossen habe. Vor dem Haus setze ich die Mütze auf, schlinge mir den Schal um den Hals und schlage den Weg zum Spielplatz ein.

Die Tage werden wieder länger; es ist noch nicht dunkel, obwohl es nach fünf ist, doch die Luft ist noch kalt. Die Kälte hier ist anders als in Russland. Sie ist feuchter, unangenehmer dadurch, aber leichter zu ertragen als die ganz andere Form von Kälte, die mir hier an so manchem Tag entgegenweht.

Der Spielplatz ist leer. Von den Russen zum Glück keine Spur. Ich setze mich auf eine der Schaukeln, schwinge höher und höher. Bald sind meine Wangen eisig und meine Finger, die sich um die Ketten schlingen, starr vor Kälte. Ich achte nicht auf den Schmerz und vergesse auch die Zeit. Es ist schon dunkel, als ich die Schaukel ausschwingen lasse. Sanft bewegt sie sich vor und zurück, da bemerke ich, dass jemand am Gerüst lehnt. Vladimir.

Ich stoppe die Schaukel ganz, indem ich die Füße aufsetze, und schaue ihn abwartend an. Er sagt nichts. Er geht zur zweiten Schaukel und setzt sich.

»Haben dich die Kinder auf die Suche nach mir geschickt?«, frage ich.

Er meidet meinen Blick und schüttelt den Kopf. »Tut mir leid.«

»Was? Dass ich dein Hemd zerbügelt habe?«

»Nein. Meine Reaktion.« Er schaukelt ein bisschen, wobei er die Füße nicht vom Boden hebt. »Es gibt Schlimmeres.«

»Warum war das Hemd so besonders?«

Er hebt die Schultern, lässt sie wieder fallen und atmet tief durch. »Es war so eine Art Erinnerungsstück. Mein bester, ältester Freund Pablo lebt in London und hatte mich schon lange zu sich eingeladen, aber so eine Reise war zeitlich und auch aus finanziellen Gründen nie möglich. Dann, vor fünf Jahren, bekam ich eine Bonuszahlung. Meine Mutter, der es lange gesundheitlich schlecht gegangen war, hatte eine gute Phase, die letzte vor ihrem Tod. Sie hat sich angeboten, auf die Kinder aufzupassen. Also habe ich den Flug nach London gebucht.« Noch einmal atmet er durch, wie um die Erinnerung mit der Luft einzusaugen. »Ich liebe meine Kinder, aber diese vier Tage gehören doch zu den besten meines Lebens. Es war eine Pause, in der ich frei war und sorglos sein konnte, nur an mich zu denken brauchte. Pablo und ich haben Museen besucht und an der Themse gesessen, wir sind durch Pubs gezogen und über Wochenmärkte spaziert, um uns mit Futter fürs Abendessen einzudecken. Wir haben gefeiert, getrunken und mit Frauen geflirtet, als wären wir wieder zwanzig. Bei einem Bummel habe ich im Schaufenster dieses Hemd entdeckt und es mir vom Rest des Bonus geleistet. Ich hab es nur zu besonderen Anlässen angezogen. Wie eben an Weihnachten ... aber egal.«

Damit ist diese Geschichte wohl erzählt. Ich bin gerührt, weil er sie mir anvertraut hat, und kann nachvollziehen, warum er so an dem Teil hing.

»Woran ist deine Mutter gestorben?«, frage ich.

»Krebs.«

»Tut mir sehr leid. Und auch wegen des Hemdes.«

»Wie gesagt, vergiss es einfach.« Endlich sieht er mich an. »Was ist schon ein kaputtes Hemd in einer Welt, in der Menschen aus ihrer Heimat verschwinden und Schutz in einem anderen Land suchen müssen.«

Seine Worte überraschen mich so sehr, dass mir die eigenen fehlen.

Vladimir spricht weiter: »Ich hatte mir das mit uns alles unkomplizierter vorgestellt. Diese ganzen alltäglichen Dinge, dachte ich, musst du doch auch in deinem alten Leben getan haben.«

»Mein altes Leben war nicht annähernd wie dieses.«

»Das ist mir inzwischen klar. Du hast auch keine Kinder, oder?«

»Nein.« Leiser Trotz regt sich in mir. »Wieso, bin ich so furchtbar im Umgang mit Kaja und Milan? Mache ich da auch alles falsch?«

»Nein.« Er schaut wieder weg, scheint zu überlegen. »Du bist gut zu den beiden.«

»Aber?«

»Kein Aber. Vielleicht liegt das auch an mir. Ich bin es nicht gewohnt, Fragen der Erziehung oder Verantwortung mit einer Frau zu teilen. Seit die Kinder drei und fünf sind, bin ich mit ihnen allein. Anfangs wollte ich es nicht anders, und inzwischen, wenn ich eine Beziehung für möglich halte und darüber nachdenke, stelle ich immer wieder fest, dass es als Familie nicht funktionieren würde.«

Also hat er den einen oder anderen Versuch gestartet und ist gescheitert. Ich stolpere über eine Frage, die ich nie stellen wollte, weil ich dachte, es ginge mich nichts an.

»Ihre Mutter, ist sie ...« Sie muss tot sein. Ansonsten hätte ich schon von ihr gehört, die Kinder wären zu ihr gegangen. »Sie ist gestorben, oder?«

Vladimir antwortet mit einem merkwürdigen deutschen Wort. »Jein.«

»Jein?«

»Eine Mischung aus Ja und Nein ist das. Man sagt es so, wenn man weder das eine noch das andere erwidern kann.«

»Sie ist tot und doch nicht?«

»Sie lebt in Australien und ist für uns gestorben.«

Die Tatsache, dass die Frau noch lebt, erscheint mir unter den Umständen trauriger als ihr Tod.

»Hat sie dich verlassen?«

»Nicht nur mich, sondern auch ihre Kinder. Vor allem ihre Kinder. Von einem Tag auf den anderen hat sie damals festgestellt, dass sie ein anderes Leben braucht, und ist mit einem Australier durchgebrannt.« Vladimir klingt nicht, als sei er deshalb noch traurig oder verletzt. Er erzählt das ganz sachlich. »Ein paarmal hat sie geschrieben und die Kinder zu sich eingeladen. Ich hätte sie hinfliegen lassen, aber sie wollten nicht.«

»Und damit findet sie sich ab?«

»Das muss sie wohl. Es war ihre Entscheidung, so weit wegzugehen, und es ist die Entscheidung ihrer Kinder, sie dort nicht zu besuchen.«

»Was, wenn sie herkäme und sie sehen wollte?«

»Unwahrscheinlich, dass das passiert, aber ich überließe es natürlich auch Kaja und Milan.«

Um meine Finger zu wärmen, nehme ich sie von den Ketten der Schaukel und schiebe sie in die Manteltaschen. Mein Blick schweift über die anderen Spielplatzgeräte und trifft sich irgendwann mit dem von Vladimir. Er musterte mich, scheint im Geist aber ganz woanders zu sein. Seine Augen sind unergründlich, noch mehr, als sich sein Blick schärft und er aufsteht.

»Wie sieht's aus? Wollen wir wieder nach Hause gehen?«

Ich zögere, betrachte ihn unschlüssig. »Jein«, antworte ich dann.

Ja, weil mir kalt ist. Nein, weil ich befürchte, die gefühlte Nähe zu Vladimir wieder zu verlieren, sobald die Wohnungstür hinter uns ins Schloss fällt.

»Du lernst schnell«, stellt er amüsiert fest und geht mit einem »Na, komm schon, Jekaterina« voraus.

Jekaterina folgt.

Wanka bleibt auf der Schaukel.

WARMDUSCHER

Ich habe herausgefunden, was es mit dem Schwert und der Streitaxt auf sich hat. Am Samstagvormittag hat sich Vladimir damit bewaffnet und auch die Rüstung aus dem Schrank geholt, um zu einem Event zu fahren, das sich Reenactment nennt und fernab von Frankfurt stattfindet. Wenn ich ihn richtig verstanden habe, kostümieren und bewaffnen sich Männer, aber auch Frauen, um geschichtlich bedeutsame Schlachten nachzustellen. Wie das abläuft, kann ich mir nicht vorstellen, aber Vladimirs blendender Laune nach zu urteilen, scheint das einen Mordsspaß zu machen.

Anders als mein Wochenende. Dem Bahnhof sind Wochenenden gleichgültig. Die Toiletten brauchen an jedem Tag Zuwendung – von jemandem wie mir. Zugegebenermaßen waren dem Zirkus die Wochenenden auch egal. Genau genommen waren sie sogar wichtiger als die Wochentage, denn dann fanden die großen Veranstaltungen statt. Während die frühe Veranstaltung für viele Besucher der Auftakt zu einem bunten Abend war, war die späte sein Ausklang – wenn man sich danach nicht noch irgendwo zum Trinken und Feiern traf. Unter Russen gewiss nicht ungewöhnlich.

Hier in Deutschland ist das anders. Hier gleicht ein Klotag dem anderen wie ein Ei dem anderen. Oder vielmehr wie einem Überraschungsei, denn man weiß nie, was einen erwartet, wenn man die Tür öffnet: mal ein Junkie, mal ein bewusstloser Betrunkener, mal ein in der Nacht verlassenes Häufchen Elend, mal ein übel riechender Obdachloser. Auf so ziemlich alles bin ich vorbereitet, wenn ich die Herren- oder Damentoilette betrete, nachdem ich in meinen charmanten Klofraufummel geschlüpft bin. Das dachte ich zumindest bis zu diesem Sonntag.

Als ich die Herrentoilette betrete, ist es still. Eine Kabine ist verschlossen, also will ich mit der Reinigung einer anderen Toilette beginnen, öffne eine Tür ... und erstarre. Auf dem heruntergeklappten Deckel sitzt ein kräftiger, schwarzer Hund. Er guckt mich an, hebt die Lefzen und knurrt. Dann bellt er. Ich erschrecke so sehr, dass ich schreie, zurückstolpere und den Schrubber fallen lasse. Ehe ich michs versehe, springt er vom Klo, verbeißt sich mit wütendem Gekläffe im Zipfel meines Kittels und zerrt daran, indem er den Kopf wie verrückt schüttelt. Als ich erneut schreie, taumelt aus der Nachbarkabine ein Typ.

»Hasso, aus!«, befiehlt er ohne Effekt.

Vielleicht ist er nicht laut genug. Meine Schreie übertönen seine Stimme möglicherweise. Davon abgesehen macht er keine Anstalten, seinen mordlustigen Vierbeiner zu packen, auch nicht, als er von meinem Kittel ein Stück abreißt und von Neuem zubeißen will. Diesmal schnappt er nach meinem Bein, das ich durch einen Sprung mitsamt dem Rest von mir in Sicherheit bringe. Immer noch schreiend. Panisch hebe ich den Schrubber auf, hole damit aus und versetze Hasso einen Stoß. Der Köter jault, sein Herrchen brüllt. Ich rette mich nach draußen, fummele meinen Schlüssel aus dem Kittel und schalte die Automatik ab, damit die Tür zum Herrenklo geschlossen bleibt.

Schwer atmend lehne ich mich dagegen. Zwei Frauen, die zur Damentoilette wollen, werfen mir argwöhnische Blicke zu. Zitternd ziehe ich das Funkgerät aus der Kitteltasche und will die Security rufen, zögere aber. Wenn der Hund diese Männer angreift wie mich, erschießen sie ihn vielleicht. Möglicherweise ist Hasso vor mir genauso erschrocken wie ich vor ihm. Wer weiß, wie lange er dort schon saß und wartete. Wahrscheinlich war das Tier mit der Situation überfordert. Immerhin hat er mich nicht gebissen, sondern bloß meinen Kittel zerrupft.

Hinter der Tür wird es ruhig. Ich lausche und ringe mich zum Sprechen durch: »Legst du Chasso an Leine sofort und bringst ihn aus Bahnchof. Dann nichts passiert, verspreche ich.«

»Tierquäler«, antwortet er von drinnen. »Was fällt dir ein, meinen Hund zu schlagen. Blöde Kuh!«

»Entschuldigung, ich müsste zur Toilette«, sagt jemand.

Da steht ein Mann vom Schlag Hans-Peter Lehmann. Er trägt einen grauen Mantel, hat eine Aktentasche in der Hand und einen genervten Ausdruck im Gesicht.

»Geht das jetzt chier nicht, tut mir leid. Benutzt du andere Toilette bitte.«

»Ich möchte jetzt sofort ...«

Mir platzt der Kragen. »Siehst du nicht, dass es gibt Problem?«

»Blöde Kuh«, sagt auch er und trollt sich.

Ich wende mich wieder an den Hundebesitzer und rede auf ihn ein, bis er mir versichert, dass Hasso unter Kontrolle ist. Das Herz schlägt mir bis zum Hals, als ich die Tür öffne.

Der Typ führt seinen Hund an der kurzen Leine. »Hysterische Ziege«, schimpft er im Vorbeigehen. Das Tier fletscht die Zähne und knurrt mich an, lässt sich aber fortziehen.

Ich müsste sofort mit dem Saubermachen loslegen, brauche aber noch einen Moment. Zum Heulen ist mir zumute, doch ich klimpere die Tränen weg. Gerade will ich mich an die Arbeit machen, da werde ich abermals angesprochen, diesmal von einem Mann, den ich bei meinem Vorstellungsgespräch schon einmal gesehen habe.

»Stimmt es, dass Sie einem Fahrgast gerade den Zutritt zur Toilette verweigert haben?«, fragt er mit strenger Stimme.

»Konnte er nicht rein«, erwidere ich. »War darin Chund gefährlicher. Chat er mich angegriffen.«

»Ah ja. Und wo ist dieser Hund jetzt?«

»Fort mit seinem Besitzer.«

»Sie haben nicht das Sicherheitspersonal informiert? Wo das Tier angeblich so gefährlich war?«

»Konnte ich beruhigen Chund und auch Besitzer.«

Der Mann schnaubt abfällig. »Das soll ich Ihnen glauben?«

Ich zeige ihm meinen Kittel, aus dem der Hund ein Stück herausgerissen hat. »Schaust du. Was ist das?«

»Das ist fahrlässig behandelte Arbeitskleidung. Die Reparatur müssen wir Ihnen vom Lohn abziehen.«

Was wundere ich mich. Natürlich gibt es keinen Dank für meinen Einsatz, kein Lob für meinen Mut und meine Besonnenheit. Keinen Gedanken daran, was hier los gewesen wäre, wenn die Security den Hund erschossen hätte. Wie lange hätte man die Toilette nicht benutzen können?

Mit den Händen schiebt er sein Sakko zurück und stemmt die Arme in die Seiten. »Ich frage mich, was Sie sich morgen überlegen, wenn Sie keine Lust aufs Putzen haben. Ihnen scheint nicht klar zu sein, dass hier in der Minute durchschnittlich zehn Züge einfahren. Aus diesen Zügen steigen Leute, die eine saubere Toilette erwarten.«

Er denkt, ich hätte den Hund erfunden, um Pause zu machen – vor Arbeitsbeginn? Und dazu soll ich auch noch was sagen? Weil meine Reaktion ausbleibt, schnauzt er: »Ich weiß nicht, wie das bei Ihnen in Russland ist, aber hier in Deutschland sind wir nicht angewiesen auf Faulenzer wie Sie.« Er schnippt mit den Fingern. »So schnell sind Sie ersetzt. Ein Telefonat genügt, und schon freut sich eine, unsere Sanitäranlagen sauber halten zu dürfen.«

Er weiß es nicht, aber er spaziert auf dünnem, sehr dünnem Eis. Mein Selbstbewusstsein scheint sich doch nicht gänzlich verabschiedet zu haben, denn es rebelliert in mir. Ein einziges Wort noch ...

»Tun Sie, wofür Sie bezahlt werden.« Er nickt in Richtung Toiletten. »Los geht's.«

Ich drücke ihm den Schrubber in die Hand. »Bitte sehr. Machst du selbst, bis irgendeine andere da ist. Geht ja schnell, sagst du.«

Beinahe auf Knien wurde ich angefleht, wenigstens bis zum Nachmittag zu bleiben. Meiner Kollegin zuliebe habe ich es getan.

Vor lauter Rage habe ich ungeduscht gekündigt. Also muss ich das nun doch zu Hause erledigen. Besonders gründlich, aber immerhin zum letzten Mal, schrubbe ich mich unter heißem Wasser. Kaja stört diesmal nicht, und auch Milan hat eine halbe Stunde lang kein dringendes Bedürfnis.

Als ich die Badezimmertür öffne und ins Handtuch geschlungen zum Schlafzimmer will, kehrt Vladimir von seinem Mittelalterspiel zurück. Er schließt die Wohnungstür und stellt den großen Rucksack ab, aus dem der Stiel der Axt und der Griff des Schwertes herausragen.

Auf dem Heimweg habe ich überlegt, wie ich ihm am besten erkläre, dass ich einen neuen Job brauche. Dass ich aus der Dusche komme, könnte der ideale Einstieg sein, doch Vladimir geht nicht darauf ein. Er scheint eine Überdosis Glück geschnuppert zu haben, denn er begrüßt seine Kinder unter lautem Hallo und nickt mir über deren Schultern hinweg freudestrahlend zu. Ich verdrücke mich ins Schlafzimmer. Beim Anziehen beschließe ich, es irgendwie beiläufig zu beichten, doch später ist Vladimir damit beschäftigt, Kaja Vokabeln abzufragen, und während des Abendessens sind alle drei Poljakows so gut drauf, dass ich weiter die Klappe halte. Danach sitzen Vladimir und ich vor dem Fernseher und sehen einen Film über einen Gerichtsprozess, den er wahnsinnig spannend findet. Ich langweile mich hingegen entsetzlich und schlafe auf der Couch ein.

Vladimir weckt mich, nachdem er den Fernseher ausgeschaltet hat. Ich gehe zuerst ins Bad und husche dann unter die Bettdecke. Weil ich nicht mehr müde bin, knipse ich die Leuchte neben meinem Bett an und nehme aus der Schublade des Nachtschranks das Buch, das mir Angelika Roth gekauft hat. Mit dem Kissen im Rücken mache ich es mir zum Lesen bequem.

Vladimir kommt aus dem Bad und legt sich auf seine Bettseite. »Wie lange liest du noch?«

Ich sehe ihn nicht an. »Noch ein bisschen.«

Die ersten Seiten des Buches haben mich neugierig gemacht. Zwar werden die Entstehung und Entwicklung einer Problematik auf das Kindesalter und dort bestehende Konflikte zurückgeführt, was auf mich eher nicht zutrifft, doch der sogar für mich leicht verständliche Einstieg gefällt mir sehr gut.

»Ich würde gern schlafen«, brummt Vladimir.

»Dann schlaf doch. Ich blättere auch leise um.«

»Das Licht stört.«

»Dreh dich auf die andere Seite. Dort ist es dunkel.«

»Ich kann nur einschlafen, wenn ich auf der rechten Seite liege.«

Das ist schlichtweg nicht wahr. Seit beinahe vier Monaten schläft er vor mir ein, und dabei lag er meistens von mir abgewandt.

Mit einem Seufzen klappe ich das Buch zu und lege es zurück in die Schublade. Dann knipse ich das Licht aus und ziehe mir die Decke bis zum Kinn. Es ist nur eine Sache von Minuten, bis ich Vladimirs gleichmäßige Atemzüge höre. Deutlicher diesmal, denn er liegt mir ja zugewandt. Ich drehe mich von ihm weg, liege aber trotzdem noch eine Stunde wach und sorge mich wegen meiner Kündigung. Endlich wird auch mein Geist leicht und trudelt in Richtung Schlaf, da bewegt sich Vladimir. Was dann passiert, kann ich zuerst nicht glauben: Er schmiegt sich an mich und legt seinen Arm um mich. Vor Schreck halte ich die Luft an und bin wieder hellwach.

»Was soll das?«, flüstere ich und warte auf eine Antwort.

Vergeblich. Er schläft.

Ich will aus seiner Umarmung schlüpfen, wage es aber nicht, mich zu bewegen. Während ich darauf warte, dass er sich zurückdreht und mich freigibt, flaut die Nervosität in mir ab. Mein Herzschlag wird langsamer, mein Atem so ruhig wie seiner. Ich kuschele mich ins Kissen und schlafe ebenfalls ein.

ERKLÄRUNGSNOT

Als ich am nächsten Morgen aufwache, ist Vladimir schon im Bad. Ich erinnere mich, wie ich eingeschlafen bin, und weiß, dass ich es an diesem Morgen nicht über mich bringe, ihm von meinem Jobverlust zu erzählen. Mit schlechtem Gewissen tue ich so, als würde ich mich für die Arbeit fertig machen, und verlasse die Wohnung kurz nach Vladimir. Ich gehe zur U-Bahn, fahre ins Stadtzentrum und setze mich in ein Café. Ich bin sparsam, bestelle nur zwei Kaffee und lese in meinem Buch. Nach acht Stunden habe ich es zur Hälfte durch und mache mich auf den Rückweg. Wenn Vladimir heute nach Hause kommt, sage ich ihm einfach, dass ich gekündigt habe.

Mulmig ist mir dennoch zumute, als ich die Wohnungstür aufschließe. Aus Milans Zimmer dringt leise Weltuntergangsmusik. Kaja erscheint in ihrer Tür und deutet mir mit einer Geste an, dass es mir an den Kragen geht, da höre ich die Stimmen im Wohnzimmer. Hans-Peter Lehmann war schneller.

Ruhig, ganz ruhig bleiben!, sage ich mir.

Hans-Peter Lehmann sitzt in einem Sessel. Vor ihm steht eine zur Hälfte geleerte Tasse Kaffee. Vladimir geht auf und ab und fährt herum, als er meine Anwesenheit bemerkt. Wie ein Déjà-vu. Das hatten wir so schon einmal.

»Frau Poljakow.« Hans-Peter Lehmann steht auf und schiebt seine Brille auf der Nase hoch. »Sicher können Sie sich denken, warum ich hier bin.«

Ich straffe die Schultern, hebe das Kinn, demonstriere Selbstbewusstsein. »Kann ich es nicht nur denken, sondern weiß ich es auch.«

»Gut, also: Ihre Reaktion hat Ihren Vorgesetzten zwar nicht gefallen, denn sie zeugt nicht gerade von Verlässlichkeit, dennoch sind die

Herren gewillt, Ihnen eine zweite Chance zu geben. Sie können morgen ...«

»Kommt infrage ieberchaupt nicht.«

Hans-Peter Lehmann klappt den Mund zu, fasst sich aber und fährt fort: »Nun ja, so einfach ist das nicht. Wie ich Ihnen schon sagte, in Ihrer Situation ...«

Diesmal unterbricht er sich selbst. Sicher weiß er nicht, wie er den Satz zu Ende bringen soll. Ich schließe die Tür, weil die Kinder das, was mir auf der Zunge brennt, nicht hören sollen. Meine Stimme dämpfe ich außerdem.

»In meine Situation chabe ich mich nicht gebracht selbst. Sondern du. Durfte ich nicht entscheiden, ob ich bleibe in Russland oder lebe in Deutschland. Durfte ich nicht aussuchen, ob ich cheirate oder welche Mann.« Mein Blick fliegt zu Vladimir, der sich das Kinn krault und mich nachdenklich betrachtet. »Chabe ich gemacht alles, obwohl ich nicht wollte. Und chabe ich jeden Job gemacht, den du chast ausgewählt. War ich russki Flittchen in der Sauna. War ich Müllfrau im Wald. War ich Frau für jede Scheiße in Bahnchof.«

Hans-Peter Lehmann hebt die Hände, um mich zu beruhigen. »Frau Poljakow. Wir wollen doch alle nur das Beste für Sie.«

Darüber muss ich beinahe lachen. »Ach? Wenn das alles ist das Beste, dann ich gehe lieber zurück und lasse mich erschießen.«

»Nun machen Sie es nicht dramatischer, als es ist.«

Wie bitte? Ich überbrücke die Distanz zwischen uns mit wenigen Schritten, was dem Mann sichtlich unangenehm ist. Er legt eine Hand über seine Krawatte, kann aber nicht ausweichen, weil er sonst in den Sessel plumpsen würde.

»Denkst du mal nach, was mir passiert ist, warum ich musste nach Deutschland. Wie viel Drama brauchst du, frage ich, aber will ich kein Mitleid. Will ich bloß meine Würde, verstehst du? Will ich nicht kommen von A nach B, weil du chast die Choffnung, dass ich mich schon abfinde irgendwann mit einer von den Sachen, die du bezeichnest als das Beste.«

Hans-Peter Lehmann schüttelt den Kopf. »Sie müssen das alles in gewissen Relationen sehen. Ihre Situation ...«

»Redest du nie wieder von meiner Situation«, fahre ich ihn an, während ich zu kapieren versuche, was er mit Relationen meint. Dabei wird mir klar, dass er mich nie verstehen wird. Nie und nimmer. Er arbeitet sein Schema ab, und wenn irgendetwas nicht nach diesem Schema verläuft, korrigiert er so lange daran herum, bis alles stimmt. Zu mehr ist er nicht fähig. Meine Vergangenheit in Russland, wer ich war und was ich getan habe, spielen für ihn keine Rolle. Hier in Deutschland, wo er mich zum Funktionieren bringen soll, bin ich eine konstant aus dem Schema laufende Katastrophe.

»Aber bedenken Sie doch, dass Sie keinerlei Ausbildung haben«, sagt er wieder, obwohl er meine Ausbildung kennt.

Ich könnte platzen vor Ärger. Ich will ihn nicht ohrfeigen. Und ich will es doch. So richtig, dass es schallt. Um zu widerstehen, gehe ich ein paar Schritte zurück.

Da meldet sich Vladimir zu Wort.

»Das kann ich mir nicht vorstellen. Keine Ausbildung. Jekaterina muss doch irgendwas gelernt haben.« Er schickt mir einen abschätzenden Blick. »Außer sie war die Gattin eines Milliardärs, dann vielleicht nicht.«

»Sie hat keine Ausbildung, die ihr hier von Nutzen ist«, klärt Hans-Peter Lehmann ihn auf.

»Was soll das für eine Ausbildung sein? Alles, was man je gelernt hat, kann man irgendwie einsetzen.«

»Sie darf in ihrem Job nicht arbeiten, das wäre zu auffällig.«

Vladimir begrübelt das von Sekunde zu Sekunde unzufriedener. Ich will mir lieber nicht vorstellen, an welche merkwürdigen Ausbildungen er denkt.

»Dann muss sie eine neue Ausbildung bekommen«, schlägt er vor.

Hans-Peter Lehmann lehnt das ab. »Eine Ausbildung, noch dazu eine ohne erforderliches Grundbildungsniveau, ist teuer. Wer soll das finanzieren? Das müsste Ihre Frau selbst bezahlen. Wie die Dinge nun einmal stehen, braucht sie einen neuen Job. Ich werde also mit Frau Schmidt von der Agentur für Arbeit sprechen und mich um einen kurzfristigen Termin bemühen.«

»Nein«, protestiere ich. »Gehe ich nicht noch einmal zu diese ... Modeopfer.«

»Sie ist Ihre Betreuerin. Ich bin sicher, sie gibt ihr Bestes und ...«

»Ach, chörst du auf mit Beste!« Ich winke ab. »Chat diese Frau entweder gar keine Liste, aus der ich heraussuchen kann eine Arbeit, oder zeigt sie mir nicht. Chat sie mir einfach befohlen diese Arbeit auf Toilette. Frage ich mich, was für Job gibt sie mir als Nächstes? Reiniger für Rohre in Kläranlage?«

Vladimir reibt sich nun nicht mehr das Kinn, sondern über den Mund, um sein Grinsen zu verbergen. Hans-Peter Lehmann ist nicht nach Lachen zumute. Vermutlich ist ihm das nie. Ich selbst bin noch zu sauer, um irgendwas lustig zu finden. Außerdem habe ich keine Lust mehr auf diese nirgendwohin führende Diskussion und gehe zur Tür. Als ich sie aufreiße und rausstürmen will, pralle ich fast gegen Kaja und Milan, die bis eben ihre Ohren ans Türblatt gehalten haben.

Kaja wird rot. Milan macht große Augen und fragt: »Du warst mal mit einem Milliardär verheiratet? Hast du ihn für Papa verlassen?«

So viel haben sie also gehört. Zum Glück nicht, dass ich ihren Vater nicht freiwillig geheiratet habe.

»Wer lauscht, chört eigene Schande«, antworte ich nur.

»Um uns ging es aber gar nicht«, kontert Kaja.

»Beim nächsten Mal vielleicht.«

Kaja übergeht das. »Du hast den Job geschmissen«, schlussfolgert sie stattdessen.

Ich drücke mich an den Kids vorbei, denn ich brauche einen Moment für mich. Ich will mit niemandem sprechen, mich nicht rechtfertigen und erklären. Ich will nicht einmal darüber nachdenken, wie es weitergeht.

»Ich finde das nicht schlimm«, ruft Kaja mir nach. »Bestimmt warst du überqualifiziert. Du findest schon was anderes.«

Tröstlich, dass sie das so sieht.

Im Schlafzimmer setze ich mich aufs Bett und nehme die Matroschka vom Beistellschrank, wo sie eine ganze Weile lang nicht beachtet stand. Nach und nach zerlege ich die Püppchen in ihre zwei Hälften, bis auf das letzte natürlich, die ich lediglich aus dem schützenden Birkenholzbauch hole. Zum ersten Mal wird mir bewusst, dass die Prozedur für mich, seit ich hier in Deutschland bin, einen zerstörerischen Aspekt hat. Ich nehme etwas auseinander, das zusammengehört. Ich zerlege es in Einzelteile, trenne diese voneinander. Währenddessen verabschiedet Vladimir Hans-Peter Lehmann an der Wohnungstür. Als es still wird, stelle ich die Ordnung wieder her, indem ich die kleinste Matroschka in den Bauch ihrer größeren Schwester packe und deren Teile Linie an Linie zusammenstecke. Nach und nach mache ich auch alle anderen wieder ganz.

Vladimir öffnet die Tür und steckt den Kopf ins Zimmer. »Hey«, sagt er nur.

Ich antworte ihm mit einem »Hey«.

»Sollen wir heute Abend essen gehen? Ich habe keine Lust zu kochen, und du sicher auch nicht.«

Essen gehen. Wie zur Feier des Tages. Das ist Satire.

Vladimir wartet meine Antwort nicht ab, sondern gibt mir noch eine Info: »Wenn du den Termin hast, bei dieser Frau Schmidt, komme ich mit.«

SCHEINHEILIGKEIT

Am folgenden Donnerstag um vierzehn Uhr muss ich zu Helene Schmidt. Vladimir findet den Wochentag und die Uhrzeit optimal, weil sowohl die Arbeitswoche als auch der Tag beinahe rum sind. Mit dem nahen Wochenende steigt seiner Meinung nach die Chance auf Helene Schmidts gute Laune, was wiederum in ihrer höheren Bereitschaft resultieren könnte, mir einen ordentlichen Job herauszusuchen.

Ich bin gespannt, ob seine Rechnung aufgeht.

Zwei Stunden bevor wir losmüssen, mache ich mich im Bad fertig und will in der verbleibenden Zeit lesen. Vladimir durchkreuzt meinen Plan, indem er sagt: »Das würde ich nicht anziehen.«

Überrascht sehe ich erst ihn an – so etwas habe ich noch nie von einem Mann gehört, eher Gegenteiliges –, dann schaue ich an mir herunter. Ich trage einen schmal geschnittenen schwarzen Pullover mit schönem Ausschnitt, einen blauen Rock und schwarze Stiefel mit dezent hohen Absätzen. Eine kurze, goldene Halskette mit hübschem Anhänger und passende Ohrringe runden mein Outfit ab.

»Was ist daran verkehrt? Es sieht doch gut aus.«

Vladimir nickt. »Stimmt. Es sieht sehr gut aus. Sehr weiblich. Wie du mir Frau Schmidt beschrieben hast, könntest du sie in dieser Kleidung verunsichern. Sie wird sich mit einem Vollweib konfrontiert fühlen und Komplexe bekommen. In Gedanken probiert sie deine Klamotten an und überlegt, wo sie die kaufen könnte, wobei sie sich immer klarer darüber wird, dass sie in so einem Pullover und Rock niemals aussehen wird wie du. Nicht mal hohe Stiefel würden das rausreißen.« Er hebt die Hände und zieht die Brauen hoch. »Im Endeffekt ist sie frustriert und wertet sich auf, indem sie dich abwertet und dir einen neuen Job als Klofrau vermittelt.«

Entrüstet verschränke ich die Arme vor der Brust. »Das wäre total gemein.«

Vladimir zuckt mit den Schultern. »C'est la vie.«

Ich will mich nicht umziehen, nicht verkleiden, schon gar nicht für Helene Schmidt. Weil mir klar ist, dass ich nicht drum herumkomme, keimt schlechte Laune in mir auf.

»Was empfiehlst du mir denn anzuziehen?«

»Eine Jeans, nicht die hellblaue. Die dunkle ist besser. Eine Bluse, die blau-weiß gestreifte vielleicht. Nur den obersten Klopf lässt du auf. Die Halskette muss ab, die Ohrringe auch. Mach stattdessen ein paar kleine Stecker rein. Über die Bluse ziehst du das dunkelblaue Jackett ...«

»Quatsch«, falle ich ihm ins Wort. »Was glaubst du? Dass sie mir dann einen Job in einer Bank raussucht? Wird sie nicht.«

»Es ist kein Quatsch. Und natürlich willst du keinen Bankjob oder so was. Also ... das Jackett, das du neulich anhattest – ich weiß nicht mehr, wann. Das ist schick, aber doch leger. Die Stiefel kannst du anbehalten, solange sie unter der Jeans verschwinden.«

Vor meinem geistigen Auge wandern die von Vladimir ausgesuchten Kleidungsstücke an meinen Körper. Ich habe diese Teile nie kombiniert, bin aber sicher, dass sie gut zusammenpassen. Davon abgesehen überrascht mich mein Scheinmann gerade total; nicht nur mit seinem Kleidervorschlag, sondern auch mit seiner Prognose.

»Woher weißt du das alles? Hast du Psychologie studiert?«

»Nein.« Er grinst. »Ich bin ein Mann. Ich gehe mit offenen Augen durch die Welt und verstehe es, Frauen und ihre Reaktionen einzuschätzen. Auch Reaktionen aufeinander.«

»Ah!«

»Und dein Make-up. Das muss runter.«

Natürlich! Helene Schmidt trägt keins. Aber so weit passe ich mich nicht an. »Ohne Make-up gehe ich nicht aus dem Haus.«

»Sollst du ja nicht. Schmink dich nur dezenter. Der Lippenstift nicht so kräftig. Kein Rouge, kein Lidschatten.«

»Aber das …«

»Das trägst du immer so, ich weiß.« Vladimir kommt näher und bleibt dicht vor mir stehen. Als er mir in die Augen schaut, rieselt ein Schauder über meinen Rücken, und ich verschränke die Arme fester, damit ich nicht auch noch fröstele.

»Es steht dir. Du kannst mit Make-up umgehen. Aber denk dran, was ich eben gesagt habe. Du willst Frau Schmidt nicht einschüchtern und siehst auch mit weniger Schminke … hübsch aus.«

Ich weiß nicht, was diese Pause sollte. Aber sie wirkt. Und wie. Bevor Vladimir meine Unsicherheit sieht, wende ich mich ab und verschwinde mit einem »Dann mach ich das mal alles« in Richtung Schlafzimmer.

Er hat dich hübsch genannt!, wispert meine innere Stimme. *Nicht einfach hübsch, sondern hübsch mit Pause davor.* Als wollte er das Wort besonders betonen oder hatte Schwierigkeiten, es auszusprechen. Oder beides.

Als Helene Schmidt mich zehn Minuten nach der vereinbarten Uhrzeit aufruft, ist Vladimir auf der Toilette. Ich betrete ihr Zimmer also allein und werde mit einem »Tja, Frau Poljakow, das war wohl nichts am Bahnhof« begrüßt.

Sie sieht aus wie bei unserem ersten Treffen: ungeschminkt, unfrisiert, Jeans und ein zu enges schwarzes Shirt. Nur der Spruch darauf hat sich geändert. *Ich kann auch nett sein,* steht heute quer über ihrer Brust. Wiederum klingt das anders, als es vielleicht gemeint ist. Für mich hört es sich nach einer Drohung an. Sie kann nett sein. Ist es aber in der Regel nicht.

Kaum sitze ich, da schüttelt sie den Kopf. »Ganz ehrlich gesagt kann ich mir nicht vorstellen, dass ich so schnell einen anderen Job für Sie habe. Nicht bei Ihrer Einstellung.« Sie pausiert, um dem Gesagten mehr Bedeutung zu verleihen. »Und überhaupt. Ihre Situation …«

Weil es an der Tür klopft, hält sie inne. Ich muss mich nicht umdrehen, um zu wissen, dass Vladimir das Zimmer betritt. Ich muss nur Helene Schmidt beobachten. Ein verwirrter Ausdruck huscht über ihr Gesicht, dann bekommt sie rote Wangen. So richtig irritiert ist sie, als er ihr die Hand schüttelt und sich mit Vor- und Nachnamen vorstellt.

»Oh, ach so!« Sie lacht verschämt, stellt sich ebenfalls mit Vor- und Nachnamen vor und verfällt ins Stottern. »Ja, also ...« Sie streift sich die Ärmel hoch und schaut von mir wieder zu Vladimir. »Schön, dass Sie Ihre Frau begleiten und wir uns einmal kennenlernen. Nehmen Sie doch Platz.« Sie weist auf den Stuhl neben mir.

Vladimir setzt sich. Ich werfe ihm einen kurzen Blick zu. Er hat sich vorhin einfach seine Lederjacke übergezogen. Darunter trägt er Jeans und ein dunkelgrünes Sweatshirt, dessen Kapuze über die Jacke hängt. Es ist kein sonderlich beeindruckendes Outfit, wie ein schneidiger Anzug oder eine Badehose. Vielleicht sind es seine breiten Schultern und sein Blick, die Helene Schmidt aus dem Konzept gebracht haben. Diese grauen Augen können in der Tat ziemlich einschüchternd sein.

»Wie sieht's denn aus, Frau Schmidt?«, fragt er. »Haben Sie eine Idee, was meine Frau machen könnte? Etwas mit Perspektive, das sie motiviert angehen kann. Nicht irgendein Job, bei dem man Stunden abarbeitet. Wir wissen natürlich, dass es schwierig ist, aber es muss doch Möglichkeiten geben, auch für Menschen mit nicht so optimalen Voraussetzungen, was die Ausbildung betrifft. Ein fehlender Nachweis bedeutet schließlich nicht, dass meine Frau nicht fähig ist.«

Helene Schmidt hängt an seinen Lippen. Sie nickt und nickt und zeigt sich voller Verständnis. Ich fasse es nicht!

»In der Tat ist der Arbeitsmarkt gerade ...« Sie sucht nach Worten und scheint darüber zu vergessen, was der Arbeitsmarkt gerade ist. »Es ist wirklich nicht leicht. Die vielen Ausländer, die Wirtschaft und die politische Lage allgemein. Unsere hier in Deutschland wie auch in den USA und in Russland.« Zum ersten Mal schaut sie mich richtig an. »Sie wissen ja, wie es dort ist, nicht wahr. Alles nicht einfach. Hinzu kommt das mit der Türkei.«

»Entschuldigung«, unterbreche ich sie. »Was hat Politik zu tun mit Arbeitsplätzen in Frankfurt?«

Das erschließt sich mir nicht. Vielmehr habe ich den Verdacht, dass ihr Small Talk vom eigentlichen Problem ablenkt. Entweder von meinem Problem, dass ich arbeitslos bin, oder von ihrem Problem, dass sie keinen guten Job für mich hat. Vielleicht funktioniert das bei anderen. Vielleicht lenken die ein und sagen: Na gut, solange die Türken wieder mal verrücktspielen, arbeite ich eben bei der Müllabfuhr.

Helene Schmidt wird wieder rot. Sie verschränkt die Finger ineinander und setzt sich ein bisschen aufrechter hin. »Ähm, nun ja. Genau genommen hat die Politik Einfluss auf den Arbeitsmarkt.«

Vladimir bleibt freundlich. »Schauen Sie doch einfach mal in Ihre Datenbank, Frau Schmidt«, bittet er sie. »Wer weiß, vielleicht ist in den letzten Tagen ein schönes Jobangebot eingegangen. Dann wären wir nicht umsonst hergekommen. Den ganzen Weg von Kalbach.«

Meine Güte, er redet, wie sie denkt. Und sie tut, was er will.

»Aber natürlich. Ich schaue gleich mal nach.« Sie dreht sich zu ihrem Bildschirm. Mit einer vor Kompetenz strotzenden Miene studiert sie die Einträge, klimpert in Lichtgeschwindigkeit Buchstaben in ihre Tastatur, verengt die Augen für den Adlerblick, sagt »Hmhm« und »Nein, das ist nichts« und schließlich »Das klingt doch gut«.

Ich bin zum Zerplatzen gespannt.

»Wie wäre es mit einer Stelle bei einem Süßwarenhersteller?«, fragt sie und schaut feierlich von mir zu Vladimir.

»Welche Aufgaben hätte meine Frau dort?«, will er wissen.

Sie konzentriert sich abermals auf den Eintrag und erzählt nebenbei. »Soweit ich das erkennen kann, müsste sie für den Verkauf geeignetes Konfekt von solchem trennen, das aufgrund von Produktionsfehlern nicht dafür geeignet ist.« Sie schaut auf, lächelt mich an. »Können Sie sich das vorstellen, Frau Poljakow?«

»Absolut«, gebe ich zurück, ein wenig tonlos, weil ich es kaum fassen kann. »Das wäre toll.«

Ich tausche einen Blick mit Vladimir. Er zwinkert mir zu.

Am liebsten würde ich ihn vor die Tür schicken und Helene Schmidt bitten, zu mir allein so freundlich zu sein. Der Spruch auf ihrem T-Shirt gehört umformuliert. *Wenn du schöne Augen und einen Schwanz hast, dann kann ich auch nett sein,* sollte darauf stehen.

MÄRZ

LECKERSCHMECKER

Es ist Kokos-Mittwoch! Wer kann Kokos schon widerstehen? Also ich nicht, gebe ich mir auch alle Mühe, nachdem ich am Mandel-Montag und Krokant-Dienstag gesündigt habe. Aber tadaaaa, hier kommt wieder eine Kandidatin, die es nicht in die Liga der tadellosen Pralinen schafft. Ich schnappe sie mir vom Band und werfe sie in den dafür vorgesehenen Behälter. Der wird stichprobenartig zweimal während meiner Schicht überprüft.

Die wenigsten Pralinen, die aussortiert werden müssen, haben schwere Mängel. Hätte ich sie in einer gekauften Packung, würden mir die Fehler nicht auffallen, aber ich gehöre auch nicht zur Zielgruppe. Diese Pralinen, die da unter meinen Blicken übers Fließband laufen, werden nicht in Supermärkten verkauft, sondern ausschließlich über das Internet an Kunden mit luxuriösen Ansprüchen. Denen geht eine schief eingewickelte Praline schon mal gegen den Strich. Soll mir recht sein. So bleibt mehr für mich und die beiden Fünf-Minuten-Pausen, welche die Kolleginnen und ich nach zwei Stunden einlegen sollen, damit uns am Fließband nicht schwindelig wird.

Natürlich esse ich in den Pausen nicht alle aussortierten Pralinen. Ich nasche nur ein bisschen. Heute, am Kokos-Mittwoch, wird es wohl ein bisschen mehr. Aber es bleibt immer noch genug im Beutel zum Heimtransport. Am Montag, meinem ersten Arbeitstag, waren die süßen Mitbringsel noch eine Überraschung. Gestern hat Milan schon auf mich gewartet und sich gleich durch die Krokant-Dinger gefuttert. Ich musste ihn ermahnen, damit er Vladimir etwas übrig lässt. Kaja will nichts, weil es auf den Sommer zugeht und sie gerade verstärkt auf ihre Figur achtet. Das sollte ich auch tun. Es zumindest versuchen. Bei Kokos wird es wirklich schwer. Ab morgen dann. Morgen ist Nougat-Donnerstag. Nougat ist nicht mein Fall.

Aber heute ... heute sortiere ich ein leckeres Kokospralinchen nach dem anderen aus und bin froh, dass ich in meinem Sechsstundentag keine Mittagspause habe, in der ich länger sündigen könnte als in den zweimal fünf Minuten.

»Ich bin in der Pause«, sagt die Kollegin, die rechts neben mir steht. »Dann kannst du gehen, okay?«

So machen wir das hier. Immer von rechts nach links. Die Lücke, die man am weiterlaufenden Band hinterlässt, wird halbwegs geschlossen, indem die beiden zur Rechten und zur Linken zusammenrutschen und schneller aussortieren.

Als die Kollegin wieder da ist, nehme ich ein paar Pralinen aus meinem Behälter, ziehe die Handschuhe aus und setze mich ein Stück abseits in einen Sessel. Es ist meine zweite Pause heute, und ich habe schon fünf Kokospralinen gegessen. Damit es nicht viel mehr werden, ziehe ich mein Handy aus der Kitteltasche und schaue nach, ob Angelika Roth auf meine Nachricht geantwortet hat. Leider ist das Display leer. Wahrscheinlich hat sie Frühdienst in der Sauna und keine Zeit, auf ihr Telefon zu gucken. Eine einzige Kokospraline gestatte ich mir für heute noch und tippe, während ich daran knabbere, eine SMS an Vladimir ein. Ich habe ihm nie zuvor geschrieben, aber warum nicht damit anfangen? Die anderen machen das in den kleinen Pausen auch, um sich von der Schokolade abzulenken.

Eine Minute nachdem ich die Nachricht verschickt habe, ruft Vladimir zurück. Mein albernes Herz schlägt einen aufgeregten Takt ein, als ich das Gespräch entgegennehme.

»Was ist los?«, ruft er ins Telefon, um die Maschinen an seinem Arbeitsplatz zu übertönen. »Ist irgendwas passiert?«

»Nein, alles in Ordnung«, antworte ich verwundert. »Ich wollte doch nur wissen, was du gerade machst.«

»Ähm, ach so. Ich arbeite halt.« Es wird stiller im Hintergrund. Anscheinend ist er an einen ruhigeren Platz gewechselt. »Und du?«

»Ich habe Pause und wollte nicht zu viele Kokospralinen essen. Also dachte ich, ich schreibe dir.«

Er lacht. »Ist der Gedanke an mich so furchtbar, dass dir der Appetit vergeht?«

»Nein, Quatsch.« *Im Gegenteil,* sage ich beinahe, beiße mir aber auf die Zunge. »Es ist nur … das machen hier alle. Schreiben ihren Männern in der Pause.«

»Ja, dann …«

»Ja, dann …« Unsere Verlegenheit um Worte ist plötzlich da. Ich beschließe, uns beide zu erlösen. »Also, ich werde mal wieder an meinen Platz gehen.«

»Okay.« Er wechselt ins Deutsche. »Wann hast du Feierabend?«

Merkwürdig, wie schnell man sich an einen so eigenartigen Begriff wie *Feierabend* gewöhnen kann. Ich habe das inzwischen so häufig gehört, dass es mir jetzt völlig normal erscheint. Ich denke nicht mehr an eine Party, sondern an den ganz unspektakulären Arbeitsschluss.

»Um vierzehn Uhr. Wie in den vergangenen Tagen.«

»Ah, okay …« Vladimir räuspert sich und spricht wieder Russisch. »Hast du Lust, mit mir essen zu gehen?«

Habe ich etwas vergessen? Valentinstag war schon. Weihnachten auch. Ostern ist noch nicht. »Hast du Geburtstag?«

Abermals lacht er. »Nein. Ich habe im Oktober. Einfach so. Gemütlich sitzen. Nicht in der Küche. Was trinken, dazu ein schönes Essen.«

Zögerlich gebe ich ihm mein Okay. Dann beenden wir das Gespräch, und ich kehre ans Band zurück. Während ich mehr mangelhafte Kokospralinen aussortiere, muss ich grinsen. Interessant, was ein harmloses *Was machst du so?* per SMS auslösen kann.

»Warum machst du dich so schick?«, fragt Kaja. Mit verschränkten Armen lehnt sie in der Tür zum Badezimmer und schaut mir beim Schminken zu.

»Gehen dein Vater und ich in Restaurant cheute Abend.« Ich beuge mich zum Spiegel, um die Wimperntusche ordentlich aufzutragen.

»Ah.« Kaja kräuselt die Stirn. »Wieso?«

»Einfach so.«

»Damit die Leute nicht denken, dass ihr gar nicht wirklich verheiratet seid?«

Ich setze den Stift ab und wende mich zu ihr um. »Wie meinst du das?«

»Scheinehe. So heißt das doch?«

Ich spüre, wie Hitze in meine Wangen steigt, und fühle mich ertappt. Es ist schwer, jetzt verwundert zu klingen. »Wie kannst du sagen so etwas Furchtbares? Ist das neuer Streich von dir und Milan?«

Schritt für Schritt kommt sie näher und mustert mich dabei. »Ich sage es, weil ich es denke, deshalb. Milan hat damit nichts zu tun. Ihm wäre es sowieso egal, Hauptsache, er bekommt genug zu futtern.«

»Aber Kaja ...« Verdammt, was sag ich nur? »Du musst aufhören, zu denken so etwas. Dein Vater und ich wir ... lieben uns sehr.«

»Das bemerkt man aber gar nicht. Ihr wirkt eher, als könntet ihr euch nicht leiden. Seit du hier bist, habt ihr euch nicht ein Mal geküsst.«

»Das du chast nur nicht gesehen. Wir wollten nicht küssen vor dir und Milan. Aus Respekt vor euch.« Ja, das ist gut. Das muss sie schlucken.

Tatsächlich schluckt sie. Erst einmal aber nur Spucke. Dann wirft sie ihre Haare zurück und stolziert erhobenen Hauptes aus dem Bad.

Ich lausche ihren Schritten und lege weiter Make-up auf, wobei mir das Herz vor Aufregung in der Brust holpert.

Noch im Restaurant habe ich mich nicht beruhigt. Ich bin so nervös, dass ich den Abend überhaupt nicht genießen kann.

»Mach dir keine Sorgen«, sagt Vladimir, als ich ihm die Geschichte erzählt habe.

»Das tue ich aber. Vielleicht hat ihr die Fensterscheuche das eingeredet. Sie beobachtet uns doch, und für sie müssen wir immer eine

Extrashow abziehen. Zum Valentinstag ausgehen, uns nicht mit anderen sehen lassen, auch wenn es bloß Arbeitskollegen sind.«

Er schüttelt den Kopf. »Nicht mal die Fensterscheuche kann uns was. Selbst wenn sie bei der Einwanderungsbehörde anriefe und denen irgendetwas erzählen würde, käme sicher niemand, um zu überprüfen, ob wir eine Scheinehe führen.«

»Warum nicht?«

»Weil es in der Behörde bekannt ist. Hans-Peter Lehmann würde einen Koller kriegen, wenn einer seiner Kollegen in seiner Arbeit herumpfuschen würde.«

Das stimmt wohl. Aus dieser Perspektive habe ich es noch nicht betrachtet. Wie auch, wenn ich in beinahe jeder Lage höre, dass der Schein gewahrt werden muss. Als Vladimir seine Hand über meine legt, zucke ich zusammen. Er lacht leise darüber und streicht mit dem Daumen über meinen Handrücken.

»Nun beruhig dich. Kaja wird das schon wieder vergessen. Du hast ihr doch eine gute Erklärung serviert.«

»Ich weiß nicht ...« Ich weiß nicht einmal, was ich nicht weiß: Warum ich so besorgt bin, was Vladimirs Hand auf meiner macht, und warum mein dummes Herz deshalb wieder holpert.

»Außerdem, wir haben schon März.« Er zieht die Hand weg, verschränkt sie mit der anderen auf dem Tisch. »Es sind nur noch acht Monate. Das schaffen wir.«

Tatsächlich. Vier Monate sind rum. Ein Drittel der Zeit. Denke ich an den kommenden November, finde ich etwas Neues, das ich nicht weiß.

»Ich wette, du zählst jetzt schon die Tage«, sage ich mit einem Schmunzeln, das ich auf meine Lippen zwingen muss.

Vladimir betrachtet mich ein paar Sekunden lang. »Das tue ich wirklich. Gewissermaßen«, murmelt er und wendet den Blick ab, um einen Schluck von seinem Wein zu trinken.

KNUTSCHKUGEL

Vladimir zählt also die Tage.

Ich sollte eigentlich annehmen, dass er meine Behauptung so verstanden hat, wie ich sie gemeint habe, aber er hat nicht geklungen, als schwelge er in Vorfreude. Zählt man hierzulande die Tage bis zu einem Tag, den man gar nicht erleben möchte? Und kann es wirklich sein, dass Vladimir nicht will, dass ich wieder gehe?

Das alles beschäftigt mich so sehr, dass ich zu viele mangelhafte Nougatpralinen auf dem Band vorbeiziehen lasse. Irgendwann bittet mich meine linke Nachbarin, aufmerksamer zu sein, und ich konzentriere mich auf die Arbeit. Ich möchte hier alles richtig machen, denn der Job ist einfach toll. Obwohl ich nur sechs Stunden pro Tag arbeite, bekomme ich so viel Lohn wie für die Ganztagsbeschäftigung im Wald. Kein Vergleich zur mickrigen Bezahlung im Bahnhof. Nicht nur die Kolleginnen sind nett, sondern sogar die Schichtleiterin und der Chef. Es gibt keine Bezirksbesamer mit VIP-Schutz, keine Wildschweine, keine Kampfhunde. Von vorn bis hinten ist alles prima. Wenn ich also ausschließlich positiv auffalle, kann ich vielleicht Karriere machen, nach ein paar Jahren Schichtleiterin werden und dann ... wer weiß.

Praline um Praline lese ich aus und lasse sie in den Behälter wandern. Dabei summe ich eine Melodie aus Kindertagen. Einen Abzählreim:

Ati-bati schli soldati
Ati-bati na basar.
Ati-bati schto kupili?
Ati-bati samowar.
Ati-bati skolka stoit?
Ati-bati tri rublja.

Ati-bati kto wichodit?
Ati-bati eto ja.

Im Reim geht es um Soldaten, die auf einem Basar einen Samowar kaufen und dafür drei Rubel bezahlen. Das erzähle ich meinen Kolleginnen zur Rechten und zur Linken, als sie mich fragen. Nach einer Weile summen sie mit, und noch ein bisschen später summen alle am Fließband.

Auf dem Heimweg im Bus tanzt die Melodie noch immer in meiner Kehle. Zu Hause bereite ich aus Kräuterquark und Pellkartoffeln ein schnelles Mittagessen zu und überzeuge Kaja, auch etwas zu sich zu nehmen. Das Mahl hat nur wenige Kalorien, und der Sommer ist noch fern. Jetzt wird es erst einmal Frühling.

Während die Kinder die Küche aufräumen – nicht freiwillig, aber wer nicht kocht, muss sauber machen –, gehe ich zum Supermarkt, um Brot, Aufschnitt und etwas fürs morgige Mittagessen einzukaufen. Mit dem vollen Korb in der Hand trete ich den Rückweg beschwingten Schrittes an und summe erneut vor mich hin, da entdecke ich Vladimirs Auto. Es wechselt auf die rechte Spur und hält an einer Bushaltestelle. In der Annahme, dass er mich gesehen hat und mit nach Hause nehmen will, obwohl es gar nicht mehr weit ist, beeile ich mich. Da öffnet sich die Beifahrertür und eine junge Frau steigt aus. Schlank, brünett, sportlich. Wie ich früher. Vor Schreck bleibe ich stehen, und die Melodie bleibt mir im Hals stecken. Die Frau schlägt die Tür zu und beugt sich zum Fenster, um Vladimir anzulächeln und ihm zu winken. Ich sehe, wie er die Hand zum Gruß hebt, dann düst er in Richtung unseres Wohnhauses. Die Frau setzt sich auf die Bank unter dem Dach der Bushaltestelle, schaut auf die Uhr und grinst vor sich hin.

Ich setze mich in Bewegung. Statt wie sonst hinter der Haltestelle langzugehen, schlage ich den Weg über den schmalen Bürgersteig davor ein. Obwohl ich sie anstarre, sieht sie mich gar nicht. Feixend schaut sie durch mich hindurch wie durch alles rundherum.

Wie ein dummes Lamm. Ich kenne diesen Blick, o ja! Verliebte glotzen so.

Vladimir zählt die Tage, ja, ja. Wahrscheinlich hat er ihr gesagt, dass er sich im November von seiner lästigen Frau trennen wird. Dann ist Scheidungstermin. So lange müssen er und sie noch durchhalten.

Ati-bati kto wichodit?
Ati-bati eto ja.
Tippel-tappel, wer muss raus?
Tippel-tappel, das bin ich.

Als ich die Haustür erreiche, zittern meine Hände beim Aufschließen. Meine Knie sind weich wie Butter, und mir ist übel. Kotzübel. Vor der Wohnungstür schwirrt mir der Kopf vor lauter unflätigen Worten, die ich für Vladimir gefunden habe. Ich befürchte, ich werde losschreien, sobald ich im Flur stehe. Und atme durch. Nein. Ich werde ihm keine Szene machen. Auf keinen Fall. Wer bin ich denn, dass ich mich wie ein betrogenes Eheweibchen aufführen will? Nicht mal ein Eheweibchen. Zum Glück nicht. Ich tue nur so.

Scheiße!

Dass sich die gegenüberliegende Tür öffnet, höre ich nicht, weil der Zorn so laut in meinen Ohren brummt. Beim Klang der Stimme erschrecke ich und fahre herum.

»Heute ist Donnerstag«, krächzt die Fensterscheuche. »Denken Sie morgen bloß an die Kehrwoche.«

»Kehrst du doch zum Teufel!«, platzt es aus mir heraus. Dann schließe ich schnell auf und verdrücke mich in die Wohnung. Ich setze den Korb mit den Einkäufen ab, lehne mich gegen die Tür und hole abermals tief Luft, als ich höre, dass Kaja und Milan streiten. Vladimir überquert den Flur, ohne Notiz von mir zu nehmen. In Milans Zimmer schlichtet er mit wenigen knappen Worten, von wegen, er hat die Nase voll vom ständigen Zank über unsinnige Dinge.

Ich knöpfe meinen Mantel auf und ziehe mir das Tuch vom Hals, obwohl ich viel lieber alles anbehalten und abhauen möchte. Die Fensterscheuche könnte sich noch im Hausflur herumtreiben, vielleicht presst sie ihr faltiges Ohr gerade an unsere Wohnungstür.

Mir ist nach Schaukeln zumute.

Vladimir kommt aus Milans Zimmer und entdeckt mich.

»Du warst einkaufen. Sehr gut, dann brauche ich nicht noch mal los.« Er will mir den Korb abnehmen und in die Küche tragen.

Kein *Hallo, wie war dein Tag?* Schon gar kein *Schön, dich zu sehen.* Natürlich nicht.

»Wir war dein Tag?«, ruft er aus der Küche.

Ich kann nicht antworten und mich auch nicht rühren. Mit dem Tuch in der Hand stehe ich im aufgeknöpften Mantel vor der Tür. Vladimir taucht in der Küchentür auf. Er runzelt die Stirn.

»Alles okay?«

Ich ziehe den Mantel aus und stopfe das Tuch in einen Ärmel. Mit einem »Selbstverständlich« gehe ich an ihm vorbei ins Schlafzimmer. Ich will die Tür gar nicht werfen, kann mich aber nicht stoppen. Mit einem Rums fliegt sie ins Schloss – und wird wieder geöffnet. Vladimir schaut ins Zimmer, wo ich gerade auf und ab laufen will, das nun aber nicht tue, sondern zurückschaue. Unfreiwillig grimmig. Er kommt herein und schließt die Tür leise hinter sich.

»Geht's dir gut?«

»Selbstverständlich!« Schon wieder bebe ich vor Wut.

»War in der Arbeit alles gut?«

»Selbstverständlich!« Wenn er noch eine Sache fragt. Noch eine verdammte Sache. Ich schwöre, ich explodiere.

»Kennst du heute nur das eine Wort? Oder noch ein anderes?«

»Selbstverständlich!«

»Ah, dann ...«

»Blödmann!«

Einen Moment ist er überrascht, fasst sich aber schnell. »Tatsächlich. Das ist ein anderes Wort. Kein sonderlich nettes zwar, aber ...«

»Mach mir nie wieder Vorschriften, wenn mich ein Mann nach Hause fährt, hörst du, nie wieder«, zische ich. Der Rest meines Ärgers folgt komprimiert: »Ein herrliches Spiel treibst du da. Sie ist bestimmt zehn Jahre jünger als du. Wie kann sie sich für dich begeistern, wenn sie noch dazu warten muss, bis ich nicht mehr da bin? Hältst du sie ohne Erklärung hin, oder weiß sie von mir?«

Vladimir klappt den Mund zu. Das dicke Fragezeichen, das gerade in seiner Miene gestanden hat, wandelt sich in einen Aha-Ausdruck. Er hebt die Hand wie zur Beschwichtigung, erstarrt in dieser Position aber. Keinen Ton bringt er hervor, doch sein Mund zuckt, als wolle er lachen.

»Das ist eine Arbeitskollegin. Ihr Auto ist in der Werkstatt, also habe ich sie ein Stück mitgenommen.« Die Worte klingen geradezu bemüht, wie unter verdrängter Belustigung hervorgepresst.

»Und zum Abschied hat sie dir verliebt zugewinkt und dann selig grinsend auf den Bus gewartet.« Ich stemme die Hände in die Seiten. »Ich kenne diesen Blick, hab ihn etliche Male gesehen. Du kannst mir nichts vormachen. Sie ist verknallt.«

»Stimmt.« Abermals zuckt es um Vladimirs Mund. Schritt für Schritt kommt er näher. »Sie ist total verknallt. In ihren Freund, den sie jetzt gerade trifft. Sie wäre zu spät gekommen, hätte ich sie nicht mitgenommen.«

Ich weiche ein Stück zurück. »Bleib ja weg, du ...«

»Du bist eifersüchtig.«

Die Empörung bläht meinen Brustkorb auf. Meine Wangen werden heiß. »Eifersüchtig?«, keuche ich. »Das ist ja ein Witz. Wieso sollte ich eifersüchtig sein? Ich höre nur immerzu, dass ich den Schein wahren muss, tue mein Bestes. Ich schleppe die Einkäufe nach Hause, während du diese Frau durch die Gegend chauffierst. Ich bin überhaupt nicht eifersüchtig, sondern finde es nur absolut ... absolut ...«

Vladimirs Blick verunsichert mich. Ich komme nicht zu einer Interpretation, denn er steht unmittelbar vor mir und legt mir einen Finger über die Lippen.

»Halt die Klappe, Jekaterina.«

Ich will seine Hand wegschlagen und ihm erst recht ein paar Takte erzählen, weil er mir den Mund verbietet, da nimmt er seine Hand selbst weg. Allerdings nur, um sie und auch die andere an meine Taille zu legen. Ehe ich michs versehe, zieht er mich an sich und küsst mich.

RABENMUTTER

Snoopy ist verschwunden.
Wie eine treue Seele stand sie auf dem Nachtschrank, schnell greifbar. Stets verfügbar. Jetzt ist sie nicht mehr da. Immer hektischer durchsuche ich das Schlafzimmer. Ich schaue hinter dem Nachttisch nach, unter dem Bett und in allen Fächern der Schränke und Kommoden. Sogar das Bett durchwühle ich. Nichts.

Dabei bräuchte ich sie dringend. Ich muss über Vladimirs Kuss nachdenken. Seit er mich gestern geküsst hat. Immerzu. Das macht mich noch irre. Wenn dieser Kuss aus irgendeiner Perspektive heraus nüchtern betrachtet und analysiert werden kann, würde die Matroschka mir helfen. Und nicht nur das. Sie muss einfach da sein. Das war sie mein ganzes Leben lang. Dass mich allein der Gedanke an ihren Verlust tieftraurig macht, mag kindisch klingen – ja, vielleicht ist es kindisch. Und das ist mir völlig egal.

Letzten Ende fummele ich den Schlüssel aus meinem Portemonnaie und schließe die Schublade auf, in der ich meine Erinnerungen und das von den Kindern konfiszierte Material aufbewahre. Dass ich die Matroschka vielleicht versehentlich hineingepackt habe, hoffe ich und durchwühle den Kram, finde sie aber nicht. So einiges hat sich in der Schublade inzwischen angesammelt. Neben der Metallkiste, der Soundbox und dem pinkfarbenen Schlüsselanhänger liegt da ein knallroter Lippenstift, den ich Kaja kürzlich abgenommen habe. Im Bad habe ich sie damit erwischt. Ihren Protest, dass die Farbe gerade total trendy sei, habe ich ignoriert und ihr klargemacht, dass sie damit wie ein Flittchen aussieht. Neu hinzugekommen ist ein Schmuddelheft, das ich beim Staubsaugen in Milans Zimmer gefunden habe. Er hat es noch nicht als vermisst gemeldet. Traut sich wahrscheinlich nicht. Besser so.

»Was suchst du denn?«, tönt es hinter mir.

Ich knalle die Schublade zu und fahre herum. Kaja und Milan lungern in der Tür und ziehen verräterische Unschuldsmienen.

Ich strecke die Hand aus. »Snoopy cher, aber sofort!«

Kaja grinst bloß. Milan lacht dreckig und ächzt. »Snoopy ist eine Comicfigur, keine hässliche Holzpuppe.«

Ich übergehe seinen Kommentar. »Rückt ihr sie raus. Zack, zack.«

Nun kichert auch Kaja. »Zack, zack. In deinen Träumen.«

»Wenn ihr mir nicht gebt sofort die Matroschka ...«

Tja, was dann? Im Stillen gratuliere ich mir. Herzlichen Glückwunsch, du hast die Stufe einer ins Leere drohenden Mutter erreicht.

»Was dann?« Milan ringt theatralisch die Hände. »Passiert was Schreckliches? Wir fürchten uns jetzt schon. Bitte, Jekaterina, verschone uns.«

»Deine dämliche Snoopy bekommst du, wenn du uns unsere Sachen wiedergibst«, sagt Kaja. »Wir wissen, dass sie in dieser Schublade sind.«

So ist das also. Na die sollen mich kennenlernen.

»Kommt infrage ieberchaupt nicht.«

Mit einem Dreh schließe ich die Lade ab und gehe zu den Kindern. Sie weichen nicht zurück, scheinen sich ihrer Sache aber schon nicht mehr ganz so sicher zu sein.

Kaja startet einen letzten Versuch. »Wir sagen Papa, dass du uns beklaut hast.«

»Gute Idee! Wird er sich wundern, was ich chabe geklaut.« Ich sehe auf die Uhr, nehme dann wieder die Kinder in den Fokus. »In zehn Minuten ist er zu Chause. Chabt ihr also zehn Minuten, mir Snoopy zu geben. Wenn ihr nicht wollt ...«, ich schaue Milan an, der unter meinem Blick zu schrumpfen scheint, »... bekommst du Soundbox, wenn dein Vater ist einverstanden, nachdem ich chabe erzählt, wie du mich damit chast erschreckt an allererste Morgen. Bestimmt freut er sich auch, zu sehen dein Magazin mit all die nackte Frauen.«

Mein Sieg ist mir inzwischen so sicher wie das hierzulande oft zitierte Amen in der Kirche. So muss ich beinahe grinsen, als Kaja ihrem Bruder einen Stoß gibt. »Du glotzt dir Pornohefte an? Das ist ja ekelhaft.«

Jetzt ist sie an der Reihe. »Und du, mein Fräulein ...«

»Ich bin nicht dein Fräulein«, trotzt sie.

»Wie auch immer.« Ich winke ab. »Was meinst du, wird dein Vater sagen, wenn er chört Geschichte von rosa Anchänger für Schlissel? Dass er dich Lippenstift anmalen lässt, kann ich jetzt schon sagen, wird nicht passieren.«

Kaja ballt die Fäuste. »Du bist so was von gemein.«

»Wiedercholst du dich. Weiß ich doch. Bin ich gemein wie ein Chund, grob wie Cholz, kalt wie Stein.« Nun fast mitleidig schüttele ich den Kopf und schnalze mit der Zunge. »Ach, seid ihr so arme Kinder.« Abermals strecke ich die Hand aus. »Und jetzt cher mit Snoopy.«

»Rabenmutter!«, brüllt Milan und rennt davon.

Kaja bleibt und starrt mich an. Ihre Unterlippe zittert, entweder weil sie schimpfen oder heulen will. Ich starre zurück und denke dabei über Milans Bemerkung nach. Warum ausgerechnet die Mutter von Raben, erschließt sich mir nicht. Raben sind intelligente, sogar recht freundliche Tiere – mit denen Kaja und Milan zurzeit keinerlei Ähnlichkeit haben.

Mit Snoopy in der Hand kehrt Milan zurück. Er tut so, als würde er die Matroschka werfen wollen, und triumphiert kurz, weil ich erschrecke. Dann drückt er mir die Puppe in die Hand. Ohne ein weiteres Wort verschwinden er und seine Schwester in ihre Zimmer. Sie zeigen sich auch nicht, als Vladimir fröhlich pfeifend nach Hause kommt.

»Die Kinder waren heute auffällig still«, murmelt Vladimir, als wir Stunden später ins Bett gehen.

Er schüttelt seine Bettdecke auf. Ich schüttele meine Bettdecke auf. Wie ein altes Ehepaar, das nach vierzig Jahren des gemeinsamen Aufschüttelns auch nackt voreinander tanzen könnte, ohne dass irgendetwas geschieht. Dabei sind er und ich ja nun wirklich alles andere als das. Und keiner von uns weiß, wie der andere nackt aussieht. Das wäre doch eigentlich etwas, das es nun zu entdecken gälte.

Ich kenne Vladimirs nächste Schritte: Mit einem erleichterten Ächzen legt er sich nieder, dreht sich auf die von mir abgewandte linke Seite und knautscht das Kissen unter seinem Kopf so zurecht, dass er bequem darin ruhen kann.

Innerlich grummelnd lege ich mich neben ihn und überlege, noch zu lesen, nur um ihn zu ärgern. Auf die dann garantierte Diskussion habe ich aber keine Lust und lösche das Licht über meinem Nachttisch, auf dem Snoopy nun wieder wacht.

»War irgendwas in der Schule?«, höre ich Vladimir fragen.

»Woher soll ich das wissen?«

»Du weißt oft mehr als ich. Sie vertrauen dir inzwischen.«

Aus seinem Mund klingt das wie eine Tatsache, von der er nicht weiß, ob er sie bedauern oder begrüßen soll. Ganz ehrlich. Er kann mich mal! Ich drehe mich auf die von ihm abgewandte rechte Seite und verpasse dem Kissen einen Schlag, sodass es gleich richtig sitzt.

»Hey«, raunt Vladimir.

»Gute Nacht«, antworte ich und liege noch wach, während er längst gleichmäßig atmet. Jede Nacht dasselbe. Seit über vier Monaten.

Mann müsste man sein. Dann könnte man sich ins Bett legen, die Augen schließen, tief Luft holen und würde, schwups, einpennen. Einfach so. Egal, was vorher war. Ob man sich geärgert, gestritten oder einfach nur gewundert hat.

Ich wünschte, wir hätten gestritten. Wenigstens das. Oder etwas anderes, als so zu tun, als hätte es keinen Kuss gegeben.

Hätte ich ihn noch einmal küssen sollen und schauen, was passiert? Soll ich ihn wecken, indem ich ihm seine liebevoll umarmte Bettdecke wegziehe? Soll ich ihn fragen, was der Kuss zu bedeuten hatte? Ob er überhaupt von Bedeutung war? Reden ist ja schön und gut, aber es gibt Momente im Leben, da halte ich es für unangebracht. Und andere Dinge für angebrachter.

Sex meinetwegen.

Ja, gegen Sex hätte ich nichts, absolut nichts einzuwenden gehabt. Aber offenbar, ja ganz offenbar sogar, war Vladimir überhaupt nicht danach. Sonst würde er jetzt nicht gleichmäßig atmend neben mir liegen.

Mal Hand aufs Herz, schon gestern Nacht hätte er sich über mich hermachen müssen. Nach diesem Kuss – ich bin oft leidenschaftlich geküsst worden, aber noch nie so. Mein lieber Herr Gesangsverein! Ich war total überrascht, wie gut ein Deutscher küssen kann – vielleicht waren das auch die slawischen Wurzeln. Wenn er im Bett so gut ist, wie er küsst, dann will ich ... besser nicht darüber nachdenken. Denn es geschieht ja nicht. Gestern war ich nachhaltig verwirrt und nahm an, dass es ihm genauso ging, schließlich dauerte es ein paar Minuten länger, bis er einschlief. Doch heute kann von Verwirrung seinerseits keine Rede mehr sein. Eher von Vergesslichkeit. Oder von Aberkennung. Oder Verdrängung.

ARSCHGEWEIH

Am Krokant-Dienstag der zweiten Woche wird im Umkleideraum getuschelt und gekichert. Während die Kolleginnen und ich unsere Kleidung gegen hygienische Kittel und Hosen tauschen und Hauben über die Haare ziehen, sorgt irgendetwas für Unruhe.

»Mensch, Miriam«, tönt eine Frau, mit der ich bisher nicht viel gesprochen habe, »du hast ja ein Arschgeweih.«

Prompt denke ich an eine Krankheit und schaue mich nach dieser Miriam um. In Unterwäsche, mit vor der Brust verschränkten Armen, lehnt sie an ihrem Spind. So kann ich ihren Hintern und den vermeintlichen Auswuchs nicht sehen.

»Ja, das ist neu. Neidisch?«, frotzelt sie.

Okay, eine Krankheit kann es nicht sein.

»Was ist Arschgeweih?«, flüstere ich meiner Fließbandnachbarin Manuela zu.

Sie grinst. »Das kennst du nicht? Schlampenstempel nennt man das auch.«

Darunter kann ich mir nicht viel mehr vorstellen. Ist das ein Stempel, den eine sogenannte Schlampe bei sich trägt, um ihn jedem Mann, mit dem sie schläft, aufzudrücken? Aber warum sollte Miriam den hierher mitbringen? Plant sie, den Chef flachzulegen? Und wo ist der Zusammenhang mit einem Arschgeweih?

Manuela bemerkt meine ratlose Miene und nickt in Richtung Miriam. »Da, guck mal. Jetzt siehst du es.«

Ich schaue über die Schulter zu Miriam, die ihre Kleidung nun in den Spind räumt. Mein Blick wird geradezu festgenagelt auf dem pechschwarzen, geschwungenen Tribal, das über dem Bund ihres Slips prangt und die gesamte Rückenbreite einnimmt.

»Ist bloß Tätowierung.« Ich wende mich wieder an Manuela. »Warum ihr nennt das Arschgeweih?«

Weil ich versehentlich lauter gesprochen habe, mischen sich die Kolleginnen ein.

»Gibt's solche Tattoos etwa nicht in Russland?«, will eine wissen.

»Wahrscheinlich sind sie da verboten«, mutmaßt Miriam, die sich aus der Witzelei der anderen nichts macht.

»Nein, stimmt nicht.« Ich schließe meinen Spind. »Ist sie sogar sehr beliebt, diese Tätowierung. Chaben das viele Russinnen.«

»Wenn ihr das nicht Arschgeweih nennt«, fragt Manuela, »wie nennt ihr es denn?«

Ich muss überlegen. Gewiss nicht, weil ich beginne, meine Sprache zu vergessen, sondern einfach, weil mir keine konkrete Bezeichnung einfällt. Ungeachtet der Körperstelle würden wir Russen das einfach als Tattoo bezeichnen. Wenn wir ganz genau sein wollen, was wir selten sind, sagen wir:

»Schipokaja tatuirowka nad koptschikom, napominajutschaja oleni poga.«

Zahllose Augenpaare mustern mich. Es ist totenstill, bis erneut jemand kichert.

»Ist der Tätowierer nicht schon in Rente, wenn du fertig bist, ihm zu sagen, was du willst?«, kichert irgendwer.

»War das ein einziges Wort oder ein ganzer Satz?«, fragt Manuela.

»Kein Wort und auch kein Satz«, entgegne ich und schaue in die Runde, wobei ich mich ein bisschen verkohlt fühle. »Was denn? Wolltet ihr das doch wissen. So nennen wir das. Basta.«

»Das heißt wirklich Arschgeweih?«

»Nun ja, cheißt es genau genommen ...« Grübelnd schaue ich zur Decke und reihe die Worte der deutschen Übersetzung zusammen: »breite Tätowierung über Steiß, die erinnert an Geweih von Chirsch«. Ich verschränke die Arme. »So. Wisst ihr nun.«

Schallendes Gelächter bricht aus. Sogar Miriam mit dem Arschgeweih und Manuela amüsieren sich köstlich. Ich habe keine Ahnung, was so lustig sein soll, und gehe schmollend aus der Umkleide, um meinen Platz am Fließband einzunehmen.

»Wir haben dich nicht ausgelacht«, murmelt Manuela später.

Ich schmolle noch immer und will erst gar nicht antworten, tue es dann aber doch: »Verstehe ich nicht, was einerseits ist so besonders an Arschgeweih, das ihr vergleicht mit Stempel von Schlampe. Und verstehe ich auch nicht, was war so lustig bei russischem Wort. Natierlich chabt ihr ausgelacht.«

»Wir haben eher mit dir gelacht«, erklärt sie. »Manchmal bist du wie ein Comedian. Du bringst echt komische Sachen mit todernster Miene und diesem Akzent rüber. Eben hättest du Tickets verkaufen können.«

Klar. Ich werde einfach Comedian und übersetze den Deutschen ihre merkwürdigsten Worte ins Russische. Sie lachen sich kaputt, was ich zwar nicht verstehe, aber immerhin bezahlt bekomme. Helene Schmidt von der Agentur für Arbeit wird begeistert sein.

Manuela erklärt auch den Rest: »Und ein Arschgeweih wird als Schlampenstempel bezeichnet, weil man sich das eigentlich nicht mehr tätowieren lässt. Man könnte sonst als Schlampe abgestempelt werden.«

Ich begreife es nicht. »Ist bloß Tätowierung. Wie jede andere.«

Manuela senkt die Stimme ein bisschen. »Überleg doch mal, wann zeigst du so ein Arschgeweih denn? Wenn du bauchfrei trägst, ist es zusätzlich zur Kleidung für Männer so was wie die Aussicht auf schnellen Sex.«

»Ja, ja, ist gut.« Ich winke ab und schüttele den Kopf.

Nicht nur die Bezeichnung dieser Tätowierung finde ich jetzt merkwürdig, sondern auch die Interpretationsmöglichkeit.

»Letzte Nacht hast du im Schlaf geredet«, sagt Vladimir am Mittwochnachmittag, als er mir nach der Arbeit im Wohnzimmer Gesellschaft leistet.

»Oh, tatsächlich«, entgegne ich, äußerlich entspannt und innerlich alarmiert. Ich lege Angelika Roths Buch, das ich beinahe durchhabe, beiseite.

»Hast du verstanden, was ich gesagt habe?« Ich hoffe nicht. Und falls doch, möge es bitte nichts Peinliches gewesen sein.

Er grinst und setzt sich mir gegenüber in den Sessel. »Jedes Wort. Du hast sehr deutlich gesprochen und jede Silbe betont.«

Na toll. »Deutsch oder Russisch?«

Bitte lass es nichts Schlimmes gewesen sein, nichts wie: *Warum küsst du mich nicht noch einmal?* Oder schlimmer: *Ich will mit dir vögeln.*

»Du sagtest *Arsch-ge-weih*. Dreimal nacheinander. Und dann: *breite Tätowierung über Steiß, die erinnert an Geweih von Chirsch,* als seien das Vokabeln, die du dir einprägen möchtest.«

Gott sei Dank!

»Vermutlich habe ich den Tag verarbeitet ... und tatsächlich neu gelerntes Vokabular.«

Ich erzähle Vladimir von der Tätowierung meiner Kollegin und der Unterhaltung darüber in der Umkleidekabine.

»Ihr Deutschen habt ein Talent dafür, die ganze Welt mit unlogischen Worten zu verwirren. Als sei eure Sprache nicht schwer genug.« Ein paar Begriffe, die mir gerade einfallen, zähle ich auf: »Was hat ein einprägsames Lied mit einem Wurm zu tun? Warum bezeichnet ihr Boulevard-Zeitschriften als etwas, das einen Regenbogen zusammendrückt? Was hat ein Pferd im Büro verloren? Wieso ist Unterwasser nicht das Gegenteil von Oberwasser? Und warum heißt eine Tätowierung am Steiß nicht einfach Tätowierung am Steiß? Ganz ehrlich, bei manchen Worten erschrickt man richtig.«

»Wie sehr du dich vor dem Ohrwurm gefürchtet hast, durfte ich live miterleben«, sagt Vladimir mit einem leisen Lachen. »Das war eine herrliche Vorstellung.«

»Wie schön, dass ich dich auch amüsiere«, grummele ich.

»Die meisten Begriffe lassen sich irgendwie ableiten.« Vladimir nimmt eine Krokantpraline aus der Schale auf dem Tisch und wickelt sie aus dem Papier. »Nimm den Ohrwurm«, erklärt er. »So ein Lied, das dir nicht aus dem Kopf geht, kriecht durch dein Ohr wie ein Wurm.«

»Das ist ekelhaft.«

»Irgendwann bist du daran gewöhnt und stellst dir keinen Wurm mehr vor. Und der Bürohengst ist ein ironischer Begriff.« Er schiebt die Schokolade in den Mund, kaut sie weg und erklärt weiter. »Das ist ein Typ, der Karriere machen will, großen Ehrgeiz besitzt und sich über die Maßen engagiert. Im Büro eben. Da macht er was her und beeindruckt wie ein leistungsstarkes Pferd, wie ein Hengst. Jenseits des Büros ist er eher langweilig.«

»Spricht man dann auch von der Bürostute?« Das erscheint mir nur logisch. Birgit Schawitzki aus der Sauna könnte eine sein, schließlich hat sie die meiste Zeit in ihrem Büro verbracht und war überdurchschnittlich ehrgeizig.

»Noch nicht«, entgegnet Vladimir. »Kommt vielleicht noch. Und was das Arschgeweih betrifft, da hat Michael Mittermeier – das ist ein Comedian – eine gute Erklärung gefunden.«

Ein Comedian, aha! »Welche denn?«

»Er meinte, dass es für Männer aussieht, als würde ihnen ein Hirsch einen blasen, wenn sie eine Frau mit Arschgeweih von hinten vögeln.«

Das sagt er einfach so! Schaut mich dabei an und verzieht den Mund zu einem schiefen Grinsen. Als gäbe es kein Kopfkino – noch so ein Wort!

»Lustig«, entgegne ich trocken, senke den Blick und klappe mein Buch wieder auf.

HONIGKUCHENPFERD

Am Samstag sind Vladimir und ich bei Angelika Roth eingeladen. Sie hatte Geburtstag und will, wie sie sagt, zünftig feiern. Während der Fahrt in der Bahn soll ich Vladimir versprechen, dass ich mich nicht wieder betrinke und die ganze Gesellschaft mit russischen Volksliedern unterhalte. Ich kann das nur unter der Voraussetzung tun, dass es etwas zu essen gibt.

Glücklicherweise hat Angelika Roth Ahnung vom Feiern. Nicht nur hat sie ihr Büfett reichlich mit leckeren Speisen bestückt, sondern auch Gäste eingeladen, die Stimmung machen. Viele Gäste. Das Appartement, das sie sich mit ihrem Lebensgefährten teilt, ist nicht so groß wie die Wohnung der Poljakows, aber heute finden gut dreißig Leute darin Platz. Irgendwo. Da ist niemand besonders anspruchsvoll. Nur wenige sitzen am Esstisch im Wohnzimmer, andere begnügen sich mit der Couch oder einem Stehplatz in der Küche. Manche hocken auf der Bank im Korridor. Die Raucher teilen sich den Balkon. Musik, Gelächter und Stimmen tönen ineinander. Tropft es mal vom Teller oder aus dem Glas, rennt niemand mit einem Schrubber herbei.

Ich fühle mich an Feiern in Russland erinnert und dementsprechend pudelwohl. Von mir aus könnte es noch enger sein. So ein Wohnwagen, wie ich ihn hatte, verfügt nun einmal über eine nur kleine Fläche, und obwohl schon das Essen und die Getränke einen gewissen Platz beanspruchten, durfte keiner der Kollegen ausgeladen werden. Wir waren eine Familie und rutschten einfach ein bisschen näher zusammen, egal ob zum Trinken oder zum Streiten. Natürlich hatte ich manche Kollegen besonders gern, während ich mit einigen nicht immer reibungslos auskam. Ein Streit reinigt die Luft wie ein Gewitter, heißt es – das galt auch für Partys. Ich glaube, hierzulande wird das als Peinlichkeit erachtet und wenn irgend möglich vermieden. Bevor zwei sich streiten, verschwinden sie lieber, wie das Müller-Paar auf Erwin Kohls Party. Ich wette, die haben sich angekeift, sobald sie auf der Straße waren.

Wegen der vielen Leute versuche ich gar nicht erst, mir Namen zu merken, und quassele mich von einem zum nächsten. Mal ist Vladimir an meiner Seite, mal sehe ich ihn in einem anderen Zimmer. Gelegentlich rauscht die Heldin des Tages vorbei und murmelt mir zu, dass sie mit mir reden muss. Weil sie dabei zwinkert, mache ich mir keine Sorgen. Ich habe eine Ahnung, zu welchem Thema sie dringend etwas loswerden möchte. Es trägt ein dunkelblaues Hemd, hat breite Schultern, einen ansehnlichen Hintern in der Jeans, schöne Augen, trinkt Bier aus der Flasche und unterhält sich im Wohnzimmer gerade mit einem kleinen Dicken, der nur Komplexe bekommen kann.

Eben erzähle ich drei Frauen von meiner Arbeit und der damit einhergehenden Versuchung, ständig zu naschen, was jede absolut nachvollziehen kann, da schwirrt Angelika Roth herbei. Sie nimmt mir das leere Glas aus der Hand, reicht mir ein neues, mit Sekt gefülltes, und zieht mich mit sich, den Korridor entlang zum Bad. Kaum sind wir hinter dessen verschlossener Tür, da schwärmt sie los.

»Er ist toll, Jekaterina, so toll. Und so groß. Und so gut gebaut. Und so charmant. Wie ist es denn nun zwischen euch? Läuft es wieder im Bett und so weiter?«

Ich will keinen Vortrag. Weder über die farblich anregenden Dessous, die ich mir nicht zu Verführungszwecken gekauft habe, noch über den Kurzurlaub, den ich Vladimir nicht einmal vorgeschlagen habe. Noch immer und mehr denn je will ich Angelika Roth erklären, warum nichts läuft. Weil das nicht möglich ist, halte ich es für das Beste, ihr etwas vorzuschwindeln. Dann hat das Thema Ruhe.

»Chaben wir tollen Sex jetzt«, erzähle ich ihr also mit einem süffisanten Lächeln. »Wie an erste Tag.«

»Echt? Was hat das geändert? Hast du meinen Tipp mit der Unterwäsche beherzigt?«

»Genau.« So. Gut ist es.

Von wegen. Sie bohrt weiter. »Noch was anderes? Toys? Videos?« Sie zieht eine bedeutungsschwangere Miene. »Das hat mir und meinem alten Faulpelz erst so richtig Feuer gegeben.«

Ich will es mir nicht vorstellen. *Nein, nein! Raus aus meinem Kopf,* befehle ich den Bildern. »Brauchen wir nicht so was. War es wohl eher ...«

»Ja?« Sie hängt direkt an meinen Lippen.

»Der ... Friehling?«

»Der Frühling.«

»So sagt man doch, oder nicht? Gefiehl Friehling erwacht in März.« Ich zucke mit den Schultern. »Wurde es März ... und peng.«

»Und peng?«

»Genau.« Verdammt. Was will sie noch von mir hören? Das muss reichen.

Tut es nicht. Mit einem dreckigen Grinsen fragt sie: »Wie oft packen sie euch denn, eure Frühlingsgefühle?«

Okay, dann erzähle ich eben das Märchen, das sie braucht. Nach einem Schluck, bei dem ich das Glas zur Hälfte leere, lege ich los.

»Einmal an Tag. Mindestens. Manchmal auch morgens, abends, nachts. Wann immer ist meglich. Wo immer uns einfällt. Bett ist langweilig fast. Viel besser ist auf Waschmaschine in Schleudergang oder auf Chaube Motor von Auto. Chaben wir es sogar schon getan in Umkleide von Bekleidungsgeschäft und in Fahrstuhl. Ieberall kannst du sagen.«

Jetzt schweigt Angelika Roth. Endlich. An meinen Lippen hängt sie aber noch immer. Und sie hat einen einerseits ungläubigen, andererseits verträumten Ausdruck im Blick. Da meine Fantasie einmal mit mir durchgegangen und mir all die Orte aufgezeigt hatte, an denen ich früher mal Sex hatte oder hätte haben können, kann ich es nun auch perfekt machen.

»Sind wir ieberchaupt sehr experimentierfreudig.« Ich leere das Glas. »Diese normale Position. Mann oben, Frau unten ...«

»Die Missionarsstellung«, hilft mir Angelika Roth auf die Sprünge und füllt mein Glas von Neuem. Sie hat die Flasche mitgenommen.

»Genau. Ist die zu langweilig die meiste Zeit. Anderes macht mehr Vergniegen. Von hinten. Reiterstellung, sechsundneunzig ...«

»Neunundsechzig.«

Moment! Neun? Sechs? Ach ja, andersherum. »Chabe ich gemeint.«

»Und das alles in nicht mal zwei Wochen?«

»Genau.« Ich fächere mir Luft zu, weil mir vor lauter Schwindelei ganz heiß wird. Der Sekt steigt mir außerdem zu Kopf. »Und jetzt will ich mal sehen, was Vladimir so treibt.«

Eigentlich zieht es mich zu den Rauchern auf den Balkon, wo ich nach Luft schnappen will.

»Alles klar.« Angelika Roth grinst und prostet mir zu. »Ich geh noch schnell für kleine Königstigerinnen.« Auf meine verwunderte Miene erklärt sie: »Zur Toilette.«

Warum Tigerinnen, Königstigerinnen ausgerechnet, ein Synonym für das Klo sind, verstehe ich nicht. Als ich aus dem Bad spaziere und die Tür schließe, höre ich noch, wie Angelika Roth von innen verriegelt, dann entdecke ich Vladimir. Er lehnt an der Wand gegenüber dem Badezimmer und scheint darauf zu warten, dass das stille Örtchen frei wird. Mit dem Lächeln, das noch auf meinen Lippen sitzt, will ich an ihm vorbei und mich unter die Gesellschaft mischen.

»Du grinst wie ein Honigkuchenpferd«, sagt er. »Liegt das vielleicht an deinem aufregenden Sexleben?«

Wie blitzgefrostet verharre ich auf der Stelle. Wie lange stand er dort? Himmel, wie peinlich.

»Ich ... ähm ... also«, stottere ich, und mir wird noch heißer.

Er zieht eine Braue hoch. »Also was?«

»Was ist ein Honigkuchenpferd?«

»Keine Ahnung. Aber du grinst wie eins.«

»Du weißt, warum ich das alles gesagt habe«, flüstere ich. »Ich musste ihr doch irgendwas erzählen.«

»Und ich dachte, Männer wären indiskret, wenn's um Sex geht.«

Mist, verdammter! Boden, öffne dich!

Neuer Versuch. »Ich war nicht indiskret, denn nichts davon hat stattgefunden. Sollte ich sie etwa im Glauben lassen, dass nichts läuft zwischen uns? Was für einen Eindruck macht das wohl?«

Vladimir feixt. »Du kannst es drehen und wenden, wie du willst. Aus der Nummer kommst du nicht raus.«

»Ach ja? Wieso?«

»Na ja, du hättest ihr einfach erzählen können, dass wir es wie jedes andere Paar regelmäßig treiben. Und gut. Aber du hast es ausgeschmückt. Von vorn, von hinten, von oben. Im Haus, im Fahrstuhl, im Kaufhaus, auf der Parkbank ...«

»Von einer Parkbank war nie die Rede.«

»Hast du sicher nur vergessen. War doch echt toll, auf der Parkbank. Oder nicht?«

»Ich hab zu viel getrunken«, antworte ich tonlos und leere mein Glas erneut. Dann wende ich auf dem Absatz und stolziere mit einem »Jetzt hol ich mir Nachschub« in Richtung Bar.

ALDA

In der dritten Märzwoche werde ich zur Spätschicht in der Schokoladenfabrik erwartet und könnte den Morgen entspannt verstreichen lassen. Würde nicht das Telefon klingen. Längst fürchte ich mich nicht mehr, die Anrufe entgegenzunehmen, und melde mich mit einem schon selbstverständlich klingenden »Poljakow«.

»Frau Poljakow?«, erkundigt sich eine unbekannte Männerstimme. Ich mache mich darauf gefasst, einen Verkäufer abwimmeln zu müssen. So fangen die nämlich immer an. Als Nächstes verlangen sie nach meinem Mann.

»Bin ich, und sage ich dir gleich: Brauchen wir nichts. Chaben wir alles. Sind wir glicklich ohne Wunsch.«

Es stellt sich heraus, dass er gar nichts verkaufen möchte, sondern der Direktor von Kajas und Milans Schule ist.

»Ihr Sohn hat einen Konflikt mit einem Mitschüler körperlich ausgetragen. Eben in der Pause. Ich muss Sie daher bitten, in der fünften Stunde zu mir zu kommen. Falls das möglich ist. Ihr Sohn und die andere Partei sowie der Klassenlehrer werden ebenfalls anwesend sein.«

Adrian! Milan hat sich gewehrt. Diesem kleinen Fiesling auf die Nuss gehauen. Am liebsten möchte ich jubeln, zwinge mich jedoch zu einem sachlichen Ton und frage nach der genauen Uhrzeit, da ich keine Ahnung habe, wann die fünfte Stunde stattfindet.

Zwanzig vor zwölf sitze ich im Direktorat, Milan neben mir.

»Du bist nicht meine Mutter«, flüstert er und wirft einen unsicheren Blick auf Adrian und seine Mutter, die ich nach einer knappen Musterung geflissentlich ignoriere.

»Ist egal«, gebe ich leise zurück. »Interessiert chier keinen.«

Der Direktor beginnt, nachdem der Klassenlehrer hinzugekommen ist. Der schildert den Vorfall detailliert: Adrian hat Milan gegen einen Getränkeautomaten geschleudert. Milan ist fortgelaufen und hat sich bis kurz vor Pausenende in einer Toilette eingeschlossen. Dann ging er zur nächsten Unterrichtsstunde, lief dabei Adrian über den Weg, der ihn abermals attackierte, indem er ihn an der Kapuze seiner Jacke zog. Milan hat Adrian daraufhin ins Gesicht geschlagen und in den Bauch geboxt, als der zurückschlagen wollte.

Diese Infos wurden aus Milans und Adrians Schilderungen sowie Beobachtungen von Aufsichtslehrern zusammengetragen.

»Aufgrund dieses Verhaltens«, beschließt der Direktor, »sehen wir uns gezwungen, beiden einen Tadel der Schulleitung zu erteilen.« Er wendet sich an Adrian. »Adrian, das ist nun dein dritter. Ich muss dich darauf hinweisen, dass du die Schule bei einem weiteren Tadel verlassen musst.«

»Aber der hat ihn provoziert«, erbost sich Adrians Mutter und weist mit der flachen Hand auf Milan. »Der hat ihn einen Hurensohn genannt. Unverschämtheit. Ich bin seit achtzehn Jahren verheiratet.«

»Hab ich überhaupt nicht«, kontert Milan. »Das können die anderen bestätigen. Adrian ist es, der immerzu Hurensohn sagt. Zu jedem. Vorhin auch zu mir.«

»Weil du ein Hurensohn bist«, ätzt Adrian. »Deine richtige Mutter, nicht die da ...« Er schaut zu mir, dann wieder zu Milan. »Die ist doch weggerannt. Alda, ich wette, sie hat mit so vielen Männern gefickt, dass sie dich vergessen hat.«

Kaum ist das aus seinem Mund, da gibt ihm seine Mutter eins über den Kopf. Nur leicht, sie streift bloß die Haare. Hätte Milan das gesagt, hätte ich ihn vor die Tür geschleift, ihm dort eine gescheuert und dann zum Mundauswaschen geschickt. Bei diesem Jungen würde das wahrscheinlich nicht genügen. Der müsste grundgereinigt und generalüberholt werden.

»Bitte nicht in diesem Ton«, sagt der Direktor. »Adrian, du entschuldigst dich auf der Stelle bei Milan.«

»Sorry«, knurrt der Junge, ohne Milan anzusehen oder es zu meinen.

Dem Direktor genügt das jedoch. Er fährt fort: »Gut, also nun zu den Tadeln ...«

Ich unterbreche ihn, denn ich platze gleich.

»Entschuldigung. Chabe ich Frage.«

Er nickt mir zu und schaut auf seine Armbanduhr.

»Wundere ich mich, warum wir sitzen chier erst jetzt. Einmal in Monat, mindestens, kommt Milan nach Chause und chat Verletzung, weil Adrian ihn chat geschlagen. Wieso wurde nicht angerufen frieher, und wenn es immer gibt einen Tadel für solche Gewalt, warum chat Adrian erst zwei Tadel bis jetzt? Ist nicht normal.«

Dem Direktor und auch dem Klassenlehrer sind diese Überlegungen sichtlich unangenehm. »Nun ja«, hebt Ersterer an. »Wir erfahren nicht immer von diesen Auseinandersetzungen.«

»Er wusste immer.« Auf meinen Fingerzeig hin schrumpft der Klassenlehrer auf seinem Stuhl. »War mein Mann in der Schule mehrmals und chat er besprochen. Kann man machen nichts, chat er gesagt bekommen.«

»Das war voriges Schuljahr«, rechtfertigt sich der Lehrer.

»Ach, und warum konnte man machen nichts letzte Schuljahr? Kann man erst was machen, wenn Milan ist in Krankenhaus oder tot vielleicht?«

»Nun übertreiben Sie nicht. Das sind heranwachsende Erwachsene. Die müssen auch mal was unter sich ausmachen.«

»Chaben sie ja getan nun. Chat Milan gewehrt sich endlich.« Ich hebe die Hände. »Und was passiert? Bekommt er Tadel. Aber gebt ihr ihm Tadel von mir aus. Ich kaufe ihm Eis oder was er mechte.«

»Man kann doch Gewalt nicht mit Gewalt begegnen«, protestiert der Direktor in belehrendem Ton.

»Natierlich nicht. Aber wenn Reden oder Ignorieren chilft nicht und auch kein Lehrer, was soll man tun? Sich immerzu verdreschen lassen?« Ich schüttele den Kopf und werfe Adrian einen Blick zu. »Auf keinen Fall.«

Der Direktor beschließt, dass wir zum Ende kommen müssen. Adrian und seine Mutter verlassen das Zimmer, während ich dem Lehrer noch erkläre, dass er eine Aufsichtspflicht hat, die er zukünftig besser erfüllt. Damit habe ich zumindest diesen beiden Männern alles gesagt und schiebe Milan vor mir aus dem Zimmer. Er soll zum Deutschunterricht.

Ein bisschen verwirrt wirkt er, überrascht auch und orientierungslos. Dann besinnt er sich auf die Lage seines Klassenzimmers und zischt ab. Ich spaziere zum Ausgang und drücke die Tür auf, da fällt mein Blick auf eine Gestalt, die auf der Treppe hockt.

Adrian zieht es offenbar vor, Deutsch zu schwänzen. Wenn Blicke töten könnten, wäre ich jetzt eine Leiche. Der Junge steht nicht auf, als ich mich ihm nähere, er zuckt nicht mal mit der Wimper. Dass ich ihn mir greife, verblüfft ihn dann doch, und er schnappt nach Atem. Am Kragen zerre ich ihn von den Stufen und beuge mich zu ihm runter.

»Alda, das darfst du nicht«, schimpft er und versucht, sich loszureißen.

»Bin ich nicht Alda.« Ich packe ihn fester. »Und erzählst du mir nicht, was ich darf und was nicht.«

Der trotzige Ausdruck schwindet aus seinen Augen. Er windet sich nicht mehr, hält prompt ganz still.

»Chast du schon mal gehört von russische Mafia?«, raune ich.

Er beeilt sich, das mit einem Nicken zu bestätigen.

»Kenne ich Boss von russische Mafia.« Das ist nicht mal gelogen. Vor Gericht musste ich diese Bekanntschaft machen. Dass er und ich keine Freunde sind und sein Verein Schuld an meiner neuen Identität trägt, tut hier nichts zur Sache. »Ist er gefährlicher, sehr gefährlicher Mensch. Muss er nur schnippen mit Finger.« Zur Verdeutlichung schnippe ich vor Adrians Augen. Er blinzelt, und seine Unterlippe beginnt zu beben. »Dann gehen seine Männer los und tun bestimmte Personen weh, sehr weh.«

»Aber ich ...«, winselt Adrian.

»Still!«, fahre ich ihn an. »Redest du nur, wenn ich frage.«

Er presst den Mund zusammen und zuckt, als ich bloß den Finger hebe.

»Werde ich dich beobachten, sehr genau. Fasst du Milan an noch einziges Mal, wirst du bereuen. Chat er nur Knick in Jacke, weil du chast ihn gestreift, wird es dir leidtun. Lässt du ihn in Ruhe komplett, ist klar?«

Er nickt und scheint in meinem Griff immer starrer zu werden.

»Jetzt verschwindest du zu Unterricht. Ist wichtig, du lernst Sachen verninftige. Und wenn du musst loswerden aggressives Potenzial, schlägst du Sandsack. Chaben wir verstanden uns?«

Abermals nickt er. Ich lasse von ihm ab. Er stolpert rückwärts und stößt dabei gegen das Treppengeländer. Dann dreht er sich um und rennt in Richtung Klassenzimmer.

»Du hast was getan?«, stöhnt Vladimir und läuft im Schlafzimmer auf und ab.

Beim Abendessen, als ich noch in der Arbeit war, hat ihm Milan vom Tadel erzählt. Dabei erfuhr er auch von meinem Besuch in der Schule und zitierte mich unmittelbar nach meiner Heimkehr ins Schlafzimmer.

»Du hättest mich anrufen sollen. Es ist nicht in Ordnung, dass du ohne mein Wissen dort aufschlägst und dich als Mutter ausgibst. Ich hätte zwar nicht sofort da sein, aber einen Termin vereinbaren können.«

»Zu einem anderen Zeitpunkt hätte es nicht den Effekt gehabt, den es heute hatte«, kontere ich. »Ob ich nun die Mutter bin oder nicht, ich habe diesen Heinis ins Gewissen geredet, ihnen klargemacht, wie dämlich ihr Vorgehen ist, und ich wette, sie hören mich jetzt noch. Sich da hinzusetzen, die Vorwürfe abzunicken und bedachtsam Anregungen zur Verbesserung der Problematik zu geben, hätte nichts genützt. Das weißt du aus Erfahrung. Übermorgen hätte dieser Adrian Milan wieder in die Mangel genommen.«

Vladimir schnaubt. »Und du glaubst, das hält diesen kleinen Mistkerl auf? Ich bin sicher, von Lehrern erwartet er so wenig Konsequenzen wie von seiner Mutter.«

»Mag sein. Aber als ich ihn mir vorgeknöpft habe, hat er sich beinahe in die Hose gepinkelt. Ich bin mir sicher, dass Milan jetzt Ruhe vor ihm hat.«

»Du hast was getan?«, fragt Vladimir abermals und starrt mich ungläubig an.

Je mehr ich berichte, desto fassungsloser wirkt er. Am Ende rauft er sich die Haare und setzt sich auf den Bettrand.

»Ihn nur anzurühren, kann dir hierzulande eine Menge Ärger einbringen. Ihm aber mit der Russenmafia zu drohen, ist wirklich dumm gewesen. Seine Eltern könnten Anzeige gegen dich erstatten.«

Darauf lasse ich es gern ankommen. Zudem müsste er sich überwinden und sich jemandem anvertrauen, wozu er wahrscheinlich zu stolz ist. Und falls er das doch tut, müssen ihm andere als nur seine Eltern glauben.

»Warten wir es ab«, beschließe ich und verlasse das Schlafzimmer.

HANSWURST

So leicht mache ich es mir mit dem Abwarten dann doch nicht. Vladimirs Worte haben mich schon etwas beunruhigt, und ich sehe ein, dass ich mit meiner Drohung an Adrian übermütig war. So laure ich die nächsten Tage, bin auf den Anruf von seinen Eltern oder einem Anwalt eingestellt. Natürlich auch darauf, dass Milan wieder eins auf die Mütze bekommt.

Nichts geschieht. Außer einer Vier in Englisch und einem unangekündigten Diktat in Deutsch hat Milan nichts aus der Schule zu berichten. Gestern, am Donnerstag, zeigte sich Vladimir vorsichtig erleichtert, und so schüttelte auch ich die Sorgen ab. Ich wusste es noch nicht, aber ich brauchte Raum für neue.

Am Trüffel-Freitag liegt ein Schreiben der Geschäftsleitung in meinem Spind. Darin werde ich über das Ende meiner Beschäftigung unterrichtet, kurz und knapp mit angeblichem Bedauern. Ab April werden meine Dienste am Fließband nicht länger benötigt. Dabei habe ich mir solche Mühe gegeben und absolut nichts falsch gemacht. Ich bin nicht die Einzige, die so ein Schreiben bekommen hat. Auch Miriam mit dem Arschgeweih findet einen Brief in ihrem Spind, doch sie reagiert nicht annähernd so enttäuscht wie ich. Sie wusste, dass die Stelle auf einen Monat befristet war. Genau genommen hat sie den Job lediglich zur Überbrückung einer kurzen Arbeitslosigkeit bekommen. Im April beginnt sie in Vollbeschäftigung als Verkäuferin in einem Warenhaus. Schließlich hat sie das gelernt.

Und ich? Ich Nuss wollte hier Karriere machen.

»Tröste dich«, murmelt Manuela später am Fließband, wo ich vor lauter Enttäuschung ein paar Tränen verdrücke. »Ich bleibe auch nicht mehr lange. Wir sind fast alle nur befristet eingestellt. Die Produktion läuft noch bis zum Sommer, dann ist Pause und für die meisten Schluss.«

»Immerhin wusstet ihr und konntet vorbereiten«, antworte ich. »Bleibt mir nun eine Woche, um zu finden neue Arbeit. Kannst du nicht vorstellen, was ich schon alles chabe gearbeitet. Bloß um zu tun irgendwas.«

Manuela ist entsetzt, als ich ihr vom Job auf dem Bahnhofsklo erzähle, und wundert sich, warum ich das nicht abgelehnt habe. Ich beschreibe ihr, wie es in Deutschland ist. Als Ausländerin, vermeintlich unqualifiziert. Auf Jobsuche. Ich habe getan, was mir gesagt wurde. Zumindest habe ich es versucht.

»Eigenartig ist es schon, dass dich niemand über die Befristung hier informiert hat«, findet Manuela.

Ich wundere mich nicht. Helene Schmidt hat das sicher absichtlich verschwiegen, um mir gegenüber Vladimir einen tollen Job zu präsentieren. Ich werde kein Wort mehr mit ihr reden, sondern eine neue Bearbeiterin verlangen.

»Was glauben Sie eigentlich, wer ich bin?«, echauffiert sich Hans-Peter Lehmann, als ich am Nachmittag in seinem Büro stehe. »Hanswurst, der nur herumsitzt und Daumen dreht?«

Warum er mit zweitem Namen nun plötzlich Wurst und nicht Peter heißen soll, ist mir egal. Ebenso, was er mit seinen Daumen tut. Wichtig ist nur, dass er mir weiterhilft, doch dazu sieht er sich nicht mehr verpflichtet und zetert weiter.

»Ich habe noch andere Dinge zu tun, andere Menschen wie Sie zu betreuen. Weder bin ich das Arbeitsamt noch Rechtsanwalt oder die Kummerkastentante.« Er gibt seinem Stuhl einen Schubs, damit er vom Tisch wegrollt, dann steht er auf und kommt zu mir. »Mir obliegt die Sicherstellung Ihres Schutzes, Ihre soziale Eingliederung nur in gewissem Maße. Da müssen Sie Ihren eigenen Beitrag leisten. Ganz ehrlich, Frau Poljakow, mir steht es bis hier.« Mit der flachen Hand zieht er eine Linie vor seinem Hals. »Bis genau hier, wenn ich höre, dass Sie einen weiteren Job verloren haben.«

»Ist diesmal aber nicht meine Entscheidung«, schimpfe ich zurück, »und chabe ich mich nicht verchalten falsch. Ist Schuld von Chelene Schmidt. Chat sie nicht gesagt, dass dieser Job dauert nur eine Monat.«

»Natürlich!« Er wirft die Hände in die Luft. »Immer sind die anderen schuld. Zuerst die Männer in der Sauna, dann ein Wildschwein ...«

»Brauche ich keine Vorwurf jetzt, sondern neue Arbeit.«

»Dann sprechen Sie mit Frau Schmidt. Die kann Ihnen vielleicht noch einmal helfen. Ich nicht.« Er hebt den Arm und schiebt den Ärmel seines Jacketts zurück, um auf die Uhr zu schauen. »Ich habe nämlich Feierabend. Seit zwei Stunden genau genommen.«

Aha. Das ist also der Grund, warum er so in Rage ist. Er wollte sich längst ins Wochenende verabschieden, wurde aufgehalten, und nun komm auch noch ich und verhagel ihm den verspäteten Start. So ein armer Mann!

»Gehe ich nie wieder zu Chelene Schmidt«, stelle ich klar. »Ist sie nicht professional.«

»Um die Frau werden Sie nicht herumkommen. Außerdem, wenn Sie das nächste Mal mit mir sprechen wollen, dann bitte mit Termin.«

Ach so. Wenn das so ist. »Meldest du dich nie an, wenn du kommst zu mir. Mache ich also auch nicht bei dir.«

»Hören Sie endlich auf, mich zu duzen. Sie sind doch nun lange genug hier und dürften verstanden haben, wann man die Höflichkeitsform verwendet.«

»Chabe ich verstanden, finde ich aber nicht chöflich. Für mich ist es chöflich, zu verwenden vollständigen Namen.«

»Wir sind hier aber nicht in Russland. Es wird Zeit, dass Sie sich wie eine Deutsche verhalten.«

Darüber muss ich beinahe lachen. Ich bin zu alt dafür, war zu lange Russin, um mich nicht wie eine zu fühlen. Mein Name ist tot. Mein neues Leben eine komplette Lüge. Ich werde nicht auch noch den Rest von mir sterben lassen.

Hans-Peter Lehmann atmet durch und kehrt steifen Schrittes hinter seinen Schreibtisch zurück. »Eine Sache versuche ich für Sie jetzt noch zu regeln, dann bin ich hier raus. Damit das klar ist.«

Er wühlt sich durch Unterlagen, greift zum Telefon und wählt eine Nummer. Ein paar Sekunden später begrüßt er Helene Schmidt, als hätte er allerbeste Laune. Tatsächlich tauschen er und diese unsägliche Frau sich erst einmal über die bevorstehenden Wochenendaktivitäten aus. Ich höre heraus, dass meine Job-Finderin einen Shoppingtrip plant. Hans-Peter Lehmann hingegen will noch heute zusammen mit seiner Frau nach Hamburg fahren, um sich ein Musical anzuschauen.

»Eigentlich wäre ich schon unterwegs.« Er lacht. »Aber wie der Zufall es will, habe ich Besuch von Jekaterina Poljakow bekommen.« Er macht eine Pause, lauscht und sagt dann: »Ja genau. Die Russin, die einen Job nach dem anderen schmeißt.«

Dass ich meine Hände in die Seiten stemme, sieht er, als er aufschaut und mich mustert, während er Helene Schmidt zuhört. Es beeindruckt ihn in keiner Weise.

»Ja, nun. Bedauerlicherweise ist es schon wieder geschehen.« Er kratzt sich am Kopf und rückt die Brille auf der Nase zurecht. »Nein, diesmal war sie offenbar unbeteiligt. Die Stelle war auf einen Monat befristet.« Mit einem Stift beginnt er Kreise auf seiner Schreibtischunterlage zu malen. »Das hatten Sie Frau Poljakow mitgeteilt, natürlich.« Unter verständnisvollen Hmhms folgen mehr Kreise und schließlich: »Ja, das ist eine fabelhafte Idee. Sie können gern schon mal schauen, ob Sie nicht etwas Neues haben. Herzlichen Dank. Frau Poljakow wird dann ...«

Den Rest des Satzes höre ich nicht, denn ich verlasse das Büro. Der Knall, mit dem die Tür gerade hinter mir ins Schloss gefallen ist, dürfte Hans-Peter Lehmann so erschreckt haben, dass er einen Kreis vermasselt hat. Ich eile die Flure entlang zum Ausgang und pralle beinahe gegen dessen Schiebetüren, die zweifelsohne auf die Geschwindigkeit von Beamten eingestellt sind. Sie öffnen sich knapp vor meiner Nase.

Auf dem Weg zur Bushaltestelle klingelt das Handy in meiner Tasche. Ohne stehen zu bleiben, krame ich es hervor und sehe, dass Hans-Peter Lehmann anruft.

Mit einem knappen »Ja?« nehme ich das Gespräch an.

»Warum machen Sie sich denn so mir nichts, dir nichts aus dem Staub?«, will er plötzlich scheißfreundlich wissen.

Ein Rudel Redewendungen als Sahnehäubchen obendrauf. Aber nicht mit mir, Hans-Peter Lehmann! Nicht mit mir. Diese habe ich nämlich alle schon einmal gehört und bin über ihre Bedeutung informiert. *Sich aus dem Staub machen* ist auf einen Kampf zurückzuführen, in dessen Staubwolke man sich abducken und verdrücken konnte. Das habe ich gewissermaßen getan, und zwar ohne mir und dir zu schaden. *Mir nichts, dir nichts* also.

»Weil einen Buckligen erst das Grab gerade macht«, antworte ich ihm, ohne zu erwarten, dass er damit etwas anfangen kann. Es ist ein russisches Sprichwort, das besagt, dass man Menschen nicht ändern kann. Sprich: Ich habe resigniert.

»Ähm, ach so …«, stottert er. »Ja, also dann. Ich wollte Ihnen auch bloß Ihren Termin mitteilen. Nebenbei bemerkt, der ist verpflichtend. Frau Schmidt erwartet Sie am Dienstag um sechzehn Uhr.«

Ich bedanke mich, so freundlich ich kann, beende das Gespräch und springe in den gerade an der Haltestelle ankommenden Bus.

PAPPERLAPAPP

Vladimir besteht darauf, mich zu Helene Schmidt zu begleiten. Ich möchte das nicht. Ich will allein hingehen und feststellen, ob sich die Frau auch um einen guten Job für mich bemüht, wenn mein offenbar so beeindruckender Mann nicht dabei ist.

»Papperlapapp«, sagt er. »Zuletzt war es gut, dass ich dabei war. Nicht, dass sie dir einen zweiten miesen Job aufbrummt. Den kündigst du sowieso und hast neuen Ärger am Hals.«

Er versteht meinen Punkt nicht. Ich muss deutlicher werden. »Ich will nicht von dir an die Hand genommen werden wie ein unfähiges Kind. Helene Schmidt soll mit mir sprechen, nicht mit dir. Sie soll sich um mich bemühen. Nicht um dich.« In keiner Hinsicht um ihn.

»Und dann schrubbst du wieder Klos.«

»Einen Job wie auf dem Bahnhofsklo werde ich mir nicht noch einmal aufdrücken lassen, ganz sicher nicht.«

Schon, weil er glaubt, dass ich es nicht ohne ihn schaffe, will ich allein zu diesem Termin.

»Papperlapapp«, sagte er noch einmal. »Ich komme mit. Wann ist der Termin gleich? Morgen, sechzehn Uhr, oder?«

»Vierzehn Uhr.«

»Hattest du nicht sechzehn Uhr gesagt?«

Das hatte ich. Aber er zwingt mich zum Schwindeln. »Nein.«

»Mist«, brummt er. »So früh bekomme ich nicht frei.«

Dessen war ich mir sicher.

Möchte ich Vladimir auch nicht dabeihaben, seine Tipps zum Outfit beherzige ich und entscheide mich für ähnliche Kleidung wie zuletzt: Jackett, Bluse, Jeans. Zurückhaltender Schmuck. Außerdem schminke ich mich dezent.

Pünktlich um fünf vor vier sitze ich im Warteraum. Verstohlen schaue ich mich nach einer Kamera um. Warum sollte es hier, in diesem öffentlichen Bereich, keine Videoüberwachung geben, die vielleicht als der Sicherheit dienend gerechtfertigt wird und tatsächlich nur genutzt wird, um zu überprüfen, ob die Leute pünktlich kommen und wann sie unruhig werden?

Mit der offenbar obligatorischen Verspätung von zehn Minuten ruft mich Helene Schmidt in ihr Büro und erwartet mich sogar an der Tür. Das Erste, was mir auffällt, ist ihr Oberteil mit dem Motto des Tages: *'n Scheiß muss ich.*

Na, das kann ja heiter werden.

Davon abgesehen hat sich einiges an Helene Schmidt geändert. Sie trägt ein Jackett über dem Shirt und eine schwarze Hose, die fescher als die alte Jeans ist. Das einst triste Schuhwerk wurde gegen ein Paar mit Absätzen getauscht. Make-up hat sie aufgelegt, und für etwas Farbe nebst einem Schnitt war sie sogar beim Friseur.

Sie begrüßt mich mit laschem Handschlag und schaut, ob mir jemand – wer wohl? – folgt. Ihr »Kommen Sie heute allein.« ist keine Frage, sondern eine Feststellung. Sie schließt die Tür, verweist auf einen der beiden Stühle für Besucher und nimmt hinter ihrem Schreibtisch Platz.

»Tja, dann ...«, seufzt sie und klimpert auf ihrer Tastatur herum.

Damit klingt und wirkt sie nicht besonders motiviert, sondern tatsächlich, als hätte sie gerade beschlossen, die Aussage ihres T-Shirts zu leben.

Immer schön freundlich!, befehle ich mir und halte mein unverbindliches Lächeln auf den Lippen, auch wenn es schwer ist. Tatsächlich wird es gleich noch schwerer und droht aus dem Gesicht zu fallen. Helene Schmidt startet abermals einen Monolog über die schlechte Arbeitsmarktsituation, bedingt durch die vielen Ausländer und eine allgemeine Unsicherheit wegen der Aktionen verschiedener Politiker. Während mich meine schwindende Geduld kitzelt, zieht sie schließlich noch den Frühling in die Verantwortung.

Mir entfährt ein: »Lapperpalapp!«

Helene Schmidt hält verwundert inne. Sie will lachen, verkneift sich diese positiv-emotionale Regung aber, korrigiert ihre Mundwinkel und fragt: »Was soll das heißen?«

»Ist einfach Quatsch. Politik und Sonnenschein und so weiter. Sagst du einfach, was für Jobs chast du, und ich entscheide, ob gut oder nicht.«

»Kürzen wir das ab, okay?« Sie stützt die Ellbogen auf ihren Schreibtisch und widmet sich mir endlich voll und ganz. »Bestimmte Tätigkeiten lehnen Sie ab, einen Gabelstapler- oder Busführerschein besitzen Sie nicht ...«

»Kann ich machen.« Das wäre doch mal was, Gabelstapler oder Bus fahren. Jahrzehntelang habe ich meinen Wohnwagen durch Westrussland gesteuert. Diese Gefährte sollten nicht schwerer zu bewegen sein.

»Über eine Fort- beziehungsweise erst einmal eine Ausbildung sprechen wir zu einem späteren Zeitpunkt vielleicht. Für den Moment kann ich Ihnen nur eine Beschäftigung als Erntehelfer bei der Spargelernte anbieten, aber ich sage Ihnen gleich: Die Stelle ist auch wieder befristet. Spargel wird nun einmal nur von April bis Juni gestochen.«

Was ist das? »Spargel?«

Helene Schmidt erklärt es netterweise: »Diese weißen oder grünen Stangen mit den kleinen Köpfchen. Schmecken besonders gut zu Sauce Hollandaise und Schinken.«

Ach das. Oh je!

Noch nie im Leben habe ich Spargel gegessen. In der russischen Küche ist dieses Gemüse maximal ein Exot. Nur von Bildern kenne ich es und finde, es sieht ein bisschen ... sagen wir *anrüchig* aus. Wie ein verkümmerter Pimmel. Es ist ein komischer Gedanke, dass ich das nun ernten soll. Ich wage es nicht zu sagen, aber ich weiß nicht einmal, wie und wo dieser Spargel überhaupt wächst.

»Wird erklärt, wie man erntet Spargel?«

»Ja, natürlich.« Helene Schmidt nickt eifrig. Ihre Hoffnung, dass ich diesen Job nehme, ist offenbar groß. »Wie gesagt. Er wird gestochen.«

»Erstochen?« Wie jetzt? Ist es doch kein Gemüse, sondern ein Tier?

»Ge-stochen. Mit einem speziellen Schneidewerkzeug wird er aus der Erde geholt. Genau weiß ich es nicht, aber das würde man Ihnen sicher erläutern.«

»Okay ...«

»Heißt das, ich kann Ihre Unterlagen weiterleiten?«

Ich zögere. Dieser Job klingt nicht so gut wie der, den ich gerade verliere, aber er hört sich hundertmal besser an als Baumfällen und Bahnhofsklo. Und falls es doch furchtbar ist, muss ich nur bis Juni durchhalten. Ich gebe mir einen Ruck und der Frau mein Einverständnis.

»Prima.« Helene Schmidt tippt wieder. »Ich kann mir vorstellen, dass Ihnen der Job Spaß macht. Mit den anderen Erntehelfern werden Sie sich bestimmt gut verstehen. Die meisten kommen aus Osteuropa.«

Das ist ein weites Feld. »Aus Russland?«

»Der eine oder andere vielleicht. Die meisten sind aus Rumänien, einige aus Polen.«

Ich erspare es mir, der Frau zu erklären, dass Polnisch und Rumänisch andere Sprachen sind. Nicht nur, weil sie sich nicht des kyrillischen Alphabets bedienen. Ohnehin ist sie im Redefluss und malt sich aus, wie es für mich später im Jahr weitergehen kann.

»Vielleicht bekomme ich Sie noch bei den Erdbeeren unter. Da wird bis in den Juli hinein geerntet. Und bis Oktober könnten Sie Zwetschgen pflücken.«

Diese Früchte kenne ich und finde sie so schmackhaft wie Schokolade. Alles in allem sind das doch gute Aussichten.

Oder nicht?

Was wird Vladimir dazu sagen ... wenn er mir meine Schwindelei verziehen hat? Er wird längst warten und sich wundern, wo ich nach dem vermeintlichen Vierzehn-Uhr-Termin bleibe. Wird er denken, dass ich mich wieder mit dem Erstbesten zufriedengegeben habe, oder akzeptiert er, dass es der einzig verfügbare Job war? Wird er mich auslachen, schon bei der Vorstellung, dass ich fünf Tage die Woche über einen Acker stampfe? Ich kann ihm sagen, dass ich den Job wegen der vielen Bewegung angenommen habe. Und ich werde ihm sagen ... ich weiß nicht, was.

Weil das so ist, gehe ich nicht direkt nach Hause, sondern mache von der Bushaltestelle aus einen Umweg über den Spielplatz. Die Schaukeln sind frei. Ich stelle meine Tasche in den Sand, setze mich, hole Schwung und schaukele.

APRIL

AGRARPUMPS

Das Leben zu meistern ist nicht wie über ein Feld zu gehen, besagt ein russisches Sprichwort. Ich finde, das *nicht* kann man getrost streichen. Eins ist wie das andere. Insbesondere, wenn man zum Spargelstechen übers Feld geht und es in Strömen regnet. Seit Tagen.

Ein paar Schritte, bücken, Spargel aus der klammkalten Erde fingern und in etwa zwanzig Zentimetern Tiefe von der Wurzel trennen, weitertappen, Spargel stechen, aufrichten, ein paar Schritte, bücken. Mein Rücken schmerzt wie der einer Hundertjährigen. Meine Finger sind wund. Meine Knie knacken bei jeder Bewegung, als würden sie Schmiere benötigen. Meine Füße dünsten in von Matsch beschwerten Agrarpumps vor sich hin. So nennen die Frauen ihre Gummistiefel, wenn sie mal Deutsch sprechen. Meist unterhalten sie sich auf Rumänisch, von dem ich nur ein paar Brocken verstehe.

Der Spargel ist genauso elend dran, denn eigentlich will er bloß seine Stange gen Himmel treiben. Einhundert Sommertage lang sammelt er dazu Kraft und lässt sich einen Busch wachsen, dessen Blätter für den Winter Energie in der Wurzel speichern. Im April legt er los. Aus der Wurzel heraus schickt er die erste Stange, doch sobald das Köpfchen aus der Erde schaut, kommen wir und sensen die Stange ab. Weil der Spargel ein besonders willensstarkes, optimistisches Gemüse ist, versucht er es noch sechs weitere Male. Fünfmal grundsätzlich für die Katz beziehungsweise für die Sauce Hollandaise. Vielleicht lässt er sich nur deshalb nicht entmutigen, weil er inzwischen weiß, dass es irgendwann klappt. Beim siebten Mal nämlich, Ende Juni. Dann darf er endlich tun, was er will. Eigentlich legt er damit lediglich den Grundstein für die sich im kommenden Jahr wiederholende Prozedur.

Auf den Feldern hier stechen wir ausschließlich männlichen, weißen Spargel. Das klingt ökonomisch inkorrekt, ist es auch. Weil der weibliche Spargel zu viel Energie in die Produktion von Samen verpulvert, also herumplempert, wird er ausgeschlossen. So wetteifern die Herren der Sorten Cumulus, Baklim, Ramires und Raffaelo miteinander um die prachtvollste Stange. Denkt man darüber nach, wenn man dieses eigenartig geformte Gemüse den ganzen Tag lang aus der Erde gucken sieht, kommt man schon auf komische Ideen. Von wegen Pimmelkampf und so.

Ein Schlag auf meinen Hintern reißt mich aus den Gedanken. Fluchend richte ich mich auf, stütze meinen Rücken und fahre herum. Hinter mir steht einer der wenigen Typen. Dragos heißt er, glaube ich. Er grinst und glaubt, dass ich mich über seine Aktion so freue, wie es einige der Rumäninnen tun. Statt ihm ein paar hinter die Ohren zu geben, kichern sie und flirten mit ihm, wenn er sie auf den Po haut. Er sollte wissen, dass ich es nicht mag, aber ich befürchte, er hat einen Narren an mir gefressen, weil ich blond bin. Die einzige Blonde hier. Dass ich bestimmt zehn Jahre älter bin, scheint ihm völlig egal zu sein. Eigentlich sollte er am Nachbarbeet arbeiten. Der Anblick meines ausgestreckten Hinterteils hat ihn offenbar von seiner Aufgabe abgelenkt und wieder einmal in Versuchung geführt.

»Jekaterina, ja?« Er deutet mit den Händen zwei Kugeln an, die sowohl für meine Arschbacken als auch für die Brüste stehen könnten. »Sehr gut«, sagt er dann und nickt.

Ich bin unschlüssig, ob ich ihm auf Russisch oder Deutsch antworten sollte, weil er weder das eine noch das andere versteht. Ein Teil von mir will ohne Worte abwinken, doch ein anderer Teil weigert sich, ihm abermals als schöner Ausblick zu dienen, sobald ich mich übers Beet beuge. Weil Deutsch deutlicher unfreundlicher als Russisch klingt, entscheide ich mich dafür.

»Arbeitest du weiter, Chund fauler!« Ich zeige auf sein Beet. »Und steerst du nicht bei meine Arbeit.«

Sein Grinsen wird breiter. »Jekaterina, ja?« Ehe ich michs versehe, greift er nach einer meiner unter der Kapuze hervorfallenden blonden Strähnen und reibt sie zwischen seinen Fingern. »Sehr gut.«

Ich schlage seine Hand weg. »Ist nicht mal echt. Bin ich brünett wie alle andere Frauen.« In einer ausholenden Geste weise ich um mich herum auf die Rumäninnen, dann nehme ich die Strähne selbst zwischen die Finger. »Braun, verstehst du?«

Er lässt seine Hand ebenfalls schweifen und zeigt dann auf mich. »Besser.«

Ohne große Hoffnung halte ich ihm meine linke Hand vor und zeige auf den Ring. »Verheiratet, siehst du?«

Er winkt ab und legt sich die Hände übers Herz.

Ach, verdammt! Hat doch alles keinen Sinn.

Ich wende mich wieder meinem Beet zu, hocke mich aber hin, was die Arbeit noch mühsamer macht. Meine Knie protestieren mit einem Knacken.

Die Rumänin, die mir gegenüber Spargel sticht, kichert und wirft mir einen Blick zu. Dann tauscht sie ein paar Worte mit ihren Nachbarinnen. Die beiden Frauen links und rechts neben mir stimmen ein, und bald scheint sich die ganze Kolonne am Beet über mich zu unterhalten. Vielleicht stellen sie gerade fest, wie eitel ich bin, dass ich die Avancen dieses allseits angehimmelten Don Juan so kaltherzig ausschlage. Wie unfreundlich. Eine Russin, die sich für was Besseres hält, bloß weil sie blond und verheiratet ist. Auf so einen charmanten Klaps, dass er meinen Namen weiß und mir Komplimente macht, reagiert man doch nicht unfreundlich, sondern geschmeichelt. Mindestens.

Um sechzehn Uhr, als der Regen aufhört und sich die Sonne zeigt, ist Schluss für den Tag. Ich habe gelernt und warte, bis alle in den beiden Anhängern sind, welche die Traktoren gleich über Landstraßen zurück nach Frankfurt ziehen werden. Sobald Dragos eingestiegen ist, klettere ich in den anderen Wagen und setze mich gleich neben der Tür. Eine Frau schließt die Tür, der Traktor fährt los und zieht den Wagen an. Alle sind lustig, reden durcheinander und lachen. Bis wir die Straße erreichen, ist der Weg uneben. Hin und wieder rumpelt der Hänger durch Schlammlöcher und neigt sich zur Seite. Dann kreischen die Frauen im Chor. Inzwischen zucke ich nicht mehr erschrocken zusammen. Wie jeden Tag hat auch heute jemand Schnaps mitgebracht. Die Flasche geht reihum. Ich trinke nicht, was mir abermals abschätzige Blicke und Gerede einbringt.

Eigentlich sollte ich mich hier wohlfühlen, sogar ein bisschen heimisch. Die Rumänen verstehen es, jede Minute ihrer Freizeit zum Feiern zu nutzen. Das sollte mich an früher erinnern. Ich sollte mittendrin sitzen und mittrinken, statt vom Rand her zuzuschauen und zu grübeln. Ich glaube nicht, dass es nur daran liegt, dass ich die Sprache nicht verstehe. So merkwürdig es ist, ich freue mich auf die Couch im Wohnzimmer der Poljakows, auf die Küche und das gemeinsame Abendessen, das Vladimir heute zubereiten wird. Wir wechseln uns ab. Wenn er kocht, schmeckt es immer ein bisschen besser. Mir zumindest.

Während der Fahrt öffnet sich plötzlich die Tür. Unter dem Jubel der Frauen klettert Dragos herein. Er richtet sich auf, schließt die Tür wieder und tut so, als klopfe er sich Staub von der Jacke. Die Frauen quieken vor Vergnügen, als er sich durch die Haare streicht, wie um sie zu einer schneidigen Frisur zu kämmen, und den imaginären Kamm dann in seine Gesäßtasche schiebt. Begleitet von Applaus stolziert er von einer zur anderen. Jede nimmt er ins Visier und entscheidet mal mehr und mal weniger abschätzend, dass sie nicht ist, wen er sucht. Weil er kein Wort sagt, kann ich mir denken, worauf das hinausläuft. Aus dem Wagen zu springen, wäre eine Option, wüsste ich, wo ich bin und wo die nächste Bushaltestelle ist.

Dragos schlendert die gegenüberliegende Bankreihe ab. Wann immer er eine Frau ablehnt, beschwert sie sich, lacht aber doch und verpasst ihm einen Knuff oder haut ihm auf den Hintern. Ich schaue weg, als er sich zu den Frauen auf meiner Bank umwendet und die Prozedur wiederholt. Bei mir angekommen, fasst er mich am Kinn und zwingt mich, den Kopf zu heben. Ich wische seine Hand weg und funkele ihn an. Die Frauen kreischen, als er eine traurige Grimasse zieht und sich unter gespieltem Schmerz an die Brust packt. Das Kreischen schwillt zu ohrenbetäubendem Lärm an, als seine Hand tiefer wandert und schließlich, direkt vor meiner Nase, zwischen seinen Beinen ruht.

Wäre mir das beim Zirkus passiert, hätte ich den Kerl genau dort gepackt. Fest genug, dass er mich nie wieder auf diese Weise anmacht. Außerdem hätte ich ihm ein paar Takte erzählt, die ihn vor allen blamiert hätten. Aber hier versteht mich ja niemand. Und die Ohrfeige, die er verdient hätte, würde gerade nur für noch größeres Amüsement sorgen.

Früher hätte ich den Zirkus vermisst. Jetzt vermisse ich Vladimir.

EIERSUCHE

Ostern ist das größte russische Fest. Es ist wichtiger als Weihnachten und wird natürlich auch nach dem Julianischen Kalender begangen, also später als in Deutschland. Das bedeutet: Wieder einmal feiere ich ein bekanntes Fest zum gefühlt falschen Zeitpunkt. Und nicht auf die mir vertraute traditionelle Weise.

Am Montag der deutschen Karwoche habe ich mit dem Frühjahrsputz begonnen. Vladimir und die Kinder mussten helfen, denn es war viel zu tun. Begonnen bei den Küchenschränken, die aus- und abgewaschen werden wollten, über das Staubwischen und die gründlichste Reinigung aller Böden bis hin zu den Fenstern. Am Mittwoch klopfte ich bei der Fensterscheuche und machte sie auf die ihrer Pflicht obliegende Kehrwoche aufmerksam. Sie fiel aus allen Wolken und weigerte sich erst einmal, weil nicht Freitag war.

»Morgen ist sauberer Donnerstag«, sagte ich ihr. »Dann muss fertig sein.«

»Sauberer Donnerstag?« Sie schnaubte und stemmte eine Hand in die füllige Hüfte. »Gründonnerstag meinen Sie wohl. Wenn Sie mir schon Vorschriften machen wollen, dann müssen Sie unsere Feiertage kennen. Hier in Deutschland ist Gründonnerstag kein Feiertag, erst Karfreitag. Also kehre ich die Treppe morgen und nicht heute. Dass Sie das wissen.«

»Gut, machst du eben morgen frei. Aber nicht nur kehren, auch wischen.«

Als ich am Donnerstag vom Feld kam, war das Treppenhaus jedenfalls sauber. Das konnte ich abhaken und mich um den Kulitsch kümmern.

Das populäre Osterbrot ist in der Herstellung so aufwendig, dass ich nur daran scheitern kann. Offenbar befürchten die deutschen Bäcker dasselbe. Einen nach dem anderen besuchte ich. Ohne Erfolg. Die Verkäuferinnen wussten nicht einmal, was ich will. Die Backwarenabteilung des Supermarkts durchforstete ich gleichermaßen vergeblich, nahm aber immerhin zwei Packungen Eier, Rote Bete und Spinat mit. Auf dem Rückweg fiel mir der von Vladimir so bezeichnete Russenshop ein. Mit meinem Handy machte ich ihn ausfindig und kam gerade rechtzeitig. Ein Kulitsch war noch übrig.

Gläubige Russen gehen am Ostersamstag zur Kirche, um ihre Osterbrote und bemalten Eier weihen zu lassen. Geweihten Eiern schreibt man magische Kräfte zu. Beispielsweise sollen sie die Ernte vor Hagel, das Vieh vor Krankheiten, ein Haus gegen böse Geister und das Gesicht vor Falten schützen. Da ich nicht gläubig bin, verzichte ich auf die Weihe. Ohnehin bin ich bis Samstag nicht zum Färben gekommen. Das steht für den Tag selbst auf dem Programm. Enttäuschenderweise haben die Kinder keine Lust und meinen, das sei eine Beschäftigung für Babys. Nach dem Frühstück verabredet sich Kaja mit Freundinnen in einem Einkaufszentrum und verschwindet einfach. Milan taucht in seinem Zimmer ab, um die Zeit bei einem Konsolenspiel zu verplempern.

Während Vladimir den Tisch abräumt, taue ich den tiefgekühlten Spinat in einem Topf auf und schütte das Rotkraut aus dem Glas in einen zweiten.

»Beim besten Willen«, höre ich ihn murmeln. »Ich kann mir nicht vorstellen, dass das zusammen gut schmeckt.«

Verwundert wende ich mich um. »Was meinst du?«

Er weist auf die beiden Töpfe. »Rotkraut und Spinat. Isst man das in Russland traditionell zum Osterfest? Vermischt man es gleich oder wartet man drauf, dass es der Magen irgendwie auf die Reihe bekommt?«

»Wenn der Spinat getaut ist, schütte ich das Rotkraut und eine Tasse Sahne hinzu. Vierundzwanzig Stunden muss das ziehen. Zusammen mit Hasenfüßen und Fischknödeln ist das richtig lecker. Ein wunderbares traditionelles Essen.«

Vladimir legt sich eine Hand auf den Bauch und versucht, nicht allzu angeekelt dreinzuschauen. »Ich befürchte, die Kinder werden protestieren.«

»Ach, lapperpalapp! Es wird ihnen schmecken. Wie immer.«

Vladimir weiß nicht, was er dazu sagen soll.

Ich muss lachen. »War ein Spaß«, kichere ich. »Den Spinat und das Rotkraut brauchen wir bloß zum Eierfärben.«

Erleichtert atmet er durch. »Warum hast du keine Farben gekauft? Die gibt's doch fertig.«

»Eierfärbefarben?«

»Genau. Alle möglichen. Gelb, Blau, Orange ...«

»Das sind keine Osterfarben wie Rot und Grün.«

»Die kann man auch kaufen. Bei Rot und Grün denke ich aber eher an Weihnachten.«

Ich fülle Wasser in einen dritten, großen Topf und übergehe seinen Einwand. Mir fällt kein Gemüse ein, das blau färben würde. Überhaupt finde ich die Sache mit den fertigen Farben befremdlich.

»Was hast du nun vor?«, will Vladimir wissen, als ich den Topf auf den Herd stelle und das entsprechende Feld einschalte.

»Was schon, die Eier kochen.«

»Oh, wir blasen sie nicht aus?«

»Warum sollten wir das tun?«

»Wie wollen wir sie sonst an einem Strick befestigen und aufhängen?«

Kopfschüttelnd betrachte ich ihn. »Wohin sollten wir sie hängen? Die fertigen Eier gehören in Osterkörbe, und wenn sie leer wären, könnte man sie nicht mehr gegeneinander rollen. Überhaupt, was für eine Verschwendung.«

»Das flüssige Ei wird nicht verschwendet. Man kann einen Kuchen backen.«

»Die Menge würde für fünf Kuchen reichen. Außerdem bin ich froh, dass ich ein bisschen kochen kann. Backen will ich nicht auch noch lernen.«

»Es ist ganz leicht, du machst …«

»Ich mache gar nichts. Außer Eier zu kochen, sie dann zu färben und zu bemalen. Du wirst mir dabei helfen.«

Vladimir hebt die Hände, als wolle er meine Aktionen nicht mehr infrage stellen. Ein Kommentar brennt ihm beim Anblick der beiden Eierpackungen aber doch so sehr auf der Zunge, dass er rausmuss.

»Zwanzig Eier. Das sind ganz schön viele.«

»Stell dir nur vor, die wolltest du alle ausblasen. Am Ende wärst du von Sinnen.«

Er nimmt die Hände runter und krault sich das Kinn. »Das bin ich auch, wenn ich die alle bemalt habe. Ich habe nicht gerade Talent wie der Hofjuwelier Fabergé.«

»Das sollen keine Kunstwerke werden. Du zehn. Ich zehn. Keine große Sache.« Ermutigend tätschele ich ihm den Arm. »Die Menge brauchen wir außerdem. Du hast gesagt, es gibt eine Eiersuche. Jeder von uns muss also fünf Eier finden. Bei weniger wären wir viel zu schnell fertig.«

Den Brauch, die Eier in der Wohnung, im Garten oder in einem Park zu verstecken, kenne ich nicht, aber ich finde ihn witzig. Man muss Glück haben, um die bestgeformten Ostereier zu erwischen. Jene, die nachher beim Rollen gegen die anderen Eier bestehen und deren Schale nicht bricht.

»Nun ja«, murmelt Vladimir. »Für die Eiersuche werden nicht zwingend Eier versteckt.«

»Sondern?«

»Andere Dinge eben, die sich die Kinder gewünscht haben. Milan muss ein Konsolenspiel finden, Kaja Ohrringe.«

»Was für ein Schwachsinn. Was hat das mit einer Eiersuche zu tun, und ist Ostern ein Wunschkonzert?« Als ich schlechte Laune bekomme, drehe ich mich zum Herd. Vorsichtig lege ich ein Ei nach dem anderen ins heiße Wasser.

»Im vergangenen Jahr gab es für die beiden Sneakers und Apps für ihre Handys«, erklärt Vladimir ganz ohne Zweifel mit der Absicht, mir diesen deutschen Brauch näherzubringen. Je mehr ich aber höre, desto bescheuerter finde ich alles.

»Wir werden morgen nach Eiern suchen«, brumme ich, als er still ist. »Deine eigenartigen Geschenke kannst du von mir aus untermischen, aber ohne die Eiersuche feiere ich euer Ostern nicht mit. Wenn jeder fünf Eier gefunden hat, ist das Eierrollen an der Reihe. Klar?«

»Von mir aus. Ich hoffe, die Kinder spielen mit.«

»Wenn nicht, bekommen sie den anderen Kram eben nicht.« So einfach ist das.

»Meine Güte, es ist ein Feiertag. Ich will keinen Stress haben, keine Nörgelei hören, keine Streitereien schlichten.«

»Dann lass es nicht dazu kommen. Es gibt einen Plan für den Tag. Wir frühstücken, unternehmen einen Spaziergang in den Park zur Eiersuche und so weiter. Im Anschluss werden die Geschenke überreicht.«

Er schüttelt den Kopf, nicht, um zu verneinen, sondern vielmehr, um mir klarzumachen, wie leicht mein Plan umgestoßen werden kann. »Du weißt, wie sie sind.«

Schon brodelt es in mir. »Ich weiß, wie sie sind, ja. Ich weiß, dass sie dir gern auf der Nase herumtanzen, weil sie wissen, dass du ein schlechtes Gewissen hast, weil ihre Mutter fort ist.« Mit dem Zeigefinger tippe ich mir vor die Brust. »Mir tanzen sie nicht auf der Nase herum. Das wiederum weißt du. Weder an Ostern noch an Sankt-Nimmerleins-Tag.«

Damit schalte ich die Temperatur unter dem großen Topf ab. Vladimir guckt hinein.

»Was kommt als Nächstes?«, fragt er. »Wandern die Eier jetzt ins Rotkraut und in den Spinat?«

Das bedeutet in etwa, dass er nicht nur meinem Plan für heute, sondern auch dem für den kommenden Tag zustimmt.

KOPFKINO

Mit dem Dienstag und der Spargelernte kehrt der Alltag wieder ein. Das Osterfest ist vorüber – theoretisch, bevor es begonnen hat. Und alles war gut. Die Kinder haben pariert. Ohne zu maulen, haben sie lange mit Vladimir und mir beim Frühstück gesessen und sogar den Kubitsch probiert. Zu viert ging es anschließend in den Park, wo jeder seine fünf Ostereier suchte. Auf dem Parkweg haben wir sie gegeneinandergerollt und uns gefreut, dass jedem von uns mindestens ein heiles, Glück bringendes Ei blieb. Mir blieben zwei.

Glück habe ich schon heute, denn Dragos ist nicht auf dem Feld. Vielleicht hat er in den letzten Tagen bloß einen über den Durst getrunken, vielleicht hat er den Job auch an den Nagel gehängt. Ich vermute das Erste, hoffe aber auf Letzteres.

Als ich am späten Nachmittag nach Hause komme, hält mir Vladimir zwei Tickets vor die Nase. »Hab ich von einem Kollegen bekommen. Der kann nicht hingehen, weil seine Frau krank geworden ist. Lust, mich zu begleiten?«

Ich nehme ihm die Tickets ab. Als ich das Wort Zirkus lese, verkrampft sich mein Herz. Schnell gebe ich Vladimir die Karten zurück und wende mich ab.

»Das ist nichts für mich. Frag Milan.«

»Hab ich schon. Er will nicht mit, weil es kein normaler Zirkus ist. Das soll ganz toll sein, Jekaterina. Nur Artisten, keine Tiere.«

»Frag Kaja«, presse ich zwischen den Zähnen hindurch und verschwinde im Bad, um zu duschen. Diese Prozedur ist nach der Arbeit auf dem Feld nun wieder jeden Tag möglich. Weil ich mich nicht so schmutzig fühle wie nach dem Klojob, brauche ich allerdings nicht lange.

Danach verkrümele ich mich ins Schlafzimmer, setze mich aufs Bett und nehme Snoopy zur Hand. Eine Weile betrachte ich die

Matroschka, stelle sie aber unverrichteter Dinge zurück. Zu überwältigend wären die Erinnerungen, die mich jetzt beim Auseinander- und Zusammenbauen packen würden.

Vladimirs Stimme hallt in meinem Kopf: *nur Artisten, keine Tiere.* Gerade die Artisten, die sind es ja.

Ich kann ihn nicht begleiten. Nicht, weil ich nicht darf. Nur der Auftritt wurde mir verboten, nicht der Besuch. Ich kann nicht in den Zirkus, weil es mir zeigen würde, wie wunderbar mein altes Leben war. Wie schön es war, zu fliegen.

Es klopft an der Tür. Ich schaue über die Schulter und sehe, wie Vladimir das Zimmer betritt.

»Kaja will lieber hierbleiben und fernsehen.«

Ich zucke mit den Schultern. »Kann ich nicht ändern.«

Stumm betrachtet er mich, murmelt schließlich ein »Okay. Dann fliegen die Karten eben weg« und lässt mich allein.

Je länger ich auf dem Bett hocke, desto größer wird meine Traurigkeit. Als ich kurz vorm Heulen bin, gebe ich mir einen Ruck und stehe auf. In der Küche schaue ich mich zuerst um, ob die Karten irgendwo liegen. Auf dem Tisch oder der Anrichte. Schließlich sehe ich im Papiermüll nach. Tatsächlich finde ich sie da.

Vladimir hat es sich im Wohnzimmer auf der Couch bequem gemacht und liest in einem Magazin. Zuerst bekomme ich keinen Ton heraus. Erst nach dem Räuspern lässt sich der Satz formulieren. »Wenn du noch möchtest, können wir hin.«

Er schaut auf und zieht eine Braue hoch. Dann klappt er das Magazin zu und sieht auf die Uhr. »Gleich sieben. Wir sollten uns beeilen.«

Die charismatischen Feuerspucker, die trotz aller Muskeln wie Flummis herumspringenden Bodenartisten und die agilen Clowns auf den Mountainbikes habe ich überstanden. Über manche ihrer Scherze konnte ich sogar lachen. Nicht so sehr wie Vladimir, aber immerhin. Als die beiden Akrobaten am Vertikaltuch ihre Hände vom Tuch lösen, beuge ich mich zu ihm und flüstere ihm beinahe zu, dass diese

Übung die sogenannte Fledermaus ist und man sich nur gut einwickeln muss. Dann besitzen die Tücher eine höhere Reibung, und die Körperhaltung kostet weniger Kraft. Rechtzeitig verkneife ich es mir, setze mich wieder gerade hin und schüttele den Kopf, als Vladimir mich fragend anschaut.

So wenig wie jeder andere darf er etwas wissen oder nur ahnen, was ich einmal getan habe. Er könnte es ausplaudern, versehentlich oder unter Druck, noch Jahre später, wenn ich längst nicht mehr bei ihm bin.

Vor der Pause tritt der Zauberer auf. Er hat keine Kiste dabei, in der er seine Assistentin zersägt – zum Glück nicht. Er hat nicht einmal eine Assistentin, sondern präsentiert moderne Tricks, die nicht einmal ich durchschaue. In der Pause trinken Vladimir und ich Sekt vor dem Zelt. In der Masse der anderen Besucher. Mit verklärtem Blick schaue ich mich um. Nie hätte ich gedacht, dass ich einmal Zuschauerin in einem Zirkus sein würde.

»Alles okay?«, fragt Vladimir.

Ich kann nur nicken.

»Du bist so still. Gefällt's dir so wenig?«

Ich schaue ihn an. »Nein. Es ist … gut. Die Leute sind alle sehr talentiert.«

Das Signal, das das Ende der Pause verkündet, erspart mir weitere Fragen. Wir kehren zu unseren Plätzen zurück und schauen einer Artistengruppe mit Hula-Hoop-Reifen zu.

Dann kommt sie.

Schon beim ersten Blick, bei ihren ersten Schritten weiß ich, was sie macht. Sie ist hübsch und jung, schlank und brünett, wie ich einst. In ihrem weißen, glitzernden Kostüm sieht sie fantastisch aus. Ich muss nicht in die Köpfe der Männer hier schauen können, um zu wissen, welche Gedanken sich dort jetzt regen. Oft genug wurden sie mir später mitgeteilt, mündlich oder in Briefen. Auch was die Frauen denken, kann ich mir vorstellen. Sie beneiden diese Frau. Ich beneide sie mehr als jede andere hier.

Sanfte Klaviermusik ertönt – kein Rachmaninow oder Tschaikowski. Mit dem einsetzenden Gesang – nicht Russisch, irgendetwas anderes, Französisch? – beginnt sie ihre Kunststücke am Boden. Dann fällt das Seil zu ihr herab, sie ergreift es und lässt sich bis unter die Decke des Zirkuszelts ziehen. Dorthin, wo der Lichtkreis des Schweinwerfers am hellsten ist. Wo sie die Größte sein kann.

Das Lied ist traurig. Wahnsinnig traurig. Soviel weiß ich, ohne es zu verstehen. Nicht nur, weil ich den Klang und die zunehmende Dramatik der Stimme interpretieren kann, sondern auch, weil die Artistin die Rolle einer Frau mit Herzleid so gut spielt. Wie könnte ich nicht weinen?

Heiße Tränen rollen mir über die Wangen, über den Hals und versickern im Schal. Ich muss durch den Mund atmen, weil meine Nase verstopft ist und ich nicht will, dass Vladimir etwas bemerkt. Das geschieht dennoch am Ende ihrer Vorstellung, als das Publikum applaudiert und er mich ansieht.

»Grandios, oder?«, fragt er und hört sofort auf zu klatschen.

Nach einem Zögern legt er den Arm um mich. Ich weine nur noch mehr. Am liebsten möchte ich das Gesicht an seine Brust legen und schluchzen, hemmungslos und laut. Bis zum Ende der Vorstellung hört es nicht mehr auf. Immer wieder zwängen sich Tränen hervor.

»Es war das Lied«, sage ich Vladimir, der sehr verunsichert ist. Er umarmt mich nicht mehr, doch auf dem Weg durch die Straßen geht er näher bei mir als sonst. Und er ist still.

»Was war das für eine Sprache, weißt du das?«, frage ich.

»Französisch«, antwortet er in verhaltenem Ton. »Das Lied ist schon alt. Aus den Siebzigern, glaube ich.«

»Hast du verstanden, worum es geht?«

»Größtenteils ja, aber ich kann es nicht gut wiedergeben.«

»Versuch es bitte.«

»Okay, also es geht um ...« Er überlegt kurz, fährt dann fort. »Kummer. Übersetzt bedeutet der Titel so viel wie *Ich fühl mich krank.* Sie träumt nicht mehr, fühlt sich hässlich und schmutzig, wie ein mutterloses Kind und ohne Vergangenheit. Die Schuld dafür gibt sie einem Mann, denke ich, mit dem sie eine Affäre hat. Er hält sie hin, verschwindet immerzu.«

Nur der erste Teil passt auf mich. Aber das spielt keine Rolle. Noch in der U-Bahn und auf dem Weg durch Kalbach dudelt die Melodie in meinem Kopf, und vor meinem geistigen Auge schwebt die Artistin im weißen Kostüm im Scheinwerferlicht unter der Zirkusdecke.

Als wir an unserem Wohnhaus ankommen, warte ich, dass Vladimir die Tür aufschließt, doch er tut nichts dergleichen. Die Hände in die Jackentaschen geschoben, steht er da und scheint zu grübeln. Dann wendet er sich zu mir um und sieht mich an. Nicht wie die meiste Zeit, sondern wie an diesem einen Abend, als er mich geküsst hat. Ein Schauder kriecht über meinen Rücken, als er eine Hand aus der Tasche zieht und mir eine aus dem Zopf gelöste Strähne hinters Ohr streicht.

»Ich wünschte, du könntest mir sagen, was dich so traurig macht«, murmelt er und legt mir die Hand in den Nacken. Sein Daumen streichelt meinen Hals.

»Ich wünschte, ich könnte es dir sagen«, flüstere ich, weil meine Stimme einmal wieder versagt und neue Tränen aufquellen. Schnell wende ich den Blick ab, lasse ihn die Straße entlangschweifen.

Vladimir lässt von mir ab. Im Augenwinkel sehe ich, wie er den Schlüssel hervorholt und die Tür aufschließt.

SPARGELTARZAN

Yippie, ich muss nicht mehr auf dem Anhänger fahren! Noch besser: Vladimir holt mich ab. Das war sein Vorschlag. Niemals wäre mir eingefallen, ihn darum zu bitten, denn seine Arbeitsstelle liegt nicht einmal in ungefährer Nähe der Spargelfelder.

Noch Stunden nach dem Zirkusbesuch war er ungewöhnlich still und schien nachzudenken. Und dann kam er völlig überraschend mit der Feststellung, wie umständlich und unbequem es sei, dass ich zuerst vom Traktor gezogen im Anhänger übers Feld rumpele und schließlich mehrere Busse nehme. Insbesondere, wo er zur selben Zeit wie ich Feierabend hat.

Als die anderen Spargelhelfer nach getaner Arbeit auf die Hänger klettern, mache ich mich auf den Weg zum Rand des Feldes. Vladimir wird dort warten, denn sein Auto ist nicht unbedingt geländetauglich. Schon gar nicht, wenn der Boden vom Dauerregen durchgeweicht ist. Auch heute ist der Himmel wieder grau, doch zum Glück nieselt es nur und gießt nicht wie aus Kannen.

Auf der Hälfte der Strecke von vielleicht einem halben Kilometer entdecke ich sein Auto auf der Straße. Es hält in der Einbuchtung zum Feldweg. Vladimir steigt aus und winkt. Mein Herz hüpft kurz vor Freude. Ich winke zurück und gehe etwas schneller. Das Knattern der Traktoren, die sich von hinten nähern, wird lauter. Um das erste Gefährt vorbeizulassen, bleibe ich stehen und trete einen Schritt zurück. Aus dem Hänger tönt Gesang und Gelächter. Ein paar Leute gucken durch das schmale Fenster, das sich in der Wand befindet, damit es nicht düster ist, sobald man die Tür schließt. Sie mustern mich und lassen die anderen offenbar wissen, dass ich es vorziehe, zu Fuß zu gehen.

Der zweite Traktor rollt heran. Hinter dem Steuer sitzt der Bauer, dem die Felder gehören. Mein Chef sozusagen. Bei mir angekommen, hält er an und brüllt über den Lärm des Motors hinweg etwas, das ich nicht verstehe. Ich vermute, dass er sich wundert, warum ich nicht mitfahre, und zeige auf Vladimirs Auto. Der Bauer setzt das Fahrzeug wieder in Bewegung. Es ist schon vorbei, da wird die Tür des Hängers geöffnet, und Dragos springt heraus. Ehe ich michs versehe, ist er bei mir, um mich in Rhett-Butler-Manier in die Arme zu reißen. Dann küsst er mich. Zuerst, vom Schwung überrascht, wedele ich nur mit den Armen. Bevor ich ihn wegstoßen kann, hat er mich wieder auf die Füße gestellt und läuft lachend zum Anhänger, aus dem vier Frauen schauen und ihn anfeuern, das Fahrzeug einzuholen. Vor lauter Schreck und Ärger atemlos, beobachte ich, wie er aufspringt und die Tür hinter sich schließt. Dann fliegt mein Blick zu Vladimir, der nicht mehr, wie eben noch, an seinem Auto lehnt, sondern ein paar Schritte nach vorn gemacht hat und mir jetzt ziemlich sauer entgegensieht.

Ich gehe weiter, den Blick auf meine Agrarpumps geheftet. Der schale Kuss des Mistkerls klebt auf meinen Lippen und ekelt mich so an, dass ich mir mit dem Handrücken über den Mund fahre und ausspucke.

»Tolle Vorstellung«, knurrt Vladimir, als ich bei ihm bin.

»Hör bloß auf«, gebe ich unwirsch zurück, gehe zur Beifahrerseite und stapfe den gröbsten Dreck von den Stiefeln.

Ohne einen weiteren Kommentar setzt sich Vladimir hinter das Lenkrad und wartet. Er startet den Wagen, sobald ich eingestiegen bin, wendet in der Ausbuchtung und biegt auf die Straße. Kilometer um Kilometer bringen wir Richtung Frankfurt hinter uns, und mit jedem einzelnen wird die Stille unangenehmer. Es ist, als würde Vladimirs Schweigen schwelen wie Glut. Ich hingegen schweige, weil ich unsicher bin. Einerseits will ich ihm den Kuss erklären, andererseits bin ich beleidigt, weil er offenbar mehr hineininterpretiert.

Am Ortseingang von Kalbach gibt es eine Stichflamme in Form von: »Was läuft da zwischen dir und diesem Typen?«

»Gar nichts«, gifte ich zurück. »Dass du so was überhaupt denkst. Du hast gesehen, wie er über mich hergefallen ist.«

»Und ob. Es sah aus, als würde er das aus Gewohnheit tun.«

»Da liegst du absolut richtig. Aus schöner Gewohnheit baggert er alles an, was nach Frau aussieht.«

»Dann ist es also ein Wettbewerb.« Vladimir beschleunigt und brettert das Auto über eine Ampel, die von Gelb auf Rot schaltet. »Wer kriegt den tollen Hengst ab? Gratulation!«

»Schwachsinn! Und rase gefälligst nicht so!«

»Ich rase, wenn mir danach ist«, kontert er, geht aber doch vom Gas und wirft mir einen kurzen Blick zu. »Morgen kannst du wieder im Hänger mitfahren. Dann braucht er sich nicht so abzumühen, dieser ... dieser Spargeltarzan.«

Spargeltarzan! Ha! Beinahe, nur beinahe finde ich diese Bezeichnung komisch. Mein Ärger ist jedoch größer als der Drang zu lachen.

»Vielleicht sehen sich die anderen Frauen in einem Wettbewerb. Ich hingegen versuche mich, seit ich da arbeite, vor ihm in Sicherheit zu bringen. Er versteht aber keinen Ton, nicht auf Deutsch und nicht auf Russisch.«

»Dann warst du eben nicht deutlich genug. Ich hab nicht gesehen, dass du dich gewehrt hast. Einen Tritt in den Arsch hättest du ihm verpassen können, wenn's dir nicht gefällt. Eine Ohrfeige mindestens.«

»So schnell war ich nicht. Verstehst du das nicht?« Himmel, er macht mich so sauer, dass ich am liebsten aussteigen möchte – obwohl wir gleich da sind. »Und von mir aus ... hol mich eben nicht mehr ab. Ist wohl besser so. Wer weiß, was morgen passiert und was wir dann zu diskutieren hätten. Das brauche ich wirklich nicht.«

»Vergiss es!« Er parkt vor dem Wohnhaus. »Und ob ich dich abhole.«

Ich starre ihn an, versuche, seine Gedanken zu ergründen. Vladimir starrt zurück. Dann stellt er den Motor ab.

Ich sehe ihn fragend an. »Wieso machst du überhaupt so einen Aufstand? Es war doch niemand in der Nähe, der unsere Ehe infrage stellen und uns Probleme machen würde.«

»Was hat das damit zu tun?«

»Nun ja. Du warst um die Wahrung des Scheins besorgt.«

»Es ist … es war …«, stottert er. Weil er mit diesem Satz nicht weiterkommt, schreibt er ihn ganz ab und hebt den Finger. »Passiert das noch einmal, verstehst du, noch einmal, dann ist Polen offen.«

Ich habe keine Ahnung, was das bedeutet. Es wirkt wie eine Drohung. Womöglich ist ein offenes Polen besonders gefährlich … wie Vladimir es sein wird, wenn mich der Spargeltarzan noch mal küsst.

»Ich habe echt keinen Bock mehr auf diesen Mist«, brummt er noch und steigt aus.

Welchen Mist meint er? Diese Diskussion oder unsere Scheinehe? Durch die Windschutzscheibe beobachte ich ihn. Er riegelt das Auto ab und geht zur Haustür, wobei ihm bewusst wird, dass ich noch im Wagen sitze. Also wendet er sich um, entriegelt den Wagen wieder und hebt wie fragend die Hände.

Ich könnte mich irren, aber es hat den Anschein, als wäre Vladimir nicht mehr auf mich böse, sondern auf sich selbst. Hand aufs Herz: Alles, was ich eben gesagt habe, war viel überzeugender als seine Worte.

Weil ich mich nicht rühre, kommt Vladimir zurück und öffnet die Tür.

»Übernachtest du im Auto, oder wird das heute noch was?«

»Möglicherweise verbringe ich hier einen entspannteren Abend.«

Sein Arm zuckt, als wolle er die Tür zuschmeißen. Um ihn nicht noch mehr zu provozieren, als ich es ohne Absicht ohnehin getan habe, steige ich aus.

Für den Rest des Abends besprechen wir nur das Nötigste, sagen knapp »Bitte« und »Danke«, wenn wir uns beim Abendessen Salz und Wasser reichen. Es fällt den Kindern nicht auf, weil sich Vladimir dafür umso angeregter mit ihnen unterhält. Zuerst über einen Film, den Milan im Kino anschauen möchte, später über Kajas Kleiderschrank, in dem es laut ihrer Aussage überhaupt nichts zum Anziehen gibt. Er lacht über ihre Behauptung, aus allen Sachen herausgewachsen zu sein.

Es ist lange her, dass ich mich so ausgeschlossen gefühlt habe.

RUNDSCHLAG

Ich wünschte, ich könnte Dragos irgendwie verständlich machen, dass Polen offen ist, wenn er jemals wiederholt, was er gestern getan hat. Den ganzen Vormittag ist er um mich herumscharwenzelt. Ob ich ihn ignoriere oder anschnauze ... es hat denselben Effekt. Ihn wegzuschubsen ist hingegen keine gute Idee, das spornt ihn nur an. Nach dem Motto: Sie hat mich angefasst, ich fasse sie zurück an.

In der Mittagspause suche ich also den Bauern.

»Sprichst du Rumänisch?«, frage ich ihn.

Er mustert mich aus einem Auge, das andere hat er zusammengekniffen, und kratzt sich das Ohr. »Nein. Du? Ist doch dasselbe wie Russisch, oder?«

Wie bitte? Ich versuche, nicht so empört zu klingen, wie ich bin. »Sind das zwei ganz verschiedene Sprachen. Ist, als ob du bechauptest, Deutsch ist dasselbe wie Dänisch.«

Er winkt ab. »Ja, ja, schon gut. Worum geht's denn?«

»Geht es um Dragos. Tatscht er mich an die ganze Zeit. Finde ich ...«

»Ach nee, Mädchen. Für solchen Kindergartenkram hab ich keine Nerven. Da könnte hier ja jede kommen. Also, husch, husch, klär das selbst. Ich habe hier zu tun.«

Husch, husch? Frechheit! »Chörst du mal, schickst du mich nicht einfach weg, wenn ich berichte von große Problem. Vielleicht mögen andere Frauen, was Dragos macht, aber mir gefällt nicht. Bin ich verchei...«

»Schluss jetzt.« Böse funkelt er mich aus einem Auge an. »Hau ab, hab ich gesagt. Wenn dir hier irgendwas nicht passt, dann komm halt nicht her.«

Wenn das mal so leicht wäre. Zu gern würde ich nicht mehr herkommen. Nicht nur von Dragos habe ich die Nase voll, sondern auch von seinem Gefolge, das sich schon wieder über mich lustig macht, weil ich effektlos petzen war.

Beinahe effektlos. Meine kurze Unterhaltung mit dem Bauern hat mich zwar nicht weitergebracht, ihn wohl aber so sehr geärgert, dass er seine Erntehelfer nach der Mittagspause zum Akkordspargelstechen antreibt. Dass vier weitere Beete bis zum Feierabend abgeerntet sein müssen, versteht erst einmal keiner außer mir, also macht er den Leuten durch drohende Gesten klar, was er will.

Immerhin bleibt nun keine Zeit mehr für Grapschereien.

Ein paar Minuten nach vier werden die letzten Spargelstangen aus der Erde geschnitten. Schnaufend lasse ich das Messer fallen und stütze die Hände auf die Knie, da schmiegt sich jemand von hinten an mich. Schmutzige Hände greifen um mich herum und packen mich bei den Hüften. In dem Moment, als ich mich aufrichte und herumfahre, um Dragos ein für alle Mal Bescheid zu geben, so richtig, fliegt er weg. Einen überraschten Schrei gibt er noch von sich, dann landet er im Matsch. Vor ihm steht Vladimir in seiner blauen Arbeitskleidung und mit einer Miene, die einen das Fürchten lehren könnte.

»War das jetzt deutlich?«, fährt er den Rumänen an.

Der erholt sich von seinem Schreck, faucht irgendwas und ist fixer als erwartet auf den Beinen, um wie eine Dampflok auf meinen Helden loszugehen und ihn umzurammen. Dazu kommt es nicht. Er mag zwar wendiger sein, hat aber nicht genug Körpermasse. Vladimir holt aus und verpasst ihm einen Schwinger, der ihn abermals zu Boden streckt. Da liegt er nun, winselt und windet sich. Wild durcheinander diskutierend scharen sich die Frauen um uns. Vladimir ignoriert ihr Zetern, auch dass sie ihm Schubse verpassen. Er wendet sich an mich.

»Wenn du dann so weit bist, können wir los.«

Ich nicke und will mit ihm verschwinden, da drängt sich der Bauer durch die Meute der Frauen.

»Was ist denn hier los?«, grölt er mit hochrotem Kopf und postiert sich vor Vladimir. »Was treibst du dich auf meinem Feld herum? Spargel klauen, oder wie?«

Wenig später schreien Vladimir und der Bauer einander an. Die keifenden Rumäninnen stellen den Schwinger durch Gesten nach. Dragos taumelt mit blutender Nase hinzu. Zuerst glaubt der Bauer, Dragos hätte den Spargel vor Vladimir verteidigt, dann versteht er, dass Letzterer mein Mann und aus dem ihm bekannten Grund auf seinen Erntehelfer losgegangen ist.

»Das hat Konsequenzen, Freundchen«, brüllt er. »Das verspreche ich dir. Den Mann einfach so niederzuschlagen.«

»Was heißt hier einfach so?«, brüllt Vladimir zurück.

Dragos brüllt etwas auf Rumänisch.

Der Bauer bläst sich weiter auf. »Weil er ein bisschen getätschelt hat. Da ist doch nichts dabei.«

»Wenn du so denkst, brauchst du wohl auch eins auf die Nase«, kontert Vladimir.

»Wag es, mir zu drohen, Freundchen, wag es!« Mit erhobener Faust rückt er Vladimir auf die Pelle und verliert die Fassung völlig, als der seine Hand wegschlägt.

»Runter von meinem Feld.« Außer sich vor Wut, schaut der Bauer von Vladimir zu mir. »Alle beide. Kommt mir bloß nicht noch einmal unter die Augen!«

Vladimir nimmt mich bei der Hand. Er schleppt mich mit sich, drängelt sich durch die Menge auf den Feldweg. Ich stolpere einmal, weil mir jemand einen Stoß gibt, doch er hält mich und zieht mich weiter. Ich brauche eine Weile, bis ich sprechen kann.

»Na toll«, schnaube ich.

Vladimir schweigt verbissen, den Blick hat er auf sein am Feldrand parkendes Auto geheftet.

»Jetzt bin ich den Job los.«

»Scheiß drauf«, knurrt er. »Suchen wir dir was Besseres.«

»Natürlich.« Ich entreiße ihm meine Hand und bleibe stehen. »Wie einfach das ist, wissen wir ja.«

»Ich will jetzt nicht darüber nachdenken«, gibt er zurück, ohne stehen zu bleiben. Sturen Schrittes marschiert er voran.

Ich beeile mich, um zu ihm aufzuschließen. »Warum bist du überhaupt aufs Feld gekommen? Warum hast du nicht am Auto gewartet?«

»Na, warum wohl?« Er wirft mir einen kurzen Blick zu, konzentriert sich dann wieder auf sein Ziel, als würde er so schneller vorankommen. »Ich wollte dir sozusagen Geleit geben, damit er dich nicht noch einmal ablutscht, dieser ... dieser ...«

»Spargeltarzan, ich weiß.«

Er winkt ab und schweigt wieder.

Kaum sitzen wir im Auto, da greift er zum Handy. Ich kann mir vorstellen, wen er anruft, und irre mich nicht.

»Schlechte Neuigkeiten, Herr Lehmann«, grummelt er Sekunden später ins Telefon, lauscht dann, schüttelt den Kopf und sagt: »Nein, diesmal war es wirklich nicht ihre Schuld.«

In knappen Sätzen schildert er Hans-Peter Lehmann, was geschehen ist. Dessen Reaktion scheint ihm nicht zu gefallen, denn er runzelt die Stirn und brummt: »Jetzt regen Sie sich mal ab. Was soll denn das?«

Abermals hört er zu und wirkt immer verärgerter.

»Nein, nicht nötig. Schonen Sie sich, Herr Lehmann. Darum kümmern wir uns selbst.«

Zuhören. Schnauben. Tiefere Falten in der Stirn.

»Tun Sie das. Tun Sie sich keinen Zwang an. Ziehen Sie's mir halt ab.«

Damit beendet er das Gespräch und pfeffert das Handy aufs Armaturenbrett. Nachdem er tief Luft geholt hat, startet er das Auto und fährt los.

»Was hat er denn gesagt?«, will ich nach einer Weile wissen.

»Was schon. In deiner Situation ... keine Ausbildung ... zu hohe Ansprüche.« Er schlägt aufs Lenkrad. »Bla, bla, bla. Ich kann's nicht mehr hören. Wir kümmern uns selbst um einen Termin bei Frau Schmidt. Dazu brauchen wir ihn doch nicht.«

Es ist das zweite Mal, dass Vladimir *wir* sagt und damit nur mich und ihn meint. Merkwürdig, wie vertraut das klingt. Als sei dieses *Wir* ganz selbstverständlich.

»Was will er dir abziehen?«

Er schnaubt ein weiteres Mal, antwortet mir aber nicht.

»Was von dem Geld, das du bekommst, weil du mich aufgenommen hast?«

»Egal«, knurrt er und schaltet das Radio ein.

Ich stelle es aus. »Es ist nicht egal. Wenn's so wäre, fände ich das sehr ungerecht. Dann spreche ich mit Hans-Peter Lehmann.«

»Das verbiete ich dir, hörst du?« Um mich böse anzufunkeln, nimmt er den Blick kurz von der Straße. »Wir brauchen ihn nicht. Auch nicht seine vermeintlichen Almosen.«

»Ich will aber nicht, dass ...«

»Nein!«, fällt er mir wütend ins Wort, beruhigt sich aber gleich und spricht in gemäßigtem Ton weiter: »Ruh dich mal ein paar Tage aus. Unternimm was Schönes. Lenk dich ab.«

»Ich wüsste nicht, wie.«

Er überdenkt das. »Ich aber«, sagt er schließlich und grinst.

»Ach ja?«

»Am Samstag, da kommst du mit. Wir bleiben bis Sonntag. Das wird toll. Die beste Ablenkung überhaupt.«

FRACKSAUSEN

In der russischen Sprache gibt es sechs Fälle. Nicht vier, wie im Deutschen. Ich habe bis heute nicht verstanden, wie die Deutschen den fünften und sechsten russischen Fall kompensieren, aber irgendwie geht es wohl. Mit der restlichen deutschen Grammatik hat man ja ohnehin genug zu tun. Ein bisschen leichter wäre es schon ohne die Artikel, die wir Russen einfach nicht verwenden. Die braucht wirklich niemand. Ist doch egal, ob es der, die oder das heißt. Auf das Substantiv kommt es schließlich an. Das klärt alles. Und erfahrungsgemäß versteht mich hier auch jeder, wenn ich den Artikel einfach weglasse. Ich könnte sowieso nicht sagen, warum Mond männlich und Sonne weiblich sein soll. Was macht sie zu Mann und Frau? Ein Der und Die? Ah, was denk ich überhaupt darüber nach.

Warum ich darüber nachdenke? Nun ja, genau genommen, weil ich mit einer neuen, gänzlich unerwarteten, vermeintlichen Höflichkeitsformel konfrontiert wurde. In meinen Augen ist es nach wie vor am höflichsten, die Leute mit Vornamen, Vatersnamen und Nachnamen anzusprechen und im Falle eines nicht existenten Vatersnamens nur Vor- und Nachname zu verwenden. Dieses *Sie* – das irritiert mich einfach zu sehr. Es wirkt so unpersönlich. Wie kann es da höflich sein?

Das *Sie,* das ich sonst ständig höre, wurde nun aber ausgetauscht gegen ein *Ihr* und ein *Euch,* deren Sinn ich noch weniger begreife. Vladimir hat mir erklärt, dass man früher so gesprochen hat. Im Mittelalter. In der Zeit, in der sich diese Schlachten zugetragen haben, die hier nun reenacted werden. Die Folge: Aus Furcht, irgendwem megaunhöflich zu begegnen und mit einem Schwert, wie dem, das ich für eine Schlafzimmerdeko hielt, kurzerhand einen Kopf kürzer gemacht zu werden, sage ich kein Wort. Die scheinen das hier alles schon sehr ernst zu meinen.

Dennoch fühle ich mich fast wohl. Die Atmosphäre erinnert mich an mein altes Leben. Das Feld, auf dem das Reenactment stattfindet, ist von einem Zaun umgeben. Es gibt einen Eingang, an dem Besucher Eintritt zahlen. Statt Wohnwagen wurden Zelte aufgestellt. Keine Zweimannzelte, sondern größere, in denen irgendwann heute Nacht ganze Mann- und Frauschaften schlafen werden. Davor brennen Feuer. Zahlreiche kleine und ein großes, um das man sich zum Essen versammelt. Zu essen gibt es rund um die Uhr und reichlich. Eintöpfe, die in Kesseln köcheln, und Schwein, das am Spieß brät. Die Rollenverteilung ist typisch: Frauen sorgen dafür, dass das Futter gut ist. Männer wälzen Eisen in Glut und hämmern darauf ein, um später aufeinander einhämmern zu können. Wer noch kein Schwert hat, kann sich hier eins schmieden lassen. Musiker spielen auf altertümlichen Instrumenten. Ihre Lieder verstehe ich kaum, weil mir zu viele Worte fremd sind. Gaukler tanzen auf Seilen oder verschlucken Feuer, um es wieder auszuspucken. Wahrsagerinnen versprechen einen Blick in die Zukunft. Wirte schenken Met aus. Auch alkoholfrei, für alle, die noch fahren müssen. Man passt sich ja doch irgendwie der Zeit an.

Noch wohler würde ich mich fühlen, liefe ich nicht in Jeans und Pullover herum. Die anderen Frauen tragen Kleider, wie ich sie bislang nur im Theater gesehen habe.

»Geht es Euch gut?«, fragt jemand neben mir.

Ich wende mich zu der Frau um, die mir Vladimir schon vorgestellt hat. Maren heißt sie, glaube ich. Sie und ihr Mann werden auch in dem Zelt nächtigen, in dem wir unsere Taschen abgestellt haben. Vor Strohballen, die als Betten dienen werden.

»Fiehle ich gut, ja«, antworte ich und schlinge doch die Arme um meinen Oberkörper, um meine nicht adäquate Kleidung zu verbergen.

Maren legt mir eine Hand auf die Schulter. »Ihr wirkt, als ängstigt Ihr Euch?«

Ihr. Euch. Und eine merkwürdige Version des Verbs.

»Nein, nein. Alles gut«, sage ich mit einer wegwischenden Handbewegung.

Maren lächelt milde, wie man es aus Mittelalterfilmen kennt. »Kommt mit mir, Jekaterina.«

Ich zögere, weil ich unsicher bin, ob es eine Frage oder eine Aufforderung ist, dann nicke ich. »Ist gut, komme ich mit. Gehst du voraus.«

Maren führt mich zu unserem Zelt. Dort wühlt sie in ihrem Reisegepäck und fördert ein Leinenkleid zutage.

»Das könnte Euch passen«, sagt sie und reicht es mir.

Dass mir etwas passen könnte, ist zweideutig. In diesem Fall meint sie tatsächlich das Kleid, nicht irgendeinen Umstand, gegen den sie etwas unternehmen will. Also halte ich das Kleidungsstück hoch und betrachte es. Die Schulterpartie ist dunkelgrün, ebenso der untere Rock. Die Ärmel und der obere Rock, der sich über dem anderen teilt, sind beigefarben.

»Probiert es an, Jekaterina«, fordert Maren mich auf. »Es wird Euch gut zu Gesichte stehen. Dann werdet Ihr Euch hier wohlfühlen.«

Es ist mir ein echtes Bedürfnis, sie ebenfalls mit Ihr und Euch anzusprechen, aber ich weiß einfach nicht, wie. So bleibe ich bei dem, was ich für sicher halte.

»Ist sehr nett von dir. Cherzlichen Dank tausendmal.«

Nur den Pullover ziehe ich aus. Mein Unterhemd und auch die Jeans lasse ich an, wie es mir Maren rät, damit mir nicht kühl wird. Das Kleid hat die optimale Länge. Es fällt bis zum Boden und verdeckt somit die Boots, die ich auf Vladimirs Anraten angezogen habe. Mit Absatzschuhen wäre ich hier nicht weit gekommen. Während ich die Ärmel, die etwas eng sind und kneifen, zurechtzupfe, schnürt Maren das Kleid im Rücken, bis auch die Weite passt. Nachdem sie die Spitze im Dekolleté geordnet hat, tritt sie zurück und betrachtet mich mit zufriedener Miene.

Einen Spiegel gibt es nicht, also vertraue ich ihr. Weil mir mein Dutt zu streng für dieses Outfit erscheint, ziehe ich die Nadeln aus meinen Haaren und krame die Bürste aus meiner Tasche, um sie durchzukämmen.

Vor dem Zelt entbrennt plötzlich eine Diskussion, die Musik, Gesang und Tumult übertönt. Wir laufen nach draußen. Drei Männer, Vladimir darunter, halten zwei Streitende auseinander. Einer im roten Wams wirft einem im blauen Wams vor, falsch reagiert zu haben. Der in Blau rechtfertigt sich schimpfend und wild gestikulierend. Dass sie einander duzen, deutet auf ein Problem hin, das noch viel ernster genommen werden muss als das Event. Ein Blick in Vladimirs Miene verrät mir, dass er die Geduld verliert. Da unterbricht er die Männer auch schon.

»Jetzt haltet mal die Klappe, alle beide! Es nützt nichts, wenn wir uns deshalb angehen. Wie viele waren es denn?«

Die Streithähne verstummen. Vladimir scheint auf diesem Feld etwas zu sagen zu haben. In seiner Rüstung, an deren Hüftstück das Schwert hängt, sieht er überhaupt ziemlich eindrucksvoll aus, noch größer und kräftiger. Darunter trägt er ein Wams, weite Hosen und Stiefel.

»Nur fünf«, antwortet der Mann in Blau.

Der in Rot plustert sich wieder auf. »Ja, aber nun wollen sie wiederkommen. Mit fünfzig Leuten. Fünf hätten wir unter Kontrolle halten können, aber doch keine fünfzig.«

Vladimir lässt sie stehen und geht zu unserem Zelt. Dabei bemerkt er mich und hält einen Moment inne. Sein Blick wandert an mir herab, dann wieder hinauf zu meinem Gesicht und über meine Haare. Verwunderung liegt darin. Bewunderung sogar? Irgendein anderer Ausdruck? Er scheint etwas sagen zu wollen, grinst aber nur schief und verschwindet im Zelt.

Maren gesellt sich zu den vier Männern. Etwas leiser unterhalten sie sich. Hinter mir im Zelt höre ich Vladimir telefonieren. Er berichtet jemandem – der Polizei vermutlich – von den fünf Männern, die auf das Feld gelassen werden wollten. Als Skinheads bezeichnet er sie. Der Mann am Eingang hat ihnen den Eintritt verwehrt, weil er Ärger befürchtete. Zu Recht, wie Vladimir findet und Schutz anfordert.

Das Wort *Skinhead* braucht keine Übersetzung. Es ist dasselbe im Russischen, und ich kann mir lebhaft vorstellen, was fünfzig dieser Typen ausrichten können. Ich wäre lieber nicht hier, wenn sie eintreffen.

Vladimir kommt zurück. Er streift mich mit einem weiteren Blick und unterrichtet die kleine Gruppe dann über das, was er mit seinem Telefonat erreicht hat. Nichts offenbar.

»Sie müssten mit Mannschaftswagen kommen«, sagt er und fährt sich mit der Hand übers Gesicht. »So schnell schaffen sie das nicht. Natürlich nicht.«

»Und nun?«, entrüstet sich der Mann in Rot, während die anderen ratlos dreinschauen. »Was haben sie denn gesagt?«

»Dass wir uns selbst verteidigen sollen.«

Einen Moment herrscht konsterniertes Schweigen.

»Wir sollen was?«, ächzt einer, der wie Vladimir eine Rüstung trägt.

Vladimir sieht ihn an. »Du hast richtig verstanden. Also los.«

Eine halbe Stunde später haben vierhundert Reenactment-Spieler vor dem Zaun Aufstellung bezogen. Mit anderen Frauen und ein paar Männern, die sich lieber nicht beteiligen wollten, stehe ich dahinter und halte nach Skinheads Ausschau. Vor Aufregung sind meine Hände feucht. Bei der kleinsten Bewegung da draußen stockt mir der Atem. Hin und wieder fluche ich leise, mal auf Russisch, mal auf Deutsch. Maren, die neben mir ausharrt, streicht mir über den Rücken.

»Sorgt Euch nicht«, murmelt sie. »Unsere Männer schaffen das.«

Sie hat wirklich Nerven, jetzt noch zu euchen!

Mir ist überhaupt nicht wohl, und ich finde nicht, dass unsere Männer das versuchen sollten. Noch viel unwohler ist mir aufgrund der Tatsache, dass Vladimir nicht etwa in erster Reihe steht, sondern davor. Ist der denn lebensmüde?

Als ich sehe, wie ein Auto auf den Parkplatz brettert, setzt mein Herz einen Schlag aus. Weitere Autos folgen. Fünfundzwanzig zähle ich am Ende und möchte Vladimir zuschreien, dass er seinen Arsch in Sicherheit bringen soll. Er ist Metallarbeiter, kein verdammter Krieger. Und das hier ist keine Show mehr. Die Ruhe rundherum ist allerdings so eindringlich, beinahe gespenstisch, dass ich keinen Ton zu sagen wage. Die vierhundert Verteidigungsbereiten schweigen in höchster Konzentration. Alle hinter dem Zaun wohl vor lauter Aufregung oder Schreck, dass es tatsächlich losgeht.

Autotüren werden zugeschlagen. Schritte knirschen durch Kies. Dann kommen die Gegner in Sicht. Es sind viele, mehr als fünfzig. Ihre Mienen erkenne ich noch nicht, aber ihr Gang verrät, dass sie entschlossen sind.

Ich fasse es nicht. Das kann und darf nicht wahr sein.

Bestürzt beobachte ich, wie Vladimir die vierhundert in seinem Rücken mit einem Handzeichen zum Warten auffordert. Die Skinheads nähern sich weiter, ihre Schritte und Stimmen werden lauter. Vor meinem geistigen Auge sehe ich ihr Heer schon mit den vierhundert kollidieren. Wie in einem Historiendrama.

Da hebt Vladimir die Hand und brüllt mit einer Stimme, die mir einen Schauder über den Rücken treibt.

»Booooogenschützen! Vor!«

Die Skinheads halten abrupt inne. Manche stolpern sogar. Einige vorwärts, andere rückwärts. Letzteres insbesondere, als die berufene Einheit nach vorn tritt und die Bogen spannt. Da nehmen die Skinheads die Beine in die Hand. Panisch fluchend sprinten sie, so schnell die schweren Stiefel sie tragen, zum Parkplatz. Motoren brummen auf, Schotter knirscht unter Reifen. Wenig später ist nicht mehr als eine Staubwolke übrig.

Ich kann nicht sagen, wann das Gelächter losging. Als ich aus meiner Schockstarre erwache, lachen und kreischen jedenfalls alle um mich herum. Maren fällt mir giggelnd um den Hals, löst sich aber wieder von mir, um ihrem Mann in die Arme zu fliegen. Ich sehe mich nach Vladimir um. Nirgends entdecke ich ihn und drehe mich immer hastiger um meine eigene Achse. Plötzlich steht er vor mir. Alle Anspannung fällt von mir ab. Ich starre ihn an, bloß scheißfroh, ihn zu sehen. Scheißfroh, dass das alles glimpflich ausging.

»Du siehst sehr hübsch aus«, sagt er und grinst. »Das wollte ich dir vorhin schon sagen.«

Dann nimmt er mich bei der Hand und führt mich mit sich, um etwas zu essen, viel zu trinken und zu feiern.

FAHRRADLEICHEN

Zum ersten Mal bekomme ich Besuch. Angelika Roth hat Spätdienst in der Sauna und sich auf einen Kaffee angekündigt. Seit ich hier bin, ist die Wohnung eigentlich ordentlich, aber ich sauge trotzdem noch mal durch, wische Staub, räume dies und das weg.

»Nett habt ihr's hier«, stellt Angelika Roth fest, als sie vom Flur in die Küche schlendert. Sie schaut sich um, betrachtet dies und das.

»Zeige ich dir Wohnzimmer, kommst du«, beschließe ich und führe sie hin.

»Nett, echt nett.« Abermals blickt sie sich um. Unentschlossen irgendwie. »Du magst es ordentlich, was?«

»Ist doch wichtig. Ordnung. Sieht sonst aus wie ...« Stall von Schweine.

Wir kehren in die Küche zurück und setzen uns. Ich schenke Kaffee ein. Angelika Roth nimmt ihre Tasse, pustet hinein und lässt den Blick umherschweifen. Irgendwas stimmt nicht.

»Was ist Problem?«

Sie sieht mich an und schüttelt den Kopf. »Gibt keins. Alles gut.«

»Findest du Wohnung chässlich in Wirklichkeit.«

Sie lacht leise. »Quatsch. Sie ist ganz hübsch. Nur ein bisschen ...« Sie hebt die Schultern und lässt sie wieder sinken. »Kühl.«

»Kühl?« Ich stehe auf. »Mache ich Heizung an.«

Angelika Roth hält mich am Arm fest. »Kühl im Sinne von spartanisch. Die Temperatur hier drin ist völlig in Ordnung.«

Ich setze mich wieder.

»Das ist auch überhaupt nicht böse gemeint, Jekaterina. Ich wundere mich nur. Du bist sehr weiblich, aber deine Wohnung ist so männlich, als wärst du hier nur zu Gast.«

Ihre Feststellung erschreckt mich. Es ist schwer, mir das nicht anmerken zu lassen, also schaue ich in meinen Kaffee.

»Ach, jetzt sei nicht eingeschnappt. Ich bin doch nicht zum Meckern hier. Das waren halt so meine Gedanken.«

»Schon gut«, murmele ich und zwinge mich, sie anzusehen. »Wohne ich chier erst seit November, wie du weißt. Finde ich es unchöflich, alles neu zu dekorieren so schnell.«

Sie zieht die Brauen hoch. »Ich weiß ja nicht, aber nach spätestens einem Monat hätte ich hier so ein bisschen weiblichen Charme versprüht, hübsche Deko gekauft.«

»Das ist nicht meine Art. Und außerdem, gefällt es mir so.«

Genau genommen habe ich nie darüber nachgedacht. Dass es ordentlich ist, war mir wichtig, damit ich mich wohlfühle. Sonst nichts. Mein Wohnwagen war ähnlich zweckdienlich eingerichtet. Da gab es auch kaum Dekoration, vor allem weil jeder Platz für im Alltag nützliche Dinge gebraucht wurde.

Glücklicherweise wechselt Angelika Roth das Thema und erzählt von ihrem Wochenende. Als ich ihr von meinem berichte, von den nachgestellten und echten Schlachten des Reenactments, lachen wir. Ja, auch ich kann mich inzwischen über die in die Flucht geschlagenen Skinheads amüsieren.

»Konntest du denn schlafen in diesem Zelt mit sieben anderen?«, will sie wissen. »Ich könnte das ja nicht.«

»Ging das schon. Viel Zeit zu schlafen war nicht sowieso.«

Es dämmerte nämlich schon, als Vladimir und ich betrunken ins Zelt krochen und uns auf dem Heu ausstreckten. Wir behielten die Kleidung an, er breitete eine Wolldecke über uns. Ich legte den Kopf auf seinen Arm, damit mich das Stroh nicht ins Gesicht piekte, und kuschelte mich an ihn. Um uns herum schliefen schon einige, manche schnarchten, aber das störte mich nicht. Ich war so müde, dass ich sofort einduselte, glücklich über den Sieg und das wunderbar gemütliche Beisammensein am Feuer mit vielen lieben Menschen. Meinem Schlag Menschen. Glücklich über die Erkenntnis, dass Vladimir einer von ihnen ist.

Nachdem Angelika gegangen ist, kümmere ich mich um das Mittagessen. Kaja und Milan kommen aus der Schule, wir essen zusammen, dann verkrümeln sich beide in ihre Zimmer, um Hausaufgaben zu erledigen. Während ich die Küche in Ordnung bringe, summe ich die Melodie des Liedes, das im Radio läuft. Danach kommen die Zwei-Uhr-Nachrichten, in denen mal wieder von Putin und anderen politischen Gruseligkeiten berichtet wird. Die letzte Meldung lässt mich versteinern.

»Am Frankfurter Hauptbahnhof wurden dreiundfünfzig Fahrradleichen gefunden«, sagt die Sprecherin in völlig nüchternem Ton. Okay, Nachrichtensprecher dürfen keine Emotionen zeigen, aber eine solche Nachricht dermaßen sachlich vorzutragen, erscheint mir doch unangebracht.

Dreiundfünfzig! Einfach schrecklich! Und dann noch der Hinweis, dass die Leichen mit einem Lkw abtransportiert wurden. Unfassbar! Mit einem Lkw! Was für ein unwürdiges, abgrundtief respektloses Verhalten. Und keinerlei Aufklärung, was passiert ist. Hat jemand um sich geschossen? Ausschließlich auf Fahrradfahrer? Oder ist irgendwo Gas ausgetreten? Gab es eine Karambolage von zwei oder drei Ausflugsgruppen? Die können doch aber nicht so schnell unterwegs gewesen sein, dass es gleich dreiundfünfzig Tote gibt. Kollektiver Selbstmord?

Grauenhaft! Schlicht und ergreifend grauenhaft!

In Gedanken bei den armen Familien erledige ich die Küchenarbeit, dann setze ich mich an den Tisch und warte auf die nächsten Nachrichten, in der Hoffnung, Hintergründe zu erfahren. Doch nichts da. Ich höre dieselbe Meldung noch einmal. In den Drei-Uhr-Nachrichten wird das Unglück gar nicht mehr erwähnt. Vielleicht, weil nicht mehr darüber gesprochen werden darf? Weil eine Katastrophe dahintersteckt und die Bevölkerung nicht verunsichert werden soll?

Als Milan in die Küche kommt, erschrecke ich. Er geht zum Kühlschrank und nimmt sich ein Getränk heraus.

»Warum guckst du so komisch?«, fragt er auf dem Rückweg.

»Bin ich bloß miede«, entgegne ich und beschließe, weder ihm noch Kaja von den Fahrradleichen zu erzählen. Das ist nichts für ihre sensiblen Gemüter.

»Wovon bist du denn müde?«, frotzelt Milan. »Du arbeitest doch gar nicht.«

So viel zum Thema sensibles Gemüt. Nun gut. An einem anderen Tag hätte ich zurückgeschossen, heute bleibe ich ruhig und warte auf Vladimir. Als er eine Stunde später zu Hause ist, folge ich ihm ins Schlafzimmer und schließe die Tür.

»Hast du die Nachrichten gehört? Das mit den Fahrradleichen am Hauptbahnhof?« Das gruselige Wort übersetze ich frei ins Russische: velosiped mertwi.

Er mustert mich halbwegs alarmiert. »Nein, hab ich nicht. Was ist damit?«

»Was damit ist? Furchtbar ist das. Dreiundfünfzig. Stell dir das nur vor? Ich frage mich, was da passiert ist.«

»Nichts Besonderes. Das Problem haben sie an Bahnhöfen doch ständig. Nicht nur in Frankfurt. Überall. In Hamburg, Köln. In allen Großstädten.«

Das sagt er einfach so. Mir kommen die Tränen.

»Aber Vladimir«, schluchze ich, »wie kann man das so hinnehmen?«

»Was sollen sie denn machen, wenn sie niemand abholt. Die liegen da ewig rum. Manche sind auch uralt ...«

»Uralt?« Meine Stimme wird unkontrolliert schrill. »Und sie liegen da, ohne dass sich jemand um sie kümmert? Bis sie tot sind? Was seid ihr denn für ein herzloses Volk!«

Er schaut mich an, als ob er an meinem Verstand zweifelt. »Jekaterina«, raunt er dann. »Jetzt beruhig dich doch. Es sind doch bloß Fahrräder.«

Fahrräder?

»Leichen hieß es in den Nachrichten. Fahrradleichen.«

Als es um Vladimirs Mund herum zuckt, ahne ich, dass ich wieder etwas missverstanden habe. Schnell wische ich mir die Tränen von den Wangen.

»Fahrradleichen sind vergessene Fahrräder«, schmunzelt er. »Keine Menschen, die auf dem Fahrrad verunglückt sind. Diese Fahrräder wurden abgestellt und nicht mehr abgeholt.«

Mein Herz beruhigt sich, froh darüber, dass es keine Toten gab, doch es schlägt abermals schneller, als mich Vladimir umarmt. Er hält mich fest, wiegt mich hin und her und drückt mir einen Kuss auf den Kopf.

»Du verrückte Nudel«, murmelt er in meine Haare.

DINGSBUMS

Zu früh, zu kalt, zu spät, zu Montag lautet Helene Schmidts tagesaktuelle T-Shirt-Botschaft, obwohl Mittwoch ist. Ihre Laune ist noch schlechter als bei meinem letzten Besuch. Nach der knappen Begrüßung hat sie sich mit einem Seufzen auf ihren Stuhl geworfen, »Na, dann woll'n wir mal wieder« gesagt und in ihre Tastatur gehämmert.

»Ein Supermarkt«, brabbelt sie nach einer Weile, ohne aufzusehen. »Das hatten wir noch nicht, oder?«

»Njet. Was muss ich machen da? Kassieren?«

Sie lacht, ohne belustigt zu klingen. »Nee, nee, Frau Poljakow. Wir wollen doch mal schön auf dem Boden bleiben, nicht wahr? Für die Kasse bräuchten Sie schon eine kaufmännische Ausbildung im Einzelhandel. Das ist nicht so leicht, wie Sie sich das vorstellen.«

Ich widerspreche nicht. Es macht ohnehin keinen Sinn, wobei ich mich schon frage, warum man für das Einscannen von Produkten und den Bezahlvorgang speziell ausgebildet sein muss. Ich glaube nicht, dass jemand drei Jahre braucht, um das zu lernen.

»Wenn Sie sich nicht dumm anstellen und den Marktleiter von sich überzeugen, können Sie später vielleicht an der Kasse sitzen. Aber erst einmal wären Sie im Lager und an den Sortimentsregalen tätig.«

Endlich sieht sie auf. Sie verschränkt die Arme und schwingt auf ihrem Stuhl hin und her. »Ich vermute, Ihr Tätigkeitsfeld besteht darin, die Ware morgens anzunehmen und zu überprüfen, alles zu verstauen, die Regale aufzufüllen.«

»Kisten schleppen also«, schlussfolgere ich.

»Na, die eine oder andere Kiste werden Sie ja wohl heben können«, gibt Helene Schmidt patzig zurück. »Aber das meiste transportieren Sie mit so einem ... Dingsbums.«

»Tut mir leid, weiß ich nicht, was ist ein Dingsbums.«

»Nein, Dingsbums heißt das doch nicht.«

»Chaben Sie gesagt aber.«

»Ja, natürlich habe ich es gesagt. Weil mir der Name von dem ... von diesem ...«

»Dingsbums?«

»Ja. Nein!« Sie wedelt mit den Händen und verfällt ins Schimpfen. »Der Name fällt mir halt nicht ein. Dann sagt man Dingsbums. Man kann das zu allem Möglichen sagen. Aber das muss ich Ihnen sicher nicht erklären, oder? Ich bin schließlich nicht Ihre Deutschlehrerin und habe auch keine Zeit für so was. Sie sind nicht die einzige Arbeitsuchende, die ich betreue, wie Sie sich möglicherweise denken können. Da warten noch andere. Viele andere.«

Ich ringe mich zu einem versöhnlichen Lächeln durch. »Musst du das nicht erklären, Chelene Schmidt. Finde ich schon selbst cheraus, wie man bezeichnet das Dingsbums und warum Dingsbums Dingsbums cheißt.«

»Genau. Fragen Sie einfach im Supermarkt nach. Also was ist? Soll ich mich um einen Termin für ein Vorstellungsgespräch bemühen, oder können Sie das selbst?«

»Natierlich kann ich selbst.«

Das wäre doch gelacht. Ich habe ein Telefon und eine Stimme – und damit die gleichen Voraussetzungen wie Helene Schmidt. Wenn ich mich persönlich kümmere, kann ich außerdem gleich herausfinden, was meine Aufgaben sein werden.

Helene Schmidt druckt die Stellenbeschreibung aus und schiebt sie mir über den Tisch. »Also dann, Frau Poljakow. Viel Erfolg. Falls es nicht klappt, wissen Sie ja, wie Sie mich erreichen.«

Es wird schon klappen, denke ich mir, als ich Helene Schmidts Hand schüttele. Und auch wenn nicht, bin ich heute das letzte Mal hier gewesen. Vladimir meint, wir brauchen Hans-Peter Lehmann nicht. Ich meine, wir können ebenso gut auf die Unterstützung von Helene Schmidt verzichten.

In der U-Bahn sitzen mir zwei Frauen gegenüber, die vom Shopping zu kommen scheinen. Sie unterhalten sich über ein Konzert, für das sie sich Karten besorgen wollen, da fällt der einen etwas ein und sie stößt die andere in die Seite.

»Übrigens, neulich habe ich ...« Grübelnd schaut sie zur Decke. »Na, wie heißt er denn. Du weißt schon. Dingsbums.«

Die andere versteht sofort. »Meinst du etwa ...«

Die Erste zwinkert ihr verschwörerisch zu. »Genau.«

Ich hole mein Handy aus der Tasche und höre nicht weiter zu. In den Browser des Internets gebe ich das Wort *Dingsbums* ein. Dass man Dingsbums für eine Sache verwendet, deren Name einem nicht einfällt, ist mir bei Helene Schmidt klar geworden. Dass man damit aber sogar Personen bezeichnen kann, habe ich gerade gelernt.

Auf einer Seite finde ich die Erklärung: Dingsbums kann sowohl männlich als auch weiblich oder sächlich sein. Wenn das so ist, sind die Deutschen nicht sehr konsequent mit ihrer Artikelei. Nichtsdestotrotz kann man Dingsbums stellvertretend für jedes Wort benutzen. Völlig legitim. Wenn mir das mal nicht an so mancher Stelle weiterhilft.

Zufrieden steige ich aus der Bahn und gehe nach Hause.

Vladimir ist schon da. »Wo kommst du denn her?«, ruft er aus der Küche.

Weil ich etwas testen will, antworte ich ihm auf Deutsch: »Chatte ich doch Termin. Weißt du schon, mit Dingsbums.«

»Ah, mit Frau Schmidt.«

Es funktioniert. Vladimir kommt in den Flur. »Und wie war's?«

»Chat sie mir möglichen ... Dingsbums gesucht.«

»Einen neuen Job?«

Fabelhaft! »Genau.«

»Was diesmal? Etwas Besseres, hoffe ich.«

»Weiß ich noch nicht. Ist ein Supermarkt, Tätigkeit in Lager. Muss ich da erst anrufen und fragen nach Termin für ein ... Dingsbums.«

Vladimir runzelt die Stirn. »Vorstellungsgespräch.«

Ha! Sogar mit so komplizierten, langen Wörtern klappt es. Ausgezeichnet!

»Was essen wir heute? Kann ich machen Pasta. Oder Schnitzel und dazu Salat und ... Dingsbumse. Ist, glaube ich, noch eine Packung von denen in Gefrierfach.«

Vladimir lehnt sich in den Türrahmen. »Wir haben noch Pommes, stimmt. Ist das hier irgendeine Art Prüfung?«

»Nein, ist bloß Unterchaltung.«

»Ah ja.« Er geht zur Garderobe, nimmt seine Jacke vom Haken und zieht sie über.

»Wohin willst du?«

Habe ich ihn etwa vergrault mit den Dingsbumsen?

»Nach Dingenskirchen«, antwortet er. »Wenn wir Salat essen wollen, brauchen wir Tomaten und Gurken. Die sind nämlich aus.«

Damit verschwindet er, bevor ich ihn fragen kann, warum er dazu extra nach Dingenskirchen fahren will, statt einfach die paar Schritte zum Markt um die Ecke zu gehen. Dass er exakt dort war, wird mir klar, als er nach kurzer Zeit zurückkommt.

MAI

BACKPFEIFENGESICHT

Mit meinem sechsten Job steht es vier zu zwei für die Unsympathen. Das ist eine Quote von beinahe siebzig Prozent. Zurückschauend kann ich sagen, dass die beliebten Chefs mit ihren Angestellten arbeiten, statt sie herumzuscheuchen, anzuschreien, vor anderen bloßzustellen oder ihnen zu drohen. Und eben weil sie einen respektvollen Umgang mit ihrem Team pflegen, bringt man ihnen Respekt entgegen. Die siebzig Prozent hingegen verwechseln Anerkennung mit Angst. Sie denken, dass diejenigen, die für sie arbeiten, von ihnen abhängig sind. Sie betrachten sie als Menschen von geringerer Intelligenz und minderem Wert, statt in ihnen die Motoren ihres Erfolgs und damit die eigene Abhängigkeit zu erkennen. Wenn ein Angestellter demütig den Kopf senkt und eine Entschuldigung murmelt, fühlen sie sich respektiert. Sie wissen nicht, welch böser Blick ihnen folgt, sobald sie ihm den Rücken zukehren. Sie kennen die Namen nicht, die man ihnen gibt.

Ich mag meinen neuesten Chef nicht. Keiner hier und wahrscheinlich auch niemand außerhalb des Supermarkts mag ihn. Außer seiner Mutter vielleicht. Wenn er außer Hörweite ist, sprechen meine Kollegen über ihn und sparen sich dabei sogar das *Herr,* das sie aus Gründen der Höflichkeit verwenden sollten. *Der Kollaschek* nennen sie ihn oder, wenn er sich besonders schlimm benommen hat, Backpfeifengesicht.

Im Online-Duden auf meinem Handy habe ich nachgeschlagen, was damit gemeint ist. Ganz logisch erscheint mir der Begriff zwar nicht, denn ich kann die Tabakpfeife nicht mit einem Schlag in Verbindung bringen, muss aber zugeben, dass es rein bedeutungstechnisch passt. Nach nur drei Tagen hatte ich schon mehrmals das Bedürfnis, den Kollaschek zu ohrfeigen. Einerseits, weil er ein hinterhältiger Kerl ist, der spionierend herumschleicht und ständig böse zischelt, dass man sich gefälligst ein bisschen mehr bewegen soll. Mindestens Lichtgeschwindigkeit verlangt er, und schafft man das nicht, weil einen der defekte Hubwagen oder in die Jahre gekommene Rampen ausbremsen, zitiert er einen in sein Büro und brüllt, bis die Ohren klingeln.

Ohrfeigen möchte ich ihn aber auch, um seinem Gesicht etwas mehr Farbe zu verpassen. Er ist so blass, als würde er seine Nächte im Kühlraum verbringen. Die Augen sind von einem wässrigen Blau. Unter struppigen Brauen liegen sie in dunklen Höhlen. Das helle Haar ist licht und strähnig. Zu allem Überfluss trägt er ausschließlich Hemden, die vor Jahren mal richtig weiß waren und deren Stoff so dünn geworden ist, dass das Unterhemd durchschimmert. Die Ärmel krempelt er bis über die Knöchel, sodass sie zu kurz wirken. Eine graue Hose und eine tagtäglich schlecht gebundene graue Krawatte perfektionieren den Inbegriff der Trostlosigkeit.

Mein Atem stockt, als ich ihn im Augenwinkel sehe. Anders hält man hier nicht nach ihm Ausschau, denn direkter Augenkontakt ist grundsätzlich zu vermeiden. Wer sich umschauen kann, hat nämlich noch nicht genug zu tun.

»Bewegen Sie sich ein bisschen mehr«, zischelt er hinter mir. »Sonst mach ich Ihnen Beine, das können Sie glauben.«

Leise und ohne stehen zu bleiben sagt er das, weil Kunden im selben Gang unterwegs sind. Mir fällt auch einiges ein, das ich ihm machen könnte. Ein Hirn beispielsweise. Ein Herz könnte zudem nicht schaden. Am dringendsten bräuchte er sicher einen Schwanz. Hätte er einen, würde er sich wie ein anständiger Mann benehmen.

Weil schneller nicht geht, mache ich hastigere Bewegungen. Das hat sich als effektiv erwiesen, ist momentan aber eine kleine Herausforderung, weil ich Weinflaschen in ein Regal räume.

»Und wehe, es geht wieder was zu Bruch. Das ziehe ich Ihnen ab, das können Sie mir glauben«, droht er im Weitergehen.

Ich warte, bis er verschwindet, und werde wieder langsamer. Irgendwann sind alle Weinflaschen eingeräumt. Leere Kisten stapeln sich auf dem Hubwagen. Unter einem leisen Ächzen richte ich mich auf. Meine Schultern und Arme schmerzen vom Heben, der Rücken vom Bücken. Zeigen oder gar sagen darf man das hier nicht, denn sonst wird einem gleich unterstellt, dass man deshalb zu langsam ist.

Beim Rückweg ins Lager achte ich darauf, dass kein Karton vom Wagen rutscht, denn auch das Aufheben bedeutet einen Zeitverlust. Im Lager entsorge ich die Kartons und packe neue Sechserpacks auf den Wagen. Wieder im Verkaufsraum, vorm Weinregal, bietet sich mir ein alltägliches Bild: Eine Flasche Rotwein steht bei den Weißweinen, ein Markensekt ganz unten bei den billigen. Innerlich grummelnd stelle ich die Ordnung wieder her und tröste mich, dass es hätte schlimmer kommen können, denn manchmal werden die Produkte völlig artfremd in die Regale zurückgelegt. Zwischen Klopapier findet man Katzenfutter, Himbeeren bei den Kartoffeln, Käse inmitten des Spülmittels. Das bedeutet unnötige und oftmals lange Wege. Ich könnte mich darüber aufregen, dass sich die Kunden zum einen keinen Einkaufszettel schreiben und zum anderen zu bequem sind, die Produkte, bei denen sie es sich anders überlegt haben, an die richtige Stelle zurückzubringen. Ich lasse es einfach. Doch ich bin wachsam, und just ertappe ich einen. Ein junger Mann stellt einen Gin zum Wodka. Ausgerechnet zum Wodka! Unterschiedlicher könnten diese beiden Spirituosen doch nun wirklich nicht sein.

»Hey, stellt du gefälligst chin, wo du chast genommen«, schimpfe ich.

Überrascht schaut er zuerst mich, dann die falsch platzierte Ginflasche an. Er läuft rot an, wagt aber kein Widerwort, sondern korrigiert seinen Fehler und verlässt den Gang fluchtartig.

Na bitte. Es geht doch.

Weil das Backpfeifengesicht wieder herumschleicht, hebe ich schnell einen neuen Karton mit Weinflaschen vom Wagen und öffne ihn. Flasche um Flasche wandert ins Regal. In Reih und Glied, wie Soldaten, stehen sie bald da.

»Entschuldigen Sie«, sagt jemand.

Eine kleine, alte Frau mit dicker Brille steht da.

»Sagen Sie mir bitte, wo ich Erdbeerkonfitüre von Schwartau finde.«

Das ist leicht. »Gehst du ganz chinten. Ist gegenieber von Brot.«

»Da habe ich nachgesehen.« Ihre Stimme bekommt einen nörglerischen Unterton. »Da finde ich sie nicht. Es gibt Erdbeerkonfitüre mit Erdbeere, Himbeere und Kirsche und Erdbeerkonfitüre mit Erdbeere und Vanille, aber keine Erdbeerkonfitüre, in der nur Erdbeeren sind. Außerdem möchte ich ganze Stücke drin haben. Die Konfitüre ohne Stücke ist mir zu breiig.«

Tja, doch nicht so leicht.

»Kommst du, zeige ich dir.« Ich eile voraus, muss aber nach nur wenigen Schritten warten, weil sie so schnell nicht kann. Eher tippelnd bewegt sie sich. Ich beschließe, ihr den Weg abzunehmen, schwirre zum Regal mit den Brotaufstrichen, nehme ein Glas reiner Erdbeerkonfitüre und bringe es ihr.

Sie schüttelt den Kopf. »Die ist aber nicht von Schwartau.«

Stimmt ja, diese Marke sollte es sein. Ich will noch einmal los, da hakt sich die Frau bei mir unter und seufzt über die Entlastung. Tippelschritt für Tippelschritt bewegen wir uns zusammen zu den Brotaufstrichen. Unterwegs erzählt sie mir, dass sie jahrelang Heidelbeerkonfitüre bevorzugt hat, die aber nicht mehr mag, seit das Etikett geändert wurde. Sie ist überzeugt, dass auch weniger Heidelbeeren und mehr Zucker drin sind. Mit Zucker muss sie vorsichtig sein.

Endlich erreichen wir das Regal. Ich stelle die falsche Konfitüre zurück, suche die richtige heraus und lege sie in ihren Korb.

»Danke und schönen Tag noch«, sagt sie.

Das wünsche ich ihr auch und eile zu den Weinen. Dort empfängt mich das Backpfeifengesicht.

»Was fällt Ihnen ein, den Wagen herumstehen zu lassen?«, zischt er. »Mitten im Weg. Wo waren Sie überhaupt? Nicht schon wieder auf Toilette.«

»War ich auf Toilette nicht einziges Mal an ganzem Tag. Chabe ich gecholfen alte Dame«, entgegne ich und kann gar nicht anders als böse klingen. »Chat sie gesucht bestimmte Marmelade.«

»Das ist nicht Ihre Aufgabe. Sie sollen hier nicht spazieren gehen, sondern Regale einräumen.«

»Chat sie aber gedacht, ist meine Aufgabe. Was sollte ich machen sonst? Sagen, dass ich nicht chelfen darf, obwohl ich genau weiß, wo Marmelade steht, schließlich chabe ich chingeräumt?«

Widerworte ist er nicht gewohnt. »Sie können wohl Autoritäten nicht anerkennen, was?«

Wegen einer zweifelhaften Komponente verstehe ich den ganzen Satz nicht. Ich überlege, ob er mit Autorität den Hubwagen meint, und wundere mich, warum ich ihn nicht erkannt haben soll. Ganz sicher erkenne ich aber einen Idioten, wenn er direkt vor mir steht.

»Tut mir leid, chabe ich leider nicht verstanden.«

»Aha!« Er verschränkt die Arme vor der Brust. »Sie sprechen kaum Deutsch, sind gerade mal zwei Tage hier tätig und wollen mir erzählen, wie Sie Ihre Arbeit am besten erledigen?«

Dazu fiele mir einiges ein, begonnen bei meinen inzwischen durchaus recht umfangreichen Deutschkenntnissen. Ich halte jedoch die Klappe und kümmere mich um den Wein.

Das Backpfeifengesicht lässt nicht locker und erinnert mich an die Frage, auf die er eine Antwort erwartet.

»Will ich dir gar nichts erzählen«, antworte ich und darf ihm in sein Büro folgen, wo er einen Tobsuchtsanfall wegen meines mangelnden Respekts bekommt, auf den er schließt, weil ich ihn duze.

GANZKÖRPERKONDOM

Wenn man einen Job im Supermarkt hat, braucht man keine weiteren Probleme. Dumm nur, dass Kinder praktisch automatisch Probleme bedeuten. Wenn sie nicht gerade verhauen werden, zur falschen Zeit mit den falschen Leuten schlafen wollen, schlechte Noten schreiben oder sich pornografische Bilder anschauen, kommen sie vielleicht auf die Idee, Drogen zu nehmen.

»Zigaretten sind keine Drogen«, keift Kara und streckt die Hand aus. »Also, gib sie mir zurück. Ich soll sie bloß für Antoinette aufbewahren, damit ihre Eltern nicht erfahren, dass sie raucht.«

»Kannst du süchtig werden davon, also sind es Drogen sehr wohl«, schimpfe ich. »Und wer ist Antoinette?« Diesen Namen habe ich noch nie gehört. Davon abgesehen bekommt eine Fünfzehnjährige, die heimlich raucht, nicht gerade meinen Vertrauensbonus.

»Es geht dich zwar nichts an, aber sie ist in meiner Klasse. Wir sind jetzt befreundet.«

»Was ist mit Madlen?«

Kaja zuckt mit den Schultern. »Die kann mich mal.«

Aha. Es gab Zoff. Das ist nicht gut. »Vertragt ihr euch. Dann brauchst du keine neue Freundin finden. Sagst du dieser Antoinette, chabe ich dir verboten, Zigaretten zu verwahren. Und soll sie besser nicht rauchen. Ist dumm, sehr dumm.«

Mit der Schachtel in der Hand gehe ich zum Schlafzimmer. Kaja folgt mir, aber das ist mir egal. Sie weiß ja ohnehin, wo die Zigaretten landen und dass sie nicht rankommt. Ich nehme den Schlüssel der Schublade aus meinem Portemonnaie, schließe auf und pfeffere die Schachtel zu den anderen konfiszierten Dingen. Noch ist genug Platz.

»Rück das sofort wieder raus.« Kaja stampft mit dem Fuß auf.

Mich beeindruckt das nicht. Ich gehe an ihr vorbei aus dem Zimmer und empfehle ihr, wie zuvor schon, ihren Vater um Erlaubnis zu bitten. Meine Ungerechtigkeit beklagend, rennt sie in ihr Zimmer und entlädt einen Teil ihres Frustes an der Tür. Da ich den Knall inzwischen gewohnt bin, zucke ich kaum noch mit der Wimper.

Natürlich hütet sie sich und spricht Vladimir nicht auf die Zigaretten an. Überhaupt sagt sie kein Wort, sondern lässt sich zum Abendessen nur kurz blicken, um ihren Teller zu nehmen und damit in ihrem Zimmer zu verschwinden. Gegen sieben wird sie etwas redseliger. Mit trotziger Miene steht sie vor uns und lässt uns wissen, dass sie Antoinette besuchen wird. Da es Freitag ist, ginge das eigentlich in Ordnung. Eigentlich.

Ich kann praktisch spüren, wie sich Vladimir anspannt. Er mustert seine Tochter von Kopf bis Fuß und knurrt. »Nicht in diesen Klamotten.«

Kaja stöhnt genervt. »Oh Mann, ey, wieso denn nicht?«

»Weil du so nicht aus dem Haus gehst.«

»Es ist aber voll warm draußen.«

»Es ist Mai, es waren heute gerade mal dreiundzwanzig Grad.«

»Ist doch warm genug.«

»Lass das Diskutieren«, sagt Vladimir in einem Ton, bei dem ich mir an Kajas Stelle auf die Lippe beißen würde. »Entweder ziehst du dir was Anständiges an, oder du bleibst mit deinem Hintern zu Hause. Auf keinen Fall lässt du dieses ... dieses ...« Er findet keine Worte für das ziemlich kurze, figurbetonte, stellenweise durchsichtige Ding, das Kaja trägt.

»Das ist ein Kleid«, hilft sie ihm auf die Sprünge.

Ihm platzt der Kragen. »Ein Ganzkörperkondom ist das!«, brüllt er so laut, dass Kaja und ich erschrecken und Milan aus seinem Zimmer schaut. »Sonst ist das gar nichts, und du ziehst es auf der Stelle aus.«

Sowohl eingeschüchtert als auch beleidigt rauscht sie ab. Vladimir ärgert sich so sehr, dass er weiter und weiter schimpft, über das Kleid, über Fünfzehnjährige, über die Pubertät und dass er die Nase voll hat, über Kajas freches Mundwerk und ob sie ihn wohl für blöd hält, wenn sie glaubt, dass er sie im Outfit einer Bordsteinschwalbe auf die Straße lässt.

So schlimm finde ich dieses Kleid gar nicht, behalte das aber für mich und rede beruhigend auf ihn ein.

»Sie muss sich noch finden. Und manchmal sieht diese Suche ein bisschen merkwürdig aus.«

»Es ist die totale ...« Mitten im Satz hält er inne und richtet sein Augenmerk auf jemanden hinter mich. »Was ist los? War ich nicht deutlich genug? Warum hast du den Fummel immer noch an?«

Ich wende mich um. Kaja hat sich nicht umgezogen. Ihrem provokanten Lächeln nach zu urteilen, hat sie das auch nicht vor. Sie hat etwas in der Hand, ein Bild offenbar, und geht damit zu ihrem Vater.

»Wenn ich ein Ganzkörperkondom trage«, säuselt sie und hält ihm das Bild vor die Nase. »Was ist das dann?«

Ich erhasche einen Blick auf das Foto. Es ist eine Schwarz-Weiß-Aufnahme, etwa zehn Jahre alt. Sie zeigt mich auf dem Trapez. Das Bild lag in meiner Erinnerungsbox, zusammen mit anderen Dingen, die mir persönlich wichtig sind, aber nicht so viel von meinem ehemaligen Leben verraten wie dieses Bild.

Vladimir nimmt es und betrachtet es. Ich spüre, wie ich zu zittern beginne, und verschränke die Arme vor der Brust.

»Woher hast du das?«, fragt er Kaja.

Sie schaut mich an. Ihre Augen funkeln angriffslustig. »Aus ihrer Schublade. Das hat sie versteckt. Diese Frau sieht aus wie sie, nur jünger, und was sie da anhat, ist viel anzüglicher als mein Kleid.«

Ich ziehe Vladimir das Bild aus den Fingern. »Das ist meine Cousine«, sage ich. »Wieso schniffelst du in Sachen, die mir gehören? Wie kommst du an Schublade ieberchaupt? Chast du gestohlen Schlissel aus meine Portemonnaie?«

Kaja wirft die Haare über ihre Schultern. »Ich wollte den Anhänger zurück.«

»Was für einen Anhänger?« Mehr und mehr irritiert schaut Vladimir zwischen Kaja und mir hin und her.

»Einen Schlüsselanhänger, den ich mal geschenkt bekommen habe. Jekaterina hat ihn mir abgenommen, aber ich brauchte ihn, weil ich ihn zurückgeben wollte.«

Zorn gesellt sich zu meiner Empörung und lässt meine Stimme beben. »Chättest du sollen fragen.«

»Du hättest ihn nicht rausgerückt.«

Vladimir klinkt sich wieder ein. »Worum geht's hier überhaupt?«

In seinem Blick lese ich eine ganz andere Frage: *Bist du die Frau auf dem Foto?* Weder will ich darauf antworten noch ihm erklären, warum ich Kaja den Schlüsselanhänger abgenommen habe. Wenn sie so dreist war, das Ding zu stehlen, soll sie ihrem Vater auch erklären, was es damit auf sich hat.

Ohne ein Wort verschwinde ich im Schlafzimmer und nehme mein Portemonnaie aus der Handtasche. Meine Hände zittern stärker, als ich den Schlüssel herausnehme und aufschließe. Der rosa Anhänger fehlt tatsächlich. Das habe ich vorhin, als ich die Zigaretten konfiszierte, nicht bemerkt und könnte mich jetzt dafür ohrfeigen. Irgendwann in den vergangenen Tagen muss sie es stibitzt haben – zusammen mit meinem Foto. Das hat sie einfach aus der Box genommen, in die ich seit Monaten nicht mehr geschaut habe. Warum? Keine Ahnung. Vielleicht aus einer pubertären Laune heraus. Die anderen Dinge sind jedenfalls noch da. Wäre mir aufgefallen, dass der Anhänger fehlt, hätte ich auch das mit dem Foto bemerkt. Ich hätte Kaja so lange in den Schwitzkasten genommen, bis sie das Bild herausgerückt hätte – und ich hätte dafür gesorgt, dass es später kein Thema mehr ist.

Während ich abschließe und den Schlüssel in einem Fach in meiner Handtasche verstecke, beginnen Vladimir und Kaja zu streiten. Sie bekommen nicht mit, dass ich durch den Korridor zur Wohnungstür schleiche. Milan hingegen schon. Er linst durch einen Spalt in der Tür, um den Zoff zu belauschen. Als ich mir den Finger vor den Mund lege, nickt er verschwörerisch.

WELTSCHMERZ

Mit den warmen Temperaturen kommen die Russen auf den Spielplatz zurück. In meine Gedanken versunken, bemerke ich sie erst spät, bremse die Schaukel ab und will mich verdrücken, da steht der eine, der mich einst angesprochen hat, bei mir.

»Da bist du ja wieder.« Er grinst. »Hast dich lange nicht hergetraut, was?«

Ich will ihm nicht antworten und stehe auf, da stellt er sich vor mich. Sein Atem stinkt nach Wodka.

»Ich hab dich beobachtet.«

Mir stellen sich die Nackenhaare auf. »Geh mir aus dem Weg!«, knurre ich tapfer, doch abgesehen von seinem alkoholbedingten Schwanken bewegt er sich keinen Zentimeter.

»Ich weiß, wo du wohnst.«

»Dann vergiss es wieder.« Ich stoße ihn weg und drücke mich an ihm vorbei.

Er taumelt zurück, fängt sich aber und stoppt mich mit seinen Worten. »Du bist nicht die, die du zu sein vorgibst.«

Erschrocken fahre ich herum und schaue ihn mir genau an. Nein, ich kenne ihn wirklich nicht. Vielleicht hat er einmal im Publikum gesessen. Oder schlimmer: Wurde er von denen geschickt, denen es nicht gefallen würde, dass ich noch lebe? Dann müsste er nüchterner sein.

»Wer bist du?«, schiebe ich zwischen den Zähnen durch.

Er zuckt mit den Schultern. »Ilja. Und du?«

Entwarnung! Ilja ist ein Niemand, der vielleicht herausgefunden hat, wo ich wohne, aber sonst gar nichts von mir weiß.

Sie können dich nicht finden, sage ich mir im Stillen. *Wanka ist tot. Sie glauben, sie ist verunglückt ... in einem Auto, das eine Klippe hinuntergestürzt ist. Sie werden dich nie finden. Sie suchen nicht einmal.*

»Na, spuck's schon aus«, fordert Ilja. »Wie heißt du?«

Als ich »Lass mich einfach in Ruhe« sage, kommen die anderen heran.

»Du glaubst, du bist was Besseres«, frotzelt Ilja weiter. »Wärst gern Deutsche. Aber du bist eine Russin. Sei stolz darauf. Was willst du mit diesem deutschen Kerl?«

Ich balle die Fäuste, um mich notfalls zu verteidigen, da höre ich Vladimirs Stimme. »Gibt's hier ein Problem?«

Ich drehe mich nicht um, sondern beobachte, wie die Russen an ihm Maß nehmen und offenbar entscheiden, sich besser nicht mit ihm anzulegen. Nach einer stummen Übereinkunft trollen sie sich. Ich drehe mich zu Vladimir um.

Er nimmt auf einer Bank Platz und klopft neben sich. Als ich sitze, sagt er: »Ich hab sie davon überzeugt, dass das auf dem Foto deine Cousine ist.«

Ich nicke und hefte meinen Blick auf die Schaukeln.

»Es ist nicht deine Cousine, richtig?«, fragt er nach einer stillen Minute.

»Du weißt, dass ich es bin«, gebe ich leise zurück.

Er braucht eine Weile, um seine Gedanken zu formulieren. Seine Stimme ist warm und beruhigend, als er es tut. »Ich verspreche dir, was auch immer passiert, ich behalte es für mich. Du musst dir keine Sorgen machen.«

Abermals nicke ich und schlucke hart, als die Schaukeln vor meinen Augen verschwimmen und ich die Wiese sehe, auf der der Zirkus Jaroslav zuletzt gastierte.

»Du warst Zirkusartistin«, raunt Vladimir. »Wahrscheinlich nicht irgendeine, sondern eine richtig gute. Wenn ich daran denke, was du alles lernen musstest, als du hierherkamst, nehme ich an, du hattest dein Leben allein darum aufgebaut. Ich kann mir vorstellen, was es bedeutet, nicht nur seine Berufung aufzugeben, sondern auch eine solche Gemeinschaft, Familie, Freunde.«

»Ich wurde im Zirkus geboren, als der gerade in Leningrad gastierte«, sage ich ihm und vergewissere mich, dass wir allein sind. »Ich war gerade mal drei, da begannen meine Eltern, mich zu trainieren. Mit vier hatte ich den ersten Auftritt, am Schlappseil. Danach kamen die Strapaten hinzu. Meine Eltern starben bei einem Verkehrsunfall, da war ich vierzehn. Meine Tante hat mich unter ihre Fittiche genommen, um mich am Trapez zu unterrichten.«

Donner grollt in der Ferne. Wind kommt auf und bewegt die Schaukeln. Als würden Geister auf ihnen sitzen, schwingen sie ganz leicht vor und zurück, und ich sehe Wanka. Wanka tanzte auf Luft. Anmutig und vom täglichen Training abgehärtet, eine Luftakrobatin im schillernden Kostüm. Selbstbewusst, attraktiv und in vielerlei Hinsicht unerreichbar weit oben. Mit achtzehn avancierte sie zu einem der Stars des Zirkus Jaroslav. Ihre Momente begannen, wenn die Musik einsetzte, Rachmaninow oder Tschaikowski, wenn das Licht des Scheinwerfers sie streichelte und das Seil zu ihr herabfiel. Wenn das Publikum so still wurde, dass man es im Geiste ausblenden konnte, bis es sich wieder ins Bewusstsein applaudierte.

Populäre Magazine veröffentlichten Fotografien von Wanka, Tageszeitungen berichteten über ihre Kunststücke und gaben ihr den Spitznamen *Babotschka,* Schmetterling. Sie musste flattern, konnte kaum innehalten. Sie musste tanzen, in der Luft. Im Scheinwerferlicht. Von März bis Oktober, jede Woche an einem anderen Ort im Westen von Russland, den sie so liebte. Mit diesem Drang nach Bewegung waren die vier kalten Monate, in denen der Zirkus in seinem Winterquartier bei Kaluga Rast machte, ein zu ertragendes Übel. In dieser Zeit kümmerten sich die Männer des Zirkus um Reparaturen und trieben Geld ein, um die Tiere zu versorgen. Die Frauen flickten die Zeltplane, schneiderten neue Kostüme und scherzten über Wanka, die entweder im Freien trainierte oder, wenn das Wetter ihr Training unmöglich machte, schlecht gelaunt in ihrem Wohnwagen hockte. An solchen Tagen hat man sie lieber nicht besuchen oder gar um einen Gefallen bitten sollen, denn es war möglich, dass einem schon zur Begrüßung etwas an den Kopf geworfen wurde, ein unwirsches Wort oder ein Gegenstand. Nicht nur Wanka atmete deshalb auf, wenn mit dem März die neue Saison begann und sich die Wohnwagen in Bewegung setzten.

In Richtung Moskau ging es zuerst oft, dann weiter über Nischni Nowgorod nach Samara oder über Rostow nach Leningrad, dem heutigen Sankt Petersburg. Jahr um Jahr zog dahin. In Tausenden Vorstellungen trat Wanka auf, bis sie eine Verletzung nach achtundzwanzig Jahren zwei Sommermonate lang pausieren ließ. Ihre Kollegen empfahlen ihr, sich aus der Luft zu verabschieden und den Nachwuchs zu trainieren, doch für sie war das ganz und gar ausgeschlossen.

»Ich war zweiunddreißig«, schließe ich. »Und ich sah mich mit sechzig noch an den Seilen, auf dem Trapez. Nur kaputte Gelenke und Muskeln würden mich aufhalten, davon war ich überzeugt – oder der Tod. Ich hatte nicht vor, an dem einen oder anderen zu leiden oder gar zu sterben. Der Tod kam überraschend. In Sankt Petersburg.«

Vladimir nimmt meine Hand. Ich lasse es zu, kann ihn aber nicht ansehen.

»Was ist passiert?«, fragt er leise, und ich muss durchatmen, um mit meiner Stimme auch den Anfang zu finden. Abermals sehe ich unsere letzte Station. Als meine Gedanken zu dem Tag im Mai driften, an dem ich vom Klopfen an meiner Wohnwagentür geweckt wurde, forme ich Worte aus den Bildern und beginne mit Galja Michalnowa, deren Stimme in das Klopfen tönte.

»Wanka Nikolajewna, wach auf! Nun mach schon! Sonst hole ich dich mit einem Eimer Wasser aus den Federn.«

Verschlafen setzte ich mich auf. »Nimm die Hände von meiner Tür!«, rief ich zurück, stellte die Füße vor meine Pritsche und linste aus einem Auge zur Wanduhr. Gerade mal sechs Uhr.

Leise schimpfend schlurfte ich durch den Raum, öffnete auch das andere Auge und drückte die Tür auf. Davor stand Galja und strahlte mit der gerade aufgegangenen Sonne um die Wette. Das Mädchen war eine der beiden Assistentinnen von Dmitri Sergejewitsch, dem

Zauberkünstler des Zirkus Jaroslav, und seit einigen Wochen in den neu hinzugekommenen Clown Kostja Andrejewitsch verliebt. Alle wussten das, auch Kostja Andrejewitsch.

»Stell dir vor, er hat mich um Hilfe gebeten, heute für die Show.« Galja schlug die Hände ein paarmal zusammen und legte sie sich dann auf die Brust. »Ist das nicht toll?«

»Toll, ja. Aber dafür hättest du mich nicht wecken müssen, mitten in der stinkenden Nacht.« Ich lehnte mich in den Türrahmen und betrachtete diesen jungen Hüpfer, der vom Leben kaum Ahnung hatte. Sie hätte noch lernen sollen, dass viele Männer nicht nur wie Clowns aussahen.

»Ich hätte dich nicht geweckt, wäre es nicht dringend gewesen«, plapperte sie. »Du musst mich vertreten. Jasja Mironowna und Walja Wasiljewna habe ich schon gefragt, aber die beiden haben keine Zeit.« Sie rang die Hände. »Du bist meine letzte Hoffnung.«

Um dich vor einem Clown wie Kostja Andrejewitsch zu bewahren, dachte ich mir, doch sagte es nicht und erinnerte sie stattdessen an mein eigenes Training.

»Du musst doch nicht üben«, konterte sie. »Du beherrschst das Trapez im Schlaf. Ach bitte, Wanka, bitte! Dmitri Sergejewitsch wird dich auch keine schweren Sachen machen lassen, bestimmt nicht.«

Das war mir klar. Ich würde lediglich eine Weile in einer Kiste liegen müssen, einmal zur Übung und zweimal am Abend während der Shows. Da der Zauberer vor der ersten Pause auftrat und ich zum Schluss der Vorstellung, konnte ich für Galja einspringen.

»Also gut«, willigte ich ein.

Das Mädchen sprang die zwei Stufen zu meiner Tür hinauf und fiel mir so stürmisch um den Hals, dass wir zusammen ein paar Schritte rückwärts in den Wohnwagen stolperten.

»Du bist die Beste, Wanka. Ich schulde dir was.«

»Keine Ursache«, gab ich zurück und löste mich von ihr. »Nun verschwinde, ich will noch eine Stunde schlafen, bevor ich mich zersägen lasse.«

Sie hüpfte ins Freie und lief zu ihrem Wagen, den sie sich mit der zweiten Assistentin des Zauberers teilte. Ich schloss die Tür, plumpste ins Bett, fand aber nicht in den Schlaf zurück, also stand ich wieder auf und bereitete mir ein Frühstück zu. Nach der Morgentoilette machte ich mich auf die Suche nach Dmitri Sergejewitsch, der bereits im Zelt war und das Training vorbereitete. Wir begannen, sobald Dina Janowa, die zweite Assistentin, da war. Ich legte mich in die Unterkonstruktion und steckte die Beine in den hinteren Teil der Kiste. Dinas Platz war im vorderen Kistenteil, wo sie mit angewinkelten Beinen lag. Während von ihr Kopf und Hände herausschauten, sah man von mir lediglich die Füße. Dmitri kündigte die Säge an und scherzte mit Dina. Sie lachte. Durch ein Guckloch sah ich ihn um die Kiste herumgehen. Der erste Schuss ließ mich erstarren. Ich hörte, wie der Zauberer zu Boden ging, und in das Scheppern seiner aus den Händen geglittenen Säge tönte Dinas Schrei, dann der zweite Schuss, der sie verstummen ließ. Ich hob die Hände, presste sie vor den Mund und schlug die Zähne in meine Finger, um nicht zu schreien. Durch das Guckloch erspähte ich einen Kerl, der den Raum verließ und sich über die Schulter vergewisserte, gründlich gewesen zu sein.

Aus der Ferne schallte das furchtbare Geräusch weiterer Schüsse. Noch immer hielt ich mir den Mund zu, Tränen rannen aus meinen Augenwinkeln über meine Wangen in meine Ohrmuscheln. Meine Muskeln schmerzten, weil ich so sehr zitterte. Ich atmete flach und hatte Angst, dass der Schlag meines rasenden Herzens zu laut war. Das Brüllen der Tiger, Trompeten der Elefanten, Wiehern der Pferde war lauter. Und mit einem Mal war es still. Totenstill. Ich rührte mich nicht und unterdrückte das Wimmern, das aus meiner Kehle steigen wollte. Irgendwann heulten Polizeisirenen. Ich vernahm Schritte und Stimmen, hörte, wie sie Dina aus der vorderen Kiste holten und sich daranmachten, die hintere Kiste, in der ich lag, zu öffnen. Als sie den Deckel aufklappten, schrie ich und hörte wohl eine Stunde lang nicht damit auf.

Die Hand, die Vladimir hält, ist warm. Die andere eiskalt. Ich fröstele und erzähle, wie es weiterging.

»Ich bekam eine Beruhigungsspritze, die mich einschlafen ließ und es der Polizei ermöglichte, mich wie eine der am Ende über fünfzig Toten aus dem Zirkus zu schaffen. Während es für alle meine Freunde in die Obduktion ging, wurde ich an einen geheimen Ort gebracht, versorgt und befragt, sobald ich imstande war zu sprechen.«

»Konntest du den Mann beschreiben, der das getan hat?«, fragt Vladimir.

»Ich hab ihn wiedererkannt, als man mir sein Foto vorlegte. Es stellte sich heraus, dass er zu einer Organisation gehörte, die den Zirkusdirektor um Schutzgeld erpresst hatte. Nicht irgendeine Organisation, sondern eine weitverzweigte, in ganz Russland gefürchtete, mit einer ungewissen Anzahl an Mitgliedern und Möglichkeiten.«

Mit dieser Information hätte mir klar sein sollen, dass ich nur noch ein einziges Mal Iwanka Nikolajewna Iwanowa würde sein können: vor Gericht bei meiner Zeugenaussage. Doch ich vertraute auf meinen Betreuer von der Regierung, der mir versicherte, dass mein Schutz nicht nur im Vorlauf und während des Prozesses Priorität habe, sondern auch danach gegeben sein werde. Ich hatte keine Ahnung, was das bedeutete.

»Also hast du ausgesagt«, schlussfolgert Vladimir, »und bekamst eine neue Identität.«

»Gegen meinen Willen. Man hat einen Autounfall inszeniert und mich für tot erklärt. Ich wollte nicht aus Russland weg, auch wenn da niemand mehr war und es keinen Zirkus mehr gab.«

Mit dem Ende der Geschichte löst sich die Spannung, unter der mein ganzer Körper stand, und ich beginne zu zittern. Vladimir legt den Arm um mich und zieht mich sanft an sich. Ich lehne den Kopf an seine Brust und werde bald ruhiger, aber ich weine. Die Tränen sickern in seinen Pullover. Ich spüre, wie er durchatmet.

Das Donnergrollen wird lauter, und auch der Himmel über uns färbt sich allmählich grau. Der Wind zupft blonde Strähnen aus meinem Dutt und weht sie mir ins Gesicht. In der Ferne heult die Sirene eines Krankenwagens oder Polizeiautos – ich kenne den Unterschied nicht.

»Tut mir wahnsinnig leid«, murmelt Vladimir und drückt mir einen Kuss auf die Stirn. »Was dir dort geschehen ist und alles, was dir das neue Leben hier so schwer gemacht hat.«

Ich kann dazu nichts sagen. Ich möchte nicht einmal darüber nachdenken und dann unweigerlich in ein Bad aus Selbstmitleid fallen.

Er stellt eine Frage, die mich davon ablenkt: »Wie heißt du wirklich?«

Schon will er über meine Lippen, mein alter Name. Ich halte ihn zurück und warte, bis er in meinem Geist verklingt.

»Ich möchte ihn dir nicht sagen.«

»Warum nicht?«

»Weil ich für dich Jekaterina bin. Der andere Name wird dir fremd sein, aber wenn du ihn kennst, fühlst du dich womöglich merkwürdig, wenn du mich Jekaterina nennst. Das will ich nicht.«

Vladimir denkt nach. »Vielleicht hast du recht.«

»Ich wünschte, ich könnte es noch ein Mal tun, nur ein einziges Mal noch.«

»Was meinst du?«

»Auf Luft tanzen.«

BIERSTAU

Es trifft sich gut, dass Kaja die ersten beiden Stunden freihat. Sie hockt am Küchentisch und löffelt ihr Müsli mit düsterem Blick. Ich muss erst um zehn im Supermarkt sein, also setze ich mich zu ihr.

»Was chabe ich dir getan eigentlich?«, frage ich sie.

Ohne mich anzusehen, zuckt sie mit den Schultern.

»Warum chast du geschnüffelt in meine Sachen und genommen die Fotografie? Wette ich, war rosa Anchänger unwichtig.«

Trotzig hebt sie den Blick, spricht aber nicht.

»Weißt du Antwort nicht oder willst du nicht erzählen?«

»Du warst anders, als du hier angekommen bist«, sagt sie da, »und Papa war auch anders.«

»Waren dein Vater und ich ...«, hebe ich an, doch klappe den Mund zu, als mir Kajas Problem klar wird. Sie ist eifersüchtig – und sie versteht, dass ich das in diesem Moment begreife. Sie senkt den Blick auf ihr Müsli.

Plötzlich tut sie mir leid, denn ich kann sie verstehen. Vladimir und ich leben nicht mehr nebeneinander, sondern miteinander. Wir verstehen uns, lachen und sind füreinander da. Früher waren Vladimir, Kaja und Milan eine Partei. Ich war die andere. Ich bin in ihr Leben gerasselt, die neue Frau, der man mit Spott und Häme begegnet, um sie wissen zu lassen, dass sie nicht willkommen ist. Doch ich musste nicht vertrieben werden, denn ich kam gar nicht so recht an. Weder in Deutschland noch in der Wohnung noch bei Vladimir. Das verstand Kaja, es beruhigte sie wahrscheinlich, und so betrachtete sie mich nicht lange als Feindin. Im Gegenteil. Sie ließ meine Nähe zu, suchte sie sogar. Mehr noch als Milan. Jetzt bin ich mittendrin in ihrem Leben. Ich bin eine Person ihres Alltags. Ich lebe hier, als würde ich hierhergehören, als gehörte ich zu Vladimir. Kaja hat den Zeitpunkt dieser Wende verpasst – jeder von uns vieren hat das.

Wobei Milan vermutlich kaum darüber nachdenkt. Er hat nun Ruhe vor seinem einstigen Peiniger, bekommt immer was zu futtern, hat sogar seine Soundbox zurück und zockt, während seine Weltuntergangsmusik dudelt. Er ist zufrieden, aber Kaja ist aufgeschreckt und hat festgestellt, dass sie ihren Vater nicht mehr für sich allein hat. Ich könnte sie trösten, indem ich sie wissen lasse, dass die Hälfte meiner Zeit hier um ist. Aber das darf ich natürlich nicht.

»Werdet ihr, du und Milan, immer die Nummer eins bei eurem Vater sein«, sage ich ihr stattdessen. »Kannst du ganz sicher sein. Liebt er euch sehr.«

»Darum geht es nicht.« Kaja lässt den Löffel in die Schale scheppern. Dann stützt sie den Kopf in beide Hände und starrt Löcher in die Tischplatte.

Behutsam strecke ich die Hand aus und streiche ihr über die Wange. »Sorgst du dich nicht, Kaja. Kann und will ich ihn dir nicht wegnehmen.«

Als sie aufschaut, rechne ich damit, dass sie meine Hand wegschlägt, doch ihre Augen füllen sich mit Tränen. Nicht lange, und sie rinnen ihr über die Wangen. Ihr Mund zittert.

Mein Herz wird weich. »Kommst du cher, kleine Maus«, sage ich und nehme ihre Hand, um sie sachte zu mir zu ziehen.

Kaja steht auf und umarmt mich so fest, dass mir für einen Moment die Luft wegbleibt. »Es tut mir leid, Jekaterina«, schluchzt sie an meine Schulter. »Ich war so gemein zu dir. Wieso, weiß ich auch nicht.«

Wenn sie nicht gleich aufhört, heule ich auch.

»Vergessen wir.« Ich tätschele ihr den Rücken. »Lappen drauf und gut.«

Kaja zieht Rotz in der Nase hoch, dann bebt ihr schmaler Körper, als würde sie lachen. Dass sie das tatsächlich tut, wird mir mit ihrer Korrektur bewusst.

»Schwamm drüber, meinst du wohl?«

»Ach, schon egal, wie es cheißt. Beides macht sauber.«

Vor dem Supermarkt, bei den Einkaufwagen, lungern drei Männer herum. Sie kommen beinahe jeden Tag gegen neun und verschwinden nach dem Mittag. Volltrunken. Das Backpfeifengesicht mag nicht, dass sie da herumhängen. An seiner Stelle wäre ich so konsequent, ihnen kein Bier und Hochprozentiges zu verkaufen.

»Na, Schnecke«, lallt mir einer zu. »Gehste shoppen? Bringste mir ein Bier mit? Kriegst auch 'nen Kuss dafür.«

Allein bei der Vorstellung hebt sich mein Magen. Ihn und seine Freunde sieht man nicht unbedingt, wenn sie sich im Supermarkt mit neuem Stoff versorgen, aber man riecht sie immer. Auf fünf Meter Entfernung und über Regale hinweg.

»Gehe ich arbeiten«, antworte ich. »Solltet ihr auch tun, statt zu saufen an Tag chelllichtem.«

Sie lachen. Einer so sehr, dass er blass wird und schwankt. Mit einem Stöhnen beugt er sich vornüber und leert seinen Magen auf das Pflaster. Ich eile zum Eingang.

»Lass raus, Kumpel«, grölen die Männer. »Das ist das Einzige, was gegen 'nen Bierstau hilft.«

Im Markt kommt mir das Backpfeifengesicht entgegen. Er fasst mich am Arm und zieht mich beiseite. »Was ist draußen los?«

»Chat einer gekotzt wegen Bierstau«, informiere ich ihn.

»Aha, na prima. Was reden Sie auch mit denen?«

Was hat das eine mit dem anderen zu tun? Ich mache mich von ihm los.

»Einen Eimer Wasser und einen Schrubber«, zischelt er. »Machen Sie das weg. Aber flott!«

Warum ich? Warum erledigt er das nicht selbst? Oder lässt es die Säufer tun?

Sein »Na los! Was glotzen Sie hier noch rum?« verbietet mir jede dieser Fragen. Ich hole einen Eimer, fülle ihn mit Wasser, nehme einen Schrubber und kümmere mich um die Beseitigung der Kotze. Ein Auge zusammengekniffen, meinen dünnen Schal vor der Nase, reinige ich das Pflaster. Die Säufer schauen zu, loben meine

Gründlichkeit und amüsieren sich über meine vor Ekel verzogene Miene.

»Bringst mir jetzt ein Bier, Schnecke?«, fragt einer, sobald ich fertig bin und wieder nach drinnen will.

Mir reicht es. Ich fahre herum und drohe den Kerlen mit dem Schrubber. »Verschwindet ihr! Sonst ist Polen offen.«

Sie grölen vor Belustigung. »Sonst ist Polen offen. Kommst du aus Polen, Schnecke? Bist 'ne kleine Ostblockschlampe?«

Das Lachen vergeht ihnen, als ich den Schrubber fallen lasse, den Eimer schwinge und ihnen das restliche Wasser entgegenschleudere. Zuerst schweigen sie vor Schreck, erholen sich davon aber und wollen losschimpfen.

Schnell bücke ich mich nach dem Schrubber. »Weg mit euch!« Einem nach dem anderen versetze ich einen Stoß. »Chole ich sonst neuen Eimer. Der ist voll bis an Rand, schweere ich.«

Bei jedem »Hey« und »Spinnst du?« und »Verdammt« gibt es einen neuen Schrubberstupser. So treibe ich die drei vor mir her über den Parkplatz. Um uns herum bildet sich eine Traube von gaffenden, lachenden Einkäufern.

»Lass uns die Flaschen abgeben«, krakeelt einer der Säufer.

»Genau. Da ist Pfand drauf«, mault ein zweiter.

»Gebt ihr Flaschen in andere Markt ab, Schweine ihr! Wagt ihr es nicht, noch einmal zu kommen.«

Als ein Auto etwas zu schnell auf den Parkplatz fährt, retten sie sich maulend zur Seite. Mit letzten bösen Blicken auf mich trollen sie sich. Die Menschen um mich herum pfeifen und applaudieren mir. Meinen letzten Applaus habe ich nach einem Sprung am Trapez bekommen. Diesen Applaus liebte ich, wohingegen mich der aktuelle eher anwidert.

Im Markt ist das Backpfeifengesicht sofort an meiner Seite. »Warum hat das so lange gedauert?«

»Musste ich nicht nur sauber machen, sondern auch vertreiben diese Chalunken«, grummle ich.

Er kneift die Augen zusammen. »War das Ihre Aufgabe?«

Ich bin so überrascht, dass ich nicht antworte.

»Sie sollten das Erbrochene beseitigen, sonst nichts. Nicht einmal die einfachsten Anweisungen können Sie befolgen.«

Ich malme mit den Zähnen. Die eine Hand schlinge ich um den Griff des Eimers, die andere um den Stiel des Schrubbers. Nicht, dass ich das eine werfe oder das andere schwinge – so aus einem Impuls heraus.

»Die Zeit werden Sie nacharbeiten«, zischt das Backpfeifengesicht. »Sie bleiben heute eine Stunde länger.«

Damit lässt er mich stehen. Bebend vor Ärger schaue ich ihm nach. Es fällt unendlich schwer, nicht herauszuschreien, dass ich kündige.

GENERALVERDACHT

»Es fehlen drei Wasserkocher.«

Mit diesem Satz begrüßt mich das Backpfeifengesicht am nächsten Morgen in der Umkleide. Er hatte nicht mal die Höflichkeit, anzuklopfen. Immerhin habe ich die Hose schon an und knöpfe auch gerade den Kittel zu. Eine Kollegin, die sich ebenfalls umzieht, war noch nicht ganz so weit und beeilt sich nun, den Kittel überzuwerfen.

»Werde ich suchen«, entgegne ich und binde mir das zum Outfit gehörende Tuch um den Hals.

»Sparen Sie sich das. Ich habe schon überall nachgeschaut. Sie sind nicht da. Sie wurden gestohlen.«

Tja, so was passiert. »Tut mir leid.«

»Spielen Sie nicht das Unschuldslamm«, braust er auf. »Fünfzig Wasserkocher wurden vorgestern angeliefert. Sie haben die Ware entgegengenommen und dafür unterzeichnet. Sie haben einen Teil davon in den Verkaufsraum gebracht. Dort stehen noch zweiundzwanzig, im Lager sind zehn. Fünfzehn wurden gestern verkauft. Fehlen drei. Eine simple Rechnung.«

Ich ahne, worauf er hinauswill, und fasse es nicht. »Glaubst du etwa, ich chabe genommen? Was soll ich mit drei Wasserkochern? Chabe ich einen, der funktioniert sehr gut.«

Er hebt das Kinn, um mich besser von oben herab anschauen zu können. »Vielleicht haben Sie die Dinger ja vertickt. An diese Säufer. Sie waren eine Ewigkeit bei denen, obwohl Sie die klare Anweisung hatten, nur den Boden abzuspülen.«

»Chabe ich nichts zu tun mit diese Chalunken.«

»Russen wie Sie, oder nicht? Russen machen untereinander oft und gern krumme Geschäfte.«

Wie bitte? Eine Unverschämtheit! Ich stemme die Arme in die Seiten. »Waren diese Männer Deutsche, genau wie Sie.«

Die Kollegin klinkt sich ein. »Aber Herr Kollaschek! Sie können Frau Poljakow doch nicht unter Generalverdacht stellen, bloß weil sie Russin ist.«

Er ignoriert sie, bohrt seinen Blick weiter in mich und zischt: »Begleiten Sie mich in mein Büro.«

Er geht voran. Ich folge ihm und fühle mich wie auf dem Weg zum Schafott. Vor lauter Angst wird mir schlecht. Als hätte ich einen Bierstau. Das Backpfeifengesicht hält mir die Tür zu seinem Büro auf und bittet mich mit einer unwirschen Handbewegung hinein. Dann schließt er die Tür – er dreht sogar den Schlüssel um – und lehnt sich von innen dagegen.

»Wir haben nun zwei Möglichkeiten«, sagt er. »Nummer eins: Ich rufe die Polizei. Nummer zwei: Wir zwei machen es uns ein bisschen gemütlich und vergessen das Ganze.« Bei diesen Worten mustert er mich von oben bis unten. Auf Höhe meines Halses und meiner Brüste verweilt sein Blick länger.

Zuerst kann ich mich nicht regen. Entgeistert warte ich wohl darauf, dass er Humor zeigt und lacht. Das passiert natürlich nicht. Das volle Maß an Zurückhaltung braucht es, damit ich nicht ausraste, sondern einen Schritt zu ihm hin mache. Langsam löse ich das Tuch von meinem Hals und werfe es über meine Schulter. Dann öffne ich den Kittel, Knopf um Knopf. Als das Backpfeifengesicht ein Grinsen zeigt, ziehe ich das Teil aus, lasse es aber nicht fallen. Nein, ich ziehe es ihm so hart über, dass es klatscht. Einmal, zweimal und noch einmal.

»Könnte dir so passen, du Chund gesteuert von Schwanz«, schimpfe ich und hole ein weiteres Mal aus. Er ist längst in Abwehrhaltung, duckt sich und hält sich die Hände schützend vors Gesicht, doch das hilft ihm nicht viel. Ich treffe ihn immer da, wo ich ihn treffen will. Die Knöpfe schmerzen wahrscheinlich besonders. Recht so!

Atemlos feuere ich den Kittel schließlich auf den Boden und schubse ihn zur Seite. Meine Finger zittern, als ich den Schlüssel umdrehe. Nur noch zwei Worte bekommt er von mir zu hören.

»Kindige ich.«

Damit bin ich aus dem Raum. Ich eile zur Umkleide, wo niemand mehr ist. Dort ziehe ich die Hose aus und werfe meine eigene Kleidung über. Genauso schnell bin ich aus dem Markt, kann aber noch nicht durchatmen. Ein Pfropf verschließt mir die Kehle. Mein Herz rast, als würde es mit einer Peitsche angetrieben. Kopflos renne ich über den Parkplatz – weg, nur weg möchte ich. Und nie wieder herkommen. Überhaupt werde ich nie wieder einkaufen gehen können, ohne an alles hier zu denken.

Ohne nach links und rechts zu schauen, überquere ich die Straße und schrecke herum, als es hupt. Da steht ein Auto, direkt vor mir. Überfahren zu werden hätte mir heute gerade noch gefehlt. Die Fahrerin hinter dem Steuer gestikuliert wild und zeigt mir einen Vogel. Ich eile zur anderen Seite und rette mich auf den Gehweg. Hastig durchwühle ich meine Handtasche nach dem Handy und wähle Vladimirs Nummer.

Nach dreimaligem Klingeln meldet er sich. »Hey, alles klar?«

»Absolut nichts ist klar«, jaule ich ins Telefon und erzähle ihm schluchzend, was passiert ist.

»Ganz ruhig, mein Schatz«, sagt Vladimir. »Wo bist du gerade?«

Ich sage es ihm und frage mich nebenbei, ob ich mich gerade verhört habe. Er hat mich nicht wirklich *Schatz* genannt?

»Gut. Warte dort. Ich bin in zwanzig Minuten da.«

Eigentlich kommt bald ein Bus, den ich an der nächsten Haltestelle nehmen könnte, doch Vladimir legt schon auf. Während ich warte, überprüfe ich ständig die Uhrzeit auf dem Handydisplay. Immer ist es gerade mal eine Minute später, und mit jeder werde ich nervöser. Weil Vladimir gleich da ist ... und weil er die Arbeit wegen mir verlässt.

Schon von Weitem sehe ich sein Auto. Er parkt in der Bucht der Haltestelle, steigt aus und kommt zu mir, um mich in seine Arme zu ziehen. Seine Kleidung riecht nach dem Metall, das er verarbeitet. Ich spüre seinen Herzschlag am Hals, als ich meine Stirn daran lege.

Eigentlich mag ich ihn gar nicht mehr loslassen, doch er löst unsere Umarmung behutsam und führt mich zum Auto, um mir die Tür auf der Beifahrerseite aufzuhalten. Ich steige ein.

»Ich bin gleich zurück«, sagt er, haut die Tür zu und stiefelt über die Straße zum Supermarkt. Überrascht sehe ich ihm nach, denke aber nicht im Traum daran, ihn aufzuhalten.

Mein Held!

Das Backpfeifengesicht wird ein blaues Wunder erleben.

Vladimir erzählt mir nicht, was er mit dem Marktleiter gemacht hat. Vielleicht hat er ihn nur verbal zerlegt, vielleicht hat er ihm auch eins auf die hässliche Nase gegeben. Ich hoffe, er hat ihn so richtig verdroschen.

Wir fahren nach Hause. Ungewöhnlich still ist es in der Wohnung. Die Kinder sind ja noch in der Schule. Vladimir geht ins Bad, um zu duschen und den Metallstaub abzuspülen. Ich weiß nicht so recht, wohin mit mir, und hocke mich im Schlafzimmer aufs Bett. Mit einem Seufzen ziehe ich die Füße unter den Po und nehme Snoopy vom Nachtschrank. Behutsam öffne ich die äußere Holzpuppe und hole die nächste heraus. Dann setze ich die große wieder zusammen, stelle sie auf den Schrank. Eine Puppe nach der anderen gesellt sich zu ihr, bis sie alle sieben in Reih und Glied dastehen und mich rotbäckig, trostvoll anlächeln. Ich betrachte sie und lausche nebenbei auf das Rauschen des Wassers. Als Vladimir die Dusche abstellt, lasse ich die Matroschkas in den Bäuchen der jeweiligen Schwester verschwinden. Gerade schließe ich die große, da kommt Vladimir ins Zimmer. Weil ich ihm den Rücken zukehre, sehe ich ihn nicht, ich höre ihn nur. Und ich nehme den Duft seines Duschgels wahr.

Dann steht er vor mir, mit nicht mehr bekleidet als einem Handtuch um die Hüfte. Ich will hochschauen und ihn ansehen, kann mich aber nicht bewegen, denn etwas ist anders. Die Wohnung scheint noch stiller zu sein, vielleicht, weil Vladimir kein Wort sagt.

Mein Blick haftet auf den Wassertropfen, die über seinen Bauch rinnen und in den feinen Haaren seiner Arme funkeln. Auf einem Leberfleck neben seinem Nabel. Auf seiner Brust, die sich unter seinem Atem hebt und senkt. Auf der Hand, die er ausstreckt, um mir die Matroschka abzunehmen. Er stellt sie auf den Nachttisch, greift dann nach meiner Hand und zieht mich zu sich hoch. Nun habe ich seinen Hals im Blickfeld, ich sehe seinen Puls schlagen. Vladimir legte einen Finger unter mein Kinn, damit ich den Kopf hebe und ihm in die Augen schaue.

Sein Blick treibt mein Herz an. So kalt musterten mich diese grauen Augen einst, zornig manchmal auch, enttäuscht oder schlichtweg ratlos. Jetzt sind sie voll von ... Begehren? Zuneigung? Liebe?

Vladimir lässt meine Hand gehen, weil er seine eigene braucht. Er knöpft meine Bluse auf, schaut mich dabei aber weiter an. Ein feines Lächeln umspielt seinen Mund, als er mir die Bluse von den Schultern streift. Sachte streicht er über meine Schultern, meine Arme, dann fliegen seine Hände zu meiner Taille.

Mein Herz jubelt, als er mich küsst. Sanft zuerst, dann drängender, fordernder. Ich schlinge die Arme um ihn und lasse mich fallen, mit ihm – und ins Bett.

STAUBSAUGERPILOTIN

Noch im Schlafanzug, mit einer Tasse Kaffee in beiden Händen, die Füße auf dem Stuhl, sitze ich in der Küche und lausche.

Hans-Peter Lehmann kommt hier nicht rein. Das macht Vladimir, ebenfalls noch im Schlafanzug, ihm gerade unmissverständlich klar. Nicht nur, weil er keinen Termin mit uns vereinbart hat, sondern generell. Zwar hat Vladimir ihn in den Flur gelassen, damit die Vogelscheuche nicht spionieren kann, doch weiter darf Hans-Peter Lehmann nicht.

»Ich weiß gar nicht, was Ihr Auftritt hier überhaupt soll«, sagt Vladimir. »Nach der Sache bei der Spargelernte habe ich Ihnen doch mitgeteilt, dass wir Ihre Hilfe nicht länger benötigen.«

»Darum geht es nicht in erster Linie«, erklärt Hans-Peter Lehmann, »sondern um Herrn Kollascheks Anschuldigung, von Ihnen angegriffen worden zu sein.«

Vladimir schnaubt amüsiert. »Ich habe ihn beim Kragen gepackt und ihm erklärt, dass er meine Frau nicht anzurühren hat. Nur weil wir unsere Ruhe haben wollen, sehen wir von einer Anzeige wegen sexueller Belästigung ab.«

»Das mag sein. Allerdings sind Sie, Herr Poljakow, ja schon auf dem Spargelfeld handgreiflich geworden.«

»Auch da, weil meine Frau sexuell belästigt wurde.«

»Das mag sein ...«

»Das mag nicht sein, das ist so. Reden Sie das nicht klein.«

»Mach ich ja nicht, mach ich ja nicht.« Einen kurzen Moment klingt Hans-Peter Lehmann verunsichert, doch er sammelt sich und fährt in einem schärferen Ton fort: »Herr Poljakow, offenbar ist es so, dass Sie ein erhöhtes Aggressionspotenzial besitzen. Damit sind Sie für diese Aufgabe eigentlich ungeeignet. Ich dachte, Ihnen ist klar, dass wir kein Aufsehen erregen möchten.«

»Ach, und ein Ehemann, der tatenlos mit ansieht, wie seine Frau von Kerlen belästigt wird, der erregt kein Aufsehen?«

»Nun ja ...« Zuerst fehlen Hans-Peter Lehmann die Worte. Leider findet er sie dann doch. »Möglicherweise hat Frau Poljakow es darauf angelegt. In der Sauna, auf dem Feld, nun im Markt. Anderen Frauen passiert das schließlich nicht so häufig.«

Ich weiß nicht, was mich auf dem Stuhl hält, denn eigentlich ist diese Anschuldigung ein Grund für fliegende Kaffeetassen. Vielleicht ist es Vladimirs Stimme, nun bebend vor Zorn, die mich sitzen bleiben lässt.

»Zum letzten Mal: Wir benötigen Ihre zweifelhafte Unterstützung nicht länger. Wir kommen allein klar. Betrachten Sie uns nicht länger als Projekt, sondern als rechtmäßig verheiratete Eheleute. Ihnen steht nicht zu, unser Verhalten zu bewerten. Und wie es scheint, sind Sie zu objektiven Einschätzungen auch nicht in der Lage.«

»Herr Poljakow, ich bin verpflichtet ...«

»Jekaterinas Schutz zu gewährleisten. Machen Sie das. Aber halten Sie sich dabei auf Distanz, in jeder Hinsicht.«

Hans-Peter Lehmann reagiert kühl. »Nun, wenn das so ist, bleibt mir wohl nichts weiter, als Ihnen und Jekaterina das Beste zu wünschen.«

»Das können Sie tun oder lassen.« Vladimir öffnet die Tür.

»Auf Wiedersehen, Herr Poljakow.«

»Will ich nicht hoffen.«

Hans-Peter Lehmanns Schritte verklingen auf den Stufen. Dann ertönt das Klacken der Haustür. Er ist weg. Ich höre, wie Vladimir ebenfalls die Treppe hinuntergeht, und frage mich, was er vorhat. Mit der Tageszeitung in der Hand kommt er zurück. Als er mich sieht, klärt sich seine düstere Miene, und er zieht einen Mundwinkel zum Lächeln hoch.

»Gibt's noch Kaffee?«, fragt er, wirft die Zeitung auf den Tisch und setzt sich.

Weil er sich den Rest der Woche freigenommen hat, haben wir

viel Zeit. Wir machen Urlaub, ohne fortzufahren. Jetzt trinken wir Kaffee und teilen uns die Zeitung.

»Schau mal hier«, sagt er nach einer Weile und legt mir eine Seite mit Stellenanzeigen vor. Er deutet auf einen Eintrag.

Staubsaugerpilotin dringend gesucht, lese ich und sehe wieder auf.

»Was soll das sein, eine Staubsaugerpilotin?«

Vladimir grinst. »Überleg doch mal. Eine Pilotin, die mit dem Staubsauger fliegt?«

»Ah, eine Putzfrau!«

Ich lese weiter:

Zum nächstmöglichen Zeitpunkt suche ich für eine langfristige Beschäftigung eine zuverlässige, gründliche und erfahrene Reinigungskraft. Gegen angemessene Bezahlung nach Vereinbarung erledigen Sie dreimal wöchentlich alle üblichen Arbeiten in meinem Privathaus. Einen Plan legen wir gemeinsam fest. Fühlen Sie sich angesprochen? Dann freue ich mich auf Ihre Bewerbung, per E-Mail oder schriftlich an die genannte Adresse, gern mit Referenzen.

»Ich habe keine Erfahrung als Reinigungskraft«, brumme ich und lege die Zeitung weg.

»Wie bitte?« Vladimir lacht. »Du hast eine ganze Saunalandschaft geputzt, einen Wald aufgeräumt, die Sanitäranlagen am Hauptbahnhof geschrubbt und Supermarktregale eingeräumt. Außerdem, was ist mit unserer Wohnung? Wie hast du die früher genannt? Stall von Schweine?« Er tippt auf den Tisch und schlägt einen militärischen Ton an. »Jetzt herrscht hier Ordnung.«

»Aber Referenzen habe ich nicht. Ich glaube, er sucht jemanden, der wirklich Erfahrung in diesem Bereich hat. Der darauf spezialisiert ist und schon in Privathäusern geputzt hat.«

»Dann hätte er auch eine Reinigungsfirma kontaktieren können.« Vladimir schüttelt den Kopf. »Nein, ich glaube, er sucht jemanden mit Charakter. Jemanden, zu dem er Vertrauen aufbauen und dem er sein Reich auch überlassen kann, wenn er nicht zu Hause ist. Lass mal sehen, wo der Typ wohnt?«

Mit gerunzelter Stirn schaut Vladimir nach. »Das ist im Westend. Schweineteure Gegend. Uralte, edle Wohnhäuser stehen da, aber auch kleine, schicke Villen.« Er sieht mich wieder an. »Das wird so eine Villa sein. Geh davon aus, dass ihm das Geld etwas lockerer sitzt. Und das Beste: Er scheint Humor zu haben.«

»Weil er nicht von einer Putzfrau spricht, sondern von einer Staubsaugerpilotin?«

Vladimir sortiert die Zeitungsblätter. Das Blatt mit der Stellenanzeige legt er obenauf. Er holt einen Schreibblock und einen Stift, setzt sich wieder und knipst die Mine raus.

»Jetzt tragen wir mal zusammen, was wir schreiben können. Du musst überzeugend klingen. Warum willst du die Stelle unbedingt, und wie profitiert dein Arbeitgeber von dir?«

Weil ich eigenes Geld verdienen und unabhängig sein möchte.

Weil ich brillant darin bin, totale Ordnung in absolutes Chaos zu bringen.

Ich bin mir nicht sicher, ob ich das schreiben sollte, und amüsiere mich grinsend über Vladimirs Eifer. Schreibbereit wartet er.

Schließlich formuliere ich einen besseren Gedanken: »Weil ich in einem angenehmen Umfeld arbeiten möchte. Dauerhaft.«

Er nickt. »Gut, so fangen wir an.«

HUPFDOHLE

Nachdem die Bewerbung verfasst war, hat Vladimir sie in den Computer eingetippt und ausgedruckt. Ich habe sie in einen Umschlag gesteckt und soll sie heute zur Postfiliale in Kalbach bringen. Dort bin ich jetzt und warte in der Warteschlange, bei der ich längst nicht an ein geduldiges Reptil denke.

Nach einer geschlagenen Viertelstunde tritt die Frau vor mir an den Schalter. Sie erkundigt sich nach dem Verbleib einer Sendung mit wichtigen Unterlagen, die vor einer Woche beim Empfänger hätte eintreffen müssen. Der Postbeamte befragt seinen Computer und sagt der Frau nur Dinge, die sie schon weiß. Als sie auf einer neuen Information besteht, will er sie vertrösten und wegschicken, doch sie bewegt sich keinen Zentimeter. Lauthals schimpft sie los und bezeichnet die Post zuerst als eine Servicewüste, dann als Sauverein. Am überdurchschnittlich gelassenen Postbeamten perlt das alles ab. Er bleibt bei seinem Bedauern, ihr keine andere Auskunft geben zu können. Zeternd zieht die Frau ab, und ich bin an der Reihe. Der Mann hinter dem Schalter nickt mir zu, damit ich herantrete, dann wandert sein Blick zu dem Umschlag in meiner Hand.

Er will meinen Brief. Und ich weiß gerade nicht, ob es so eine gute Idee ist, ihm den zu geben. Nachher geht er in der Servicewüste verloren.

»Wie oft passiert, dass Brief nicht ankommt?«, frage ich und behalte meinen Brief vorsichtshalber erst mal.

Der Mann verzieht den Mund. »Kann ich nicht genau sagen. Wir bemühen uns um Zustellung am nächsten Tag, aber man steckt halt nicht drin. Wenn Sie Ihre Sendung versichern, erstatten wir Ihnen bei Verlust den Wert des Inhalts.«

Gut, das zu wissen. Aber: »Wie viel ist eine Bewerbung wert?«

Der Mann zieht die Brauen hoch. »Im Höchstfall das Papier, auf das sie gedruckt ist. Wenn Sie sichergehen wollen, dass ein Brief zeitnah zugestellt wird, empfehle ich Ihnen die verschiedenen Varianten des Eilbriefs.«

Okay, meine Entscheidung steht. »Bringe ich Brief lieber selbst zu Adresse.«

»Warum schreiben Sie keine Mail? Das ist bei Bewerbungen heutzutage doch üblich.«

Ein Postbeamter, der mir E-Mail empfiehlt? Vielleicht denke ich ja altmodisch, aber ich glaube, damit schadet er seinem Geschäft.

»Finde ich unchöflich«, gebe ich zurück und wünsche ihm einen guten Tag.

Dreißig Minuten später stehe ich im Frankfurter Westend vor der Villa, zu der die in der Stellenanzeige angegebene Adresse passt. Eher schlicht und modern ist sie, klein im Vergleich zu den prächtigen Altbauten, die ich auf dem Weg passiert habe. Zur rechten Seite der Einfahrt liegt eine Garage, in die gut vier Autos passen. Ich gehe links entlang zum Hauseingang, wo ich den Briefkasten vermute und entdecke. Ziemlich ungewöhnlich schaut er aus, sehr edel auch, denn er ist nicht nur ein Kasten mit einer Klappe, sondern ein aus matt gebürstetem Silber gefertigtes Kunstwerk, das von einem Notenschlüssel eingerahmt wird. Wahrscheinlich ist es eine Spezialanfertigung für einen Musikliebhaber. Die Musik, die dieser Mann liebt, lässt allerdings zu wünschen übrig. Unterlegt von dumpfen Bässen und schrillen Pfeiftönen schallt sie aus dem Haus. Als ich die Briefklappe anhebe, fällt mein Blick auf einen schon getrockneten Vogelschiss im Bauch des Notenschlüssels. Ungeachtet dessen, dass er dem Kunstwerk den Charme raubt, ist es kein normaler Vogelschiss, sondern ein lilafarbener. In den vergangenen Tagen hatte Vladimir einige davon auf dem Autodach gefunden und sie sofort abgewischt, damit der Lack nicht beschädigt wird.

Wo ich schon mal da bin, kann ich die Bewerbung auch persönlich abgeben und einen guten, von meiner Reinlichkeit überzeugenden Eindruck hinterlassen. Beherzt drücke ich auf den Klingelknopf.

Nichts passiert. Bei dem Lärm im Haus wundert mich das nicht. Auch Sturm zu klingeln hilft nicht. Durch die schmale Glasscheibe in der Tür spähe ich ins Haus und sehe einen großen, schicken Flur sowie eine nach oben führende Treppe. Auf eben dieser Treppe turnt eine Blondine im Sportdress zum Takt der Musik. Wahrscheinlich ist das eine moderne Form von Gymnastik, etwas, das wegen der Stufen eine besondere Herausforderung bietet und schnell Kalorien verbrennt. Extremgymnastik.

Weil ich sie nicht beobachten will, gehe ich ein Stück zur Seite und warte. In exakt der Sekunde, in der das Lied endet, drücke ich abermals auf die Klingel. Diesmal ist der Gong deutlich vernehmbar. Der folgende Song, der gleich darauf loswummert, wird ausgeschaltet. Wenig später öffnet die Frau die Tür.

»Ja bitte?«, schnauft sie atemlos.

»Guten Tag, bin ich Jekaterina Poljakow«, sage ich freundlich. »Mechte ich bewerben um Stelle als Fachkraft Reinigung.«

Die Blondine runzelt die Stirn, und ihr Ton bekommt etwas Abfälliges, das mir nicht gefällt. »Deshalb kommen Sie extra her? Ich war mitten im Training.«

»Ja, chabe ich gesehen. Tut mir leid, ich steere.« Ich will ihr meine Bewerbung geben, doch sie stemmt die Arme in die Seiten.

»Wie? Sie haben es gesehen?«

»Durch Scheibe von Tier. War Musik so laut, dass du chast nicht gehört die Klingel. Chabe ich geguckt. Aber nicht lange.« Das schiebe ich schnell hinterher, denn offenbar verübelt sie mir das. Überhaupt verunsichert sie mich. Ich wünsche mir doch ein angenehmes Arbeitsumfeld. Sie scheint keine sehr angenehme Person zu sein.

»Was fällt Ihnen ein, durch die Tür zu glotzen?«, erbost sie sich und dreht sich zur Tür um. »Das Ding muss ausgetauscht werden, aber sofort.«

Ich beschwöre mich, freundlich und beim Thema zu bleiben.

»War ich jedenfalls in Gegend und dachte ich, bringe ich Bewerbung perseenlich.«

Die Blondine wendet sich mir wieder zu. »Ah ja?« Nun scannt sie mich von oben bis unten. »Mein Lebensgefährte, der diese Stellenanzeige geschaltet hat, ist heute nicht da. Sie sind also umsonst hier. Aber meinetwegen ... kommen Sie nächste Woche, am Donnerstag um elf Uhr her. Das ist der Termin, an dem sich die Bewerberinnen auf diese Stelle vorstellen.«

Ich halte ihr den Umschlag hin. »Was ist mit Brief? Brauchst du?«

Sie zieht ihn mir aus der Hand. »Den leite ich weiter.«

Schon will sie mir die Tür vor der Nase zuschlagen, da fällt mir der Briefkasten ein. Ich weise darauf. »Guckst du chier. Chat Vogel gefressen rote Beeren und gekackt. Ist schon trocken und kann schädlich sein. Kannst du schnell wegemachen mit Wasser und Seife und ...«

»Das interessiert mich nicht«, unterbricht mich die Frau. »Wie man Vogelscheiße entfernt, muss ich wirklich nicht wissen. Ich habe Wichtigeres zu tun.«

Zum Beispiel Extremgymnastik.

»Ah, ne chotschu utschitsa, chotschu schenitsa.« Das bringe ich mit einem breiten Lächeln hervor.

Sie kräuselt ihre Nase. »Was?«

»Ist russisches Sprichwort, das bedeutet so viel wie: Frau chat zu tun Wichtigeres am ganzen Tag.«

Die genaue Übersetzung lautet eigentlich *Ich will nicht lernen, ich will heiraten.*

Das behalte ich lieber für mich. Aber ich wundere mich doch und grummele im Stillen vor mich hin, denn diese Einstellung wird hierzulande allzu gern russischen Frauen nachgesagt.

FREMDSCHÄMEN

Vor keinem anderen Bewerbungsgespräch war ich so aufgeregt und so unentschlossen, was ich anziehen soll. Vladimir ist schon in der Arbeit, also kann er mich nicht beraten.

Soll ich mich sportlich-praktisch kleiden oder so schlicht-elegant wie für die Besuche bei Helene Schmidt? Soll ich ein dezentes Make-up auftragen oder ganz darauf verzichten? Soll ich die Haare offen tragen, damit ich freundlich wirke, oder den Dutt machen?

Mehrere Versionen probiere ich an und mixe die Stile auch. Frustriert ziehe ich alles wieder aus, denn in keinem Outfit fühle ich mich wirklich wohl. Außerdem habe ich keine Lust, mich zu verstellen. Hand aufs Herz: Helene Schmidt wollte ich lediglich beeinflussen, nicht bei ihr arbeiten. Also war es okay, kurz ein Jackett anzuziehen. Und sportlich-praktisch – das ist mein Outfit für die Couch. Nicht einmal, wenn ich die Wohnung auf Vordermann bringe, wenn ich die Treppe wische oder Fenster putze, trage ich spezielle Kleidung. Einen Kittel wie die Vogelscheuche, eine Schürze oder Schlappen, in denen man Plattfüße bekommt? Ausgeschlossen!

Diesen Job will ich dauerhaft ausüben, also darf ich mich vor diesem Mann nicht verstellen. Ich sollte ihm zeigen, wie ich bin, denn so wird er mich drei Tage pro Woche erleben. Entweder kommt er damit klar oder nicht.

Gesagt, getan. Das Jackett und die Bluse, das Sweatshirt und die bequeme Hose wandern zurück in den Schrank. Von den drei Jeanshosen, die ich habe, wähle ich die hellste aus und krieche hinein. Weil sie einen hohen Stretchanteil hat und recht eng sitzt, bekommt man sie am leichtesten nach oben, indem man herumhopst und am Bund zieht. Dann heißt es, Bauch rein und Reißverschluss zu. Sitzt, wackelt nicht und hat auch keine Luft. Perfekt. Als Oberteil wähle ich einen schlichten, aber schicken schwarzen Pulli aus anschmiegsamem Material mit Rollkragen. Das Teil mag ich besonders gern, weil es aus meinen weiblichen Kurven zwar kein Geheimnis macht, aber dennoch nicht aufreizend wirkt. Es sagt so viel wie: Ich bin eine Frau, aber für dich nicht zu haben.

Die Schuhe sind mit den schwarzen Pumps schnell gefunden und angezogen. Ab geht's ins Badezimmer vor den Spiegel. Grundierung, Concealer, Puder, Rouge, nochmals Puder trage ich mit dem jeweiligen Pinsel auf. Danach schminke ich meine Augen, wie gewohnt, mit verschieden Tönen von Lidschatten, Kajal und Mascara. Die Augenbrauen werden mit einem speziellen Stift nachgezeichnet und in Form gebracht. Zum Schluss erhält der Mund ein kräftiges Rot. Nachdem ich die Haare zum Dutt gesteckt habe, suche ich die goldenen Kreolen aus der Schmuckschatulle und stecke sie in die Ohrläppchen. Eine passende Kette mit großem Anhänger kommt auf dem schwarzen Pulli gut zur Geltung.

Zufrieden betrachte ich mein Spiegelbild. Das bin ich, Jekaterina Poljakow. Russin, Vollweib, Staubsaugerpilotin.

Beim Blick auf die Uhr bekomme ich einen Schreck. Ich habe Zeit verplempert und muss mich nun sehr beeilen, um pünktlich um elf Uhr im Westend zu sein. Pünktlichkeit ist wahnsinnig wichtig, denn sie ist das erste Zeichen von Zuverlässigkeit. Und wie zuverlässig ich bin! Gründlich und erfahren außerdem, ja, ja. Vladimir hat absolut recht. Was ich alles schon geputzt und in Ordnung gehalten habe – das muss mir erst mal eine der anderen Bewerberinnen nachmachen. Eilends werfe ich mir eine leichte Jacke über und nehme meine Handtasche. Dann spurte ich aus der Wohnung, die Treppe hinab und aus dem Haus zur U-Bahn-Station.

Eine halbe Stunde später, fünf Minuten vor elf Uhr, betätige ich die Klingel der Villa. Abermals öffnet mir die Blondine, wieder ist sie außer Atem und in einem Sportdress. Es besteht aus noch weniger Stoff als das letzte. Das rote Bustier spannt sich über einer wenig beeindruckenden Brust, das schwarze Höschen sitzt ebenfalls knapp.

»Ach, Sie sind das«, sagt sie und bittet mich in den schicken Korridor, den ich letztens durch die Scheibe gesehen habe. Dort weist sie auf eine Stuhlreihe. Zwischen vier anderen Frauen, die dort warten, ist noch ein Platz frei. Als sich die Blondine abwendet, um zu verschwinden, fällt mein Blick unweigerlich auf ihren Hintern, dessen Backen aus dem schmalen Höschen quellen.

Ich setze mich zu den anderen. Wann immer es passt, riskiere ich einen Blick, um sie einzuschätzen und meine Chancen zu kalkulieren. Leider muss ich zugeben, dass zwei außerordentlich putzerfahren aussehen. Sie sind schon älter; eine hat graues Haar und ist adrett gekleidet, die andere überzeugt durch einen kräftigen Körperbau und eine entschlossene Miene. Die dritte Frau scheint Muslimin zu sein; ihr Kopftuch lässt darauf schließen. Nummer vier gehört am ehesten in die Kategorie *Mauerblümchen*. Sie wirkt ein bisschen verschüchtert, was natürlich nichts über ihre Qualitäten als Reinigungsfachkraft aussagt.

Die Blondine im Sportdress spaziert mal wieder vorbei. Sie durchquert den Flur und geht die Treppe hinauf, womit sie uns einen noch besseren Ausblick auf ihr Hinterteil gewährt. Wäre ich sie, hätte ich das Training auf eine andere Uhrzeit verschoben und mir für den Empfang der Bewerberinnen richtige Kleidung angezogen. Vielleicht macht sie gar keinen Sport, sondern läuft im Haus immer so herum. Um ihren, wie sie sagt, Lebensgefährten zu verführen. Vielleicht gefällt es ihr auch, ihren Körper vor uns nicht ganz so schlanken Frauen zur Schau zu stellen.

»Unmöglich, diese Person«, murmelt die grauhaarige Frau.

»Zum Fremdschämen«, pflichtet ihr die Stämmige bei.

Sie klappen die Münder zu, als die Blondine wieder treppab kommt. Sie ignoriert uns, weiß aber bestimmt, dass wir sie mustern. Ihre schwingende Hüfte verrät das. Mit einem gelangweilten Seufzer hebt sie die Arme über den Kopf, um sie im Gehen zu dehnen. Weil sie abermals in den angrenzenden Raum geht, der wohl die Küche ist, verlieren wir sie aus dem Blick. Hinter der Küche scheinen weitere Zimmer wie das Ess- und Wohnzimmer zu liegen.

»Ein unmögliches Weibsbild«, flüstert die Grauhaarige, als von der Blondine nichts mehr zu hören ist.

Die Muslimin meldet sich zu Wort. »Diese Hose ist ihr zu klein, oder?«

Bei dieser Feststellung habe ich eine grandiose Idee, die mich innerlich feiern lässt.

»Ist Arbeitskleidung chier«, raune ich.

Alle vier Frauen wenden mir die Köpfe zu. »Arbeitskleidung?«, »Das glaub ich nicht«, »Woher wollen Sie das denn wissen?«, murmeln sie durcheinander.

»Weiß ich, weil ich schon chabe gearbeitet chier. War ich Putzfrau in Februar.« Ich nicke in Richtung Küche. »Ist sie Putzfrau von Mai, wobei Putzfrau ... trifft es das nicht komplett.«

Mehr Fragen werden gestellt: »Was meinen Sie damit«, »Was soll man denn noch tun?«, »Und wieso Februar und Mai?«, »Das hier ist doch eine unbefristete Tätigkeit, oder nicht?«

Da muss ich sie allesamt enttäuschen. Tut mir ja leid. »Kommt es immer darauf an, wie talentiert du bist und wie offen fier andere Sachen. Wenn du machst gut, kannst du bleiben ein Monat. Wenn nicht, tja, dann bist du draußen ganz schnell. Langweilt er sich nicht so gern.«

Die Muslimin steht auf, schleicht zur Tür und rettet sich ins Freie.

»Wenn Sie das schon erlebt haben, warum bewerben Sie sich wieder?«, wundert sich das Mauerblümchen.

Auch dafür habe ich eine Erklärung. »Brauche ich Geld sehr dringend. Misst ihr wissen, erwartet er zwar sehr viel, aber bezahlt er auch sehr gut. Verdienst du das nicht in Viertel von Bahnhof, egal, was du machst.«

»Ich höre wohl nicht richtig«, grollt die Stämmige.

»Das ist dann eher nichts für mich«, beschließt das Mauerblümchen und verkrümelt sich ebenfalls. Nur noch zwei sind übrig. Die Hartnäckigen, die ärgste Konkurrenz. Aber ihre Motivation bröckelt heftig. Ich hole zum letzten Schlag aus.

»An der Kleidung kann die Frau nichts ändern. Muss sie das tragen, egal, ob sie saugt Staub oder wischt Boden oder putzt Fenster. Ist praktisch, weil kommt sie so nicht auf Idee, zu stehlen etwas. Kann sie es nirgends verstecken schließlich. Ist Kleidung außerdem Zeichen, sie ist verfiegbar. Wenn er Lust chat, ruft er sie zu sich und ...«

»Da hört sich doch alles auf«, schimpft die Stämmige. Sie steht auf und trampelt zur Tür. Die Grauhaarige folgt ihr, nicht ohne mir einen schrägen Blick zu schicken und »Schämen Sie sich, so ein widerliches Verhalten zu unterstützen« zu sagen.

Kaum sind sie weg, da höre ich, wie sich oben eine Tür öffnet. Im nächsten Moment kommt er die Treppe herunter – der, den ich in Zukunft gern als Chef bezeichnen möchte. Er trägt eine Jeans, ein hellblaues Hemd, Sneakers und schaut alles in allem ganz anständig aus. Er ist in meinem Alter, vielleicht ein paar Jahre jünger. Dass ich allein hier sitze, wundert ihn natürlich, aber er stellt sich mir dennoch höflich vor.

»Hallo, ich bin Max Leif.« Er hält mir die Hand hin.

Ich nehme sie, stehe auf und schüttele sie herzlich. »Bin ich Jekaterina Poljakow.«

»Ja, ähm ... schön, dass Sie hier sind.« Er lässt meine Hand los und schaut auf die leeren Plätze hinter uns. »Wo sind denn die anderen? Ich dachte, es seien fünf Bewerberinnen.«

Meine bestmögliche Unschuldsmiene unterstreiche ich durch ein ratloses Schulterzucken. »Chaben die es sich wohl ieberlegt anders. Chat denen Chaus nicht gefallen vielleicht.«

»Ihnen hat das Haus nicht gefallen? Warum sollten sie ...« Er winkt ab. »Wie auch immer. Dann kommen Sie mal mit, Frau Poljakow, unterhalten wir uns.«

Durch den angrenzenden Raum, tatsächlich die Küche, führt er mich in den Wohn- und Essbereich. Alles ist geschmackvoll eingerichtet und schön hell, was vor allem der Fensterfront geschuldet ist. Die Scheiben könnten mal wieder geputzt werden, dann wäre der

Blick auf die dahinter liegende Terrasse und den Garten noch netter. Würde dort nicht die Blondine trainieren.

Na, soll sie mal. Ich kann sie ausblenden. Schließlich ist nicht sie mein potenzieller Boss, sondern Max Leif.

Er bietet mir einen Platz auf der Couch an, deren Kissen hübscher arrangiert sein könnten, und erkundigt sich, ob ich Kaffee möchte. Den nehme ich gern. Ein paar Minuten lang hantiert er in der Küche und kehrt mit zwei Tassen zurück.

»Erzählen Sie mal.« Er setzt sich mir gegenüber in einen Sessel. »Wo haben Sie bisher gearbeitet? Referenzen waren Ihrer Bewerbung ja nicht beigefügt.«

Für heute habe ich genug geschwindelt. Ich berichte Max Leif von meinen bisherigen Jobs und entlocke ihm mit der einen oder anderen Anekdote ein Schmunzeln. Auch, was ich mir von dieser Stelle erhoffe, mache ich klar: ein respektvolles Miteinander, Anerkennung für die Arbeit, die ich leisten werde. Ich will nicht herumgeschubst, nicht angemacht, nicht zu Unrecht beschuldigt werden. Ich will ankommen, letztendlich auch im Job. Seine Reaktion lässt mich darauf schließen, dass all das für ihn selbstverständlich ist.

»Mechte ich nie wieder Wildschwein begegnen«, stelle ich zum Schluss klar.

»Hier gibt's, glaub ich, keine«, entgegnet er amüsiert.

»Auch nicht große Chund.«

»Das ist ein tierfreier Haushalt. Ich habe keine Zeit für Vierbeiner.«

»Dann ist gut, Max Leif.«

»Noch einen Kaffee, Frau Poljakow?«

»Danke, aber nein. Mechte ich dich nicht chalten auf lange. Wie machen wir weiter nun?«

»Nun ja, ich schlage vor, Sie arbeiten einen Monat lang zur Probe. Drei Tage die Woche, das heißt jeden Montag, Mittwoch und Freitag. Das gibt uns beiden die Möglichkeit, festzustellen, ob wir zueinanderpassen. Nächsten Montag um neun Uhr wäre Ihr erster Tag. Passt das für Sie?«

»Klingt gut. Also dann.«

Ich stehe auf. Max Leif ebenfalls. Er will mich zum Ausgang begleiten, da schiebt die Blondine die Terrassentür auf und kommt herein. Sie hat nicht die Absicht, stehen zu bleiben, aber Max Leif hält sie auf.

»Claudia, das ist Jekaterina Poljakow. Sie wird ab Montag hier den Putzwedel schwingen.«

Im Vorbeigehen mustert sie mich abermals von Kopf bis Fuß. »Ausgerechnet die«, sagt sie. »Hätte ich mir ja denken können.«

Er ist unangenehm berührt, auch weil sie mich nicht willkommen heißt. Ich tue so, als sei nichts passiert, und hoffe, dass diese Claudia während meiner Putzzeit nicht oft hier ist. Ich möchte es nicht beschwören, aber ich bin mir ziemlich sicher, dass diese Frau und ich keine Freundinnen werden.

Mit Max Leif hingegen werde ich mich ohne Zweifel blendend verstehen. Den werde ich mir schon zurechtbiegen.

RÜCKENWIND

Vladimir hat eine Überraschung für mich. Seit Donnerstagnachmittag, nachdem ich ihm vom Gespräch mit Max Leif erzählt habe, spannt er mich auf die Folter, ohne mir nur den leisesten Hinweis zu geben.

Heute geht es endlich los. Gleich nach dem Frühstück. Ich habe mich schick gemacht, obwohl Vladimir gemeint hat, es würde keine Rolle spielen, was für Kleidung ich trage. Wir verabschieden uns von den Kindern und verlassen die Wohnung. Im Treppenhaus fällt ihm ein, dass er sein Portemonnaie vergessen hat, und eilt zurück. Als sich die gegenüberliegende Tür öffnet, wappne ich mich. Die Fensterscheuche hat einen Besen in der Hand.

»Morgen«, sagt sie.

»Morgen«, antworte ich, inzwischen daran gewöhnt, dass das *Guten* manchmal aus Bequemlichkeit weggelassen wird.

»Leider komme ich heute erst zur Treppe«, erklärt sie und beginnt zu fegen.

Hm. Entschuldigt sie sich gerade? »Macht ja nichts.«

»Gestern ging es mir nicht so gut. Die Hüfte wollte nicht.«

»Sagst du einfach nächstes Mal, wenn du nicht kannst. Tauschen wir Kehrwoche einfach.«

»Ach, es wird schon. Es wird schon.« Sie hält inne, schaut mich an und stellt den Besen auf. »Haben Sie schon die Neuen gesehen? Die in der dritten eingezogen sind? Direkt über mir.« Sie schüttelt den Kopf, dass der dicke Hals hin und her schwabbelt. »Keinen Anstand haben die, das sage ich Ihnen. Absolut keinen Anstand. Schade, dass ich nicht schwerhörig bin.« Sie senkt die Stimme und beugt sich näher zu mir. »Die ganze Nacht haben sie es letztens getrieben. Die ganze Nacht. Ich habe kein Auge zugetan. Da hört sich doch alles auf, oder?«

»Nun ja ...«

»Wenn die schon vögeln, dann doch bitte leise.«

Vladimir erlöst mich. Fröhlich begrüßt er die Fensterscheuche. Sie wünscht uns einen schönen Tag.

Bis wir ins Auto steigen, wundere ich mich noch über die alte Nachbarin, dann holt mich die Neugier ein. Gespannt achte ich auf die Fahrt und stelle bald fest, dass sie in ein Gewerbegebiet führt. Vladimir und ich waren schon einmal da. Mit der Bahn allerdings. Als ich das Zelt entdecke, stockt mir der Atem.

»Vladimir, was ...?«

Er grinst mich an und steuert den Wagen auf einen großen, leeren Parkplatz.

Ich schüttele den Kopf. »Ich kann da nicht noch einmal rein.«

Er stellt den Motor ab. »Doch, kannst du«, sagt er und steigt aus. Er geht um den Wagen herum und hält mir die Tür auf. »Vertrau mir.«

Das Herz schlägt mir bis zum Hals. Es dröhnt bis in meine Ohren. Vladimir nimmt meine Hand und führt mich zum Eingang des Zirkus. Rundherum stehen Wohnwagen. Die Artisten wuseln geschäftig umher. Auch im Raum vor der Manege sind einige. Sie nicken uns zum Gruß zu. Vladimir bleibt stehen und hält nach jemandem Ausschau.

»Würdest du mir bitte erklären, was das soll? Was tun wir hier? Die Vorstellungen sind doch erst am Abend. Es ist elf Uhr und ...«

Er unterbricht mich. »Du erfährst es gleich.«

Ich atme durch und rolle mit den Schultern, um die Anspannung loszuwerden. Mein Blick fällt auf eine Frau, die hinter dem Vorhang zur Manege hervorkommt und lächelt, als sie uns sieht. Sie trägt einen Sportanzug, hat ihr Haar streng zurückgekämmt und zu einem Dutt gebunden. Sie kommt zu uns, begrüßt zuerst mich und stellt sich als Anastasia vor. Nachdem sie auch Vladimir die Hand geschüttelt hat, wendet sie sich wieder an mich.

»Du bist Jekaterina?«, fragt sie auf Russisch.

Ich nicke und tausche einen Blick mit Vladimir. Widerwillen und Schmerz erfüllen mich plötzlich. Ich kann nicht glauben, dass er mir das noch einmal zumutet, und will ihm zuflüstern, dass ich keine Privatvorstellung möchte, dass das gewiss keine schöne Überraschung ist, doch ich möchte die Artisten nicht beleidigen. Was kann sie dafür, dass er kein Fingerspitzengefühl hat?

»Dann kommt mal mit«, sagt Anastasia und geht zum Vorhang.

Vladimir zieht mich mit sich, und bald stehen wir in der Manege. Wir sind allein. Kein anderer Artist ist hier. Mein Blick fliegt hinauf zum Dach des Zirkuszelts, zu den Schaukeln des Trapez, das im Lichtkegel des Scheinwerfers ruht. Darunter ist das Fangnetz gespannt. Wehmut erfasst mich. Bilder, die Geschichte sind, kristallisieren sich vor meinem geistigen Auge. Ich blinzele Tränen weg.

»Ich weiß, dass wir nicht viel sprechen können«, höre ich von Anastasia. »Aber du musst mir versichern, dass du das wirklich kannst. Bevor ich dich hochlasse, muss ich hier am Boden ein paar Übungen sehen.«

Verwundert schaue ich sie an. »Bevor du mich hochlässt?«

Sie nickt. »Ja. Dein Mann sagte, du hast den Job nach vielen Jahren aufgegeben, möchtest aber noch einmal ans Trapez.« Sie mustert mich. »Natürlich nicht, wie du jetzt bist. In Jeans wird das nichts, aber das weißt du sicher. Ich werde dir ein Kostüm leihen.«

Ich glaube es nicht! Nicht, als sie mich zum Umziehen wegführt. Nicht, als wir in die Manage zurückkehren. Vladimir hat in der ersten Reihe Platz genommen. Mit überschlagenen Beinen und auf den benachbarten Lehnen ausgebreiteten Armen schaut er zu, wie ich am Boden turne, aus dem Stand und dem Sprung Flickflacks und Saltos mache. Nach etwa fünf Minuten hat Anastasia genug gesehen. Sie winkt mich zu sich an den zur Decke führenden Metallsteg und bindet mir ein Geschirr um, wie ich es früher als Anfängerin getragen habe. Mit Sicherheitsseilen verbundene Karabiner werden eingehakt, dann darf ich nach oben.

Sprosse für Sprosse erklimme ich und schaue nicht zurück. Nur das Trapez sehe ich und atme ein weiteres Mal durch – diesmal nicht, um Spannung loszuwerden, sondern um die Freude, die in meinem Bauch tanzt, zu kontrollieren.

Als ich auf der Schaukel sitze und sie langsam in Schwung bringe, wird ein Klavier angeschlagen. Weil es so einsam klingt, glaube ich zuerst, dass es live gespielt wird, doch als ein Streichinstrument hinzukommt und auch eine Stimme, weiß ich, dass es nicht live sein kann. Ich kenne diesen Song. Vor Monaten, im November, wenige Wochen nach meiner Ankunft hier, hat ihn mir Vladimir im Wohnzimmer vorgespielt. Für den Moment, als ich mich fallen lasse und an der weit schwingenden Schaukel auf Luft zu tanzen beginne – zum letzten Mal, zum Abschied sozusagen –, gibt es wohl kein perfekteres Lied als Billy Joels *Leningrad*.

Zehn Minuten später habe ich wieder Boden unter den Füßen. Atemlos und glücklich falle ich Anastasia um den Hals. Sie drückt mich an sich und macht mir ein wunderbares Kompliment.

»Das war perfekt. Wie ein Schmetterling. Wenn du es dir anders überlegst und wieder auftreten willst, wir würden dich sofort einstellen.«

Mit einem verschwörerischen »Psst«, zu dem ich meinen Finger über den Mund lege, mache ich ihr noch einmal klar, dass mein letzter Flug unser Geheimnis bleiben muss. Sie verspricht es mit einem stummen Nicken und will von der Bar im Vorraum etwas zu trinken holen. Als sie weg ist, steht Vladimir von seinem Platz auf und kommt zu mir. Wortlos umarme ich auch ihn.

Er schlingt die Arme um mich und hebt mich ein Stück hoch. »Du warst absolut fantastisch da oben.«

Ich löse mich ein bisschen von ihm, nur um ihm einen Kuss auf die Wange zu geben. Er macht sich aber ganz von mir los. Seine Hände streifen meinen Arm hinab, seine Finger verhaken sich mit meinen. Von einer Sekunde auf die nächste verschwindet die Begeisterung aus seiner Miene. Ganz ernst sieht er mich plötzlich an. Sein Mund ist gerade, aber nicht der strenge Strich, der verrät, dass ihm etwas nicht passt. Er lächelt einfach nicht mehr, und das Grau seiner Augen schimmert nun silbrig.

»Ich möchte dich etwas fragen«, sagt er.

Seine Stimme lässt mich frösteln, aber ich nicke ihm ermutigend zu. »Frag einfach.«

»Nun ja ... Eigentlich muss ich ein bisschen ausholen.«

Was kommt nun, verflixt? »Mach doch.«

»Du und ich, wir hatten einen schrägen Start, nicht wahr? Wir hätten es besser machen können, haben wir aber nicht.« Nachdenklich verzieht er den Mund, entspannt ihn aber gleich wieder und spricht weiter. »Es war nicht immer leicht, fremd, wie wir uns waren.«

Noch ein Frösteln. Diesmal kann ich es nicht verbergen und muss mich ein bisschen schütteln. Vladimir schiebt seine freie Hand in die Hosentasche. Das tut er offenbar nicht, um lässiger dazustehen, sondern um etwas herauszuholen.

»Um es besser zu machen, aber gewiss nicht, um von vorn zu beginnen ...«, ein Lächeln stiehlt sich auf seine Lippen, »... denn ich möchte fast keine Sekunde missen, frage ich dich, ob du mich noch einmal heiraten möchtest.«

Damit präsentiert er mir einen Ring. Er ist golden und besitzt ein diamantenes Krönchen. So schön er ist, ich schenke ihm kaum Aufmerksamkeit, sondern sehe Vladimir wieder an. Erstaunt, zutiefst gerührt, beeindruckt, verliebt. Er lächelt noch und wartet meine Reaktion ab, obwohl er sie längst kennt.

»Natierlich, du Chund!«, antworte ich ihm.